Verzehrende Leidenschaft

Die Autorin

Hannah Howell hat sich seit ihrem ersten Buch 1988 einen Namen als Autorin romantischer historischer Romane gemacht. Die begeisterte England-Reisende lebt an der Ostküste der USA, wo ihre Familie seit 1630 ansässig ist. Sie ist verheiratet, hat zwei erwachsene Söhne, einen Enkel und fünf Katzen, von denen eine den Namen Oliver Cromwell trägt.

HANNAH HOWELL

Verzehrende Leidenschaft

ROMAN

Aus dem Amerikanischen
von Angela Schumitz

Weltbild

Die amerikanische Originalausgabe erschien unter dem Titel
Highland Fire
bei Zebra Books, New York.

Besuchen Sie uns im Internet:
www.weltbild.de

Dieses Werk wurde vermittelt durch die
Literarische Agentur Thomas Schlück GmbH, 30827 Garbsen.

Übersetzung: Angela Schumitz
Projektleitung: Eliane Wurzer
Redaktion: Cornelia Heindl
Umschlaggestaltung: Atelier Seidel, Teising
Umschlagmotiv: © Daeni Pino via Agentur Schlück GmbH, Garbsen
Satz: Dirk Risch, Berlin
Druck und Bindung: CPI Moravia Books s.r.o., Pohorelice
Printed in the EU
ISBN 978-3-86800-307-9

2013 2012 2011 2010
Die letzte Jahreszahl gibt die aktuelle Ausgabe an.

1

Vor der Küste im Nordwesten Schottlands –
August 1400

Na komm schon, Mädchen, meine Schmeicheleien verdienen doch wenigstens ein kleines Lächeln!«

Moira warf einen verstohlenen Blick auf den Mann vor ihr. Er ließ sie kaum aus den Augen, seit sie vor drei Tagen aufs Schiff gekommen waren. Die krumme Annie, ihre scharfzüngige Aufpasserin, hatte etwas über diesen Mann gegrummelt und Moira streng angewiesen, ihm aus dem Weg zu gehen. Doch das war gar nicht so einfach auf einem derart kleinen Schiff.

Der Mann hatte etwas Seltsames an sich. Sein schwarzes Haar war von grauen Strähnen durchzogen, und um die Taille war er so füllig, dass sein Wams spannte. Sein schwarzer Bart war struppig, und seinen Hut hatte er so tief in die Stirn gezogen, dass man seine Augen kaum sehen konnte.

Das alles wies auf einen schmuddeligen älteren Mann hin, doch Moira hatte noch einiges andere bemerkt, was in dieses Bild nicht recht passen wollte. Die engen Ärmel seines eleganten kurzen schwarzen Rocks ließen starke, schlanke Arme erahnen. Seine ebenfalls schwarze Hose saß so knapp, dass sich darunter lange, wohlgeformte Beine abzeichneten. Seine Stimme war tief und kräftig, die Stimme eines vor Lebenslust sprühenden jungen Mannes. Seine Bewegungen wirkten geschmeidig und elegant, auch sie passten nicht zu seinem offenkundigen Alter und seiner Leibesfülle. Als er sie jetzt anlächelte, war Moira überzeugt, dass er nicht der war, der zu sein er vorgab. Diese Erkenntnis verstärkte jedoch ihr Unbehagen. Als sie sich suchend nach der krummen Annie umblickte, stellte sie zu ihrem Verdruss fest, dass die gichtige Alte sich gerade an einen ebenso gichtigen alten Matrosen heranmachte.

»Sie wird gleich kommen, um Euch zu tadeln und Euch wegzuzerren«, meinte der Mann.

»Ich glaube, ich gehe lieber zu ihr.« Moira keuchte überrascht auf, als er sie bei der Hand packte und festhielt.

»Aber, aber! Ihr wollt der Alten doch nicht die Gelegenheit zu einer kleinen Schäkerei verderben, oder?«

Moira war über seine unverblümten Worte empört. Dass Annie möglicherweise ans Schäkern dachte, warf sie beinahe ebenso aus der Bahn wie die Berührung dieses seltsamen Mannes. Er fing an zu grinsen, runzelte dann aber die Stirn. Offensichtlich hatte er die Angst in ihrer Miene bemerkt. Daran war ihr Vormund schuld, der oft genug dafür sorgte, dass sie Männer fürchten gelernt hatte. Es war zwar unberechtigt, aber in dem Moment, als der Bursche sie bei der Hand gepackt hatte, war sie in Erwartung einer Ohrfeige erstarrt.

»Ach, mein armes, süßes, ängstliches Kindchen, Ihr braucht Euch doch vor dem alten George Fraser nicht zu fürchten!«

Da es sie ärgerte, dass dieser Mann sie als Kindchen bezeichnete, fasste sie sich ein Herz und befreite sich aus seinem Griff. »Meiner Meinung nach, Mr Fraser, sollte ein Kindchen gut aufpassen, wenn ein dreimal so alter Mann versucht, mit ihm zu schäkern.«

»Dreimal so alt?« George schnappte nach Luft, doch dann machte er sich an seinem Wams zu schaffen und zuckte die Schultern. »Das Alter hält einen Mann nicht davon ab, sich am Anblick eines hübschen jungen Mädchens zu erfreuen.«

»Dann sollte Euch vielleicht Eure Gemahlin davon abhalten.«

»Das hätte sie wohl getan, aber sie weilt nicht mehr unter uns.« Seufzend lehnte er sich an die Reling. »Meine gute Margaret hat sich vor drei Jahren ein Fieber eingefangen und ihren letzten Atemzug ausgehaucht.«

»Oh, das tut mir leid, Sir.« Sie tätschelte seinen Arm, doch ihr Mitgefühl schwand, als sie merkte, wie stark und schlank dieser sich anfühlte. »Ich wollte keine schmerzlichen Erinnerungen wecken.«

»He, Sir, lasst bloß Eure alten Pfoten von dem jungen Mädchen!«, fauchte die krumme Annie und zerrte Moiras Hand von seinem Arm, bevor er seine Hand darauf legen konnte.

»Wir haben uns doch nur über seine Gemahlin unterhalten«, protestierte Moira und versuchte, sich aus Annies eisernem Griff zu befreien. Aber die mit Altersflecken übersäte Klaue des Weibs lag wie eine Fessel um ihr Gelenk.

»Na, die sollte dem alten Lustmolch mal eine deftige Abreibung verpassen.«

»Annie«, ächzte Moira und errötete ob der derben Sprache ihrer Betreuerin. »Seine Gemahlin ist verstorben!«

»Ach so. Wahrscheinlich hat er sie mit seinen Liebeleien in den Tod getrieben.«

»Es tut mir leid, Sir.« Moiras Entschuldigung klang etwas unsicher, denn sie bemerkte, dass der Mann ein Grinsen unterdrückte.

»Jetzt komm schon.« Annie zerrte sie zu den kleinen Kajüten. »Du willst doch nicht etwa, dass der alte Bearnard dich im Gespräch mit einem Mann erwischt, oder?«

Der bloße Gedanke an ihren Vormund schickte Moira einen kalten Schauer über den Rücken. Sie hörte augenblicklich auf, sich gegen Annies festen Griff zu wehren. »Nay, das würde mir wahrhaftig nicht gefallen.«

Tavig MacAlpin sah seufzend zu, wie die krumme Annie Moira mit finsterer Miene abführte. Dann vergewisserte er sich, dass niemand ihn beobachtete, und rückte sorgsam die dicke Schicht um seine Taille zurecht. Seit er Moira Robertson zu Gesicht bekommen hatte, war ihm seine Verkleidung als ergrauender George Fraser wie ein wahrer Fluch erschienen, obwohl er wusste, dass sie momentan lebensnotwendig war. Die auf seinen Kopf ausgesetzte Summe war hoch genug, um selbst die standhaftesten Männer in Versuchung zu führen. Und die Männer auf dem kleinen Schiff waren nicht besonders standhaft.

Drei lange Tage hatte es gedauert, bis sich endlich eine Gelegenheit ergeben hatte, mit Moira ins Gespräch zu kommen. Allerdings fragte er sich, warum er überhaupt so erpicht darauf gewesen war. Er hatte sie eifrig beobachtet, wenn sie mit der gebeugten, grauhaarigen Pflegerin auf dem Deck herumschlenderte. Moiras leuchtend rotes Haar war immer zu festen Zöpfen geflochten, aber gelegentlich brachen ein paar widerspenstige Locken aus, um sich um ihr kleines, ovales Gesicht zu legen. Als er das Glück gehabt hatte, sie näher zu betrachten, staunte er, dass ihre weiche weiße Haut kaum Sommersprossen aufwies. Und er erinnerte sich noch sehr gut, wie verwundert er gewesen war, als er ihr zum ersten Mal in die Augen geblickt hatte. Er hatte mit braunen oder grünen Augen gerechnet, nicht jedoch mit den strahlenden blauen Augen, die dieses Mädchen besaß. Und wie groß diese Augen waren, dachte er nun und verzog den Mund zu einem schwachen Lächeln. Leise lachend gestand er sich ein, dass er keine Mühen gescheut hatte, ihre Aufmerksamkeit auf sich zu lenken, nur damit er die großen blauen Augen mit ihren langen, dichten, dunklen Wimpern sehen konnte.

Er musste kichern, als ihm einfiel, dass er sich möglicherweise so gut an ihr Gesicht erinnerte, weil es von ihr sonst nicht viel zu sehen gab. Sie war ziemlich klein und ziemlich dürr. Es waren zwar weibliche Formen zu erahnen, aber auch die fielen eher klein aus. Moira Robertson gehörte mit Sicherheit nicht zu der Sorte Frauen, die Tavig normalerweise bevorzugte, doch er musste zugeben, dass sie dennoch seine volle Aufmerksamkeit erobert hatte.

Er fluchte, als er sich an die Angst erinnerte, die in ihren wundervollen Augen bei seiner Berührung aufgeflackert war. Diese Angst tauchte noch einmal überdeutlich auf, als die krumme Annie Moiras Vormund erwähnte. Selbst die Farbe auf Moiras hohen Wangenknochen war verblasst. Ihr Vormund, Sir Bearnard Robertson, war ein richtiger Tyrann, das hatte Tavig gleich bemerkt. Er hatte zwar nicht gesehen, dass der Kerl Moira schlug, traute es ihm jedoch durchaus zu. Er konnte nur hoffen, dass Bearnard das Mädchen in Ruhe ließ, zumindest so lange, bis er der Burg seines Cousins Mungan nahe genug und in Sicherheit war. Denn er wusste, wenn Bearnard Robertson die Hand gegen das Mädchen erhob, würde er dazwischentreten. Aber ein Kampf mit einem Mann in Robertsons Größe könnte seine Verkleidung ruinieren. Wenn man ihn erkannte, würde man ihn seinem hinterhältigen Cousin Iver ausliefern. Und dort erwartete ihn der Strick für eine Untat, die er nicht begangen hatte.

Plötzlich kam eine kühle Brise auf, und Tavig fröstelte. Fluchend zog er seinen schweren, schwarzen Umhang fester um sich und blickte finster in den Himmel. In die üblichen Abendwolken, Vorboten der nahenden Nacht, hatten sich ein paar unheilverkündende schwarze Wolken gemischt. Eine weitere eiskalte Böe wehte über das Deck, diesmal weit kraftvoller als die erste. Das verhieß nichts Gutes: Ein später Sommersturm zog auf. Tavig musste wohl oder übel bald in die winzige Kajüte zurück, die er mit drei weiteren Männern teilte. Das war ihm gar nicht recht, denn solche Nähe vergrößerte nur die Chance, enttarnt zu werden. Doch der Regen, den dieser Sturm mit sich bringen würde, war für seine Verkleidung weitaus gefährlicher. Deshalb nahm er sich vor, beim ersten Tropfen Schutz zu suchen.

* * *

Etwas Schweres lag auf Moiras Brust und holte sie langsam aus ihren Träumen. Als sie die Augen aufschlug, musste sie einen Schrei unterdrücken. Beim düsteren Licht einer Laterne, die man unvorsichtigerweise nicht gelöscht hatte und die nun wild an ihrem Haken tanzte, sah Moira, dass es sich nicht um die krumme Annie handelte, die sich auf sie gelegt hatte, sondern um Connor, den Bewaffneten ihres Vormunds. Einen Moment lang lag sie reglos da und wagte kaum zu atmen, bis sie merkte, dass von Connor keine Gefahr ausging; denn dazu war er viel zu betrunken. Ihre Angst schlug rasch in Zorn um.

Leise fluchend wand sie sich unter dem schnarchenden Mann heraus. Einen Moment lang dachte sie daran, sich auf dem Boden der Kajüte zum Schlafen zu legen, doch ihr wurde rasch klar, dass zwischen all den Betrunkenen, die dort lagen, kaum Platz für sie war. Deshalb drückte sie sich murrend an die Wand in der Hoffnung, sich von Connor fernzuhalten, der nach Alkohol und Schweiß stank. Zum hundertsten Mal fragte sie sich, warum sie sich nicht die Zeit genommen hatten, die Reise auf einem Pferdekarren zu bewältigen. Die Lösegeldforderung für ihre Cousine Una war schon vor Wochen eingetroffen. Ihr Vormund hätte genauso gut einen längeren, dafür aber bequemeren Weg wählen können, um seine Tochter zu retten. Selbst die schlechtesten Straßen hätten ihnen nicht so viel abverlangt wie diese Seereise. Und außerdem hätte sie dann nicht so beengt mit ihren Verwandten und deren Bediensteten in der viel zu kleinen Kajüte nächtigen müssen.

Das Schiff rollte, drehte sich um seine Längsachse. Moira runzelte die Stirn und spitzte die Ohren, während sie sich an den Rand des Strohsacks klammerte, um nicht gegen den laut schnarchenden Connor geworfen zu werden. Das kleine Schiff schlingerte in einer von Sturmböen gepeitschten See. Moiras Augen wurden groß, als sie hörte, wie Wind und Regen auf das Schiff einstürmten. Ja, sie waren wohl in ein Unwetter geraten, ein ziemlich schlimmes noch dazu, soweit sie das beurteilen konnte. Der Regen prasselte so heftig aufs Deck, dass es sich wie Trommelschläge anhörte, und der Wind heulte um das Schiff herum.

Annie! Moiras Herz machte vor Angst einen Sprung, als ihr ihre Begleiterin einfiel. Die Alte war nicht in der Kajüte. Vermutlich war sie hinausgeschlichen, um den Matrosen zu treffen, mit dem sie vorher geschäkert hatte, und saß nun in dem Sturm fest. Sie musste hinaus und sich vergewissern, dass Annie in Sicherheit war.

Mit angehaltenem Atem kroch Moira vorsichtig zum Fußende des Bettes. Sie holte ihren Umhang, den sie an einen Bettpfosten gehängt hatte, und warf ihn sich um die Schultern. Dann krabbelte sie auf allen vieren zur Tür. So, wie das Schiff rollte, wäre es unmöglich gewesen, aufrecht gehend einen Weg durch die Leute zu finden, die auf dem ganzen Boden verstreut lagen. Obwohl alle dank des reichhaltigen Alkoholgenusses tief zu schlafen schienen, bewegte sich Moira sehr behutsam, um niemanden aufzuwecken. Sie wollte lieber nicht gesehen werden. Wenn jemand sie ertappte, würde sie sich bestimmt vor ihrem Vormund rechtfertigen müssen.

Vor der Kajüte lehnte sie sich erst einmal an die Wand des engen Ganges und holte tief Luft. Was sollte sie nun tun? Vielleicht befand sich Annie ja in irgendeiner anderen Kajüte, im Trockenen und in Sicherheit? Doch diesen Gedanken verwarf sie kopfschüttelnd. Der Mann, mit dem Annie herumgeschäkert hatte, war nur ein einfacher Deckhelfer gewesen, ein armer Kerl ohne irgendeinen Rang. Er hatte bestimmt keinen eigenen Raum, zu dem er Annie hätte bringen können. Wenn überhaupt, befanden sich die beiden noch auf Deck. Es blieb ihr wohl nichts anderes übrig, als nachzusehen und sich zu vergewissern, dass die Alte wohlauf war.

Ihr erster Versuch wäre beinahe der letzte gewesen. Sobald sie die erste Stufe erklommen hatte, schlingerte das Schiff so heftig, dass sie stürzte und gegen die harte Wand prallte. Dort blieb sie erst einmal keuchend sitzen, bevor sie es erneut versuchte, auch wenn ihr ganzer Körper von dem Sturz schmerzte.

Als sie endlich auf dem Deck angelangt war, hätten der heulende Sturm und der prasselnde Regen sie beinahe gleich wieder vertrieben. Doch sie biss die Zähne zusammen und hangelte sich an allen Gegenständen in ihrer Reichweite vorwärts, um nach Annie zu suchen. Einerseits konnte sie sich kaum vorstellen, dass die Alte noch hier draußen war, doch sie lag auch nicht in ihrem Bett, wo sie hingehört hätte. Noch herrschte ein Zwielicht, das der Sturm nicht völlig verfinstert hatte, aber es würde trotzdem nicht leicht sein, in diesem Regen eine dürre alte Frau zu finden. Moira verfluchte die Alte herzhaft, während sie sich auf dem schlingernden Schiff mühsam weiterkämpfte.

Tavig sah die kleine Gestalt, die sich gegen Wind und Regen stemmte. Er schimpfte halblaut. In der letzten Stunde hatte er alles versucht, um zu seiner Kajüte zu gelangen, doch der Mannschaft fehlte ein Matrose, und der Kapitän hatte ihn aufgefordert mitzuhelfen. Tavig wusste, dass sich der Vermisste mit Annie herumtrieb. Außerdem wusste er, dass seine Verkleidung mit jedem Regentropfen schlechter wurde. Doch wenn er sich jetzt verdrückte, könnte es das Leben aller Leute auf diesem Schiff gefährden.

Und nun Moira. In der letzten Stunde hatte er inständig gehofft, dass er sich irrte und sie sich nicht auf die Suche nach ihrer liebestollen alten Begleiterin begeben würde. Hätte sich seine verdammte Hellsichtigkeit nicht wenigstens diesmal als falsch erweisen können? Doch nein – das Mädchen stolperte geradewegs in eine Menge Ärger, und das zu wissen bereitete ihm wahrhaftig keine Freude – noch dazu, weil ihm klar war, dass er gewissermaßen der Auslöser sein würde. Gerade fiel sie wieder hin, nur wenige Fuß von ihm entfernt, und klammerte sich an der Reling fest. Seufzend stolperte er zu ihr. Jetzt machte er sich nur noch Sorgen um ein einziges Leben.

»Was habt Ihr denn hier zu suchen?«, schrie er, um den wütenden Sturm zu übertönen. »Die wenigen Matrosen, die sich jetzt noch an Deck herumtreiben, sind alle angebunden. Und sobald wie möglich werden sich alle nach unten in Sicherheit bringen. Dort solltet auch Ihr Euch aufhalten.«

»Ihr doch genauso.«

»Ich musste helfen, die Schotten dichtzumachen.« Stirnrunzelnd blickte er zum Himmel, als Wind und Regen plötzlich nachließen. »Es sieht so aus, als müsste der Sturm Atem holen.«

»Gut. Jetzt werde ich Annie bestimmt finden.«

»Annie treibt es irgendwo mit ihrem Matrosen.« Er schüttelte den Kopf, als sie so heftig errötete, dass es selbst im Dämmerlicht nicht zu übersehen war.

»Das mag schon sein«, erwiderte sie verzagt. »Aber vielleicht steckt sie trotzdem in der Klemme. Sobald der Sturm losbrach, hätte sie sich in unsere Kajüte zurückziehen sollen.« Eine weitere Böe erfasste sie, und sie klammerte sich wieder fester an die Reling.

Tavig betrachtete sie. Wie konnte er sie nur dazu bringen, sich wieder unter Deck zu begeben? Dann erstarrte er. In ihm machte sich das kalte, bekannte Gefühl breit, dass er in Umständen feststeckte, die er weder beherrschen noch ändern konnte. Er bemühte sich, seine Angst und seine Hilflosigkeit nicht zu zeigen, aber er wusste, dass es ihm nicht ganz gelang, als er sagte: »Entfernt Euch von dieser Reling, Mädchen!«

Moira runzelte die Stirn. Seine Stimme klang seltsam angestrengt. Sie erstarrte. War Master Fraser etwa nicht nur der alte Lüstling, für den sie ihn gehalten hatte, sondern noch etwas weitaus Gefährlicheres?

»Das werde ich tun, sobald der Wind wieder etwas nachlässt«, erwiderte sie. Aber vielleicht sollte sie sich lieber möglichst rasch aus der Reichweite dieses Mannes entfernen?

»Der Wind wird nicht nachlassen«, fauchte er. »Wir befinden uns mitten in einem Unwetter. Die kleine Atempause wird nicht sehr lange dauern, danach wird der Sturm wahrscheinlich sogar noch heftiger toben. Und jetzt entfernt Euch endlich von dieser elenden Reling!«

In dem Moment, als sie beschloss, seiner Aufforderung zu folgen, nur damit er endlich Ruhe gab, bemerkte sie etwas, das sie innehalten ließ: Master Frasers Haar war nicht mehr so grau und stumpf wie vorher. Die graue Farbe war herausgesickert und hatte sich in klebrigen Klumpen an den Spitzen gesammelt. Verwundert starrte sie ihn an. Vor ihren Augen löste sich gerade eine der wenigen noch verbliebenen grauen Strähnen auf, die Farbe glitt nach unten. Master Fraser war mit Sicherheit nicht der, der zu sein er vorgab. Überwältigt von Neugier, streckte sie die Hand aus, um seine Haare zu berühren.

»Euer Alter wird vom Regen weggespült«, murmelte sie. Doch gleich darauf riss sie erschrocken die Augen auf, weil ihrem Gegenüber ein derber Fluch entfuhr.

»Ich wusste, dass das passieren würde«, grollte er. »Ich muss sofort ins Trockene.« Er packte sie so unsanft, dass sie gegen ihn taumelte.

»Hier steckst du also – um herumzuhuren!«

Bestürzt schrie Moira auf, als sie von ihrem Vormund, Sir Bearnard, grob gepackt und weggerissen wurde. »Nay, Sir, ich schwöre, ich bin nur hier, um die krumme Annie zu suchen«, erwiderte sie kläglich.

»Und das tust du in den Armen dieses Gauners?«, knurrte er und schüttelte sie heftig. »Willst du etwa all deinen Sünden auch noch die Lüge hinzufügen, du kleines Miststück?«

Als Bearnard mit seiner feisten Hand zum Schlag ausholte, drehte sich Moira rasch um. Sie versuchte, möglichst ruhig zu bleiben, um all die Spannung und den Widerstand aus ihrem Körper zu vertreiben. Im Lauf der Jahre hatte sie gelernt, dass Bearnards Schläge an Wucht verloren, wenn ihr Körper schlaff war. Sie gab keinen Laut von sich, als er sie mit dem Handrücken quer übers Gesicht schlug und sie auf das Holzdeck fiel. Auf allen vieren landend, senkte sie hastig den Kopf, ohne ihren Vormund ganz aus den Augen zu lassen. Sie wollte darauf vorbereitet sein und den schlimmsten Schmerz vermeiden, falls er beschloss, seinen brutalen Tadel noch mit ein paar Tritten zu verstärken.

Auf einmal störte ein seltsames Geräusch ihre Konzentration. Sie schüttelte den Kopf, aber das Geräusch stammte nicht daher, weil ihr Kopf vom Schlag ihres Vormunds dröhnte. Nein, dieses Geräusch war ein leises, grimmiges, wütendes Fauchen, ausgestoßen von dem Mann, der sich George Fraser nannte. Moira drehte sich herum und setzte sich aufrecht hin, um ihn besser sehen zu können. Sie sperrte den Mund vor Staunen weit auf, als sich der Bursche auf Bearnard stürzte und den viel größeren, schwereren Mann mit einem Fausthieb zu Fall brachte.

»Ihr seid wirklich ein schneidiger Kerl, Robertson«, grollte er verächtlich. »Es erfordert einiges an Mut, um ein kleines, zierliches Mädchen zu schlagen.«

»Hütet Eure Zunge, Sir«, schrie Bearnard, während er sich wieder aufrappelte. »Einem Mann, der einem Mädchen nachstellt, das gerade mal halb so alt ist wie er, steht es kaum zu, sich derart selbstgerecht über andere zu empören. Ihr seid doch nur ein alter Lustmolch, der versucht, ein törichtes junges Ding zu verführen.«

»Selbst wenn dem so wäre, würde es mich trotzdem noch zu einem besseren Mann machen im Vergleich zu einem brutalen Hundesohn, der sich anschleicht, um ein argloses junges Mädchen zu verprügeln.«

Bearnard schnaubte wutentbrannt, dann stürzte er sich auf Master Fraser. Die beiden Männer gingen krachend zu Boden. Moira schrie entsetzt auf. Ohne zu wissen, was sie tun sollte, trat sie näher an die Kämpfenden heran. Doch irgendetwas musste sie tun, um den Streit zu beenden, den sie, ohne es zu wollen, entfacht hatte.

»Sei bloß nicht so blöd!«, erklang eine tiefe Stimme hinter ihr, und Arme legten sich um ihre Taille.

Sie drehte den Kopf um. »Nicol!«, rief sie, als ihr Blick auf ihren Cousin fiel. »Wo kommst du denn her?«

»Ich bin Vater gefolgt, als er sich auf die Suche nach dir gemacht hat. Wahrscheinlich hatte ich eine Eingebung, dass du kurz davor stündest, eine große Torheit zu begehen. Grundgütiger, Moira, warum willst du denn mit dem alten Narren da herumtändeln?«

»Ich habe nicht mit ihm herumgetändelt. Ich war auf der

Suche nach der krummen Annie, und Master Fraser wollte mich überreden, zurück in meine Kajüte zu gehen.«

»Es wäre besser gewesen, du hättest sie nie verlassen«, murrte Nicol, dann meinte er plötzlich: »Der Bauch deines Retters ist verrutscht!«

Was sollte das denn heißen? Moira blickte auf die Kämpfenden. Mittlerweile waren wieder beide auf den Beinen und umkreisten einander wachsam, jeder darauf bedacht, eine Blöße zu finden, um den anderen anzugreifen. Als sie Master Fraser musterte, riss sie erstaunt die Augen auf. Sein weicher Bauch beulte sich in einem unregelmäßigen Klumpen an seiner linken Seite. Sein Wams war aufgerissen, und irgendetwas hing ihm über dem Bund der anliegenden Hose. Als sie genauer hinsah, merkte sie, dass Master Frasers weicher Bauch nur aus zusammengerollten Lumpen bestand.

»Das Grau in seinen Haaren ist auch weggespült worden«, sagte sie.

»Aye«, pflichtete Nicol ihr bei. »Der Mann ist nicht der, der zu sein er vorgibt. Verflixt noch mal, ich glaube, ich weiß, wer das ist.«

Bevor Moira Nicol um eine Erklärung bitten konnte, hatte der sich schon zu seinem Vater aufgemacht. Bearnard war inzwischen zum Angriff übergegangen und hatte seinen Gegner, der um einiges kleiner war als er, mit einem Fausthieb niedergestreckt. Dabei hatte George Fraser seinen Hut verloren, den nun der Wind packte und aufs Meer hinauswehte. Seine mittlerweile vollkommen schwarzen Haare flatterten ihm um den Kopf, während er sich bemühte, Bearnard davon abzuhalten, die feisten Hände um seinen Hals zu legen. Fraser war nun eindeutig als ein junger, kräftiger Mann zu erkennen.

Nicol trat einen weiteren Schritt auf seinen Vater zu, während dieser mitten in seiner Bewegung innehielt. Die Mienen der zwei Männer verrieten Moira, dass sie nun beide den Mann erkannt hatten und überrascht waren, dass er an Bord war. Frasers Gesichtsausdruck sagte ihr, dass es ihm gar nicht recht war, erkannt worden zu sein. Sie erstarrte. Plötzlich hatte sie Angst um den Mann, der sie so galant hatte verteidigen wollen.

»Tavig MacAlpin!«, entfuhr es Bearnard. Er sprang hoch und griff nach seinem Schwert.

»Jawohl. Und was geht Euch das an?«, fauchte Tavig, während er langsam aufstand und sich vor den Robertsons aufbaute.

»Das geht jeden rechtschaffenen Mann zwischen hier und London etwas an.«

»Ihr seid kein rechtschaffener Mann, Robertson, sondern ein brutaler Schläger, der andere mit seinen Fäusten und seinem unerschöpflichen Vorrat an Brutalität in Schach hält. Achtung oder Zuneigung sind Euch fremd, deshalb weckt Ihr Furcht in den Menschen um Euch herum.« Tavig legte langsam die Hand auf sein Schwert und stellte sich auf den Angriff ein, mit dem er fest rechnete. »Es ist ein Wunder, dass Ihr so lange überlebt habt und dass Euch noch keiner den fetten Hals durchgeschnitten hat.«

»Und Ihr wärt wohl der Richtige dafür, stimmt's? Nichts gefällt Euch besser, als Euch von hinten anzuschleichen und einem Mann die Kehle aufzuschlitzen – oder den Bauch, wie Ihr es bei Euren Freunden getan habt. Euer Cousin Iver MacAlpin hat eine stattliche Summe auf Euch ausgesetzt, und die werde ich mir holen.« Bearnard zückte sein Schwert und stürzte sich auf Tavig.

»Vater!«, schrie Nicol. »Sir Iver will den Mann lebendig.«

»Der Mistkerl verdient den Tod«, knurrte Sir Bearnard.

»Kommt doch und versucht es«, höhnte Tavig. »Na ja, vielleicht habt Ihr ja sogar Glück, aber bevor ich sterbe, schlitze ich Euch noch den Bauch auf, Mistkerl!«

Wutschnaubend griff Bearnard immer heftiger an, doch Tavig parierte jeden Schlag. Er wollte nicht sterben, aber er wollte auch nicht gefangen genommen werden. Wenn er an seinen verräterischen Cousin Iver ausgeliefert wurde, würde er einen langsamen, qualvollen Tod für zwei Morde sterben, die er nicht begangen hatte. Wenn er den Kampf gegen Robertson nicht gewinnen konnte, wollte er sicherstellen, dass der Mann ihn tötete.

»Nay, Onkel Bearnard!«, schrie Moira, als Tavig stolperte und Bearnard zum tödlichen Schlag ausholte.

Während Tavig fieberhaft vor Bearnards Schwert wegkroch, sah er, dass Moira zu ihrem Onkel stürzte. Er fluchte, als Bearnard das Mädchen wegstieß und sie gegen die Reling schleuderte, genau die Reling, vor der Tavig sie gewarnt hatte. Bearnard war kurz abgelenkt, was Tavig rasch nutzte. Er stürzte sich auf den Kerl und stieß ihn zu Boden. Mit zwei raschen, wütenden Fausthieben schlug er ihn bewusstlos. Dann richtete er sich wieder auf und eilte zu Moira, ohne weiter auf Bearnards Sohn Nicol zu achten.

»Mädchen, Ihr müsst von dieser Reling weg!«, herrschte er sie an, wobei er Nicol, der inzwischen das Schwert auf ihn gerichtet hatte, weiterhin kaum beachtete.

Moira war noch immer benommen von Bearnards Ohrfeige, doch während sie versuchte, der barschen Aufforderung dieses seltsamen Mannes zu folgen, richtete sich der erneut aufgekommene Wind gegen sie. Die Böen stürmten auf sie ein und drückten sie gegen die Reling. Der heulende Wind hielt sie so fest, dass sie sich kaum rühren konnte. Ihr war, als würde ihr der Atem aus dem Körper gepresst. Die groben Planken der Reling bohrten sich in ihren Rücken, während der Sturm sie immer stärker gegen das Holz drückte.

Sie sah, dass Tavig mit aller Kraft gegen den Wind ankämpfte und versuchte, sich ihr zu nähern. Dann hörte sie plötzlich ein unheilverkündendes Geräusch: das Splittern von Holz.

Die Reling, an die Moira gepresst wurde, gab nach. Tavig und Nicol stießen einen Warnschrei aus. Moira klammerte sich an die Bretter, doch ein Großteil der Reling hing nun über den schäumenden Wogen. Der Teil, an den sie sich klammerte, war nur noch mit einer schmalen Planke mit dem Rest verbunden. Vorsichtig versuchte sie, sich daran entlangzuhangeln und in die Reichweite von Nicols und Tavigs ausgestreckten Händen zu kommen. Sie war nur um Haaresbreite davon entfernt, als die Reling ihre letzte schwache Verbindung zum Schiff aufgab. Mit einem Schrei stürzte Moira in die sturmgepeitschte See.

Tavig klammerte sich an den unbeschädigten Teil der Reling und rief Moiras Namen. Er konnte kaum noch ihr weißes Nachthemd erkennen. Sie hielt sich noch immer an der Planke fest, aber ihr Köper befand sich schon zur Hälfte in der eiskalten, aufgewühlten See. Das Mädchen konnte den Kopf bestimmt nicht mehr sehr lange über Wasser halten, und sie konnte sich auch nicht allein daraus befreien. Bald würde sie in den hohen Wellen untergehen. Auf sich allein gestellt, hatte sie keine Chance zu überleben.

»Holt mir das Seil dort drüben!«, keuchte Tavig und deutete auf einen Strick, der an einem Poller vertaut war.

»Was könnt Ihr schon tun?«, rief Nicol, steckte das Schwert jedoch zurück in die Scheide und beeilte sich, Tavigs Befehl zu folgen.

»Ich springe ihr nach.« Tavig schlang das Tau um seine Schultern und trat zu der Lücke in der Reling.

Nicol packte ihn am Wams. »Seid Ihr von Sinnen? Das werdet Ihr nicht überleben!«

»Besser sterben bei dem Versuch, einen dürren Rotschopf zu retten, als am Galgen zu enden. Und vielleicht sterbe ich ja gar nicht.«

Mit einem Blick auf die tosenden Wogen erwiderte Nicol: »Doch, das werdet Ihr.«

»Mir wär's lieber, wenn ich es nicht täte. Aber eines weiß ich: Ich muss jetzt zu Moira, sonst überlebt sie es nicht. Es ist allerdings verdammt schwer, der kleinen Stimme in mir zu folgen, die mich auffordert, ihr nachzuspringen. Ich hoffe nur, diese Stimme ist anständig genug, mir auch zu sagen, was passieren wird, nachdem ich in diese schwarzen, gefährlichen Wogen gesprungen bin.«

»Was plappert Ihr da, MacAlpin?«

»Das Schicksal, mein Bester, das verflixte Schicksal.«

Er betete, dass seine Eingebung weiterhin recht behielte, dann holte er tief Luft und sprang. Als er in dem kalten Wasser landete, geriet er einen Moment lang in Panik. Er ging in einer gischtbekrönten Welle unter und fürchtete, dass er nie mehr an die Oberfläche kommen würde. Doch dann begann er, gegen die widrigen Elemente zu kämpfen, und schaffte es, den Kopf über Wasser zu bekommen. Er atmete mehrmals tief durch, nicht nur, weil er es dringend nötig hatte, sondern auch vor Erleichterung. Als Nächstes sah er sich nach Moira um, und als er ihr weißes Nachthemd erblickte, schwamm er kraftvoll darauf zu.

Er verfluchte die stürmische See. Wie er bald erkannte, klammerte sich Moira noch immer verzweifelt an die Planke. Bei ihr angelangt, hievte er sich auf das kümmerliche Floß, schlang sich hastig das Seil um die Taille und band sich damit an der Planke fest. Sobald er sich sicher genug fühlte, packte er Moira an einem ihrer schlanken Handgelenke und zog sie aus dem Wasser. Sie sackte neben ihm zusammen. Während die kalten Wogen sie überliefen, sicherte er auch eine ihrer Hände mit dem Seil. Dann nahm er ihre freie Hand in die seine. Als er sich flach auf die nasse Planke presste, befand er sich Nase an Nase mit Moira.

»Ihr seid verrückt!«, keuchte sie und hustete, als eine weitere Welle über sie hinweglief und das Salzwasser in ihren Mund drang. »Jetzt werden wir beide ertrinken!«

Bei der nächsten Welle, die über sie hinwegspülte, konnte sich Tavig des Gefühls nicht erwehren, dass sie vielleicht recht hatte.

2

Moira vernahm ein heiseres Stöhnen. Es dauerte eine Weile, bis sie merkte, dass das furchtbare Geräusch aus ihrer eigenen Kehle stammte. Sie fühlte sich schrecklich. Ihre Wange war an etwas Feuchtes, Raues gepresst. Schließlich stellte sie fest, dass sie auf einem Strand lag, mit dem Gesicht im Sand. Ihr Körper tat so weh, dass sie am liebsten geweint hätte. Sie war völlig durchnässt. Plötzlich zog sich ihr Magen zusammen. Mühsam hob sie den Kopf und übergab sich unter schrecklichen Krämpfen.

Eine leise Männerstimme begleitete ihre Nöte. Sie faselte irgendeinen Unsinn, dass ihr Elend nur zu ihrem Besten sei und dass es ihr bald wieder besser gehen werde. Moira hoffte auf eine kleine Pause zwischen den Magenkrämpfen, in der sie dem Narren sagen wollte, er solle sich zur Hölle scheren und dort bleiben. Aber sie war sich nicht sicher, ob ihr diese Pause vergönnt sein würde. Ihr Körper war offenbar entschlossen, alles loszuwerden, was ihn störte, und diese Qualen erforderten all ihre Aufmerksamkeit.

Tavig lächelte schief, als er ihre abgehackten Flüche vernahm. Bald würde sie das Schlimmste hinter sich haben. Er rieb ihr den Rücken, während sie sich weiter erbrach. Ihr Elend war kaum mit anzusehen, aber er wusste, es war nicht zu vermeiden. Sobald sie etwas ruhiger atmete, zog er sie zu einer sauberen Stelle, an der sie gleich wieder zusammenbrach.

»Hier, spült Euch den Mund«, drängte er.

Moria schlug die Augen auf. Er hielt ihr einen groben Holzbecher unter die Nase. Sie stützte sich auf einen Ellbogen, kostete vorsichtig und stellte fest, dass der Becher Wein enthielt. Zuerst spülte sie den Mund damit aus, dann nahm sie vorsichtig einen kleinen Schluck von dem leicht bitteren Trank und sah sich um. Langsam fiel ihr wieder ein, was passiert war, und sie begriff, warum sie hier auf einem Strand kauerte, der von der aufgehenden Sonne in ein sanftes rosafarbenes Licht getaucht war. Schließlich wandte sie sich stirnrunzelnd Tavig zu.

»Woher habt Ihr den Wein und den Becher? Die Sachen sind doch nicht zusammen mit uns an Land gespült worden, oder?«

»Nay. In der Nähe gibt es eine Fischerkate.«

»Also auch jemanden, der uns vielleicht helfen könnte?«

»Das glaube ich nicht. Die Kate sieht aus, als ob sie schon länger nicht mehr bewohnt ist. Da dort drinnen noch etliche Vorräte herumliegen, jedoch weit und breit nichts von einem Boot zu sehen ist, kann ich mir nur vorstellen, dass der arme Besitzer auf einem Fischzug ertrunken ist.«

Moira bekreuzigte sich, dann gab sie Tavig den Becher zurück und streckte sich ermattet auf dem Strand aus. Tavigs Kleidung war schmutzig und zerlumpt, sie fragte sich, warum er sich nicht der letzten Reste seines einst recht kostbaren Leinenhemds entledigt hatte. Das, was noch davon übrig war, trug kaum dazu bei, seine breite, glatte, dunkle Brust zu verhüllen.

Bei dem traurigen Zustand seiner Kleidung fragte sie sich natürlich auch, wie ihre eigene aussah. Eine kühle Morgenbrise strich über den Strand und auch über ihren Körper – über so viel bloße Haut, dass von ihrem Nachthemd und ihrem Umhang wohl nicht mehr viel übrig war. Moira wusste, dass sie zumindest hätte nachsehen sollen, ob sie noch sittsam bedeckt war, aber sie war zu schwach, um sich zu rühren. Ihr Körper fühlte sich von oben bis unten völlig zerschlagen und kraftlos an.

»Was ist mit Eurem Bart passiert?«, fragte sie. Seine glatten Gesichtszüge waren viel zu attraktiv für ihr seelisches Gleichgewicht.

»Ich habe ihn abrasiert. Ich konnte das Ding nicht mehr ertragen«, erwiderte er und streckte sich neben ihr aus.

»Und Eure Gemahlin, die an einem Fieber gestorben ist?«

»Eine Lüge, fürchte ich. Geht es Euch besser?«

»Noch nicht wesentlich. Ich glaube, ich bleibe einfach hier liegen und warte, bis ich sterbe. Mir ist eiskalt, ich fühle mich schon fast wie eine Leiche. Am besten schaufelt Ihr mir ein Grab und sucht mir ein Leichentuch.«

»Ich fürchte, das, was Ihr und ich am Leibe tragen, reicht nicht einmal zusammengenommen für ein Leichentuch.«

»Also bin auch ich nur in Lumpen gehüllt und wahrscheinlich nicht einmal sittsam bedeckt.«

»So schlimm ist es auch wieder nicht. Zumindest sind die Teile von Euch bedeckt, die ich sehr gern ein bisschen eingehender betrachten würde.«

Moira fragte sich, warum sie nicht errötete, ja, nicht einmal empört war. Wahrscheinlich war sie noch zu erschöpft, um sich über seine Frechheit aufzuregen. »Ihr seid ganz schön unverschämt für einen Mann, der zum Tod durch den Strang verurteilt worden ist.«

»Verurteilt bin ich zwar, aber noch bin ich frei.«

»Kein Verurteilter kann wirklich frei sein. Ihr seid nur knapp mit dem Leben davongekommen, und ich genauso. Dafür danke ich Euch. Ich weiß noch, dass Ihr nach mir in die kalten Fluten gesprungen seid. So etwas zu tun ist reichlich sonderbar. Aber ich bin natürlich dankbar für den Moment des Wahnsinns, der Euch befallen haben muss.«

»Ihr habt versucht, Euren Vormund davon abzuhalten, mich zu zerstückeln. Diese Ablenkung hat mir womöglich das Leben gerettet, also musste ich mich wohl revanchieren. Und außerdem – hätte ich tatenlos dastehen und zusehen sollen, wie das Mädchen wegschwimmt, das zu heiraten mir bestimmt ist?«

Tavig wartete geduldig, bis die Bedeutung dieser Worte ihr bewusst wurde. Ihr Gesicht war sehr einfach zu lesen: Zuerst zeichnete sich Verwirrung ab, dann ein allmähliches Begreifen, bei dem ihre herrlichen blauen Augen sehr groß wurden. Er bezweifelte, dass sie ihm glauben würde. Wahrscheinlich hielt sie ihn für verrückt. Selbst er wusste nicht so recht, ob er Herr seiner Sinne war. Doch während er sich um Moira gekümmert hatte, ging ihm allmählich auf, warum ihrer beider Leben plötzlich so eng miteinander verwoben war. Sie waren Gefährten, die das Schicksal füreinander bestimmt hatte. Davon war er mittlerweile so gut wie überzeugt.

Moira brauchte eine Weile, um sicherzugehen, dass sie sich nicht verhört hatte. Selbst als sie anfing, es zu glauben, verstand sie es nicht. Der Mann musste verrückt sein. Oder wollte er sie etwa auf die Probe stellen, ob sie noch genügend Verstand hatte zu erkennen, wie lächerlich das war, was er soeben gesagt hatte?

»Ich glaube, Ihr habt so viel Wasser geschluckt, dass es Euch den Verstand zerfressen hat, Sir MacAlpin«, sagte sie schließlich.

»Eine höchst ungewöhnliche Reaktion auf einen Heiratsantrag«, murmelte er.

»Heiratsantrag? Das ist doch blanker Unsinn! Ich glaube, Ihr habt das nur gesagt, weil Ihr sehen wolltet, ob mein Kopf inzwischen klar genug ist, um es als Unsinn zu erkennen.«

»Unsinn? Wahnsinn? So etwas tut mir in der Seele weh!«

»Hört auf, Euch über mich lustig zu machen, und helft mir lieber hoch.« Sie streckte die Hand aus. »Glaubt Ihr, das Schiff ist untergegangen?«, fragte sie, während er sie hochzog, danach aber ihre Hand nicht losließ.

»Nein, das glaube ich nicht. Auf dem Strand liegen jedenfalls keine Wrackteile herum.« Er ignorierte ihren Versuch, ihm ihre Hand sanft zu entziehen. »Während ich darauf gewartet habe, dass Ihr wieder zu Euch kommt, bin ich in beiden Richtungen ziemlich weit gelaufen.«

Mit ihrer freien Hand zog sich Moira die Reste ihres feuchten Umhangs über die Beine. Gottlob war seinem rätselhaften Blick sonst kaum etwas ausgesetzt. Ihre Lage war peinlich genug, sie hatte wahrhaftig keine Lust, sich auch noch um die Sittsamkeit zu sorgen. Stattdessen lenkte sie ihre Gedanken wieder auf die schwierige Frage, was sie nun tun sollte.

»Wenn das Schiff den Sturm überstanden hat, werden meine Verwandten nach uns suchen«, meinte sie. »Ich glaube, ich sollte einfach hierbleiben.«

»Ach wirklich?«, fragte er gedehnt.

»Mir ist klar, dass Ihr nicht erpicht darauf seid, sie wiederzusehen. Deshalb kann ich es verstehen, wenn Ihr die Chance zur Flucht ergreift.«

»Wie freundlich von Euch.«

Sie starrte ihn finster an. Mittlerweile hatte sie es aufgegeben, ihre Hand auf sanfte Art und Weise aus seiner zu lösen, und entwand sich nun gewaltsam seinem festen Griff. »Sir MacAlpin, ich fange an zu glauben, dass Ihr meinen Plan nicht gutheißt.«

»Ich wusste doch gleich, dass Ihr ein schlaues Mädchen seid.« An ihrem verdrießlichen Gesicht erkannte Tavig, dass sie allmählich wütend wurde; deshalb beeilte er sich, eine Erklärung hinzuzufügen. »Falls Eure Verwandten nicht glauben, dass Ihr tot seid, also die Hoffnung hegen, dass Ihr überlebt habt und irgendwo an Land gespült worden seid, gibt es eine ewig lange Küste, die sie absuchen müssten. Es würde Tage dauern, bis sie Euch finden. Und diese Zeit haben sie nicht, stimmt's?«

Moira schimpfte halblaut. Zu ihrem Leidwesen musste sie ihm recht geben. Ihre Verwandten hatten nicht die Zeit, nach ihr zu suchen, selbst wenn sie es für möglich hielten, dass sie noch am Leben war. Sie mussten Sir Bearnards Tochter Una befreien, und zwar noch in diesem Monat. Bei dem Versuch, mit Unas Entführer zu verhandeln, hatten sie bereits viel zu viel Zeit vergeudet, jetzt blieben ihnen nur noch drei Wochen. Natürlich stellte das auf Sir Tavig MacAlpin ausgesetzte Kopfgeld eine gewisse Versuchung für sie dar, aber diese Versuchung wog das Risiko, Una zu verlieren, nicht auf. Sir Bearnard hatte mit seiner Tochter Großes im Sinn. Er dachte daran, mit einer geschickt eingefädelten Ehe sein Ansehen und seinen Wohlstand zu mehren.

Moira blieb wohl nichts anderes übrig, als sich um sich selbst zu kümmern. Von Tavig, der seelenruhig neben ihr saß und sie beobachtete, konnte sie kaum noch mehr Beistand erwarten. Er musste seinen Kopf aus der Schlinge ziehen. Wenn er bei ihr bliebe, bestand die Möglichkeit, dass er ihren Verwandten wieder in die Hände fiel. Nach einem Wiedersehen mit Sir Bearnard gelüstete es diesem Mann bestimmt nicht. Und wie sehr konnte sie jemandem trauen, dem zwei Morde angelastet wurden, selbst wenn er sein Leben aufs Spiel gesetzt hatte, um ihres zu retten?

»Nun, dann mache ich mich wohl auf die Suche nach einem Sheriff oder dergleichen«, sagte sie schließlich.

»Glaubt Ihr wirklich, dass Ihr hier viel Hilfe finden werdet? Ihr seid völlig zerlumpt und habt keinerlei Möglichkeit zu beweisen, dass Ihr seid, wer Ihr zu sein behauptet. Das sage ich jetzt nicht, um Euch zu beleidigen, aber im Moment kommt Ihr daher wie eine arme kleine Bettlerin. Und obendrein könnte man Euch noch für eine Diebin halten, weil Eure zerrissenen Kleider aus einem ziemlich kostbaren Stoff gefertigt sind.«

»Habt Ihr denn einen besseren Plan?«, erwiderte sie ungehalten, denn es ärgerte sie, dass er ihre Einfälle ständig mit triftigen Argumenten durchkreuzte.

»Jawohl, meine zornige Braut.«

»Ich bin nicht Eure Braut!«

Tavig überhörte ihren mürrischen Einspruch. »Ihr könnt bei mir bleiben, und ich werde Euch an einen sicheren Ort bringen.«

»Sicher? In Eurer Nähe? Ich habe gehört, was mein Cousin Nicol sagte, als Eure Verkleidung sich auflöste. Ihr seid auf dem direkten Weg zum Galgen. Ich glaube nicht, dass das ein sicherer Ort ist.«

»Noch liegt die Schlinge nicht um meinen Hals, Liebes.« Er stand auf, klopfte sich den Sand von den Kleidern und streckte ihr die Hand hin. »Nun kommt. Wir sollten uns jetzt besser auf den Weg machen. Vor uns liegt eine lange, harte Reise.«

Ein wenig argwöhnisch ließ sie sich von ihm hochhelfen. »Wohin reisen wir?«

Er schlug die Richtung ins Landesinnere ein und lächelte schwach, als er hörte, wie sie ihm eilig folgte. Ihr Argwohn kränkte ihn nicht, er war ihr kaum zu verübeln. Vor dem Gesetz galt Tavig als Mörder, auch wenn er ihr das Leben gerettet hatte. Da sie ihn kaum kannte, konnte sie nicht beurteilen, ob die Anklage gegen ihn rechtens war. Ebenso wenig konnte er ihr verübeln, dass sie ihn für leicht verrückt hielt, wenn er so unvermittelt übers Heiraten redete, dachte er und musste ein wenig grinsen. Ja, er hätte sie sogar für etwas beschränkt halten müssen, hätte sie nicht ein gewisses Zögern und Misstrauen an den Tag gelegt.

»Sir Tavig«, ächzte Moira, als sie ihm mühsam über einen steinigen Hang hinauf zu dem Heideland folgte, das den Strand säumte. »Wohin bringt Ihr uns?«

»Zur Burg meines Cousins.« Er half ihr die letzten paar Schritte hoch, dann schlug er den Weg zu einer kleinen, reetgedeckten Kate ein, die nur wenige Meter von ihnen entfernt lag. »Er wird uns helfen, und er wird auch einen Priester für uns auftreiben, der uns trauen kann.«

Moira beschloss, dass es wohl am besten wäre, sein albernes Geschwätz von einer Heirat zu überhören. »Kenne ich diesen Cousin? Ihr habt doch bestimmt mehrere. Sir Iver habt Ihr ja wohl nicht im Sinn, der ist doch hinter Euch her. Mit einem Namen wäre mir sehr gedient.«

»Mungan Coll.« Als Tavig hörte, dass sie abrupt stehen blieb, wandte er sich fragend zu ihr um.

»Der Mungan Coll, zu dem wir unterwegs waren, als ich ins Meer stürzte? Der Mungan Coll, der meine Cousine Una als Geisel hält?«

»Richtig, genau der.«

»Ihr wollt mir einreden, dass ich bei einem solchen Mann in Sicherheit wäre?«

»Jawohl, doch ich merke, dass Ihr kaum geneigt seid, mir zu

glauben. Seht es doch einmal so: Ihr werdet dann immerhin an einem Ort sein, an dem Euch Eure Verwandten bestimmt finden.« Er nahm sie bei der Hand, ignorierte ihr leichtes Zögern und zog sie zu der Fischerkate.

»Aye – als Gefangene gleich neben Una. Zweifellos würde auch für mich ein gewisses Lösegeld gefordert werden.« Das beunruhigte sie freilich am meisten, denn sie war sich nicht sicher, ob ihre Verwandten auch nur einen Farthing für sie locker machen würden.

»Nay. Mungan würde niemals meine Frau zur Geisel nehmen.«

Er schob sie in die Hütte. Sie blieb in der niedrigen Tür stehen und schimpfte weiter halblaut, während er ein Feuer und ein paar Talglichter anzündete. Sein Plan behagte ihr ganz und gar nicht, aber sehr zu ihrem Verdruss fiel ihr absolut nichts Besseres ein.

Als es in dem nahezu fensterlosen Raum etwas heller wurde, setzte sie sich auf eine derbe Bank vor einen ebenso schlichten Holztisch. Mürrisch sah sie zu, wie Tavig ein paar Lebensmittel auftrieb und sich anschickte, Hafergrütze zu kochen. Seine Selbstständigkeit ärgerte sie, denn dabei wurde ihr nur allzu klar, warum sie auf Gedeih und Verderb an ihn gebunden war. In ihren achtzehn Lebensjahren war sie noch nie auf eigenen Füßen gestanden. Schon der Gedanke, sich allein durchs Leben schlagen zu müssen, erfüllte sie mit Angst und Schrecken. Einen längeren Zeitraum, in dem sie zwangsläufig auf sich allein gestellt war, würde sie wohl kaum überstehen.

Sie tröstete sich mit dem Gedanken, dass ihre mangelnden Fertigkeiten nicht allein ihre Schuld waren; denn ihre Eltern, ihre Ammen und Mägde hatten sie kaum einen Handgriff tun lassen. Das hatte sich allerdings drastisch geändert, als sie zu Sir Bearnard Robertson und seiner Familie gezogen war. Dort hatte man sie unverzüglich damit beauftragt, sich ans Nähen und Weben zu machen. Aber diese Fertigkeiten würden ihr jetzt nicht viel nützen. Die krumme Annie, die sie vor zwei

Jahren unter ihre alternden Fittiche genommen hatte, hatte sich zwar angeschickt, ihr ein paar nützlichere Dinge beizubringen, doch die Zeit hatte nicht gereicht, um sehr viel mehr zu lernen als den einigermaßen geschickten Umgang mit einem Messer.

Also kann ich mich immerhin ein bisschen verteidigen, sinnierte sie. Das war wenigstens etwas, auch wenn es beileibe nicht reichte. Dies wusste sie nur zu gut. Es würde ihr weder Kleidung noch Nahrung einbringen und sie auch nicht vor rauer Witterung schützen. Sie brauchte Tavig MacAlpin, wie sie sich zu ihrem großen Verdruss eingestehen musste. Finster funkelte sie die Schüssel mit dem Haferbrei an, die er ihr gereicht hatte.

»Na kommt schon, Kleine, warum seid denn Ihr so trübe gestimmt?« Tavig setzte sich ihr gegenüber und begann zu essen.

»Ihr meint wohl abgesehen von der Tatsache, dass ich gerade mehrere Stunden im eiskalten Meer herumgeworfen worden bin und dabei fast ertrunken wäre?« Sie musste zugeben, dass er es verstand, einen ausgezeichneten Haferbrei zu kochen, doch das trug kaum dazu bei, ihre Laune zu heben.

»Aber Ihr habt überlebt. Ihr seid ein bisschen herumgeschleudert worden, aber die Wellen haben Euch lebend ans Ufer gespült.«

»Und was ist mit der Tatsache, dass ich nichts anzuziehen habe bis auf ein zerrissenes Nachthemd und einen lädierten Umhang?«

»Ich finde, dass Eure Kleidung die Strapazen recht gut überstanden hat.«

»Ach ja? Und dass ich nicht die geringste Ahnung habe, wo wir uns befinden, was ist damit? Ich sitze auf einer einsamen Heide fest und habe keine Ahnung, wohin ich unterwegs bin und wie ich dorthin gelangen soll.«

»Zerbrecht Euch nicht Euer hübsches Köpfchen darüber. Ich bringe Euch in Sicherheit.«

»Aye, und noch eines«, murrte sie und kratzte den Rest Haferbrei mit kurzen, heftigen Bewegungen aus der Schüssel.

»Und das wäre?«, fragte er, als sie nicht weitersprach und nur verdrossen in die leere Schüssel starrte.

»Ich kann nicht für mich sorgen. Ich kann nichts tun, was getan werden muss, um diese Strapaze zu überleben. Ich muss mich gänzlich darauf verlassen, dass Ihr mir helft und mich an einen sicheren Ort schafft.«

»Es ist doch nicht so schlimm, wenn eine Frau sich auf ihren Mann verlassen muss.«

Moria schlug mit dem Holzlöffel auf den Tisch. »Wenn wir schon zusammenbleiben müssen, dann könnt Ihr vielleicht wenigstens mit diesem albernen Geschwätz aufhören. Ich finde es überhaupt nicht lustig.«

»Das freut mich. Die Ehe ist nichts, worüber man sich lustig machen sollte. Sie ist eine sehr ernste Angelegenheit.« Beinahe musste er lachen über den absolut angewiderten Blick, mit dem sie ihn bedachte.

»Warum beharrt Ihr darauf?«

Es musste ein Scherz sein, und dieser Scherz tat ihr weh. Sie hatte sich mehr oder weniger damit abgefunden, als alte Jungfer zu enden und sich vielleicht eines Tages um Unas Kinder zu kümmern. Da für sie keine Ehe vereinbart, ja nicht einmal erwogen worden war, ging sie davon aus, dass sie keine Mitgift besaß. Dieser Mangel und noch dazu ihr rotes Haar, etwas, was viele als schreckliche Farbe betrachteten, wenn nicht sogar als Zeichen des Teufels, rückte die Ehe für sie in unerreichbare Ferne. Und dann war da noch ihre Gabe – ihre heilenden Hände –, doch die hielt sie streng geheim, denn auch so etwas erregte nur Furcht bei den Leuten; aber vor einem Ehemann würde sie sie wohl kaum auf Dauer verbergen können. Aus all diesen Gründen war sie zu dem Schluss gekommen, dass es wahrscheinlich am besten für sie war, Jungfrau zu bleiben und auf die Ehe zu verzichten. Und jetzt neckte dieser Kerl sie ständig damit. Es kam ihr ziemlich grausam vor.

»Ihr wisst nicht einmal, wer ich bin«, fuhr sie fort. »Wir kennen uns wahrhaftig nicht lange genug, um eine dauerhafte Partnerschaft in Erwägung zu ziehen. Abgesehen davon sieht es so aus, als ob Euer Leben kein sehr langes sein wird.«

»Seid so freundlich und erinnert Euch daran, dass ich noch nicht tot bin, meine Beste. Ich nehme an, Ihr würdet mir nicht glauben, wenn ich Euch erklärte, dass ich völlig unschuldig bin und diese Männer nicht getötet habe«, meinte er und goss ein bisschen Wein in zwei Becher.

»Warum seid Ihr dann zum Tode verurteilt worden? Und noch dazu von Eurem Verwandten? Ich habe gehört, was Cousin Bearnard sagte, und Ihr habt nichts davon abgestritten.«

»Nur, weil ich zum Strang verurteilt worden bin, heißt das noch lange nicht, dass ich das Verbrechen verübt habe. Es sind genügend unschuldige Männer am Galgen gelandet, dessen bin ich mir ganz sicher. Und was heißt das schon, von einem Verwandten vor Gericht gezerrt und verurteilt zu werden? Gibt es einen besseren Weg, um sich eines rechtmäßigen Erben zu entledigen, eines Erben, dem alles zusteht, was der andere begehrt?«

Es klang, als ob er die Wahrheit sagte. Die tiefe Bitterkeit, die in seiner wohltönenden Stimme mitschwang, ließ seine Worte umso aufrichtiger klingen. Moira hätte ihm zu gern geglaubt, aber sie bemühte sich, an ihren Zweifeln und ihrem Argwohn festzuhalten. Es war nicht der rechte Zeitpunkt, um zu vertrauensselig zu sein.

»Wo waren denn Eure anderen Verwandten?«, fragte sie. »Haben alle diese Lüge geglaubt? Ist keiner aufgestanden, um Euch zu verteidigen?«

Sie entdeckte einen gequälten Ausdruck in seinen dunklen Augen, wollte sich aber von Mitgefühl nicht an ihren Fragen hindern lassen. »Hat sich keiner zu Eurem Fürsprecher erklärt? Hat keiner gegen die Strafe protestiert oder gegen die Anklage Einspruch erhoben?«, fuhr sie fort.

»Leider muss ich all Eure Fragen bejahen, wenn auch mit gewissen Einschränkungen. Der Mann, der mir das angetan hat, mein Cousin Iver, hat viele starke Verbündete. Auch ich habe einige Verbündete, aber wenn sie mir vor aller Augen geholfen hätten, hätten sie sich mehr Schaden zugefügt als mir Vorteile gebracht. Sie haben weder die Macht noch die Mittel, um sich gegen Iver und seine Freunde zu stellen. Ich konnte ihnen nicht erlauben, ihr Leben für mich aufs Spiel zu setzen. Immerhin haben sie mir durch das wenige, was sie für mich tun konnten, die Flucht ermöglicht.«

»Ihr könnt noch nicht sehr lange auf freiem Fuß sein, sonst wärt Ihr inzwischen schon bei Mungan Coll.« Moira wünschte von ganzem Herzen, seine Geschichte klänge nicht so plausibel, denn sie war sehr versucht, ihm zu glauben.

»Das stimmt. Ich fiel einem hübschen Gesicht zum Opfer, hinter dem sich ein schwarzes Herz verbarg.«

»Eine reizende Erklärung dafür, dass Ihr herumgetändelt habt, statt wegzurennen.«

Tavig grinste. »Aye. Das lockende Funkeln von Mädchenaugen kann einen Mann sehr leicht ablenken.« Er langte über den Tisch und nahm sanft ihre Hand. »Doch Ihr braucht nicht zu befürchten, dass ich weiter herumstreune, wenn ich erst einmal verheiratet bin. Ich bin ein Mann, der einen Schwur sehr ernst nimmt.«

Sie entzog ihm ihre Hand. »Ihr seid ein Mann, dessen Verstand leider ziemlich getrübt ist.«

»Welch böse Worte!«

Er wirkte so komisch betrübt, dass Moira fast lachen musste, doch sie hielt sich zurück. Es war wahrhaftig nicht besonders lustig. Für sie stand außer Frage, dass sie zur Jungfernschaft verdammt war. Wenn er sie nicht neckte, dann war er verrückt. Weder das eine noch das andere war Grund zur Heiterkeit. Sie beschloss, sich ab sofort stärker zu bemühen, sein lächerliches Gerede von der Ehe zu ignorieren. Schließlich stand sie vor der enormen Aufgabe, am Leben zu bleiben, bis sie wieder bei ihren Verwandten war. Das war jetzt erst einmal das Wichtigste.

»Warum wart Ihr auf diesem Schiff?«

»Als ich vor den treuen Stiefelleckern meines Cousins floh, erfuhr ich, dass Euer Schiff zum Land meines Cousins Mungan unterwegs war. Es war zwar riskant, aber dort, wo ich war, zu verweilen, wäre weit gefährlicher gewesen.« Er lächelte sie schief an. »Ihr glaubt mir kein Wort.«

»Ich muss erst darüber nachdenken.« Sie faltete die Hände und bemühte sich um eine möglichst strenge Miene. »Aber im Moment ist es für uns wohl besser, wenn wir unsere nächsten Schritte besprechen.«

»Ich habe es Euch doch schon gesagt, wir gehen zur Burg meines Cousins Mungan.« Er räumte das Geschirr ab und legte es in eine Schüssel mit Wasser.

Als er anfing abzuspülen, fragte sich Moira kurz, ob sie nicht diese Aufgabe übernehmen sollte, da er ja die Mahlzeit zubereitet hatte. Sie wusste, dass es nicht richtig war, ihn alle Arbeit machen zu lassen; aber irgendwie schob sie die Schuld an ihrer düsteren Lage zum Teil auch auf ihn. Es würde ihm eine Art Buße sein, wenn er sie ein bisschen bediente.

Während sie ihm zusah, fragte sie sich, wie jemand selbst in solch unrühmlichem Zustand noch so gut aussehen konnte. Seine Kleidung war zerrissen und verschmutzt, das schwarze Haar wirr und steif von dem Salzwasser, in dem sie so lange geschwommen waren. Außerdem bemerkte sie Blutergüsse und Schwellungen in seinem Gesicht und auch an den Stellen, an denen seine Haut durch die zerrissenen Kleider schimmerte. Manche dieser Blessuren stammten vielleicht von der gewaltigen Wucht der stürmischen Wellen, das meiste hatte er sich jedoch vermutlich bei seinem Kampf mit Sir Bearnard zugezogen. Sie dachte daran, wie gut sie sich um all seine Schrammen kümmern könnte. Doch wie um alles in der Welt kam sie jetzt auf solche Gedanken? Der Mann hatte nicht nur ihr Leben in ein Chaos gestürzt, sondern hatte offenbar auch eine beunruhigende Wirkung auf ihren gesunden Menschenverstand. Moira lenkte ihre abschweifenden Gedanken wieder zurück zu der Frage, was als Nächstes zu tun war. Das war weitaus wichtiger als die Überlegung, wie glatt seine dunkle Haut war oder wie wohlgeformt seine Beine waren.

»Sir Tavig, Ich hatte nicht vergessen, dass Ihr vorhabt, uns zu Mungan Coll zu bringen«, beeilte sie sich zu sagen in der Hoffnung, dass sie ihren Kopf von allen unnützen Gedanken frei halten konnte, wenn sie redete.

»Was wollt Ihr denn sonst noch wissen?«

»Wie kommen wir dorthin? Unsere Kleidung ist zerfetzt, wir haben keine Pferde und keine Vorräte.«

»Wohl wahr.« Er wischte sich die Hände an einem schmutzigen Lumpen ab, dann setzte er sich wieder an den Tisch. »Ich glaube, für den Anfang können wir hier genug finden.«

»Aber das wäre Diebstahl.«

»Mädchen, der Mann, der hier hauste, ist tot, dessen bin ich mir nahezu sicher. Und wenn er doch noch am Leben ist, dann ist er geflohen, ohne einen Gedanken an sein Hab und Gut zu verschwenden. Hört auf, Euch den Kopf darüber zu zerbrechen, ob wir rechtens handeln oder nicht. Was auch immer mit diesem Mann passiert ist, er hat alles zurückgelassen, und jetzt wird es verrotten, oder es wird mitgenommen. Und wir haben es bitter nötig, uns an seinen kärglichen Hinterlassenschaften zu bedienen.«

»Ich sehe ja ein, dass Ihr recht habt, doch es fällt mir trotzdem schwer, Dinge zu nehmen, die einem anderen gehören.«

»Wenn ich Geld bei mir hätte, würde ich es als Bezahlung dalassen, aber das Geld würde bestimmt auch nur gestohlen werden. Wenn es Euer schlechtes Gewissen beruhigt, verspreche ich Euch, dass ich entweder zurückkehren oder jemanden herschicken werde. Wenn der Mann noch am Leben ist, wird er bezahlt werden.«

»Das ist sehr freundlich von Euch, aber vielleicht könnt Ihr ja gar nicht zurückkehren.«

»Dann tut Ihr es eben.«

»Das würde ich gern, doch ich fürchte, ich habe kein Geld.« Sie spürte, wie sie errötete. Doch gleichzeitig fragte sie sich, warum es sie so verlegen machte, einem solchen Mann ihre Armut zu gestehen.

»Überhaupt keines?« Tavig fand ihre Verlegenheit richtig liebenswert, zumal er diesmal keine Schuld daran trug.

»Nay. Mein Onkel Bearnard behauptet, meinem Vater ist das Geld nur so durch die Finger geronnen.«

»Tja nun, mir macht das nichts aus. Eine reiche Erbin wäre zwar auch nicht schlecht gewesen, aber ich brauche das Geld nicht, also kann ich gern auch ein armes Mädchen zur Frau nehmen.« Er grinste, als sie ihn wieder zornig anfunkelte.

Moira sagte sich, dass er solche Dinge sicher nicht von sich gab, um ihr wehzutun. Schließlich konnte er nicht wissen, dass ihre Armut zu den vielen Dingen gehörte, die sie dazu verdammten, unverheiratet zu bleiben. Es war zwar nicht etwas, was sie sich gewünscht hätte, aber sie hatte sich stets bemüht, es hinzunehmen. Doch obwohl sie einsah, dass er nicht absichtlich versuchte, sie zu verletzen, ärgerte sie sein munteres Geschwätz über eine Heirat.

»Es wird langsam Zeit, dass Ihr Euch einen neuen Witz einfallen lasst«, murrte sie.

Tavig schüttelte den Kopf und setzte eine betrübte Miene auf. »Also gut, meine kleine Braut. Zum Glück kettet uns unsere Lage noch gut zwei Wochen aneinander, denn ich sehe, dass ich wohl noch kräftig um Euch werben muss.«

Sie ging nicht auf seine letzten Worte ein, weil sie seine ersten so beschäftigten. »Gut zwei Wochen? Warum so lang?«

»Wie ich schon sagte – wir haben keine Pferde.«

»Richtig. Aber wir können uns doch bestimmt welche besorgen.«

»Nun, ich habe kein Geld, und Ihr habt auch keines. Da Ihr ganz offenkundig nicht zugänglich seid für die Notwendigkeit des Stehlens, muss ich Euch leider sagen: Nein, wir können uns keine Pferde besorgen.«

»Wie kommen wir dann zu Eurem Cousin?«

»Zu Fuß.«

»Zu Fuß?«, fragte sie völlig entgeistert.

»Aye, meine Liebe, Ihr werdet Eure hübschen Füße benutzen müssen.«

»Aber Euer Cousin wohnt meilenweit von hier, oder?«

»Richtig. Eben deshalb werden wir gut zwei Wochen für den Weg brauchen.«

Moira starrte ihn fassungslos an. Sie beschloss, sich ab sofort weniger den Kopf darüber zu zerbrechen, dass Tavig ein verurteilter Mörder war, sondern mehr darüber, dass sie es sehr wahrscheinlich doch mit einem Verrückten zu tun hatte.

3

»Jetzt sehe ich erst recht wie eine Bettlerin aus!«

Als Tavig Moira von oben bis unten betrachtete, bemühte er sich, ein Grinsen zu unterdrücken. Ihre Klage war kaum zu widerlegen. Sie hatten in der Kate zwar Nähzeug aufgetrieben und ihre Kleidung so gut wie möglich ausgebessert, aber die Bemühungen waren deutlich sichtbar; denn der Faden war dunkel, Moiras Nachthemd hingegen weiß. Ein verblasster blauer Plaid, den sie sich um die Taille geschlungen hatte, diente als Rock, ein alter, verwaschener brauner Kittel aus Halbwolltuch als Mieder. Nur ihre zarten Züge und die weiche weiße Haut ließen erahnen, dass sie wohl doch keine armselige Bettlerin war.

Als er sich selbst betrachtete, hätte er beinahe laut aufgelacht. Sein feines weißes Leinenhemd, das nun mit ordentlichen dunklen Stichen zusammengehalten wurde, sah aus, als wäre es gestreift. Das grobe dunkle Wams, das er trug, war uralt und fleckig, und außerdem stank es nach Fisch, genau wie die schlecht sitzende Hose. Der Mann, dessen Kleider sie beschlagnahmt hatten, hatte es als Fischer ganz offensichtlich nicht zu Reichtum gebracht.

»Wir geben tatsächlich ein ziemlich schäbiges Paar ab«, murmelte er.

»Findet Ihr denn wirklich, dass wir diese Dinge überhaupt nehmen sollten? Vielleicht ist der Mann ja doch nicht tot, sondern nur ein Weilchen verreist.« Moira hatte noch immer das ungute Gefühl, einen Diebstahl zu begehen.

»Mädchen, wenn Ihr gesehen hättet, in welch kläglichem Zustand sich die wenigen Tiere befanden, die dieser Mann besaß, wärt Ihr Euch genauso sicher gewesen wie ich, dass ihm etwas zugestoßen ist. Um diese armen Geschöpfe hat sich schon seit Tagen keiner mehr gekümmert. Am besten wäre es wohl gewesen, ich hätte sie gleich getötet, um ihrer Not ein Ende zu bereiten. Aber stattdessen tat ich, was ich für sie tun konnte, was wahrhaftig nicht viel war, und ließ sie frei. Entweder fallen sie den Wölfen zum Fraß, oder aber sie schlagen sich irgendwie durch, bis sie von einem armen Bauern aufgegabelt werden, der dann irgendeinen Nutzen aus ihnen zieht. Falls der Fischer doch noch am Leben ist, hat er es verdient, seine Tiere zu verlieren, weil er sie so schlecht behandelt hat.«

»Damit mögt Ihr recht haben«, stimmte sie zögernd zu. »Dennoch – trotz all Eurer Begründungen werde ich das Gefühl nicht los, dass ich dem Bewohner dieser Kate etwas stehle.«

»Vergesst nicht, ich hätte seinem Geist ja gern eine Entschädigung zurückgelassen, aber mir fehlt es momentan an dem nötigen Kleingeld. Und wahrscheinlich hattet auch Ihr nicht die Weitsicht, Euren Geldbeutel zu holen, bevor Ihr ins Meer geschleudert wurdet.« Er wusste nicht recht, ob er ihr ihre Armut wirklich abnehmen sollte, doch offenbar ging sie davon aus, dass sie keinen Farthing besaß.

»Sehr witzig! Es besteht wirklich keinerlei Notwendigkeit, so unverschämt zu sein.«

»Mädchen, Eure Empfindlichkeit in Ehren, aber ich fürchte, momentan ist sie fehl am Platze. Wir sind in Lumpen an diesen rauen Gestaden gelandet, wir haben keinen Farthing bei uns und keine Vorräte. Da ich mir nahezu sicher bin, dass der Bewohner dieser Kate tot ist, betrachte ich es als großes Glück, dass hier nicht schon alles geklaut worden ist, was wir gut brauchen können.«

Sie schnitt eine Grimasse. Er hatte recht – wieder einmal. Ein ziemlich ärgerlicher Wesenszug von ihm, fand sie. Doch von nun an würde sie sich bemühen, ihre ›Empfindlichkeit‹, wie er es genannt hatte, zu vergessen. Solche Anwandlungen waren ein Luxus, den sie sich momentan einfach nicht leisten konnte.

»Ich werde mich ab sofort nicht mehr darüber beklagen,

welch schreckliche Dinge uns unser Überleben abfordert«, verkündete sie. »Bestimmt müsst Ihr Euch um weitaus Wichtigeres kümmern als darum, mir ständig zu versichern, dass wir nur tun, was wir tun müssen.«

Tavig legte ihr den Arm um die Schultern und drückte sie kurz. Dass sie sich verspannte und gleich wieder von ihm abrückte, ignorierte er. »Wie versprochen werde ich mir Mühe geben, mich zu erinnern, wo wir was entwendet haben, und mich darum kümmern, dass diejenigen, von denen wir etwas geborgt haben, voll entschädigt werden.«

Moira nahm sich fest vor, dasselbe zu tun, ganz egal, wie schwer es ihr fallen würde, an das nötige Geld zu kommen. Sie konnte nicht darüber hinwegsehen, dass Tavig ein Verurteilter war, obwohl ihr bei dem Gedanken immer mulmiger wurde. Sein Vorsatz, jeden zu entschädigen, mochte ja von Herzen kommen, aber vielleicht war er gar nicht in der Lage, sein Versprechen zu halten?

»Und warum blickt Ihr jetzt schon wieder so verdrossen? Schüttelt Eure schlechte Laune ab, meine kleine Braut! Machen wir uns auf den Weg.« Er nahm das Bündel mit den Vorräten, die er eingesammelt hatte, und trat aus der Kate.

»Erwartet Ihr etwa, dass ich frohlocke am Beginn eines langen und möglicherweise gefährlichen Weges?« Sie folgte ihm nach draußen. »Nur ein Narr würde sich freuen bei dem Gedanken, gut zwei Wochen lang durch Schottland zu marschieren, mit nichts als Lumpen, um seine Füße zu schützen.«

Tavig blickte auf ihre Füße, um die sie wollene Lumpen gewickelt hatte, dann betrachtete er seine Stiefel. Ihn zwickte ein schlechtes Gewissen, auch wenn er wusste, dass es grundlos war. In der Kate des Fischers hatte er nichts Passendes für ihre zarten Füße aufgetrieben. Seine eigenen abgetragenen und vom Salzwasser harten Stiefel waren viel zu groß für sie. Die dicken Lappen um ihre Füße mussten reichen, bis er etwas Besseres stehlen oder erbetteln konnte.

»Ich gebe zu, Eure armen kleinen Füße sind nicht besonders

gut geschützt«, sagte er und half ihr, über einen seichten Graben zu springen. »Ich werde mich bemühen, dem möglichst bald Abhilfe zu schaffen.«

»Ein Paar Schuhe für mich zu stehlen, meint Ihr wohl.« Sie zuckte zusammen, als sie auf eine kleine Distel trat.

»Eine Braut sollte die Bemühungen ihres zukünftigen Gemahls, sich um ihre Bedürfnisse zu kümmern, nicht schlecht machen.«

»Wollt Ihr wohl endlich aufhören, mich als Eure Braut zu bezeichnen? Was veranlasst Euch dazu, und warum beharrt Ihr auf diesem Blödsinn?«

»Es ist kein Blödsinn.«

»Ach nein? Wie soll ich es denn sonst nennen?« Sie stolperte über einen Stein, und als er ihre Hand nahm, ließ sie ihn gewähren, denn der leichte Halt war ihr angenehm. »Ihr wisst nicht, wer ich bin. Ihr kennt meine Familie nicht und wisst auch sonst nichts über mich. Ich bin keine reiche Erbin, an mir ist nichts Begehrliches, und unsere Verwandten haben auch keinen Waffenstillstand oder Handel vereinbart, der mit einer Heirat besiegelt werden müsste. Ich begreife nicht, wie Ihr auf diese Schnapsidee gekommen seid und warum Ihr daran festhaltet. Es ist ja wohl nicht so, dass das Schicksal uns zusammengeführt hätte.«

»Doch, genauso ist es.«

Moira schimpfte halblaut und funkelte seinen breiten Rücken zornig an. »Ich sage jetzt nicht, dass ich nicht an das Schicksal oder eine göttliche Fügung glaube; rundweg ablehnen kann man so etwas nicht. Doch hier ist jegliches Gerede über Schicksal oder Fügung abwegig.«

»Ich fürchte, gerade hier spielen Schicksal und Fügung eine große Rolle. Als die Reling barst und Ihr über dem stürmischen Meer hingt, wusste ich, dass das Schicksal uns zusammengeführt hat. Plötzlich verstand ich, warum ich Euch auf dem Schiff kaum aus den Augen lassen konnte, obwohl an Euch wahrhaftig nicht viel dran ist.«

»Vielen Dank«, brummte sie gereizt. Musste er sie ständig daran erinnern, wie klein und zierlich sie war?

»Glaubt Ihr denn nicht, dass das Schicksal seine Fäden gesponnen hat, als Ihr mir plötzlich Eure Aufmerksamkeit geschenkt und einen kleinen Moment gegeben habt, um mit mir zu reden?«

»Das hat mit dem Schicksal nichts zu tun. Außerdem habt Ihr mich angesprochen, ich habe nur darauf reagiert.«

»Hat nicht das Schicksal dazu geführt, dass Ihr ins Wasser gefallen seid?«

»Das waren der Sturm und eine morsche Reling. Der Kapitän sollte öffentlich ausgepeitscht werden dafür, dass er sich so wenig um die Wartung seines Schiffes kümmert.«

»Es war jedenfalls das Schicksal, das mich dazu gebracht hat, nach Euch ins Wasser zu springen und zu versuchen, Euch zu retten.«

»Das war Wahnsinn, der blanke Wahnsinn; idiotischer Edelmut, der schon so manchen Mann ins Grab gebracht hat.«

Er drehte sich um und grinste. »Edelmut? Danke für das Kompliment.«

»Ihr dankt mir dafür, dass ich Euch des Wahnsinns bezichtige?«

»Aber Ihr habt mich auch edelmütig genannt.«

»Beides lässt auf mangelnden Verstand schließen, finde ich.« Sie schüttelte den Kopf, als er ihr nur zuzwinkerte und sich wieder in Bewegung setzte, wobei er sie mit sanfter Hand mitzog.

»Während ich darauf wartete, dass Ihr Euch von Eurem kleinen Schwimmausflug erholtet, erkannte ich, dass unsere Leben verknüpft sind. Ich habe Euch betrachtet, wie Ihr auf dem Strand lagt, und als ich mich um Euch gekümmert habe, sah ich plötzlich alles ganz klar.«

»Klar? Ich habe Wasser hochgewürgt, ich war mit Sand und mit durchweichten Lumpen bedeckt und habe heftig geflucht. Das war bestimmt kein Anblick, um in einem Mann Hochzeitsgedanken zu wecken. Ich war ein jämmerliches, tropfnasses Häuflein Elend. Mehr könnt Ihr nicht gesehen haben.«

»Nay, ich habe weitaus mehr gesehen. Das ist mein Fluch«, murmelte er.

Sie runzelte die Stirn. »Versucht Ihr, mir zu verstehen zu geben, dass Ihr hellsichtig seid?«

»Nein, richtig hellsehen kann ich nicht. Ich habe keine Erscheinungen, wenn Ihr das meint.« Er starrte auf den Boden, denn er wollte ihr nicht ins Gesicht sehen, während er seine seltsame Gabe eingestand. »Aber ich weiß bestimmte Dinge. Manchmal bin ich mir einfach sicher, welche Dinge in meinem Leben und auch im Leben anderer geschehen werden. Als ich Euch aufs Deck kommen sah, war ich mir sicher, dass das großen Ärger bedeutete. Ich war mir sicher, dass Ihr Euch nicht an die Reling lehnen solltet und dass die Reling bersten würde.«

»Das hätte doch aber auch der reine Zufall sein können, eine Vermutung oder ein Verdacht.«

»Es war weitaus stärker. Ich kann Dinge in meinem Kopf sehen, aber es sind, wie gesagt, keine richtigen Erscheinungen. Es sind eher nur Bilder, geboren aus der Gewissheit, die mich plötzlich überfällt und nicht mehr loslässt. An jenem Tag, an dem sich die Morde ereigneten, die mir angelastet werden, wusste ich, dass meinen Freunden Unheil drohte. Ich stürmte zu ihnen, um sie zu warnen, doch schon auf dem Weg dorthin wusste ich, dass ich zu spät kommen würde. Ich sah sie tot. Vor meinem inneren Auge sah ich sie ermordet daliegen. Ich habe nie die Zeit, das Schicksal in andere Bahnen zu lenken, doch diesmal hat mich meine Ahnung immerhin davor bewahrt, meinem Cousin geradewegs in die Falle zu laufen.«

Moira wusste nicht recht, was sie von seinem Geständnis halten sollte. Im Grunde lehnte sie die Vorstellung ab, dass man solche Ahnungen haben konnte, doch andererseits hielt sie es durchaus für möglich; schließlich hatte sie selbst eine sonderbare Gabe, warum also nicht auch er? Doch das eine wusste sie: Seine Gabe gefiel ihr ganz und gar nicht, egal, ob er sie nun tatsächlich besaß oder sie sich nur einbildete.

»Wenn das stimmt, und Ihr wirklich nicht scherzt, wenn Ihr von Hochzeit redet, habt Ihr mir soeben einen weiteren triftigen Grund geliefert, nicht Eure Braut zu werden. Abgesehen davon, dass Ihr zum Tod durch den Strang verurteilt seid, natürlich«, fügte sie hinzu.

Tavig blieb stehen und musterte sie gekränkt. Wie so viele andere lehnte also auch sie seine seltsame Gabe ab. »Ihr habt Angst.«

»Nein. Angst und ob ich Euch glaube oder nicht hat wenig damit zu tun. Seht mich doch an.« Sie deutete auf ihren Kopf. »Habt Ihr nicht gesehen, welche Farbe meine Haare haben? Sie sind rot.«

»Aye, ein herrliches Rot. Leuchtend rot, aber nicht zu grell.« Er trat näher und fuhr mit der Hand über ihren langen, dicken Zopf. »Ein seidener Vorhang aus Feuer. Warm, weich und in einem Ton, der Euch wirklich ausgezeichnet steht.«

Sie war berührt von seinem Kompliment und angenehm erregt durch seine Nähe, bemühte sich jedoch, beim Thema zu bleiben. »Wisst Ihr denn nicht, was man über rote Haare sagt? Sie weisen auf ein heißblütiges, aufbrausendes Gemüt hin. Es heißt, dass Judas rote Haare hatte, und Rot gilt als Haarfarbe von Heuchlern. Ein roter Bart weist auf einen boshaften, grausamen Charakter hin, und viele glauben, dass Rotschöpfe Hexen sind, die früher oder später auf dem Scheiterhaufen landen. Wenn Ihr und ich heiraten, würden wir es wahrscheinlich kein Jahr lang überstehen. Jemand würde uns bestimmt bald als Teufelsbrut bezeichnen und uns verbrennen.«

»Verbrennen, weil wir Teufelsbrut sind?« Beinahe hätte er gelacht vor Erleichterung, dass ihre Ablehnung nicht ihm gegolten hatte, sondern daher rührte, dass sie sich alle möglichen Schwierigkeiten vorstellte, die eine solche seltsame Gabe ihnen bescheren könnte. »Ich habe diese Hellsichtigkeit mein

Leben lang gehabt, und noch nie hat jemand einen Holzhaufen um meine Füße errichtet.«

»Nun, vielleicht gelingt es den Menschen in Eurer Umgebung, Euch so zu nehmen, wie Ihr seid, oder sie gehen Euch aus dem Weg. Bei mir ist es genauso. Doch wir beide zusammen, das könnte bei manchen das Maß des Erträglichen übersteigen.« Vor allem, wenn bekannt wird, dass auch ich eine seltsame Gabe besitze, dachte sie.

»Nein, Ihr macht Euch grundlos so viele Sorgen.«

»Ach ja? Wollt Ihr mir etwa erzählen, dass Euch noch nie jemand über den Weg lief, der sich bekreuzigte, nachdem er von Eurer Gabe erfuhr, oder sonst eine Geste machte, um das Böse zu verscheuchen? Soll ich etwa glauben, dass noch nie jemand beschlossen hat, mit Euch so wenig wie nur möglich zu tun zu haben?«

Er schnitt eine Grimasse, als ihm einige schmerzliche Erinnerungen an solche Vorfälle durch den Kopf schossen. »Na gut, ein paar gab es schon.«

»Ein paar? Ihr versucht, mir die Wahrheit zu verheimlichen, aber man muss ihr ins Auge sehen. Ihr kennt sie genauso gut wie ich. Ich habe unter Blicken gelitten, die mich stillschweigend als Hexe brandmarkten oder als Weib, das mit dem Teufel im Bunde ist. Leute sind mir aus dem Weg gegangen aus Furcht, dass solcher Aberglauben wahr sein könnte. Einmal hat sich ein altes Weib sogar darüber beschwert, wie dürr ich bin und wie wenig Fett es geben würde, wenn ich stürbe.«

»Fett? Was für eine Rolle spielt es denn, ob Ihr fett seid oder nicht?«

»Ich hätte mir gedacht, dass jemand mit Eurer Gabe besser Bescheid wüsste über all den Aberglauben, der unter den Menschen herrscht. Das Fett eines toten Rotschopfes ist in manchen Zaubertränken sehr nützlich.«

»Das ist doch der blanke Unsinn!«

»Selbstverständlich. Aber die Tatsache, dass das, was sie glauben, blanker Unsinn ist, hat die Leute noch nie davon abgehalten, trotzdem danach zu handeln. Eine kleine Stimme in mir sagt, Eure Behauptung, in die Zukunft sehen zu können, sei der blanke Unsinn, ein anderer Teil in mir glaubt Euch jedoch und hat Angst, obwohl ich mich für sehr vernünftig halte.«

»Es macht Euch also doch Angst?« Er betrachtete sie stirnrunzelnd und bedauerte sein Geständnis. Angst gehörte wahrhaftig nicht zu den Gefühlen, die er sich von ihr wünschte. »Ihr braucht keine Angst zu haben.«

»Ach nein? Ich möchte wetten, selbst Euch ängstigt es zuweilen.«

Sie nickte, als sich seine dunkle Haut über seinen hohen Wangenknochen rötlich färbte. Sie wusste es besser als die meisten, dass einen manchmal die Angst vor der eigenen Gabe befallen konnte. »Niemandem gefällt die Vorstellung, dass jemand in die Zukunft sehen kann. Die Leute streiten sich, ob eine solche Gabe einem von Gott oder dem Teufel verliehen worden ist. Manche betrachten sie als Fluch, und das heißt ja wohl, dass sie ein Werk des Teufels ist. Allerdings behauptet Ihr, Eure Gabe habe Euch das Leben gerettet, und sie hat mit Sicherheit dazu beigetragen, meines zu retten. Also ist sie ein Segen und damit ein Geschenk Gottes. Leider wissen wir beide, dass viele Leute alles, was sie nicht verstehen, als Teufelswerk betrachten.«

Tavig fluchte leise und fuhr sich durchs Haar. »Jedenfalls möchte ich nicht, dass Ihr Euch deswegen vor mir fürchtet.«

»Na ja, richtige Furcht ist es wohl nicht, eher ein gewisses Unbehagen. Wenn ich mich vor Euch fürchten würde, dann nicht aus diesem Grund, sondern vielmehr deshalb, weil Ihr ein verurteilter Mörder seid.« Sobald ihr diese Worte über die Lippen gekommen waren, wusste Moira, dass sie ihn nicht mehr für einen ruchlosen Verbrecher hielt.

»Ich habe diese Männer nicht umgebracht«, fauchte er gereizt und setzte sich wieder in Bewegung. Diesmal zog er sie etwas ruppiger hinter sich her. »Ich habe ihre Schreie gehört«, sagte er leise, und sein rascher Gang verlangsamte sich, während seine Wut unter der bedrückenden Last der schmerzlichen Erinnerung verrauchte.

»Ihr wart also in ihrer Nähe, als sie ermordet wurden?«

»Nay. Ich hörte ihre Schreie in meinem Kopf. Diese gequälten, schrecklichen Schreie – da sah ich den Tod meiner Freunde voraus. Ich war etwa einen Tagesritt entfernt, vielleicht auch noch ein bisschen mehr, jedenfalls viel zu weit, um ihre Ermordung verhindern zu können. Sie wurden mit den Handgelenken an Äste gebunden und aufgeschlitzt wie frisch erlegtes Wild. Gott allein weiß, wie lange sie leiden mussten, bis sie ihr Leben aushauchten.«

Moira erzitterte bei dem Gedanken an einen solch grausamen, furchtbaren Tod. Tavigs Gabe war ja noch viel schlimmer als ihre eigene. Immerhin konnte sie sich mit dem Wissen trösten, dass sie schon einigen Menschen geholfen und ihre Schmerzen gelindert hatte.

»Und so habt Ihr sie dann gefunden?«, fragte sie.

»Nein. Ich wurde unweit von ihnen von einem Freund aufgehalten. Er warnte mich, dass mir eine Falle gestellt worden sei. Mein Cousin Iver versuchte, meine Gabe gegen mich zu verwenden, und zwar, um mich zu fangen. Er ging davon aus, dass ich den Tod meiner guten Freunde vorhersehen und zu ihnen reiten würde. Also wartete er dort mit ein paar Bewaffneten auf mich.«

»Aha. Und dann hätte er behauptet, Euch mit einem blutigen Dolch in der Hand gefasst zu haben.«

»Richtig. Doch es hat mich nicht gerettet, dass ich ihm nicht in die Falle ging. Es hat mich weder davor gerettet, meine Freunde wie faulendes Wildbret an einem Baum hängen zu sehen, noch davor, als gemeiner Mörder angeklagt zu werden.« Er nahm sie um die Taille und hob sie mühelos über einen Felsbrocken, dann sprang er ihr nach. »Sie haben mich erwischt und vor die Leichen meiner Freunde gezerrt, damit ich sehen konnte, was man mir vorwerfen würde. Dann wurde ich in das

Verlies von Drumdearg gestoßen.« Er nahm sie wieder an der Hand und führte sie zu einem langsam ansteigenden Schafpfad.

»Drumdearg?«

»So heißt meine Burg.«

»Die Burg, auf die inzwischen Euer Cousin Iver Anspruch erhebt.«

»Aye. Wenn ich mich nicht irre, liegt Drumdearg etwa einen Wochenritt nordwestlich von hier.«

»Etwas näher, als Euch lieb ist, vermute ich.«

»Aye, zumindest im Moment. Doch bald werde ich wieder in der Großen Halle sitzen, und zwar als freier Mann.«

»Aber sagt mir: Warum hat Euch Eure Gabe, in die Zukunft zu sehen, nicht vor der Falle gewarnt?«

»Das hat sie, aber ich wollte nicht auf diesen Teil meiner Ahnung hören. Ich habe es nicht ernst genommen. Zwei Männer wurden ermordet. Ich sagte mir, darin liege die Gefahr: Es sei einfach gefährlich, sich an einen Ort zu begeben, wo sich Morde zutrugen.«

»Richtig, obwohl die meisten Männer geradezu erpicht darauf sind, sich in Gefahr zu begeben. Das sieht man immer wieder, wenn sie in Scharen aufs Schlachtfeld strömen.«

»Was sie dorthin zieht, ist die Ehre.«

»Hm. Die Ehre hat schon viele ins Grab gebracht. Ich glaube nicht, dass ihr Leichentuch dadurch wärmer geworden ist.«

»Teilweise muss ich Euch beipflichten. Doch ein Mann muss sich an Regeln halten, warum also nicht an einen Ehrenkodex?«

Moira dachte darüber nach, während sie sich einen Weg auf dem unwegsamen Gelände suchte. Die Ehre an sich war ja nichts Schlechtes. Nur leider brachten sich viele Männer in ihrem Namen gegenseitig um. Wann immer ihr zu Ohren kam, dass jemand »in Ehren« gestorben sei, fragte sie sich, wie es wohl dem Toten damit ging. Wachte er im Himmel auf und merkte, dass sein Leben verwirkt war, sagte jedoch: »Na gut, immerhin habe ich noch meine Ehre«? Sie hörte, dass Tavig kicherte, also hatte sie ihre Überlegungen wohl laut geäußert.

»Ihr haltet nichts vom Wesen der Männer, stimmt's, meine Liebe?«, fragte Tavig. Er war belustigt und gleichzeitig fasziniert von ihrer Meinung, die ihm zeigte, dass sie blitzgescheit war.

»Nichts würde ich auch wieder nicht sagen, aber es stimmt schon – von Zeit zu Zeit stehe ich vor Rätseln. Natürlich kommt es auch vor, dass sich im Tun eines Mannes großer Edelmut zeigt. Vielleicht denke und fühle ich einfach zu sehr wie eine Frau. Ich begreife es einfach nicht. Ich bin eben nicht als Mann erzogen worden, niemand hat mir die ritterlichen Tugenden und Regeln erklärt.«

»Nay. Frauen werden dazu erzogen, Leben zu schenken und es zu pflegen. Männer werden dazu erzogen, Leben zu nehmen.« Er blieb stehen und bot ihr einen ledernen Wasserbeutel an, den er aus der Kate des Fischers mitgenommen hatte. »Frauen sind nicht dazu geschaffen, Leben zu nehmen.«

Nachdem sie ihren Durst gestillt und ihm den Beutel zurückgegeben hatte, lächelte Moira schief. »So würde ich das nicht sagen. Obwohl Frauen nicht in den Kriegskünsten unterwiesen werden, sind einige durchaus dazu fähig, jemanden zu töten. Aye, und ich vermute, diese Frauen erledigen das mit erheblichem Geschick. Sie tun es nur nicht aus Motiven wie dem Motiv der Ehre.« Sie sah ihm beim Trinken zu, fasziniert von der sanften Bewegung seiner kräftigen Kehle.

»Nay?« Tavig wischte sich mit dem Handrücken über den Mund. »Was würde denn eine Frau dazu bewegen zu töten?«

»Unser Gespräch schlägt eine ziemlich seltsame Richtung ein.«

»Stimmt, aber jetzt habt Ihr meine Neugier geweckt. Was würde eine Frau dazu bringen, einen Menschen zu töten? Hass?« Er befeuchtete ein Tuch und wischte ihr damit sachte den Staub vom Gesicht.

Obwohl es Moira einigermaßen schwerfiel, mit den Gedanken beim Thema zu bleiben, bemühte sie sich um eine Antwort. »Auch eine Frau kann hassen, vielleicht sogar inbrünstiger als ein Mann.« Noch immer ziemlich verunsichert, weil er ihr Gesicht so sanft berührt hatte, sah sie ihm zu, wie er nun rasch den Staub von seinem eigenen Gesicht wischte. »Auch Eifersucht könnte eine Frau zum Töten veranlassen«, fuhr sie fort. Sie hoffte, wenn sie einfach weitersprach, würde er nicht merken, wie sie ihn anstarrte.

»Und Gier.« Er hängte sich den Beutel über die Schulter, nahm sie an die Hand und setzte sich wieder in Bewegung.

»Tja nun – vermutlich. Und die meisten Frauen würden alles tun, um jemanden zu töten, der das Leben eines Kindes bedroht.«

»Aye. Eine Frau kann ungeahnte Kräfte entwickeln, wenn ihr Kind in Gefahr schwebt.«

»Um ehrlich zu sein, ich glaube, Männer und Frauen töten aus mehr oder weniger denselben Gründen. Wir Frauen lassen uns nur nicht so oft dazu hinreißen, und einige Gründe, die für einen Mann triftig sind, zu sterben oder zu töten, erscheinen uns Frauen eher seltsam.«

»Es kann auch Männern seltsam erscheinen«, murmelte Tavig und blickte sie forschend an. »Ein weiterer Unterschied besteht wohl darin, dass Frauen manchmal sehr hinterhältig töten.«

»Oft können wir unsere Feinde eben nicht mit dem Schwert oder von Angesicht zu Angesicht bekämpfen, denn dann würden wir zum Opfer statt zum Täter. Nur ein Narr erkennt seine Schwächen nicht.«

»Aye. Und deshalb stoßt ihr eurem Opfer einen Dolch in den Rücken, und zwar mitten in der Nacht, wenn es arglos im Bett liegt.«

In seiner Stimme schwang eine gewisse Bitterkeit mit. Moira überlegte, warum das wohl so war, doch ihr fehlte der Mut, ihn nach dem Grund zu fragen. Dann dachte sie an ihren Vormund und an seine Gewalttätigkeit. Wenn sie ihre Wunden pflegte, dachte sie oft an die vielen verschiedenen Arten, wie sie ihn umbringen würde. Häufig malte sie sich lange, langsame Tode aus, mit denen sie hoffte, für all die Schmerzen, die er ihr zugefügt hatte, entschädigt zu werden. Gelegentlich hatte sie auch schon daran gedacht, ihm den dicken Hals durchzuschneiden, während er schlief, und damit seiner langen Schreckensherrschaft ein Ende zu setzen.

»Manche Männer haben nichts Besseres verdient, als heimtückisch ermordet zu werden«, sagte sie sehr leise.

Ihre Worte waren von einer tiefen Wut gefärbt, und Tavig spürte, dass diese Wut gegen Sir Bearnard gerichtet war. Er hätte sie zu gern über ihre Gefühle und ihr Leben bei ihrem Vormund ausgefragt, doch er wusste, dass der Zeitpunkt dafür noch nicht gekommen war. Sie musste sich erst einmal an ihn gewöhnen und ihn besser kennenlernen. Ihr die Zeit dazu zu geben würde womöglich sehr zermürbend werden. Denn die Art und Weise, wie Sir Bearnard Moira behandelt hatte, würde ihm bestimmt gewisse Schwierigkeiten bereiten. Ja, vielleicht würde sich sogar eine Wand aufbauen, die er nur schwer überwinden konnte. Dennoch durfte er jetzt nicht zu forsch sein und sie alles fragen, was er wissen wollte. Nachdem er im Stillen herzhaft auf Sir Bearnard Robertson geschimpft hatte, bemühte er sich, ihrem Gespräch eine zwanglosere Wendung zu geben.

»Ihr seid ein freches kleines Ding«, neckte er sie. Doch sogleich merkte er zu seinem Verdruss, wie sie sich verspannte.

Moira lief ein Schauder der Angst über den Rücken, der sich in ihrem Magen festsetzte und ihn zuschnürte. »Freches kleines Ding«, hatte Tavig gesagt. Gleich, nachdem sie zu ihrem Vormund gekommen war, hatte der sie oft so genannt. Sie hatte rasch gelernt, dass es ratsam war, ihre Zunge zu hüten. Schon die geringste Spur von Frechheit hatte ihr die schlimmsten Schläge eingebracht.

Sie schielte zu Tavig hinüber, der sie einen Moment lang stirnrunzelnd betrachtete, dann jedoch die Schultern zuckte und sich wieder auf den unebenen Pfad vor ihnen konzentrierte. Doch er hatte nicht so ausgesehen, als würde er sie gleich schlagen. Er sah nicht so aus, als ob er je an so etwas dächte. Trotzdem beschloss Moira, seine Worte als Warnung zu nehmen. Sie hatte gelernt, wie eng die Grenzen von Sir Bearnards Toleranz und Geduld gesteckt waren, und sie würde auch Tavigs Grenzen erforschen. Bislang hatte sie vor Tavig keine richtige Angst gehabt. Sie hatte sich mit ihm ungewöhnlich zwanglos und frei unterhalten. Das war wohl zu viel Freiheit gewesen, ging ihr durch den Sinn. Sie hatte dabei vergessen, wie unfreundlich die Männer waren. Ab sofort würde sie jedes Wort sorgfältig abwägen und darauf achten, so wenig wie möglich zu sagen. Schweigen hatte sich in den letzten Jahren ihres Lebens als der sicherste Weg erwiesen.

Als Moira stumm blieb, beschloss Tavig, sich darauf zu konzentrieren, einen möglichst gut begehbaren Pfad zu finden. Der kurze, erschrockene Blick, mit dem sie ihn bedacht hatte, hatte ihn gekränkt. Sie hatte sich spürbar von ihm zurückgezogen, auch wenn ihre Hand noch immer in der seinen lag. Tavig wusste, dass noch viel Arbeit vor ihm lag, wenn er erreichen wollte, was er als ihrer beider Schicksal erachtete – sie zu heiraten. Er wollte keine Frau, die bei jeder Bewegung zusammenzuckte. Er wusste, in Moira steckten ein scharfer Verstand und viel Kraft. Sir Bearnard hatte ihr den Mut genommen. Tavig nahm sich fest vor, ihr Mut zu machen.

4

Zeigt mir doch einmal Eure Füße, meine Liebe«, meinte Tavig und kniete sich vor Moira.

Sie schrie erschrocken auf, dann sah sie sich um. Zu ihrer Überraschung entdeckte sie, dass schon ein kleines Feuer brannte, die dünnen Decken zu einem kargen Lager ausgebreitet worden waren und die Hafergrütze vorbereitet war. Sie erinnerte sich nur noch, dass sie in einer Lichtung angehalten hatten und sie sich auf einen Stein gesetzt hatte, um sich kurz auszuruhen, bevor sie Tavig helfen wollte, das Lager herzurichten. Sie hatte die Lumpen von ihren schmerzenden Füßen abgenommen, und danach hatte sie jegliches Zeitgefühl verloren.

»Nein, nein, sie sind schon in Ordnung«, protestierte sie und zog die Füße weg, als er nach ihnen greifen wollte.

Tavig musterte sie aufmerksam. Er runzelte die Stirn, als er bemerkte, dass in ihrem Blick nervöse Angst lag. »Das sind die ersten Worte, die Ihr seit Stunden geäußert habt. Warum wart Ihr so still? Heute früh war das ganz anders.«

»Ich habe alles Nötige gesagt. Ich wollte nicht zu frech sein.«

»Frech? Wie kommt Ihr denn darauf?«

»Das habt Ihr doch selbst gesagt. Ihr habt gesagt, ich sei ein freches kleines Ding.«

»Und deshalb seid Ihr so still und blass geworden? Ich habe Euch doch nur geneckt.« Er bemerkte, dass sich nun Wachsamkeit in ihren Blick schlich, ein Zeichen, dass sie nicht sicher war, ob sie ihm glauben sollte. »Wirklich! Es ist doch kein Verbrechen, ein bisschen frech zu sein.«

»Mein Vormund ist da anderer Meinung.« Moira wich vor Tavig zurück, als sich seine Gesichtszüge vor Zorn verhärteten.

»Ich bin nicht Euer verflixter Vormund. Ich werde Euch

nicht schlagen, nur weil Ihr etwas sagt, was mir womöglich nicht gefällt.« Er zog ihren kleinen Fuß am Knöchel zu sich. »Es würde wahrhaftig mehr als ein paar frecher oder verdrossener Bemerkungen bedürfen, bevor ich daran denken würde, ein Mädchen zu schlagen. So etwas liegt mir überhaupt nicht.« Er betrachtete ihren Fuß und begann zu fluchen. »Kein Wunder, dass Ihr angefangen habt zu hinken. Ihr habt diese hübschen Füßchen ziemlich derb hergenommen.«

»Ich habe sie derb hergenommen?«

»Jawohl. Ihr hättet besser darauf achten sollen, wo Ihr Eure Füße hinsetzt, anstatt beleidigt zu sein, nur weil ich Euch als frech bezeichnet habe.«

Moira ballte ihre Hände zu Fäusten. Nur mit Mühe konnte sie sich davon abhalten, ihm damit auf den Kopf zu trommeln. Doch stimmte es wirklich, dass er nicht dazu neigte, Frauen zu schlagen? Manchmal konnte ein Mann derartiges äußern und im nächsten Moment trotzdem zuschlagen. Allerdings zerstreute der Zorn ihre Angst. Sie war hundemüde, und alles tat ihr weh. Beides verstärkte ihren Zorn.

»Ich war nicht beleidigt«, fauchte sie. »Und ich habe aufgepasst, wohin ich meine Füße setzte. Ihr habt vielleicht Nerven, mich zu schelten! Es ist doch Eure Schuld, dass ich hier sitze, zu müde, um mich zu rühren, und meine armen Füße vor Schmerz pochen.«

»Meine Schuld? Offenbar werft Ihr gern mit voreiligen, grundlosen Beschuldigungen um Euch!«

»Es ist Eure Schuld. Ihr habt versucht, mit mir zu schäkern. Ihr habt einen Cousin, der ein Auge auf Eure Burg geworfen hat. Wäre er nicht gewesen, wärt Ihr nicht verurteilt worden und hättet Euch nicht in einer Verkleidung auf das Schiff begeben müssen. Und keiner von uns wäre auf diesem Schiff gewesen, wäre da nicht ein weiterer Cousin von Euch gewesen, der elende Entführer Mungan Coll. Jawohl, und wenn Eure verflixten Verwandten mit ihren miesen Machenschaften nicht dafür gesorgt hätten, dass wir alle auf diesem elenden Schiff landeten, hätte

Annie nicht diesen schäbigen kleinen Matrosen getroffen, und ich hätte nicht in einem Sturm herumstolpern und sie suchen müssen. Und dabei fiel ich ins Wasser, Ihr sprangt hinterher, und wir wurden an einen verlassenen Strand gespült, mittellos und fern der Heimat. Und Ihr wart es, der beschlossen hat, dass wir diesen höllischen Fußmarsch unternehmen müssen. Wenn Ihr nicht auf diesen großartigen Plan verfallen wärt, zu Eurem verrückten Cousin Coll zu laufen, würde ich hier jetzt nicht mit schmerzenden Füßen herumsitzen.«

»Es sieht so aus, als ob wir beide nicht gerade mit netten Verwandten gesegnet sind«, murmelte Tavig. Er starrte sie eine Weile lang an, dann fragte er: »Geht es Euch jetzt besser, nachdem Ihr Euch all das von der Seele geredet habt?»

»Jawohl.«

Moira merkte, dass das tatsächlich stimmte – es ging ihr besser. Es war zwar alles Unsinn gewesen, eine Litanei von Vorwürfen für Dinge, für die er im Grunde nichts konnte. Aber sie wollte sich jetzt nicht dafür entschuldigen. Er grinste nur schief, und sie schenkte ihm ein schwaches Lächeln.

»Ich hatte Euch eigentlich helfen wollen, das Lager aufzuschlagen«, sagte sie.

»Das ist der erste Tag eines schweren Wegs. Ihr seid erschöpft. Bald werdet Ihr Euch an die Strapazen gewöhnt haben.«

»Na ja, es ist ja nicht so, dass ich besonders verwöhnt wäre.« Sie seufzte wohlig auf, als er ihre Füße zart mit einem feuchten Tuch abwischte.

»Nein, das seid Ihr wohl nicht.«

Tavig betrachtete ihre Füße stirnrunzelnd. Er konnte im Zwielicht der untergehenden Sonne und im Schein des kleinen Feuers nicht viel sehen, aber das brauchte er auch nicht. Er spürte die Schwielen. So etwas hätte er an Moiras Füßen nicht erwartet, schließlich war sie von Stand.

»Stimmt etwas nicht?«, fragte sie, beunruhigt von seiner Miene, die sich verfinstert hatte.

»Haben Euch Eure Verwandten denn nie Schuhe gekauft, oder lauft Ihr gern barfuß herum?«

»Sie geben mir Kleider und zu essen. Mehr steht mir nicht zu.«

»Ein paar Schuhe ist ja wohl nicht zu viel verlangt.«

»Sie haben mir schon welche gegeben.«

»Aber sehr oft habt Ihr die nicht getragen.«

»Na ja, ich habe sie erst letzten Monat bekommen.« Sie zog ihren Fuß weg, den er noch immer festhielt. Es war ihr schrecklich peinlich, dass er ihre Füße hart und rau fand. Außerdem fühlte sich seine sanfte Massage ungewöhnlich angenehm an. »Die krumme Annie hat sogar angefangen, mir die Füße mit Öl einzureiben, um sie weicher zu machen.«

»Sie haben ziemlich lange gebraucht, bis sie gemerkt haben, dass Eure Füße immer rauer wurden.«

Moira zuckte die Schultern. »Sie hatten eben Wichtigeres zu tun.«

»Das sieht mir ganz danach aus«, murrte Tavig, während er aufstand und ans Feuer trat.

Er kauerte sich davor und stellte den Topf mit der Hafergrütze darauf. Die Geschichte mit Moiras Schuhen wollte ihm nicht aus dem Kopf gehen. Warum gab ihr Sir Bearnard erst lange Zeit keine Schuhe, um dann plötzlich seinen grausamen Geiz zu vergessen und ihr doch welche zukommen zu lassen? Warum hatte der Mann bis vor einem Monat nicht weiter auf den Zustand ihrer Füße geachtet? Er konnte sich keinen Reim darauf machen. Und Sir Bearnard wirkte wahrhaftig nicht wie ein Mann, der zu Anfällen von Güte neigte. Es musste einen Grund geben, warum dem Kerl plötzlich aufgefallen war, dass die Füße seines Mündels so schwielig wurden wie die einer Bettlerin.

Und noch ein Rätsel galt es zu lösen, dachte Tavig und warf einen kurzen Blick auf Moira, als sie sich ihm gegenüber ans Feuer setzte. Warum war sie überhaupt auf diesem Schiff gewesen? Ihre Anwesenheit wäre nicht nötig gewesen. Sie konnte nichts zu Una Robertsons Freilassung beitragen. Dem wenigen, was er inzwischen über Moiras Leben bei den Robertsons in Erfahrung hatte bringen können, entnahm er, dass sie nicht als vollwertiges Familienmitglied galt, sondern eher als leidige Belastung, erwachsen aus familiärem Pflichtgefühl. Es gab schlicht keinen Grund für Moiras Teilnahme an dieser Reise.

Als er Moira ihre Portion Hafergrütze in einer rissigen Holzschüssel reichte, musterte er sie nachdenklich. Wahrscheinlich wusste sie gar nicht, warum man sie mitgenommen hatte. Er überlegte, mit welchen Fragen er sie wohl am ehesten dazu bringen könnte, etwas zur Lösung dieses Rätsels beizutragen.

Doch dann beschloss er, sie ganz direkt zu fragen. »Moira«, meinte er, während sie ihr karges, aber sättigendes Mahl verzehrten, »warum wart Ihr auf diesem Schiff?«

»Wir waren unterwegs, um Una freizukaufen. Ich dachte, dass wüsstet Ihr.«

»Ja, das schon. Aber ich würde gern wissen, warum ausgerechnet Ihr mit dabei wart. Wolltet Ihr denn gern mitkommen?«

Einen Moment lang tat Moira, als sei sie zu sehr mit der Grütze beschäftigt, um ihm zu antworten. Sie wusste nicht recht, was sie sagen sollte; denn diese Frage hatte sie sich selbst bereits mehrmals gestellt, ohne auf eine befriedigende Antwort zu kommen. Das wollte sie Tavig allerdings nicht gestehen, denn damit hätte sie zugegeben, dass sie in der Familie Robertson keinen Platz hatte. Vor diesem Geständnis scheute sie sich sehr; es war schon schlimm genug, es sich selbst einzugestehen.

»Es ging um eine Angelegenheit der Robertsons«, sagte sie schließlich. »Warum hätte ich nicht mitkommen sollen?«

»Schon allein darum, weil diese Reise lang, strapaziös und gefährlich ist.«

»Sie war nicht gefährlich, bis ich den Fehler machte, einem gewissen George Fraser gegenüber zu freundlich zu sein.«

Tavig ließ diese Bemerkung unkommentiert. »Ihr konntet zur Klärung dieser Sache nichts beitragen. Einer Lösegeldforderung nachzukommen ist Männersache.«

»Vielleicht dachten sie, Una bräuchte eine Frau, eine ihr Gleichgestellte, um sie nach dieser Strapaze zu trösten.«

»Seid Ihr denn gut mit ihr befreundet?«

Auch diese Frage wollte sie nur ungern beantworten. Der Mann hat wahrhaftig das Talent, peinliche Fragen zu stellen, dachte sie, während sie die leere Schüssel mit Erde auswischte. Diesmal gelang es ihr jedoch nicht, der Wahrheit aus dem Weg zu gehen. Als er ihr die Schüssel abnahm, um sie mit etwas Wasser auszuspülen, wurde ihr klar, dass sie ihm die ganze unangenehme Wahrheit gestehen musste.

»Nay. Una und ich sind keine Freundinnen«, murrte sie. »Aber wir sind auch keine Feindinnen. Sie war nie unfreundlich zu mir, aber eigentlich spielte ich in ihrem Leben gar keine Rolle. Sie war sehr beschäftigt damit, sich auf eine vorteilhafte Ehe vorzubereiten.«

»Und Ihr musstet mit den Mägden arbeiten.«

»Aye. Aber es ist doch nur recht und billig, dass ich etwas zu meinem Lebensunterhalt beitrage.«

Obwohl er vermutete, dass sie schwer hatte schuften müssen, sagte Tavig nichts, während er die Schüsseln abtrocknete und sie wieder in den Vorratsbeutel legte. »Aber warum sollte dann jemand auf den Gedanken kommen, dass Ihr ein Trost für sie wärt?«

»Wir sind gleich alt, wir sind Mädchen, wir haben viel gemeinsam. Warum fragt Ihr? Welche Rolle spielt es überhaupt? Ich sehe keinen Grund für Eure Neugier.« Das war zwar nicht ganz wahr, weil ja auch Moira selbst vor einem Rätsel stand, aber sie begriff nicht, warum Tavig sich so dafür interessierte.

»Ich interessiere mich eben für alles, was mit Euch zu tun hat. Es ist doch ganz normal, dass ein Mann möglichst viel über das Mädchen in Erfahrung bringen möchte, das er heiraten wird.«

Die Wärme, die sie bei seinen ersten Worten durchströmt hatte, ließ bei den letzten abrupt nach. »Ihr müsst wirklich verrückt sein. Gerade, als ich anfange zu glauben, dass Ihr ein vernünftiger Mensch seid, redet Ihr wieder wirres Zeug. Ich habe heute genügend davon gehört, ich brauche jetzt meine Ruhe.« Sie funkelte wütend auf das von ihm vorbereitete Lager. »Ihr habt nur einen Schlafplatz hergerichtet?«

»Jawohl, meine Süße. Nur einen. Es gab nicht sehr viele Decken. Der Fischer hat vermutlich allein gelebt.«

»Wie traurig«, murmelte sie, während sie sich erhob und den Staub abklopfte.

»Stimmt. Er hat bestimmt ein sehr einsames Leben geführt.«

»Na ja, ich habe eher daran gedacht, dass jetzt keiner um ihn trauert, falls er wirklich tot ist. Ich finde, um jeden Verstorbenen sollten ein paar Tränen vergossen werden. Ein Mensch sollte vermisst werden, wenn er weg ist, sonst ist es doch so, als wäre er überhaupt nicht da gewesen. Das ist eine sehr traurige Vorstellung.«

»Habt Ihr denn Verwandte, die Euch vermissen würden?« Tavig war neugierig, welche Verwandten sie noch hatte, die vielleicht etwas weniger gemein und brutal waren als Sir Bearnard.

Moira zuckte zusammen, denn sie wusste, es würde wenn überhaupt nur wenige geben, und die würden bestimmt nicht lange um sie trauern. Sie bemühte sich, möglichst gelassen zu wirken, als sie erwiderte: »Ein paar gibt es schon.«

»Ach, meine arme kleine Moira«, sagte er leise, denn es war nicht schwer, ihre Lüge zu durchschauen. »Ich würde um Euch weinen.«

Der Gedanke, dass er das wirklich tun würde, berührte Moira so, dass sie nervös wurde und ihn stirnrunzelnd betrachtete. »Ihr seid ein alberner Kerl. Ihr wisst nicht, wer ich bin, Ihr kennt mich kaum einen ganzen Tag. So wenig, wie Ihr mich kennt, könnte ich genauso gut zu den Leuten gehören, denen die meisten Menschen einen frühen Tod wünschen würden. Und ob Ihr überhaupt in der Lage wärt, um mich zu weinen, weiß ich auch nicht. Da müsste ich schon recht bald dem Gevatter Tod erliegen, um sicherzugehen, dass Ihr noch am Leben seid, um mich zu betrauern. Auf Euch wartet der Henker, Tavig MacAlpin.«

»Ich neige nicht dazu, das zu vergessen. Doch wenn mich mein Schicksal tatsächlich vor Euch ereilt, werdet Ihr dann eine Träne für mich vergießen, wenn ich am Galgen baumle?«

»Was für ein närrisches Gespräch«, murrte sie und trat an ihr Nachtlager.

Sie machte es sich auf der kargen Schlafstätte bequem, und Tavig sah ihr lächelnd dabei zu. Allmählich verstand er die junge Frau. Sie hatte seine Frage nicht beantwortet. Das bedeutete, dass sie sie nicht glattweg verneinen konnte. Wenn man ihn zum Galgen führte, würde es Moira nicht kaltlassen, auch wenn sie selbst vielleicht nicht ganz verstand, warum.

Er häufte die Kohle in der Feuerstelle auf, sodass nur noch ein kleines Flämmchen übrig blieb, das die Nacht lang flackern würde. Viel Wärme würde das Feuer nicht spenden, doch es würde gefährliche oder auch nur neugierige Tiere fernhalten. Schließlich trat er an ihr gemeinsames Lager, setzte sich hin und zog seine Stiefel aus. Dann schlüpfte er unter die Decke und legte das grob geschmiedete Schwert, das er in der Kate des Fischers gefunden hatte, neben sich. Sein Messer schob er unter den Rand der Decke. Schließlich drehte er sich um und lächelte Moira an, die ihm betont den Rücken zugekehrt hatte. Er legte den Arm um ihre schlanke Taille.

Moira schob seinen Arm wieder weg, war jedoch einigermaßen beunruhigt, als ihr klar wurde, wie angenehm sich seine Nähe angefühlt hatte.

»Nichts dergleichen!«, meinte sie streng. »Bleibt auf Eurer Seite!«

»Darf ein Mann denn nicht mit seiner Braut kuscheln?«

Seine Nähe hatte in Moira ein warmes, fast berauschendes Gefühl geweckt, das sich bei seinen Worten jedoch sogleich wieder verflüchtigte. Ihr ging auf, dass sein ständiges Gerede, sie heiraten zu wollen, womöglich einen sehr durchtriebenen Grund hatte. Vielleicht wollte er sie ja dadurch, dass er immer wieder von Hochzeit sprach, dazu bewegen, nicht mehr so eisern über ihre Keuschheit zu wachen. Sie drehte sich zu ihm um und funkelte ihn böse an, wobei sie stillschweigend die Schatten verfluchte, die seinen Gesichtsausdruck verhüllten.

»Das ist also Euer Spiel, ja?«, fragte sie.

»Mein Spiel?« Als Tavig den Zorn in ihrer belegten Stimme hörte, fragte er sich, was er denn jetzt schon wieder falsch gemacht hatte.

»Aye, Euer Spiel. Ihr versucht, mich zu blenden, damit ich wie eine Metze handle. Ihr wollt mir einreden, dass Ihr mich heiraten werdet, nur damit ich denke, dass es keine allzu große Sünde ist, Euch zu erlauben, mit mir zu schlafen.«

»Aha, jetzt verstehe ich die verschlungenen Pfade Eurer Gedanken. Einen Moment lang habt Ihr mich ganz schön verwirrt. Falls ich wirklich nur auf eine kleine Liebelei aus wäre, würde ich niemals von Hochzeit reden. Ich würde mich hüten, Euch die Möglichkeit zu geben, einen Anspruch auf mich zu erheben.« Er nahm sie in seine Arme und hielt sie so fest, dass sie sich nicht mehr entziehen konnte. »Ich würde Euch einfach verführen.«

»Wie überheblich Ihr doch seid!« Moira gab ihren Widerstand auf, blieb jedoch steif. Innerlich protestierte sie zwar noch, kämpfte jedoch gleichzeitig dagegen an, wie gut es sich anfühlte, ihm so nahe zu sein. »Nicht jedes Mädchen lässt sich verführen.«

»Das weiß ich schon. Ich würde nie versuchen, Euch zu verführen.« Insgeheim bat er um Verzeihung für diese Lüge, denn genau das hatte er vor: Er wollte zumindest versuchen, ihr so zu schmeicheln, dass sie sich ihm hingab. »Das muss ich nämlich gar nicht. Wir sind vom Schicksal dazu bestimmt, ein Paar zu werden. Das Schicksal hat uns zusammengeführt.«

»So ein Schwachsinn!«

»Findet Ihr wirklich? Fühlt Ihr es denn nicht auch?«

»Was soll ich fühlen?«

»Das Band zwischen uns.«

Moira fühlte tatsächlich etwas, aber sie war sich nicht sicher, ob sie es als Band bezeichnen sollte. Tavig wärmte die Kurve ihres Nackens von der Schulter bis zum Ohrläppchen mit sanften Küssen, die Wärme flutete durch ihren ganzen Körper. Die sanfte, jedoch alles durchdringende Hitze erfasste sogar ihren Verstand, sie brachte all ihren Argwohn und ihren Zorn zum Schmelzen. Ein Band war für sie allerdings etwas Festes, in einer langen Zeit durch Nähe und Vertrauen entstanden, etwas, bei dem man sich ruhig, zuversichtlich und sicher fühlte. Doch das, was Tavig nun in ihr weckte, war heiß, kraftvoll, neu und erschreckend. Er verführte sie. Er sprach von Banden und von der Ehe, doch das, was er in ihr erregte und was er bestimmt auch erregen wollte, war rohes Verlangen. Moira hatte Angst vor der Stärke dieses Gefühls und vor ihrer eigenen Schwäche.

»Es ist nicht fair von Euch, Eure lüsternen Spielchen mit mir zu treiben«, protestierte sie, wobei sie sich ein wenig wunderte, wie sanft und rauchig ihre Stimme klang. »Ich komme aus gutem Hause, ich bin keine Dirne mit loser Moral.«

»Ich muss ja zugeben, Ihr macht mich sehr lüstern, aber Spielchen treibe ich keine.« Er fing an, ihr kleines Gesicht mit sachten, neckenden Küssen zu streifen, erregt von den Zeichen der Leidenschaft, die sich deutlich in ihr zeigten. »Wie kommt es, dass Ihr nicht das Band spürt, das das Schicksal zwischen uns gewoben hat? Glaubt Ihr, ich spreche mit jedem patschnassen Mädchen, das ich am Strand auflese, von Ehe?«

»Woher soll ich denn wissen, was Ihr den Mädchen erzählt? Ich kenne Euch erst seit gestern.«

»Richtig, aber ich verzeihe Euch, dass Ihr mir so kalt begegnet.«

»Ihr seid ein Spaßvogel. Ihr solltet eine Narrenkappe tragen, damit alle gleich sehen, was es mit Euch auf sich hat.«

»Aber Moira, was habe ich denn getan, dass Ihr mir so wenig traut?«

»Abgesehen davon, dass Ihr zum Tode verurteilt worden seid, weil Ihr zwei Männer ermordet habt?«

Tavig sah sie kurz an, dann lächelte er. »Ihr wisst, dass ich das nicht getan habe.«

Moira fand es nicht nur einschüchternd, sondern auch ärgerlich, dass er sie offenbar nur anzusehen brauchte, um zu wissen, was in ihr vorging.

»Ich habe noch nicht beschlossen, ob ich Euch die Geschichte von Eurer Unschuld wirklich abnehmen soll.«

»Doch, doch, das habt Ihr.« Er küsste die Mulde hinter ihrem Ohr.

Sie erbebte. »Ihr seid ein äußerst arroganter Bursche.« Sie umklammerte sein Hemd, bemühte sich jedoch vergeblich um so viel Verstand, ihn wegzustoßen. »Ihr solltet der Unschuld einer Frau und ihrem Wunsch, sie zu behalten, mehr Achtung zollen.«

»Mädchen, ich glaube langsam, dass Ihr wohlgemut mit jedem Mann in ganz Schottland ins Bett steigen und trotzdem noch unschuldig sein könntet. Ein kleines bisschen Liebe, geteilt mit einem Mann, der Euch heiraten will, kann Euch die Unschuld nicht rauben.«

»Ich habe beschlossen, Euer verrücktes Gerede von Heirat zu ignorieren.«

»Ach ja?« Er bedeckte ihre Wangen mit federleichten Küssen und rückte ihren vollen, verführerischen Lippen immer näher.

»Jawohl, und jetzt lasst mich sofort los!«

»Befreit Euch doch«, murmelte er und streifte ihre Lippen sanft mit den seinen.

Inzwischen wollte es Moira gar nicht mehr. Einen Moment lang spürte sie noch eine gewisse Ablehnung in der Hitze, die sie durchflutete. Er sollte ihre Weigerung, bei seinen Spielen mitzumachen, akzeptieren, egal, wie halbherzig sie war, fand sie. Doch ihr Ärger war nicht von langer Dauer. Das Verlangen, das durch ihren Körper strömte, war zu stark. Sie war noch nie geküsst worden, jetzt wollte sie unbedingt erfahren, wie es war, von dem dunklen, stattlichen Mann geküsst zu werden, in dessen Armen sie lag. Sie nahm sich jedoch fest vor, es bei einem einzigen Kuss zu belassen.

Als Tavig spürte, dass sie sich fügte, legte er die Lippen auf ihren Mund. Sie schlang die schlanken Arme um seinen Nacken. Er drückte sie an sich und genoss die süße Unschuld ihres Mundes, der das Versprechen einer feurigen Leidenschaft barg. Er verzehrte sich danach, diese Leidenschaft zu entdecken, aber er wusste, dass er Moira Zeit lassen musste. Das Leben bei Sir Bearnard hatte viele Wunden hinterlassen. Tavig war klar, dass er sehr sanft mit ihr umgehen musste, um die Narben zu glätten.

Er fuhr mit den Händen ihren schlanken Leib entlang. Als sie sich an ihn drängte und ihr Körper unter seiner Berührung erbebte, wusste er, dass es nicht leicht werden würde, so behutsam vorzugehen, wie es angeraten war. An diesem Vorsatz konnte er nur festhalten, wenn er daran dachte, wie leicht die Leidenschaft zerstört werden könnte, nach der er sich so verzehrte.

Als er den Kopf hob und sie ansah, verschlug es ihm den Atem. Selbst in dem schwachen Licht des Mondes erkannte er die Röte der Leidenschaft auf ihren Wangen. Ihre wundervollen Augen waren halb geschlossen, die vollen Lippen glitzerten von der Feuchtigkeit seines Kusses, ihre kleinen, festen Brüste drängten sich in einem beschleunigten Rhythmus an seine Brust.

»Öffne deine schönen Lippen«, flüsterte er.

»Warum?«

»Tu es, dann wirst du es schon merken.«

Moira zögerte nur ganz kurz. Bislang hatte er noch nichts getan, was ihr Angst eingeflößt hätte. Als sie die Lippen öffnete und ihm ein leises Stöhnen entfuhr, beschlichen sie Zweifel. Doch er ließ ihr keine Zeit, darüber nachzudenken. Er presste seinen warmen Mund auf den ihren und schob seine Zunge sanft zwischen ihre Lippen. Sie klammerte sich an ihn, als er begann, ihre Mundhöhle zu erforschen. Jede Bewegung seiner Zunge schickte einen Feuerstoß durch ihre Adern. Moira verlor jegliches Gefühl von Zeit und Raum, in ihrem Kopf war nur noch ein Gedanke – welch wundervolle Gefühle Tavig MacAlpin in ihr wachrief.

Als er sich langsam auf sie legte und seine Berührungen immer kühner wurden, begann sie allmählich, wieder zur Vernunft zu kommen. Sie trug einen schweren Kampf mit ihrem Verlangen aus. Einerseits fühlte es sich so wundervoll an, dass sie liebend gern weitergemacht hätte, andererseits wusste sie trotz ihrer Unschuld, dass sie schon viel zu weit gegangen war. In ihrem Kopf hörte sie die krumme Annie mit ihrer kratzigen Stimme sagen: »Lass es nie zu, dass ein Mann sich auf dich legt, Mädchen!« Genau das hatte sie Tavig tun lassen, jetzt musste sie ihm unbedingt Einhalt gebieten.

In dem Moment, als sie ihn verscheuchen wollte, auch wenn alles in ihr sie dazu drängte, ihn festzuhalten, hörte er auf. Er presste die Stirn an die ihre und atmete ein paarmal tief durch, dann ließ er von ihr ab, hielt sie jedoch noch immer fest an sich gedrückt.

»Ich glaube, das reicht fürs Erste, Mädchen«, sagte er mit leiser, rauchiger Stimme.

»Aye, mit Sicherheit.« Moira merkte, dass selbst der Klang seiner vor Verlangen rauen Stimme es ihr schwer machte, ihre Leidenschaft zu zügeln.

»Ich hätte nicht zulassen dürfen, dass Ihr mich so in Versuchung führt. Wenn Ihr an Eurer Keuschheit festhalten wollt, müsst Ihr Euch besser benehmen, meine Liebe. Es ist alles Eure Schuld«

Moira brauchte ziemlich lange, bis sie begriff, was er da gesagt hatte, und dann noch ein Weilchen, bis sie glaubte, dass sie ihn richtig verstanden hatte. Sie brummte einen der vielen Flüche, mit denen die krumme Annie so gerne um sich warf. Als Tavig lachte, regte sie sich nur noch mehr auf und versetzte ihm unwillkürlich einen Klaps. Ihre Hand hatte seinen Arm kaum gestreift, als ihr klar wurde, was sie getan hatte. Sie keuchte erschrocken auf. Furcht vertrieb den Rest ihres Verlangens. Hastig wich sie vor ihm zurück.

»Es tut mir leid«, flüsterte sie in der Gewissheit, dass er es ihr mit weitaus mehr Kraft vergelten würde.

»Was tut Euch leid? Den kleinen Klaps habe ich doch verdient.« Er runzelte die Stirn. »Erwartet Ihr jetzt, dass ich Euch den Hintern versohle?«

In seiner Stimme lag eine Spur von Ärger, was sie verwirrte; denn offenbar richtete sich dieser Ärger gegen das, was sie von ihm erwartete, und nicht gegen das, was sie getan hatte. »Nein, natürlich nicht. Das könnt Ihr ohnehin nicht, ich sitze nämlich auf meinem Hintern.« Sie schlug die Hand vor den Mund, überrascht, ja richtig schockiert über ihr loses Mundwerk. »O weh, was rede ich da! Ihr seid von schlechtem Einfluss, Tavig MacAlpin.«

Tavig lachte und drückte ihr einen sanften Kuss auf die Stirn. »Was ist schon schlimm an so einem Scherz, auch wenn er ein bisschen derb ist? Und außerdem zeigt es, dass Ihr Euch bei mir wohlfühlt. Das ist doch gut so.«

»Ach ja? Nun, ich würde meinen, es ist nicht besonders klug, wenn man sich allmählich bei einem Mann wohlfühlt, dem zwei Morde angelastet werden.«

»Müsst Ihr ständig in meinen Wunden bohren?«

»Ich glaube nicht, dass durch Euer dickes Fell viel dringen kann.« Sie gähnte und wehrte sich nicht, als er sie an sich zog. »Ich glaube, ich muss jetzt wirklich schlafen, Sir Tavig«, murmelte sie, und schon fielen ihr die Augen zu.

Tavig wartete darauf, dass sie ihm noch eine gute Nacht wünschte, aber sie war verstummt. Offenbar war sie sogleich eingeschlafen. Er lächelte und schmiegte sich eng an ihren schlanken Körper. Sein Lächeln wurde breiter, als sie etwas murmelte und sich völlig entspannte, als wäre sie seine Nähe bereits gewöhnt.

»Ach, Mädchen, bald wirst du sehen, dass wir füreinander bestimmt sind. Ich muss nur noch die Wunden heilen, die dir Sir Bearnard, dieser Mistkerl, zugefügt hat. Ich hoffe nur, dass ich geduldig und geschickt genug dafür bin.«

5

Vermutlich werdet ihr mir nicht glauben, wenn ich behaupte, dass das hier auf dem Feld gewachsen ist.«

Moira sah auf das Brot, das Tavig ihr unter die Nase hielt, dann auf ihn. »Nein, das nehme ich Euch nicht ab.«

Sie waren nun zwei Tage in der rauen, kaum besiedelten Gegend nordwärts marschiert, und Moira hatte angefangen zu glauben, dass sie den Mann überredet hätte, nichts mehr zu stehlen. Das Brot, mit dem er sie lockte, war ein handfester Beweis ihrer Naivität. Am meisten ärgerte sie, dass sich in ihr wieder einmal sehr widersprüchliche Gefühle regten. Sie wusste, dass Tavig MacAlpin ein guter Mann war, doch ganz offenkundig fiel es ihm leicht zu stehlen. Ihr hingegen war die Vorstellung, etwas zu stehlen, höchst zuwider, doch gegen ein Stück Brot hätte sie wahrhaftig nichts einzuwenden gehabt, und sie würde es mit Genuss verspeisen. Der Hunger verdarb ihr sittliches Empfinden zunehmend.

Tavig seufzte, setzte sich neben sie, holte sein Messer hervor und schnitt ein Stück Brot ab. »Ihr würdet mir wohl auch nicht glauben, wenn ich Euch sagte, dass es ein Wunder war, oder? Dass es plötzlich in meinen Händen lag, weil Gott ein Einsehen mit uns hatte.«

»Jetzt werdet Ihr auch noch blasphemisch. Ich hatte gehofft, wir würden es bis zur Burg Eures Cousins schaffen, ohne etwas stehlen zu müssen.«

»Nun ja, meine Liebe, es tut mir leid, wenn ich Eure Hoffnungen zunichte mache, aber sie waren töricht. Selbst wenn wir weiterhin nur zwei kleine Schüsseln Hafergrütze am Tag zu uns nehmen, haben wir am Ende der Woche keine Vorräte mehr.« Er lächelte leicht, als sie widerwillig das Stück Brot nahm, das er ihr anbot. »Weder Ihr noch ich sind an solch einen langen, beschwerlichen Marsch gewöhnt.«

Das Brot schmeckte köstlich, was Moira nur weiter reizte. »Und das ändert die Sache nun grundlegend, findet Ihr?«

»O ja. Wir werden all unsere Kräfte brauchen. Bei einer solchen Strapaze muss man gut essen.«

»Eure Entschuldigungen klingen sehr hübsch.«

»Es sind keine Entschuldigungen, sondern Tatsachen.«

»Das mag schon sein, aber während wir uns die Bäuche vollstopfen, geht der Besitzer dieses Brotes leer aus.«

»Nay. Menschen, die ohne so einen Laib Brot hungern würden, könnte und würde ich nichts wegnehmen.«

»Und woher wollt Ihr wissen, dass sie es nicht gebraucht haben?«

»Weil ich es aus der Küche eines recht stattlichen Anwesens entwendet habe, ein paar Meilen westlich von hier. Es war einer von fünf Laiben, und dem, was sich sonst noch so alles in der Küche befand, war deutlich zu entnehmen, dass dort kein Nahrungsmangel herrscht.«

Moria runzelte die Stirn, als er den Arm um sie legte, aber sie war zu neugierig, um ihn zu schelten. »Wollt Ihr damit sagen, dass Ihr soeben in die Küche eines reichen Lairds geschlendert seid, Euch einen Laib Brot genommen habt und dann wieder davongeschlendert seid?« Gedankenverloren nahm sie auch das nächste Stück, das er ihr anbot.

»So leicht war es auch wieder nicht. Doch ich musste nicht herumschleichen oder lügen.« Er schüttelte den Kopf. »Wenn meine Probleme gelöst sind, muss ich dem Laird eine Nachricht zukommen lassen, wie schlecht seine Wächter sind. Doch offenbar ist der Laird ein guter Mann, seine Leute sind alle recht zufrieden und vertrauensselig. Zu vertrauensselig. Ich hätte leicht ein Feind sein können, der die Schwächen und Stärken des Mannes auskundschaften will. Im Gegenzug für dieses Brot werde ich ihn später wissen lassen, wie leicht er überwältigt werden könnte. Leider darf man nicht zu freundlich sein. Ein guter Ritter zeichnet sich zwar auch durch seine Gastfreundschaft aus, aber die Burg dieses Mannes war offen und ungeschützt wie ein Kloster.«

»Ihr habt recht, es wäre schlimm, wenn jemand ihm einen Schaden zufügen würde, nur weil er so offen und vertrauensselig ist.«

»Aye, und dazu wird es auch kommen, denn jeder sieht auf den ersten Blick, dass dort ein wohlhabender Mann lebt.«

»Und schließlich wird einer daherkommen, der ihm seinen Wohlstand rauben will.« Sie sah stirnrunzelnd zum Himmel. »Es ist schon spät, es wird bald dunkel.«

»Stimmt. Wir machen uns gleich wieder auf den Weg.«

Er verstaute den Rest des Brotlaibs in seinem Beutel, dann lächelte er sie an und zog sie in seine Arme. Moira bemühte sich um eine strenge Miene, aber mit jeder weiteren Stunde, die sie in seiner Gesellschaft verbrachte, fiel es ihr schwerer, ihm zu widerstehen. Sie legte die Hände auf seine Brust, ursprünglich, um ihn wegzuschubsen. Doch diese Absicht löste sich in Luft auf, als sich seine Lippen auf die ihren legten. Sein Mund war zärtlich und warm. Ihr gesunder Menschenverstand und ihre Sittsamkeit sagten ihr, dass sie der Versuchung dieser Lippen widerstehen müsste, aber wie bei dem Brot zeigte sie sich unfähig, etwas abzulehnen, nach dem es sie gelüstete.

Sie schlang die Arme um seinen Nacken, während er spielerisch an ihren Lippen knabberte. Nach einer Weile schmiegte sie sich eng an ihn in dem stillen Wunsch nach einem richtigen Kuss. Als er ihre Bitte bereitwillig erhörte, stöhnte sie leise auf. Wieder strömte die Hitze, die sie erschreckte und gleichzeitig maßlos erregte, durch ihren Körper und ballte sich tief in ihrem Bauch zusammen. Moira hatte eine der Mägde einmal sagen hören, sie sei für einen bestimmten Mann entflammt. Jetzt wusste sie, wovon diese Magd gesprochen hatte. Sie wusste, dass sie für Tavig MacAlpin entflammt war, dass sie sich nach ihm verzehrte. Es war das Schlimmste und das Schönste, was sie je erlebt hatte.

»Ach, Mädchen, Ihr habt den süßesten Mund, den ich je geschmeckt habe«, murmelte er mit den Lippen an ihrem Hals und bedeckte ihren heftig schlagenden Puls mit kleinen Küssen.

»Eurer ist auch nicht schlecht.« Sie grinste, als er leise lachte.

»Wie schmeichelhaft.«

Er streichelte mit seinen langen, schlanken Fingern sanft die Kurven ihrer Brüste. Moira erbebte unter der Stärke ihres Verlangens. Sie knirschte mit den Zähnen, wand sich aus seiner Umarmung und erhob sich hastig. Sie hoffte nur, dass er nicht sah, wie sie wankte. Irgendwie musste sie die Kraft aufbringen, sich seinen Reizen zu widersetzen – weitaus mehr Kraft, als sie jetzt zeigte.

»Wir sollten uns besser auf den Weg machen«, sagte sie und ärgerte sich über ihre rauchige Stimme.

»Ihr könnt nicht ständig vor mir weglaufen.« Tavig hob ihre Vorräte auf und setzte sich in Bewegung.

»Ich weiß nicht, wovon Ihr redet«, protestierte Moira und eilte ihm nach.

»Doch, das wisst Ihr ganz genau. Wir sind vom Schicksal füreinander bestimmt, Moira. Das spürt Ihr jedes Mal, wenn ich Euch berühre. Ihr spürt es in Eurem Blut, Ihr spürt es daran, wie es sich vor Verlangen erhitzt.«

»Haarsträubender Dünkel!«

Tavig ignorierte ihr Murren. »Ihr seid so behütet gewesen, dass Ihr nicht versteht, was Euer Körper und Euer Herz Euch sagen wollen. Ihr bekämpft es und stoßt mich weg. Aber ich habe viel Geduld. Ich kann warten, bis Ihr die Wahrheit erkennt.«

Moira starrte finster auf seinen Rücken. Wie kam es nur, dass sie in einem Moment nichts lieber getan hätte, als sich mit ihm auf der Heide zu wälzen, und schon im nächsten die größte Lust hatte, ihm einen Tritt in seinen allzu anziehenden Hintern zu versetzen? Doch am meisten ärgerte sie, dass er anscheinend wusste, was in ihr vorging. Als sie bei der Überquerung einiger bemooster Felsblöcke verdrossen seine Hilfe annahm, überkam sie kurz die Angst, er könnte womöglich ihre Gedanken lesen. Doch diese Angst schüttelte sie rasch wieder ab. Wäre es so, würde er sie jetzt entweder auslachen oder sich tunlichst außer Reichweite ihres Fußes halten.

Wahrscheinlich kennt er mich schon zu gut, oder er kann aus meinem Gesicht lesen, was in mir vorgeht, sinnierte sie. Wenn sie ihre Empfindungen vor diesem Mann geheim halten wollte, würde sie sich wohl ein paar neue Kniffe aneignen müssen. Sie hatte gelernt, ihre Angst und ihre Wut vor Sir Bearnard zu verbergen. Jetzt würde sie lernen müssen, ihre Gedanken und den Wirrwarr ihrer Gefühle vor Tavig zu verbergen.

* * *

»Wahrscheinlich war es nicht zu vermeiden, dass es irgendwann auf unserem Weg auch einmal regnet«, murrte Moira und versuchte, sich in dem notdürftigen Unterschlupf aus Zweigen und Decken, den Tavig errichtet hatte, weiter nach hinten zu verziehen.

»Aye. Es ist nur schade, dass es das ausgerechnet dann tut, wenn wir uns ausruhen. Wir werden heute nicht besonders gut schlafen.« Er schnitt ihr eine Scheibe Brot von dem rasch schwindenden Laib ab, den er am Nachmittag gestohlen hatte. »Mehr gibt es heute Abend nicht zu essen, ohne trockenes Holz und Späne kann ich kein Feuer machen.«

»Glaubt Ihr, dieser Hinweis verringert meine Bedenken, dass es sich bei dem Brot um Diebesgut handelt?« Sie schlang die Decke fester um sich, während sie einen Bissen von dem Brot abbiss und es dann langsam verzehrte.

»Nay. Ich weiß, dass Ihr stark genug seid, an Eurer Missbilligung festzuhalten.«

»Aber nicht so stark, dass ich mich weigere, die unrechtmäßig erworbene Beute zu essen. Diesen Gedanken braucht Ihr gar nicht für Euch zu behalten, ich schwöre, ich kann die

Worte hören, die Euch durch den Kopf gehen.« Sie seufzte und rieb sich die schmerzenden Füße.

»Warum wickelt Ihr Eure Füße nicht aus und streckt sie ein Weilchen in den Regen?«

»Aber dann werden sie nass und wahrscheinlich auch kalt.«

»Es würde jedenfalls den Schmerz lindern, den Ihr so hartnäckig vor mir verbergen wollt.« Er lächelte, als er ihren ungläubigen Blick bemerkte. »Glaubt mir, meine Liebe, auch ich habe schon weite Strecken in schlecht sitzenden Stiefeln oder sogar barfuß bewältigen müssen. Ich weiß, dass Füße manchmal sehr wehtun können. Sie in kaltem Wasser zu baden hilft wirklich. Hier gibt es keinen Bach und auch keinen See, nur das, was vom Himmel fällt. Probiert es aus, es kann nicht schaden.«

»Na ja, vielleicht habt Ihr recht.«

Mit seiner Hilfe wickelte sie die Lumpen ab. Vorsichtig rutschte sie an die Öffnung ihres Unterschlupfes, bis ihre Füße aus dem ziemlich kargen Schutz herausragten. Auch wenn sie es nicht gern zugab, der kalte Sprühregen fühlte sich gut an. Schon die kühle Nachtluft hatte ihren bloßen Füßen gutgetan. Als nun der Regen darauffiel, seufzte sie wohlig auf. Dann sah sie finster auf den grinsenden Tavig. So selbstgefällig hätte er ja nun auch wieder nicht zu sein brauchen!

»Aye, es hilft ein bisschen«, knurrte sie.

Tavig lachte und schüttelte den Kopf. »Ihr seid ein Dickkopf, Moira Robertson.«

Offenbar merkte er, dass sie sich vor Angst sofort verspannte, denn er hörte auf zu lachen und sah sie nun seinerseits finster an. In den Jahren bei Bearnard Robertson war immer eine Tracht Prügel gefolgt, wenn Sir Bearnard sie als Dickkopf bezeichnet hatte, oder irgendeine andere seiner vielen grausamen Bestrafungen. Obwohl sie noch nicht lange mit Tavig zusammen war, wusste sie, dass er sie nie so behandeln würde wie ihr Vormund, doch ihre Ängste machten noch keinen Unterschied.

»Ich wüsste zu gern, was ich tun muss, um Euch dazu zu bringen, mich nicht mehr zu fürchten«, sagte Tavig und schnitt ihr eine weitere Scheibe Brot ab.

»Ich fürchte Euch nicht, Tavig«, sagte sie leise.

»Nay? In Eurem Gesicht habe ich gerade die nackte Angst gesehen.«

»Das mag schon sein. Aber es war nicht die Angst vor Euch. Es war die Angst vor einer Erinnerung.«

»Einer Erinnerung?«

»Jawohl. Ihr habt mich einen Dickkopf genannt, und diese Worte weckten eine schlimme, beängstigende Erinnerung. Daher stammte meine Furcht; nicht Ihr oder etwas, was Ihr getan habt, hat sie erregt.«

»Muss ich denn jedes Wort abwägen?«

Sie schüttelte den Kopf. »Das wäre nicht fair Euch gegenüber, und es würde mir auch nicht helfen. Ich muss einfach etwas lernen: Wenn jemand dieselben Dinge wie Sir Bearnard sagt, heißt das noch lange nicht, dass er sich auch so verhalten wird wie mein Vormund. Ihr habt mich mit diesen Worten ja nur necken wollen, Ihr habt sie nicht als Beschimpfung oder Drohung gemeint. Ich muss lernen, mehr als nur die Worte zu hören. Ich muss erkennen, wie sie ausgesprochen werden. In Eurer Stimme lagen weder Zorn noch eine Warnung. Auf so etwas muss ich in Zukunft achten.«

»Aye, denn allmählich glaube ich, dass Sir Bearnard kaum etwas gesagt hat, auf das nicht gleich eine Brutalität gefolgt ist.«

»Manchmal hat er gar nichts gesagt, dann war er am gefährlichsten.« Sie zitterte, während sie versuchte, die bösen Erinnerungen abzuschütteln. »Langsam wird mir kalt in diesem Regen«, murmelte sie und zog die Füße zurück.

Tavig half ihr, sie trocken zu reiben und wieder in die Lumpen zu verpacken. Währenddessen musterte er sie forschend. Sie hatte nie viel von Sir Bearnard oder ihrem Leben bei diesem Mann erzählt. Nach ein oder zwei schwachen Andeutungen über das, was sie durchgemacht hatte, verstummte sie stets und zog sich zurück, so wie jetzt eben. Ihm kam es dabei vor, als zöge sie sich vor ihm zurück, doch er wusste, das war nicht so. Wie lange würde Sir Bearnards Schatten wohl noch über ihnen schweben?

»Nicht jeder Mann ist so wie Euer Vormund«, sagte er und zog sie sanft an sich.

»Ich weiß. Es tut mir leid, wenn ich mich manchmal so verhalte, dass es Euch kränkt.«

Er unterbrach sie mit einem sanften Kuss. »Ihr braucht Euch nicht zu entschuldigen. Genauso, wie Ihr lernen müsst, nicht nur auf die Worte zu achten, sondern auch darauf, wie sie geäußert werden, muss ich lernen, dass nicht jedes instinktive Zusammenzucken oder Aufflackern von Angst gegen mich gerichtet ist. Sir Bearnard hat Euch diese bösen Lehren erteilt. Ihr braucht Zeit, um zu lernen, wann und bei wem Ihr sie beherzigen müsst. Allerdings habe ich mir fest vorgenommen, dafür zu sorgen, dass Ihr nie mehr so leben müsst.«

»Ach ja? Und wie wollt Ihr das bewerkstelligen?«

»Indem ich Euch überzeuge, bei mir zu bleiben.«

»Aye? Euer Schicksal ist allerdings ein wenig ungewiss, mein tapferer Ritter. Ich kann mir nicht vorstellen, dass es besser ist, einen Galgen mit Euch zu teilen, als mit Sir Bearnard zu leben.«

»Ich habe nicht vor, am Galgen zu baumeln.«

»Ich kann nicht behaupten, dass ich mir das wünsche, aber ich begreife nicht, wie Ihr Euch so sicher sein könnt, dass es nicht dazu kommen wird.«

»Sobald ich bei meinem Cousin Mungan bin, wird er mir helfen, mich gegen Iver durchzusetzen.«

»Damit ist Eure Unschuld aber noch lange nicht bewiesen.« Sie gähnte und sank schwerer gegen ihn.

»Das ist wohl wahr, aber eigentlich glaubt keiner, dass ich diese Männer umgebracht habe. Meine Leute in Drumdearg wissen genau, wer der Mörder ist. Trotzdem werde ich versuchen, ein paar Beweise für meine Unschuld aufzutreiben, vielleicht auch ein paar Geständnisse, damit es wirklich alle glauben.« Er schüttelte den Kopf. »Ich habe an kaum etwas anderes gedacht als daran, mir zurückzuholen, was mir gestohlen wurde, und Iver für seine Schandtat büßen zu lassen. Aber Ihr habt recht – damit wird meine Unschuld nicht bewiesen, und da Iver seine grundlosen Beschuldigungen in alle Welt hinausposaunt hat, muss ich mich darum kümmern, diesen Makel von meinem Namen zu entfernen.«

»Ihr werdet es wohl nie schaffen, ihn gänzlich zu beseitigen.«

»Ihr seid ein wahrer Quell des Frohsinns, nicht wahr?«, grummelte er, doch dann lächelte er gleich wieder, als sie schläfrig kicherte. »Aber natürlich habt Ihr auch in dieser Hinsicht recht, obwohl es wirklich nicht fair ist. Nichtsdestotrotz werden die Leute die Wahrheit erfahren; die meisten kennen sie ohnehin schon.«

»Und Ihr seid davon überzeugt, dass Euer Cousin Mungan Euch glauben wird und Euch nicht an Iver ausliefert?«

»Jawohl. Mungan hat Iver schon immer gehasst und ihm nie vertraut.« Er drückte einen sanften Kuss auf ihren Kopf. »Macht Euch keine Sorgen. Wir werden bei Mungan in Sicherheit sein, und ich werde herausfinden, in welchen Absichten er Eure Cousine entführt hat.«

»Ihr glaubt also nicht, dass er sie in der Ferne erblickte, sich in sie verliebte und einfach versuchen musste, sie zu seiner Frau zu machen?«

Tavig dachte kurz darüber nach, dann erwiderte er im Brustton der Überzeugung: »Nay, nicht Mungan. Für derartige Gefühle ist er nicht empfänglich. Er ist zwar ein guter Kerl, und deshalb bin ich mir sicher, Eure Cousine ist wohlauf und in Sicherheit; aber zur romantischen Sorte gehört er nun einmal nicht. Wenn er beschließt, sich eine Frau zu nehmen, wird er sie gut behandeln, für sie sorgen und ihr die Treue halten; doch sie wird sich damit abfinden müssen, dass sie nicht sehr viele Schmeicheleien, süße Worte oder aus tiefstem Herzen stammende Gefühlsäußerungen zu hören bekommt. Aber selbst wenn ein Wunder geschehen wäre und Mungan von einer romantischen Anwandlung befallen wurde, warum sollte er dann ein Lösegeld für sie fordern?«

»Vielleicht ist ihm die Romantik abhandengekommen, als er feststellte, dass meine Cousine seine Gefühle nicht erwidert.«

»Möglich ist alles, aber ich bezweifle es. Mungan ist einfach nicht der Typ für so etwas. Einmal hat er einen fahrenden Musikanten an den Füßen aufgehängt und ihn über dem Tisch baumeln lassen, nur weil der arme Kerl nichts als Minnelieder zum Besten gab, er hingegen lieber Balladen über siegreiche oder verlorene Schlachten hören wollte. Na ja, am liebsten natürlich über solche, bei denen die Schotten den Sieg davontrugen.«

Obwohl sie so müde war, dass ihr die Lider schwer wurden, schaffte Moira noch einen letzten Blick auf Tavig. »Und Ihr glaubt, bei einem solchen Verrückten können wir uns sicher fühlen?«

Lachend lehnte er sich an den Baumstumpf, den er als Stütze für ihre kärgliche Unterkunft benutzt hatte. »Er hat den Musikanten nicht umgebracht, und er hat ihn auch nicht so lange baumeln lassen, dass der arme Narr ernsten Schaden nahm. Mungan ist ein schräger Vogel, aber er ist harmlos, zumindest für diejenigen, die er als Freunde betrachtet. Ich schwöre Euch, Ihr werdet bei ihm sicher sein. Mungan hat noch nie einer Frau oder einem Kind etwas zuleide getan.«

Moira musste herzhaft gähnen. »Ihr habt eine sehr merkwürdige Familie, Tavig MacAlpin.«

»Ihr kennt noch nicht einmal die Hälfte, meine Liebe. Aber jetzt schlaft, Ihr braucht Eure Ruhe. Wir haben noch einen langen Weg vor uns.«

Kurz darauf spürte er, wie sie in seinen Armen schwer und schlaff wurde. Seufzend sah er auf ihre armen Füße. Wie gern hätte er ihr all diese Strapazen erspart. Er wünschte sich, er könnte sie zu Mungans Burg tragen. Sanft strich er ihr die feuchten Haarsträhnen aus der Stirn. Wie konnte er sie nur dazu bringen, ihm zu vertrauen, ihn zu lieben und bei ihm bleiben zu wollen? Noch lag Mungans Burg zehn, vielleicht auch zwölf Tagesmärsche entfernt, doch auf einmal kam ihm die Zeit viel zu kurz vor.

* * *

Moira stöhnte leise und schlang die Arme um Tavigs Nacken, als seine Lippen sie wärmten. Sein Kuss vertrieb die Kälte, die sich in ihren Körper geschlichen hatte, und auch all ihre Schmerzen und ihr Leid. Alles, was sie quälte, schmolz dahin unter der Leidenschaft, die er in ihr entfachte. Sie presste sich an ihn, nahm seine Hitze in sich auf und genoss das Gefühl seines langen, sehnigen Körpers.

Er fuhr mit geschickten Händen über ihre schlanke Gestalt. Moira erbebte vor Wonne, als er ihren Rücken streichelte und sie sanft an sich drückte. Sie war fasziniert, als sie den harten Beweis seines Verlangens spürte, und keuchte lustvoll, als er eine ihrer Brüste umfasste. Sie bäumte sich ihm entgegen, bis ein winziger Strahl der Vernunft durch den Schleier der Leidenschaft drang, der ihren Geist vernebelte. Leise fluchend entzog sie sich Tavigs Griff und kniete sich hin, wobei ihr Kopf das Dach ihres Unterschlupfs streifte. Sie funkelte Tavig zornig an.

»Ich nehme an, Ihr konntet nicht einfach ›Guten Morgen, Mädchen‹ sagen«, fauchte sie. Sie sah, dass der Himmel bereits heller wurde, und kroch aus dem Unterschlupf.

»Ich dachte, das hätte ich getan«, meinte Tavig gedehnt, kroch ebenfalls hinaus und streckte sich gemächlich.

»Ihr habt versucht, mich zu überrumpeln, um mit mir zu tun, was Ihr wollt.«

»Was ich will? Es sah mir schwer danach aus, als ob auch Ihr das wolltet.«

»Das glaube ich nicht, Sir Tavig.«

Sie beschloss, sein unverschämtes Grinsen zu ignorieren,

und begab sich in den Schutz der Bäume am Rand der Lichtung, um sich zu erleichtern. Sie merkte, dass ihre Füße noch immer schmerzten, obwohl der kalte Regen tatsächlich geholfen hatte. Wie unfair, dass sie mit ihren heilenden Händen nicht ihre eigenen Schmerzen lindern konnte, dachte sie. Doch wenn sie es versuchte, lief sie Gefahr, dass Tavig ihre seltsame Gabe entdeckte. Aus Erfahrung wusste sie, dass sie nach einer solchen Heilung vollkommen erschöpft und geschwächt war. Falls Tavig also nicht erriet, dass sie mit ihren Händen heilen konnte, würde er zumindest äußerst begierig sein zu erfahren, warum ihre Füße zwar sehr viel besser aussahen, sie jedoch kaum einen Schritt mehr tun konnte.

Moira schüttelte den Kopf, als sie zum Lager zurückkam und feststellte, dass Tavig ihren Unterschlupf bereits abgebaut und angefangen hatte, ein Frühstück zuzubereiten. Wenn sie doch nur mehr über ihre seltsame Fähigkeit wüsste! Vielleicht würde sie dann auch nicht mehr so viel Angst haben, dass es andere herausfinden könnten. Aber leider war ihre Gabe ihr selbst ein ziemliches Rätsel und jagte ihr manchmal sogar Angst ein, es war also kein Wunder, dass andere darüber erschraken. Obwohl auch Tavig mit einer Gabe geschlagen war, die viele Menschen für Teufelswerk hielten, konnte sie sich durchaus vorstellen, dass ihm ihre Gabe Angst machen würde. Ihr wurde klar, dass sie ihm auch deshalb ihr Geheimnis nicht anvertrauen wollte, weil sie befürchtete, dass sich dann ein wachsamer Blick bei ihm einschleichen würde. Schon bei dem Gedanken, er könnte sich von ihr entfernen und sie meiden, graute es ihr.

»Aber, aber, meine Liebe, seid Ihr etwa noch immer verdrossen, weil ich Euch einen winzig kleinen Morgenkuss gegeben habe?«, fragte er, als sie sich zu ihm ans Feuer gesellte.

»Nay, auch wenn mir schleierhaft ist, wie Ihr das, was Ihr getan habt, als winzig kleinen Morgenkuss bezeichnen könnt. Und dabei noch wie das reinste Unschuldslamm wirkt.«

»Ihr haltet mich also für ein Unschuldslamm?«

»Witzbold. Ihr wisst ganz genau, was ich von Euch halte. Ich habe nur gesagt, Ihr wirkt wie eins.« Sie nahm die Hafergrütze entgegen, die er ihr reichte, und murmelte: »Danke, Schuft.«

»Eure Meinung von mir schwankt schwindelerregend.«

»Und Ihr seid eitel, wenn Ihr glaubt, dass ich mir die Mühe gebe, mir überhaupt eine Meinung von Euch zu bilden.«

Er kicherte, und Moira musste grinsen. Sie war überrascht, wie rasch sie wieder zu der Schlagfertigkeit zurückgefunden hatte, die ihren Vormund immer so wütend gemacht hatte. Das, was ihr Vater stets liebevoll als ihr Temperament bezeichnet hatte, war also nicht völlig abgestorben, es hatte sich nur zurückgezogen und war verstummt. Auch wenn sie nicht überrascht war, dass Bearnard es ihr nicht aus dem Leib geprügelt hatte, obwohl sie es manchmal befürchtet hatte, staunte sie doch, wie schnell es wieder zutage getreten war.

Während sie die Schüsseln säuberte und verstaute, beschloss sie, dass sich ihr wiedergekehrtes Temperament angenehm anfühlte. Ihre momentane Lage barg zwar Gefahren und Unannehmlichkeiten, doch sie hatte sich noch nie so frei, ja fast fröhlich gefühlt. Es würde nicht leicht sein, zu einem Leben mit Sir Bearnard zurückzukehren. Schon allein bei dem Gedanken daran erzitterte sie angstvoll.

Sie blickte rasch auf Tavig, der gerade das Feuer löschte. Wahrscheinlich war es besser, nicht zu oft über Sir Bearnard nachzudenken, denn sonst würde sie immer empfänglicher für Tavigs Gerede, das Schicksal walten zu lassen und ihn zu heiraten. Ihr Leben bei den Robertsons war so trist, dass sie Gefahr lief, all die guten Gründe, sich von Tavig fernzuhalten und nicht nach dem zu greifen, was er ihr anbot, über Bord zu werfen. Jetzt, nachdem sie erfahren hatte, wie viel besser es ihr ging, wenn der Schatten von Bearnards schwerer Faust nicht mehr über ihr schwebte, würde es ein Leichtes sein, jeglichen gesunden Menschenverstand beiseitezuschieben und bei Tavig zu bleiben. Sie nahm sich fest vor, sich ab sofort weitaus häufiger daran zu erinnern, warum es gefährlich war, eine Partnerschaft mit Tavig in Erwägung zu ziehen.

Doch in der kurzen Zeit, in der sie mit ihm zusammen war, wollte sie ihre wiedergefundene Freiheit in vollen Zügen genießen. Sie wusste nur zu gut, dass sie sie danach vielleicht nie mehr kosten durfte. Tavig hatte wahrscheinlich keine Ahnung, welches Geschenk er ihr machte, aber sie war ihm sehr dankbar.

»Seid Ihr bereit, Mädchen?«, fragte er und schulterte den Beutel mit ihren Vorräten.

»Aye.« Sie seufzte ein bisschen theatralisch, als sie ihm folgte. »Zu schade, dass wir keinen kürzeren Weg finden oder das Fliegen lernen können. Ich nehme an, Ihr habt keinen Cousin, der ein bisschen näher lebt, oder?«

»Nay.« Er sah zum Himmel, dann lächelte er. »Es wäre schön zu fliegen, aber es ist leichter zu gehen.«

»Viel leichter. Tavig, da Ihr doch hier in der Nähe lebt und Mungan nördlich von hier, was hattet Ihr dann im Süden zu tun?«

»Mir war der törichte Einfall gekommen, mit dem König zu reden. Zwar habe ich ihn nicht persönlich angetroffen, aber ich habe mit einem seiner Leute gesprochen, einem Mann, der dem König nahe genug steht, um zu wissen, was er mir geraten hätte. Er meinte, ich solle wieder nach Hause reiten, meine anderen Verwandten um Beistand ersuchen und mich selbst um die Sache kümmern.«

»Sollte der König nicht dafür sorgen, dass solche Fehden und Kämpfe erst gar nicht aufflackern?«

»Er hat momentan alle Hände voll zu tun. All seine Aufmerksamkeit richtet sich auf die Lairds an der Grenze und auf die Engländer. In diesem Gebiet wird viel gekämpft. Auf dem Rückweg hätten mich Ivers Männer fast geschnappt, doch dann habe ich Euer Schiff entdeckt. Ich hatte das Gefühl, dass mir in meiner Verkleidung draußen auf dem Meer nichts passieren würde.«

»Und dann kamen Sir Bearnard und ich daher und haben Eure Flucht vereitelt.«

»Nay, vereitelt habt Ihr sie nicht. Vielleicht um ein paar Tage verlängert, mehr nicht. Ich habe Euch doch gesagt: das Schicksal wollte, dass wir uns begegnen. Ich wünschte nur, es hätte sich einen leichteren Weg einfallen lassen.«

Moira verzog das Gesicht, als er sie kurz ansah. »Ich fürchte, mein Glauben an das Schicksal ist nicht so stark wie der Eure.«

Der Blick amüsierten Zweifels, den er auf sie warf, ärgerte sie. Er hatte ja recht, wenn er davon ausging, dass sie eine leere Behauptung in den Raum gestellt hatte, aber so offenkundig musste er sich nun auch wieder nicht darüber lustig machen. Jedenfalls hatte das Schicksal einen schweren Fehler gemacht, als es sie beide zusammenbrachte, und außerdem sorgte es bei den Leuten, deren Leben es lenkte, nicht unweigerlich für ein glückliches Ende. Solange Tavig nichts von ihrer besonderen Gabe wusste, konnte er die göttliche Fügung noch freudig hinnehmen. Doch ihr blieb nichts anderes übrig, als sich weiterhin nach Kräften gegen das zu stemmen, was Tavig ständig als ihr Schicksal bezeichnete.

6

Moira schrie vor Angst und Überraschung leise auf, als Tavig unvermittelt neben ihr auftauchte. In der einen Woche, die sie nun zusammen unterwegs waren, hatte sie sich noch immer nicht daran gewöhnt, dass er sich völlig lautlos bewegen konnte. Er hatte ihr befohlen, sich hinter den dichten Büschen am Waldesrand zu verstecken, während er das vor ihnen liegende Dorf auskundschaften wollte. Moira hatte eine gute Stunde auf ihn gewartet und war zunehmend unruhig geworden. Gerade hatte sie sich vorgestellt, dass er womöglich einen langsamen, grausamen Tod sterben musste. Nun dämpfte Erleichterung ihren Ärger darüber, wie sehr er sie erschreckt hatte.

»Können wir ins Dorf?«, fragte sie und quittierte es mit einem Stirnrunzeln, als er sich neben sie setzte und den Arm um ihre Schultern legte.

»Aye, es wirkt sicher, wenn auch ziemlich ärmlich. Die Leute machen den Eindruck, als ob es das Leben nicht allzu gut mit ihnen meint. Ich weiß nicht, ob dort viel zu holen ist, jedenfalls wohl keine Schuhe für Eure armen kleinen Füße und auch keine neuen Kleider. Aber vielleicht kann ja einer von uns mit etwas Arbeit eine Mahlzeit verdienen oder sogar eine geschützte Ecke, in der wir die Nacht verbringen können.« Er drückte einen Kuss auf ihren weichen Nacken und grinste, als sie die Schultern hochzog. »Wie kühl Ihr Eurem Gemahl gegenüber seid«, murmelte er und schnitt eine übertrieben traurige Grimasse.

»Ihr seid nicht mein Gemahl!«

»Aber ich werde mich als solchen bezeichnen, und Ihr werdet Euch fügen, solange wir uns in dem Dorf aufhalten.«

»Ach ja? Werde ich das?«

»Jawohl, meine kleine Braut, das werdet Ihr. Dort drüben scheinen ziemlich gottesfürchtige Leute zu hausen. Sie werden freundlicher zu uns sein, wenn sie glauben, dass wir ordnungsgemäß verheiratet sind.«

»Können wir denn nicht einfach nur verwandt sein? Cousin und Cousine? Oder Bruder und Schwester?«

»So sehen wir wahrhaftig nicht aus.«

»Cousins müssen sich nicht ähnlich sehen.«

»Nay, aber Cousin und Cousine können auch ein Paar sein, und ich fürchte, für diese Dorfbewohner wäre schon die geringste Spur von Sünde zu viel."

Moira beschloss, sein Urteil hinzunehmen, bedachte ihn jedoch mit einem möglichst strengen Blick. »Dann werden wir eben Mann und Frau spielen, aber versucht ja nicht, dieses Spiel zu ernsthaft zu betreiben!«

»Aha, verstehe.« Er legte den anderen Arm um ihre Taille und drückte ihr einen sanften Kuss auf die Lippen. »Keine geraubten Küsse?«

»Nay«, flüsterte Moira. Seine Berührung und die Wärme seines dunklen Blicks hatten wieder eine Hitze in ihr ausgelöst, die sie ganz schwindelig machte.

»Und zu fest darf ich Euch auch nicht halten«, murmelte er und fuhr genüsslich mit der Zungenspitze über die Konturen ihrer vollen Lippen. »Nicht einmal dann, wenn wir unter derselben Decke schlafen.«

»Richtig, nichts dergleichen.«

Moira war klar, dass Tavig wieder einmal dabei war, sie zu verführen, und dass sie wieder einmal nicht viel tat, um ihn in seine Schranken zu weisen. Er knabberte an ihrem Mund. Sie erbebte lustvoll, schloss die Augen und ließ es zu, dass er sie noch fester in seine starken Arme schloss. Als Tavig den Kuss vertiefte, gewährte sie seiner Zunge freudig Einlass. Sie schlang die Arme um seinen Nacken, auch wenn eine höhnische Stimme in ihr verkündete, dass sie wahrhaftig schlechte Arbeit leistete, seinen Avancen zu widerstehen und ihre Ablehnung überzeugend vorzubringen. Sie nahm sich fest vor, sich ab sofort keinen einzigen weiteren süßen Kuss von ihm rauben zu lassen.

Doch jetzt genoss sie den langen, gemächlichen Kuss in vollen Zügen. Bei der Erregung, die sie durchflutete, als er ihr über den Rücken streichelte, hätte sie ihren Entschluss, der Versuchung künftig besser zu widerstehen, fast zurückgenommen. Doch sie durfte nicht vergessen, dass ihre Jungfräulichkeit ihre einzige Mitgift war. Auch wenn ihre Chancen auf einen ehrlich gemeinten, vernünftigen Heiratsantrag verschwindend gering waren, wollte sie ihre karge Mitgift nicht einer kurzen Leidenschaft opfern. Sie wünschte nur, die Leidenschaft, die Tavig in ihr weckte, wäre nicht so heftig und hitzig.

»Sollten wir jetzt nicht lieber ins Dorf, solange die Leute noch arbeiten?«, ächzte sie schließlich, als er ihren Mund freigegeben hatte, um ihren Hals mit sanften Küssen zu necken.

»Aye, Ihr habt recht.« Tavig ließ von ihr ab, stand auf und klopfte sich den Staub von seinem Gewand. »Ihr müsst wirklich aufhören, mich ständig abzulenken, Mädchen!«

Leise eine Litanei von Flüchen fauchend, stand sie auf, wobei sie seine ausgestreckte Hand ignorierte. Der Mann konnte einem wirklich auf die Nerven gehen. Kein Wunder, dass manche Leute ihm den Tod an den Hals wünschten. Seinem Cousin Iver waren Tavigs Ländereien wahrscheinlich gar nicht so wichtig, er konnte wohl nur seinen Spott und sein albernes Gequassel nicht mehr ertragen, dachte sie erbost, leistete jedoch gleich darauf stillschweigend Abbitte dafür, dass sie Tavigs verzweifelte Lage nicht ernst genommen hatte.

Als er sie bei der Hand nahm, um sie ins Dorf zu führen, hätte sie ihm die Hand am liebsten wieder entrissen. Er hielt sie fest wie einen störrischen Gaul. Doch dann fiel ihr wieder ein, dass sie ja als Mann und Frau auftreten sollten. Tavig hatte oft genug bewiesen, dass er die Kniffe kannte, die zum Überleben nützlich waren. Es war wohl am klügsten zu tun, was er sagte. Aber sie nahm sich fest vor, ihm keine Chance zu geben, einen

Vorteil aus ihrer Lage zu ziehen. Schließlich wusste sie nur allzu gut, dass er auch darin sehr geschickt war.

Tavig schlenderte mit einer Selbstsicherheit in das Dorf, die Moira überraschte. Er schien völlig vergessen zu haben, dass er ein Gejagter war. Wie konnte er nur so frohgemut die zurückhaltenden, wachsamen Blicke übersehen, mit denen sie bedacht wurden? Die Leute, die ihnen begegneten, schienen sie jedenfalls nicht mit offenen Armen zu empfangen. Moira hatte den Eindruck, dass es nicht nur das harte Leben war, das ihnen zu schaffen machte. Sie warf einen Blick auf den Wohnturm des Lairds auf einer Anhöhe am Ende des Dorfes.

»Welch ein abweisender, finsterer Ort«, flüsterte sie Tavig zu.

»Aye. Ich hätte wahrhaftig keine Lust, ihn jeden Tag zu sehen.«

Sie musterte die ärmlichen Hütten entlang der zerfurchten, schmutzigen Straße. Sie wirkten ebenso trostlos wie die Menschen, die dort ein und aus gingen. Der Wohnturm des Lairds warf seinen langen Schatten auf alles und jeden. Moira erzitterte. Das Dorf erinnerte sie an die Gewaltherrschaft Sir Bearnards. Wieder einmal regten sich ihre alten Ängste, und ihr wurde klar, wie sanft Tavig sie geglättet hatte. Doch die Furcht und das Elend, die hier in der Luft lagen, hätte selbst er wohl nicht vertreiben können.

Als Tavig vor dem winzigen Gasthaus stehen blieb, wagte sie sich kaum von seiner Seite. Der Wirt, ein feister Mann mit schütterem Haar und zerfurchtem Gesicht, saß auf einer verwitterten Bank vor seinem Betrieb, in dem es allerdings gar nicht betriebsam zuzugehen schien. Er verzog den Mund zu einem gequälten Lächeln, als Tavig ihn fragte, ob er sich bei ihm für ein Bett und eine Mahlzeit verdingen könnte.

»Wenn es nach mir ginge, Bürschlein«, meinte der Wirt mit rauer Stimme, »würde ich dich und dein Mädchen in meinem besten Zimmer unterbringen. Ich würde mich freuen, wieder mal ein paar Gäste zu haben, selbst so abgerissene Gestalten wie euch zwei, die nichts dafür bezahlen können. Aber ich schwöre, der alte Laird hört die Bettbespannung knarzen, wenn ich einen Gast beherberge, und dann taucht er sofort auf und fordert seinen Anteil an meinen Einnahmen.«

»Gibt es denn im Dorf sonst irgendwo Arbeit?«, fragte Tavig.

»Nay, ich fürchte, hier gibt's keine. Niemand kommt hier durch, wenn er es vermeiden kann.«

»Und warum geht Ihr nicht weg?«, fragte Moira.

»Wir sind an unseren Laird gebunden.« Der Mann zuckte die massigen Schultern. »Und selbst diejenigen, die sich ihm nicht verpflichtet fühlen, wagen nicht wegzugehen. Der Mann hat sich alle in der Umgebung zu Feinden gemacht. Wir sind umringt von Leuten, die uns hassen. Wenn einer von uns außerhalb der Ländereien des Lairds angetroffen wird, läuft er Gefahr, umgebracht zu werden. Seht lieber zu, dass ihr von hier wegkommt, bevor jemand den Eindruck gewinnt, ihr gehört zu uns oder macht Geschäfte mit uns. Es gibt hier eine Menge Spione.«

»Ich hatte gehofft, ich könnte meiner Frau etwas für ihre Füße besorgen und vielleicht eine kleine Schüssel Hafergrütze bekommen«, erklärte Tavig und musterte die Straße in beiden Richtungen.

»Na ja, ihr könntet bei der Witwe Giorsal nachfragen. Sie haust in der letzten Hütte auf dieser Straßenseite. Ihr einziges Kind, ein Sohn, ist letzten Michaeli vom Laird getötet worden. Vielleicht hat sie etwas, was repariert werden muss. Sie fragt uns nicht, weil sie zu stolz ist und keine Wohltätigkeiten will. Sie hat zwar kein Geld, aber vielleicht ein Bett und etwas zu essen für euch.«

»Danke, Sir.«

»Schon gut, mein Junge. Eine letzte Warnung noch: Zeig dein hübsches Gesicht und auch das von deiner kleinen Braut nicht zu freizügig. Giorsals Sohn wurde ermordet, weil er zu gut ausgesehen hat; und glaubt keinem, der euch etwas anderes erzählen will. Das hübscheste Töchterchen meiner Schwester wurde nach der letzten Ernte in den Turm verschleppt und ist seitdem nicht mehr gesehen worden. Ein hübsches Gesicht kann hier ein Fluch sein.«

Als sie sich auf den Weg zur Witwe machten, flüsterte Moira: »Vielleicht sollten wir doch gleich weiterziehen.«

»Zuerst fragen wir die Witwe, ob wir bei ihr ein Bett und eine Mahlzeit bekommen. Ihr habt beides nötig, und ich auch.«

Sie kamen an einer kleinen Kirche vorbei, vor der sich ein paar Leute versammelt hatten. Eine junge Frau schüttelte betrübt den Kopf, als einige voller Bedauern feststellten, wie hübsch ihre kleine Tochter sei. Tavig konnte kaum fassen, wie seltsam es hier zuging. Doch als er einen Blick auf das Kind warf – ein gesundes, wirklich ausgesprochen schönes kleines Mädchen mit goldenen Locken und rosigen Wangen – erstarrte er. Er hatte eine schreckliche Vorahnung, bei der es ihm eiskalt über den Rücken lief. Das Kind winkte einem hageren jungen Mann auf der anderen Straßenseite und begann, zu ihm zu tappen. Tavig wusste nicht warum, aber er war sich sicher, dass er die Kleine von der Straße fernhalten musste.

»Nein, Kind«, rief er und hielt das süße Mädchen an seinem dicken kleinen Ärmchen fest. »Bleib hier!«

»Papa!«, schrie sie und versuchte, sich von Tavig loszureißen. »Ich will zu meinem Papa.«

»Nay. Du musst hierbleiben.«

Die Mutter trat eilig zu Tavig. »Lasst sofort mein Kind los. Gehört Ihr zu den Leuten des Teufels dort droben? Könnt Ihr nicht wenigstens warten, bis sie zu einer jungen Frau herangewachsen ist, bevor Ihr sie mir stehlt?« Sie wollte das Kind hochnehmen.

Doch Tavig nahm es selbst hoch und hielt es fest, auch wenn es sich nach Kräften wehrte. »Ich will sie Euch doch gar nicht stehlen. Wartet einen Moment, dann bekommt Ihr sie gleich. Ich kann Euch zwar nicht sagen warum, aber das Kind darf nicht auf die Straße.«

»Ihr seid wohl nicht recht bei Trost! Sie will doch nur zu ihrem Vater.«

In dem Moment war auch der hagere junge Mann bei ihnen angekommen und begann, mit Tavig, der die Kleine noch immer festhielt, zu kämpfen. Tavig sah Moiras Gesicht in der immer dichter werdenden Menschenmenge. Sie wirkte zwar blass und verängstigt, versuchte aber trotzdem, die Leute von ihm fernzuhalten. Das war für ihn ein Beweis, dass sie an seine Hellsichtigkeit glaubte, egal, wie wenig sie ihr gefiel. Tavig wusste, dass sie wohl nie verstehen würde, was ihm das bedeutete.

Als er schon befürchtete, das inzwischen laut kreischende Kind nicht mehr halten zu können, erhob sich plötzlich ein donnerndes Geräusch, das die Aufmerksamkeit der Leute von ihm abzog. Auch die Eltern des Kindes wandten sich dem Getöse zu. Ein großer Trupp Bewaffneter galoppierte vom Turm des Lairds kommend die Straße hinab. Sie preschten in einer riesigen Staubwolke ohne Rücksicht auf Verluste durch den Ort und verlangsamten ihr Tempo für nichts und niemand auf ihrem Weg. Ein alter Mann wurde zur Seite geschleudert, mehrere Hühner fanden den Tod unter den Hufen der Pferde. Jetzt wusste Tavig, warum er den Drang verspürt hatte, das Kind von der Straße fernzuhalten. Die Kleine hätte es nie rechtzeitig auf die andere Seite geschafft, die finsteren Bewaffneten wären einfach über sie hinweggaloppiert.

Die Männer ritten weiter und verschwanden in dem Wald, der das Dorf umgab. Als sie nicht mehr zu sehen waren, herrschte noch eine ganze Weile angespannte Stille. Die Leute drehten sich alle zu Tavig um und starrten ihn an. Tavig übergab das Kind seinen Eltern. Er spürte, wie Moira seine Hand nahm. Die Gesichter der Leute zeigten Argwohn und Angst. Tavig wünschte sich, er hätte Moira nie hierhergebracht.

»Hexerei!«, flüsterte eine Alte.

»Nay!«, fauchte Moira. »Alte Närrin! Er hat die Männer kommen sehen.«

»Er wusste, was passieren würde«, sagte eine rundliche, grauhaarige Frau und deutete vorwurfsvoll auf Tavig. »Niemand sonst hat diese Männer gesehen. Er ist ein Hexer.«

»Seht zu, dass Ihr von hier wegkommt, Moira«, befahl Tavig und schob sie weg. »Haut ab, Mädchen!«

»Ich kann Euch nicht im Stich lassen, ich bleibe hier«, protestierte sie.

»Rennt um Euer Leben, törichtes Ding!«, fauchte er, wusste jedoch, dass es zu spät war. »Die Frau hat nichts damit zu tun«, rief er, als die Leute sie umzingelten und Moira und ihn packten. »Lasst sie los!«

Er kämpfte gegen die zwei Männer, die ihn festhielten, doch die zwei bekamen rasch Verstärkung. Ein stämmiger Kerl hielt Moira grob fest. Dieser Anblick erzürnte Tavig derart, dass er sich umso heftiger gegen seine Häscher wehrte. Einer der Männer holte mit einem dicken Knüppel aus. Tavig wappnete sich gegen den Schlag.

Moira schrie auf, als der Bursche Tavig mit dem Knüppel am Kopf traf. Blut lief ihm über die Stirn, und er brach vor seinen Häschern zusammen. Moira versuchte, sich dem großen Kerl zu entwinden, der sie festhielt, doch dieser verstärkte nur seinen Griff.

»Halt ruhig, Hexe, sonst wirst du genauso behandelt wie dein Mann«, knurrte er.

Moira bezweifelte nicht, dass der Mann seine Drohung in die Tat umsetzen würde. Sie gab nach und wagte kaum noch zu atmen. Ein junger Mann zog einen eifrigen kleinen Kerl herbei, der entschied, dass sie und Tavig im Vorratskeller des Gasthauses eingesperrt werden sollten, bis der Priester das nächste Mal ins Dorf kam – in etwa zwei Wochen.

Der Wirt vermied es, ihnen in die Augen zu sehen, als er eine im Fußboden eingelassene Luke aufschob. Die Leute warteten nicht einmal darauf, dass er eine Leiter herbeischaffte, sie stießen Moira in das Loch, sodass sie unsanft auf dem festgestampften Lehmboden landete. Es verschlug ihr den Atem; doch obwohl sie nicht wusste, ob sie sich bei dem Sturz ernsthaft verletzt hatte, kroch sie eilig zur Seite, als der bewusstlose Tavig nach ihr heruntergeworfen wurde. Als die Luke zugeschoben wurde, schrie sie laut auf, doch niemand beachtete sie. Tiefe Dunkelheit senkte sich auf das finstere Loch.

Moira kämpfte gegen die Panik an und untersuchte sich, so gut es im Dunkeln ging. Zu ihrer großen Erleichterung stellte sie keinen Knochenbruch fest, sie hatte wohl bloß ein paar blaue Flecken abbekommen. Vorsichtig tastete sie sich durch die Dunkelheit, bis sie auf Tavigs regungslosen Körper stieß. Auch ihn suchte sie vorsichtig von oben bis unten ab, bis sie sicher war, dass auch seine Knochen heil geblieben waren. Die Wunde an seinem Kopf fühlte sich klebrig an, aber offenbar war das Blut schon geronnen. Moira hoffte inständig, dass ihre Vermutung richtig war und es sich nur um eine kleinere Blessur handelte, sodass er bald wieder aufwachen würde.

Es überlief sie eiskalt, als etwas an ihr vorbeihuschte und so laut raschelte, dass es im Dunkeln widerhallte. Sie hasste Ratten, vor allem, wenn man sie hören, aber nicht sehen konnte. Sie wunderte sich, dass sie nicht vor Entsetzen gelähmt war. Ihr Vormund hatte sie oft tagelang eingesperrt, weshalb sie große Angst vor dunklen Orten hatte. Auch jetzt hinterließ die Angst einen bitteren Geschmack in ihrem Mund, aber immerhin konnte sie noch klar denken, vielleicht, weil sie nicht allein war.

Verzagt ergriff sie Tavigs schlaffe Hand und kuschelte sich an ihn. Sie konnte nur hoffen, dass er bald aufwachte.

* * *

Es dauerte eine ganze Weile, bis Tavig stöhnend und fluchend zur Besinnung kam. Obwohl sein Kopf auf etwas Weichem lag, tobte ein grausamer Schmerz hinter seinen Schläfen. Er spürte eine kühle, leicht schwielige, kleine Hand, die ihm sanft über die Stirn strich. Plötzlich erinnerte er sich deutlich daran, was passiert war. Als er die Augen aufschlug in der Erwartung, Moira zu sehen, war alles um ihn dunkel. Er hatte schon die schlimmsten Befürchtungen, bis ihm klar wurde, dass der

Schlag auf seinen Kopf nicht seine Sicht beeinträchtigt hatte, sondern er sich nur an einem sehr dunklen Ort befand. Er wollte sich bewegen, doch dann blieb er einfach, wo er war. Er wunderte sich, wie besänftigend sich Moiras Berührung anfühlte, jeder Strich ihrer Finger linderte seine Schmerzen.

»Ich hätte dieses elende Gör in den Tod tappen lassen sollen«, murrte er.

»Nay«, entgegnete Moira. »Sie wäre umgekommen, und Ihr hättet Euch schreckliche Vorwürfe gemacht, weil Ihr wusstet, dass Ihr es hättet verhindern können. Wie geht es Eurem Kopf?«

»Er fühlt sich an, als wäre er gespalten.« Er schnitt eine Grimasse. »Aber die stechenden Schmerzen lassen schon nach.«

»Keine Sorge, er ist heil geblieben. Selbst ein dicker Knüppel schafft es nicht, einen solch harten Schädel zu spalten.«

»Danke. Wo sind wir? Einen Moment lang hatte ich Angst, ich wäre erblindet, denn als ich die Augen aufschlug, habe ich nichts gesehen. Es ist verflucht dunkel.«

»Wir sind in einen Vorratskeller unter dem Gasthaus gestoßen worden. Ich fürchte, wir sollen hier festgehalten werden, bis ein Priester sein Urteil über uns fällt. Und dazu wird es wohl erst in etwa zwei Wochen kommen.« Sie schauderte. Tavig tastete nach ihrer Hand. »Ich glaube, hier unten gibt es Ratten«, wisperte sie.

»Höchstwahrscheinlich, aber sie werden uns nichts tun, solange einer von uns wach bleibt. Wenn der Wirt hier seine Vorräte lagert, werden sie sicher genug zu futtern haben und müssen uns nicht anknabbern.«

»Sprecht nicht von solchen Dingen!« Ihre Blicke irrten herum, obwohl sie in dem Dunkel nichts sehen konnte.

»Na ja, immerhin habe ich uns ein Dach über dem Kopf besorgt.« Er verzog das Gesicht, als er langsam versuchte, sich aufzusetzen; doch gleich darauf entspannte er sich wieder, denn seine Kopfschmerzen waren von der Bewegung nicht schlimmer geworden, was ihn einigermaßen verwunderte. »Das war ein schlechter Scherz. Verzeiht mir, meine Liebe.«

»Wie fast alle Eure Scherze«, murmelte sie, allerdings, ohne ihm richtig böse zu sein. Sie starrte stirnrunzelnd auf die Luke, durch die sie hindurchgestoßen worden waren. »Denkt Ihr, sie werden uns mit Wasser und Nahrung versorgen?«

»Bestimmt, wenn auch vielleicht nicht mit so viel, wie uns recht wäre. Aber schließlich wollen sie uns am Leben erhalten, damit wir das göttliche Urteil des Priesters vernehmen. Natürlich besteht auch die Möglichkeit, dass der allseits gefürchtete Laird von der Sache erfährt und ein Urteil über uns fällen will.«

»So, wie Ihr klingt, haltet Ihr das wohl nicht für besonders gut«, erwiderte sie verzagt.

Er nahm sie in die Arme, und sie lehnte sich an ihn. »Ein Priester ist in seinem Urteil vielleicht härter als ein Laird«, gab sie zu bedenken.

Er legte sachte den Kopf auf den ihren. »Das mag schon sein, aber womöglich gilt es nicht für diesen Ort. Erinnert Euch, was die Leute über ihren Laird behauptet haben.« Als er spürte, wie sie erbebte, umfasste er ihre Hand fester. »Ich wünschte, ich könnte etwas sagen, um Euch Mut zu machen.«

»Nay, mir ist die Wahrheit lieber, egal, wie düster sie ist. Ich wünschte nur, es wäre hier drunten nicht so finster.«

Tavig drückte einen Kuss auf ihre Haare. Er hörte die Angst in ihrer Stimme, er spürte sie durch ihren ganzen Körper strömen, aber Moira kämpfte dagegen an. Ihn durchflutete eine Welle von Zärtlichkeit, doch gleichzeitig hatte er auch ein schlechtes Gewissen. Wie gerne hätte er sie in Sicherheit gebracht, aber bislang sah er keinen Weg für ihre Rettung. Dennoch mochte er nicht glauben, dass sein Schicksal darin bestehen sollte, mit Moira gemeinsam in den Tod zu gehen, noch bevor sie ein richtiges Paar geworden waren. Er war sich sicher, dass es in seinen Vorahnungen kein frühes Grab gegeben hatte.

»Ihr hättet wegrennen sollen, als ich es Euch sagte«, meinte er.

»Das wäre feige von mir gewesen. Wenn Ihr in ein sturmgepeitschtes Meer springen könnt, um mir zu helfen, dann sollte ich immerhin versuchen, Euch aus den Klauen dieser abergläubischen Dorftrottel zu befreien. Abgesehen davon gibt es auch eine ganz praktische Seite: Ich muss bei Euch bleiben, denn nur Ihr kennt den Weg zu Eurem Cousin. Ich habe keine Ahnung, wo ich mich befinde, wohin ich gehen soll und wie ich lange genug überleben könnte, um dorthin zu gelangen.«

»Ach so? Und ich habe mich schon darüber gefreut, dass Ihr endlich so weit seid, Euch etwas aus mir zu machen.«

»Ihr solltet Euch von Eurer Eitelkeit nicht solchen Unfug einreden lassen.«

Er lächelte leise über ihre bissige Erwiderung. Sie machte sich etwas aus ihm, das hatte er ihr angesehen, als sich die Menge gegen ihn wandte, und auch bei ihrem Aufschrei, als man ihn niederschlug, war es deutlich geworden. Es mochte vielleicht nicht die tiefe, anhaltende Empfindung sein, die er gern gehabt hätte, aber es war auf jeden Fall ein Gefühl vorhanden abgesehen von dem Verlangen, das er in ihr zu wecken vermochte.

»Nicht, dass es dir in diesem Moment etwas nützen würde, du Tölpel«, brummte er.

»Wie bitte?«, fragte sie.

»Schon gut, Mädchen. Ich habe nur auf meine Dummheit geschimpft.«

»Ihr konntet doch nicht wissen, dass wir in ein Loch im Boden gestoßen werden, nur weil Ihr das Leben eines Kindes gerettet habt. Der Undank dieser Leute ist wirklich himmelschreiend.« Sie spürte, wie er ein wenig von ihr abrückte, und sofort regte sich wieder Angst in ihr. »Wohin wollt Ihr?«

»Nicht weit weg. Außerdem ist hier vermutlich ohnehin nicht viel Platz. Meine Kopfschmerzen haben sich schneller gelegt als erwartet, und ich wollte unser Gefängnis ein wenig erforschen, um festzustellen, ob hier etwas herumliegt, was wir gebrauchen könnten. Ihr habt wohl nichts gesehen, bevor die Luke über uns dichtgemacht wurde, oder?«

»Nay, ich war zu sehr damit beschäftigt hinunterzufallen.« Sie zuckte überrascht zusammen, als er sie plötzlich an die Hand nahm. Wie hatte er es nur im Dunkeln geschafft, so schnell zu ihr zu finden?

»Sie haben uns in dieses Loch geworfen?«

»Jawohl, wie Getreidesäcke.«

»Habt Ihr Euch wehgetan?«

»Nay, ich habe wohl nur ein paar Blutergüsse davongetragen. Ihr seid wesentlich unsanfter gelandet als ich.«

»Aha, jetzt verstehe ich auch, warum mein Körper so schmerzt. Ich dachte, das käme von der groben Behandlung, nachdem sie mir auf den Kopf gehauen haben.« Er ließ ihre Hand los und entfernte sich wieder.

Kurz darauf hörte Moira, wie er einen überraschten Laut ausstieß. Sie erstarrte. »Alles in Ordnung?«

»Jawohl, Liebes. Ich bin auf ein Fass Ale gestoßen, es ist zwar nicht besonders gut, aber es wird uns ein Weilchen ernähren. Außerdem, glaube ich, hängen hier auch ein paar Käselaibe herum. Zumindest werden wir nicht verhungern.«

»Nein, wir werden fett und betrunken sein, wenn sie uns auf dem Scheiterhaufen festbinden.« Sie erschrak, als er plötzlich wieder neben ihr auftauchte. »Könnt Ihr im Dunkeln sehen?«, beklagte sie sich, als er sich neben sie setzte und an sich zog.

»Wir werden nicht auf dem Scheiterhaufen sterben«, sagte er mit fester Stimme und drückte ihr einen Kuss auf die Wange.

»Habt Ihr das vorhergesehen?«, fragte sie und spürte zum ersten Mal wieder ein wenig Hoffnung in sich aufkeimen. Inzwischen war sie davon überzeugt, dass er in die Zukunft sehen konnte.

»Ich wünschte, ich hätte deutlich gesehen, wie wir bald entkommen, aber nein, diese Vision blieb mir verwehrt.« Er spürte, dass sie in seinen Armen etwas zusammensackte. »Aber das eine kann ich einfach nicht glauben: Sollte alles, was bisher passiert ist, nur darauf hinauslaufen, dass wir in einem Kellerloch verschmachten? Ich weiß zwar, es ist nur ein schwacher

Trost, aber dies kann nicht unser Schicksal sein, dessen bin ich mir sicher. Seht doch nur, welche Pfade wir bislang einschlagen mussten: Ich habe Ivers Falle überlebt, wir beide den Sturz in die eiskalte See. Warum sollte das Schicksal oder Gott uns immer wieder aus den Klauen des Todes retten, nur um uns dann doch dorthin zu treiben?«

Darauf wusste Moira keine Antwort, doch sie vermutete, dass sich wohl jeder Mensch vor seinem Tod solcherlei Fragen stellte, vor allem, wenn er unschuldig war wie sie und Tavig. Einen Moment lang versuchte sie, sich einzureden, dass sie ja noch immer in die Freiheit entlassen werden könnten. Doch das war nicht sehr wahrscheinlich. Man hatte sie der Hexerei bezichtigt, und eine solche Anklage kam einem Todesurteil gleich. Sie hatten keine Fürsprecher, die sich für ihre Unschuld starkmachen würden, und auch kein Geld, um sich freizukaufen. Tavig durfte den Leuten ja nicht einmal sagen, dass er ein Ritter und ein Laird war, denn dann würden sie ihn bestimmt seinem mordlustigen Cousin ausliefern. Als sie sich dabei ertappte, wie sie betete, er möge nicht auf diesen Gedanken verfallen, nur um damit vielleicht wenigstens ihr Leben zu retten, erkannte sie, wie sehr er ihr inzwischen ans Herz gewachsen war.

Diese verstörende Erkenntnis war noch deutlich in ihrem Kopf, als er ihren Mund mit seinen Lippen berührte. Moira schlang die Arme um seinen Nacken und erwiderte den Kuss mit einer Mischung aus Leidenschaft und Verzweiflung. Leise stöhnend drückte Tavig sie auf den kalten, harten Lehmboden. Sie leistete keinen Widerstand; im Gegenteil, sie genoss die kühne Berührung seiner Hände. Wenn sie schon sterben musste, dann wenigstens erst, nachdem sie das Verlangen, das sie beide verspürten, zur Gänze ausgekostet hatte.

7

»Hey, Bursche, jetzt reicht's aber!«

Tavig brauchte eine Weile, bis die Stimme zu ihm durchdrang, und einen weiteren Moment, bis er merkte, dass er den leidenschaftlichen Ausdruck in Moiras Gesicht genießen konnte, weil jetzt Licht in ihr Gefängnis drang. Als er sah, wie sich ihre Augen vor Verlegenheit, doch auch in einem Anflug von Hoffnung weiteten, schüttelte er den Rest von Leidenschaft ab und rollte von ihrem Körper. Blinzelnd, da sich seine Augen erst an das plötzliche Licht gewöhnen mussten, drehte er sich um und sah hoch. Er war froh, dass er nicht die Zeit gehabt hatte, sich und sie zu entkleiden. Allerdings bedauerte er es natürlich auch, denn diesmal wäre Moira bereit gewesen, sich ihm hinzugeben, dessen war er sich sicher. So froh er über die Möglichkeit war, dem Verlies zu entkommen, so recht wäre es ihm doch gewesen, sie hätte sich erst etwas später ergeben.

»Hoffentlich habt Ihr einen guten Grund für diesen Besuch«, brummte er. Er sah, dass es sich bei dem Störenfried, der nun auf sie herabblickte, um den stämmigen Gastwirt handelte.

Der Mann grinste, während er eine Strickleiter herabließ. »Ihr könnt ja woanders beenden, was Ihr hier angefangen habt.«

Tavig bezweifelte, dass Moira dazu bereit wäre, wenn sie erst einmal in Sicherheit waren, aber er stand rasch auf und zog das Mädchen hoch. »Ihr lasst uns also gehen?«

»Jawohl, auch wenn ich denke, dass Ihr tatsächlich eine Art von Erscheinung gehabt habt«, meinte der Wirt, während Tavig Moira half, die Leiter zu erklimmen. »Aber ich finde so etwas nicht schlimm, vor allem, wenn es meiner kleinen Enkelin das Leben gerettet hat.« Er nahm Moira an den Handgelenken und zog sie durch die Luke.

Moira keuchte erschrocken auf, als ihr Blick auf sechs weitere Leute fiel, die sich um ihr Gefängnis versammelt hatten. Sie wurde erst ruhiger, als sie zwei von ihnen erkannte – die Eltern des kleinen Mädchens. Sobald Tavig an ihrer Seite stand, drückte sie sich an ihn. Ihre Beklemmung schwand, als er den Arm um ihre Schultern legte. Sie konnte es kaum glauben, dass sie freigelassen werden sollten, aber immerhin saßen sie nicht mehr in diesem schrecklichen Loch fest. Schon das verlieh ihr neuen Mut.

»Warum habt Ihr zugelassen, dass sie uns verschleppt haben?«, fragte sie den Wirt, da sie seinem plötzlichen Sinneswandel noch nicht recht traute.

»Es tut mir leid«, erwiderte die Mutter des Kindes an seiner Stelle. »Wir waren verwirrt und überrascht. Wir hatten geglaubt, Euer Mann wollte unsere Kleine stehlen, doch dann erkannten wir, dass er ihr das Leben gerettet hat. Bevor wir begreifen konnten, was vorgefallen war, redeten die Leute schon von Hexerei, und dann nahm das Unheil seinen Lauf. Wir beschlossen, dass es sicherer wäre, abzuwarten und Euch später zu helfen, aus Craigmoordun zu entkommen.«

»Aber es könnte Euch Ärger einbringen«, sagte Tavig. »Habt Ihr Euch eine gute Erklärung für unsere Flucht einfallen lassen?«

»Aye«, versicherte der Wirt. »Wahrscheinlich wärt Ihr selbst bald darauf gekommen. Im Vorratsraum liegt genügend herum, was Euch bei Eurer Flucht hätte helfen können, und im Lauf der Zeit hättet Ihr es bestimmt auch dazu eingesetzt. Wir werden ein Fass unter die Luke rollen und sie dann entzweischlagen. Dort drunten liegt ein schwerer Holzhammer, den Ihr Euch bestimmt dafür geholt hättet. Ich lasse mir noch einen kleinen Kinnhaken verpassen, damit ich behaupten kann, Ihr hättet mich überwältigt. Keine Sorge, ich werde erst in ein paar Stunden lauthals verkünden, dass Ihr verschwunden seid. Trotzdem solltet Ihr jetzt zusehen, dass Ihr aufbrecht und so weit wie möglich kommt. Am besten lasst Ihr das Land von Craigmoordun möglichst schnell hinter Euch, dann kann Euch nichts mehr passieren.«

»Woher weiß ich denn, dass ich mich nicht mehr auf dem Land von Craigmoordun befinde?«

»Wenn Ihr nach Norden geht und einen kleinen Fluss überquert, habt Ihr den verwünschten Ort hinter Euch gelassen. Ich würde noch ein paar Meilen weitergehen, nur um ganz sicher zu sein, aber ich glaube nicht, dass jemand nach Euch den Fluss überqueren wird. Wie schon gesagt, wir sind umringt von Feinden.« Der Wirt überreichte Tavig seine Waffen.

»Wäre es nicht klüger zu warten, bis es dunkel ist?«

»Aye, aber die Leute haben einen Wächter für Euch bestimmt. Sie glaubten, ich würde auch einmal ausruhen müssen, und haben einen recht stämmigen Burschen ausgewählt, der die ganze Nacht hier sitzen soll. Ihr müsst sofort weg.«

»Dann zeigt mir eine Tür, aus der wir uns unbemerkt hinausstehlen können. Danke, dass Ihr uns diese Chance gegeben habt.« Als Tavig Moiras Hand ergriff und dem Wirt folgen wollte, streckte ihm die Mutter des kleinen Mädchens zwei Säcke entgegen »Was ist das denn?«, fragte er, während er einen davon entgegennahm und Moira ein wenig misstrauisch den anderen.

»Essen für Eure Reise«, erwiderte die Frau. »Ich habe auch ein Paar Schuhe und einige Kleidungsstücke für Eure Frau hineingesteckt. Ich glaube, sie müssten ihr passen.« Die Frau musterte die zarte Moira ein wenig abschätzig. »Es war gar nicht so einfach, etwas für eine so kleine Person aufzutreiben.«

Tavig wurde unruhig, als die Frau Moira genauer betrachtete. Wenn sie sie zu eingehend begutachtete, erkannte sie bestimmt, dass Moria trotz ihres Aufzugs keine Bettlerin war. Sie hatte zwar Schwielen an Händen und Füßen, aber alles andere wies auf eine begüterte Herkunft hin. Tavig wollte den Leuten keinen Anlass zu weiteren Fragen oder Argwohn liefern.

»Danke, Mistress. Wir haben solche Dinge bitter nötig, egal, ob sie nun passen oder nicht. Doch jetzt müssen wir los, Moira«, meinte er und zog an ihrer Hand, wobei er dem Wirt mit einem Wink zu verstehen gab, dass sie nun zum Aufbruch bereit seien. Er funkelte Moira grimmig an, als sie sich noch einmal von ihm losriss.

»Danke, Mistress«, sagte auch Moira, stellte den Sack ab und umfasste die Hand der Frau.

Sobald sich ihre Hände berührten, merkte Moira, dass sie einen Fehler begangen hatte, womöglich sogar einen schweren Fehler. Die schwielige Hand, die sie ergriffen hatte, war schmerzverkrampft, und die müden Augen der Frau wurden groß, als die Berührung ihren Zauber verbreitete. Moira versuchte, der Frau mit einem eindringlichen Blick zu verstehen zu geben, dass sie doch bitte für sich behalten sollte, was da soeben geschah, bis sie ihr unabsichtlich begonnenes Werk zu Ende gebracht hatte. Sobald sie den Eindruck hatte, dass ihre Gabe nichts weiter bewirken konnte, ließ sie die Hand der Frau los, schulterte wortlos ihren Sack und folgte Tavig.

* * *

Flora Dunn starrte dem Paar nach, das nun eilig davonlief, dann begutachtete sie ungläubig ihre Hand. Sie schloss sie langsam zur Faust und öffnete sie wieder, bis sie merkte, dass ihre ganze Familie auf sie blickte. Stumm nahm sie die Hand ihres Mannes und drückte sie. Sie hatte keine Schmerzen mehr. In ihre Augen traten Tränen der Freude. Einem nach dem anderen schüttelte sie all ihren Verwandten die Hände, die darauf mit einer Mischung aus Verwunderung und Verwirrung reagierten.

»Welch ein Wunder hat deine Hand geheilt, mein Kind?«, fragte ihr Vater, der Gastwirt, mit rauer Stimme und nahm ihre nun lockere, gelöste Hand in die seine.

»Die kleine Frau hat sie nur einen Moment lang festgehalten, mehr nicht. Sie hat meine verkrüppelte Hand umfasst, und mir war, als würden all die Knoten sich einfach auflösen.«

Eine alte Frau schlurfte herbei und berührte ängstlich Floras Hand. »Dann war es also doch eine Hexe!«

»Nay«, erwiderte der Wirt fest. »Mutter, wann haben Hexen denn je ein gutes Werk vollbracht? Die Hand meines Kindes ist jetzt wieder stark und gerade, anstatt verkrampft und schmerzverzerrt. Meine süße kleine Enkelin lebt, anstatt von den Hufen der Kriegsrösser unseres Lairds zertrampelt worden zu sein. Nay, der Bursche hat das Zweite Gesicht, und sein kleines Frauchen hat heilende Hände, das ist alles. Gott behüte sie, sie haben uns mit ihren Gaben zweimal einen großen Dienst erwiesen.«

»Ich glaube, er weiß gar nichts von ihren heilenden Händen«, murmelte Flora. »Mit ihrem Blick hat sie mich um Stillschweigen gebeten.«

»Na ja, die beiden befinden sich auf einer gefährlichen Reise. Er wird ihr Geheimnis bald herausfinden; denn ich fürchte, auf die zwei lauert noch viel Ärger, und die Zeit wird kommen, wenn sie ihre Gabe auch bei ihm einsetzen muss.«

* * *

»Tavig, wann machen wir Rast?«, fragte Moira. Sie folgte Tavig weiterhin beharrlich, der raschen Schrittes über die Heide und über tückische Distelfelder lief. «Ich bin völlig außer Atem.«

Ihr war, als hätten sie dieses Tempo schon seit Stunden beibehalten. Sie wusste nicht, ob sie es noch eine weitere Meile schaffen würde. Ihre Füße schmerzten, und der Sack, den sie trug, fühlte sich allmählich an, als wäre er mit Steinen gefüllt.

»Es dauert nicht mehr lange«, erwiderte er. »Ich glaube, der kleine Fluss, den wir überqueren sollen, liegt ganz in der Nähe. Ich höre schon das Wasser plätschern.«

Sie spitzte die Ohren, dann nickte sie. »Aye, ich kann es auch hören.«

Auch wenn sie sich insgeheim über ihre Feigheit ärgerte, warf sie doch zum hundertsten Mal einen Blick nach hinten. Die Frau, deren Hand sie geheilt hatte, hatte zwar nichts gesagt, aber Moira hatte noch immer Angst, dass ihre Retter es sich anders überlegen und sie verfolgen würden. Warum war sie nicht vorsichtiger gewesen, warum hatte sie die Frau nicht näher betrachtet, bevor sie impulsiv ihre Hand umschloss? Wäre sie vorsichtiger gewesen, hätte sie bemerkt, dass die Frau eine verkrüppelte Hand hatte. In dem einen Moment der Unachtsamkeit hätte sie alles verderben können – ihr Geheimnis hätte gelüftet oder, schlimmer noch, ihre Flucht hätte vereitelt werden können.

In der Zeit, die sie mit Tavig im Kellerloch verbrachte, hatte sie schon genug aufs Spiel gesetzt. Tavig hätte erraten können, dass sie seine Schmerzen mit ihrer Berührung gelindert hatte. Doch sie hatte nicht einfach nur dasitzen und ihn leiden lassen können. Lieber war sie das Risiko eingegangen, ihre Gabe preiszugeben. Dass Tavig einen Großteil der Behandlungszeit bewusstlos gewesen war, hatte allerdings geholfen, ihr Geheimnis zu wahren. Doch die Sache mit der Frau war ein Riesenfehler gewesen. Nun konnte sie nur hoffen, dass die Angst vor einer möglichen Entdeckung, die sie jetzt gepackt hatte, ausreichte, um sie in Zukunft mehr Vorsicht walten zu lassen.

»Wir sind da, Liebes«, verkündete Tavig, ließ ihre Hand los und trat ans Ufer des Flusses, den sie überqueren mussten.

Moira gesellte sich zu ihm und betrachtete stirnrunzelnd das rasch fließende Wasser. Es war zwar so klar, dass man den steinigen Grund sehen konnte, aber die Tiefe war schlecht einzuschätzen. Außerdem konnte sie sich nicht vorstellen, wie sie diesen Fluss überqueren sollte, ohne pitschnass zu werden.

»Er sieht tief und kalt aus, und er hat eine ziemliche Strömung«, murrte sie. »Aber wahrscheinlich haben wir keine Wahl.«

»Nay, Süße, wir müssen durch.«

»Da werdet Ihr ganz schön nass werden, wenn Ihr die Säcke und mich tragt.«

Tavig lachte, trat ins Wasser und zog sie hinter sich her. »Ihr werdet schon nicht ertrinken.«

Sie schrie leise auf, als sie die bittere Kälte des Wassers spürte. Rasch legte sie sich den kleinen Sack, den sie trug, auf den Kopf und hielt ihn dort mit einer Hand fest. Den ganzen Weg durch den kleinen Fluss murrte und schimpfte sie, auch wenn Tavig sich über sie lustig machte. Die Klagen halfen ihr, die Angst zu bändigen, als ihr in der Mitte des Flusses das Wasser bis zur Taille reichte und die Kälte durch alle Glieder drang.

»Na bitte, schon sind wir wieder an Land und in Sicherheit«, meinte Tavig endlich und half ihr, die moosbewachsene Uferböschung zu erklimmen.

»Aye, aber die Kälte ist mir durch Mark und Bein gegangen.« Sie legte den Sack auf den Boden und wrang ihre Röcke aus.

»Es war ein bisschen frisch.«

»Frisch! Es war pures Eis, das vergessen hat, fest zu werden. Wir werden beide ein Fieber bekommen und sterben.«

»Nay, die Sonne ist warm und der Himmel wolkenlos. Wir sind bestimmt bald wieder trocken.«

Er nahm sie bei der Hand und ging einen steinigen Hang hinauf, der an einem dichten Wald endete. Moiras Klagen waren für sie nur eine Möglichkeit, ihre Angst zu verbergen, das hatte er rasch gemerkt. Ansonsten zauderte sie nie und zeigte eine überraschende Stärke. Das war ihm auch in dem Dorf bewusst geworden, als sie statt zu fliehen versucht hatte, ihm zu helfen. Doch dass sie nun von Fieber redete, machte ihm etwas Sorgen, auch wenn er wusste, dass sie bei jedem neuen Hindernis gern ihrer beider Tod vorhersagte.

Sobald er das eisige Wasser gespürt hatte, hatte er sich gefragt, wie es ihr wohl damit ergehen würde. Trotz ihrer Willensstärke war Moira eine zarte Frau, gertenschlank und klein.

Tavig wollte möglichst rasch einen neuen Lagerplatz finden und dort gleich ein Feuer entfachen, an dem sie sich wärmen und ihre Kleider trocknen konnten. Wenn er doch nur ein Pferd hätte stehlen können, um den Rest ihres Weges etwas bequemer und schneller zurückzulegen! Aber es war wahrhaftig schon riskant genug gewesen, mitten an einem sonnenhellen Nachmittag zu fliehen. Nun würden sie wohl noch eine Stunde weitermarschieren müssen, bis es sicher genug war, ein Lager aufzuschlagen. Bis dahin hatte sich die Kälte des Wassers womöglich so sehr in Moiras zartem Körper festgesetzt, dass ihre Gesundheit tatsächlich gefährdet war.

Doch es dauerte noch fast zwei Stunden, bis Tavig einen geeigneten Platz für ihr Nachtlager gefunden hatte. Die Sonne ging gerade unter, und es wurde rasch kühl. Von der kleinen Lichtung mitten in dem dichten Wald führte ein gut zu erkennender Pfad zu den steinigen Bergen im Norden. Der Fleck war fast perfekt. Wenn sie hier jemand aufstöberte, bestand immerhin die Möglichkeit, es in die Berge zu schaffen, wo sie ihre Verfolger auf alle Fälle abschütteln konnten. Tavig machte sich sogleich daran, eine kleine Grube auszuschaufeln und ein Feuer zu entfachen, denn Moira bemühte sich zwar, es vor ihm zu verheimlichen, doch sie zitterte am ganzen Leib.

»Zieht die nassen Kleider aus, Mädchen«, befahl er und kauerte sich vor den Haufen dürrer Zweige, um seinem Feuerstein einen Funken zu entlocken, den er vorsichtig mit trockenen Spänen nährte.

»Ich soll meine Kleider ausziehen?« Moira musterte ihn finster, als sie den Sack auf dem Boden abstellte. »Kommt nicht infrage.«

»Hier ist niemand, der Euch sehen könnte, Liebes. Wir sind ganz allein.«

»Ihr seid hier.«

»Ich schaue nicht hin.« Er stand auf, zog eine dünne Decke aus dem Beutel, den er in der Kate des Fischers gepackt hatte, und trat zu ihr. »Ich werde die Decke hochhalten, während Ihr

Euch auszieht, und dann könnt Ihr Euch darin einwickeln.« Als sie noch immer zögerte, schimpfte er: »Ihr müsst wieder warm und trocken werden, Liebes, und das könnt Ihr nicht, wenn Ihr in Euren nassen Kleidern herumsteht.« Er drehte den Kopf weg. »Zieht Euch aus!«

Tavig bemühte sich angestrengt, nicht hinzusehen, aber schließlich fand er, dass man so etwas von einem Mann nicht verlangen konnte. Das leise Geräusch, als sie aus ihren Kleidern schlüpfte, ließ sich schlicht nicht ignorieren. Er hoffte nur, sie würde es nicht als allzu großen Vertrauensbruch werten, wenn er einen kurzen Blick riskierte. Er wollte seine kärglichen Fortschritte in diesem Augenblick ihrer Unaufmerksamkeit nicht zunichtemachen, nur weil er der Versuchung nicht widerstehen konnte.

Als er einen kurzen Blick auf Moira warf, atmete er so scharf ein, dass er kurz befürchtete, sich verraten zu haben. Sie streifte gerade die dünnen Reste ihres Hemds ab, das sie sonst auch in der Nacht anbehielt, sodass langsam ihr nackter Körper zum Vorschein kam. Tavig wusste, dass es ihm sehr schwerfallen würde, weiterhin sanft um sie zu werben und behutsam ihre Leidenschaft zu wecken, nachdem er jetzt alles gesehen hatte, wonach er sich verzehrte.

Ihre kleinen Brüste waren perfekt geformt, die honigfarbenen Spitzen ragten in der kühlen Luft steil nach oben. Ihm lief das Wasser im Mund zusammen, als er sich vorstellte, wie köstlich sie schmecken würden. An ihrem zarten Körper war kein Gramm überflüssiges Gewebe. Sie erinnerte ihn an ein schlankes, gelenkiges Fohlen. Ihre Taille war schmal, und sie hatte lange, wundervoll geformte Beine. Ihre Haut schimmerte elfenbeinfarben, und es kitzelte ihn in den Fingern, als er sich vorstellte, wie es sich wohl anfühlen würde, sie zu streicheln. Als sie das Hemd fallen ließ, wandte er sich rasch ab. Hoffentlich bemerkte sie nicht, wie erregt er war, denn dann würde sie bestimmt erraten, dass er sie beobachtet hatte.

Moira zupfte an der Decke, und Tavig ließ sie sogleich los.

Er schenkte ihr ein kurzes, angestrengtes Lächeln, dann trat er rasch ans Feuer. Moira wickelte sich in die Decke und setzte sich ihm gegenüber, doch er achtete nicht weiter auf sie. Stattdessen kümmerte er sich eingehend um die Zubereitung ihrer abendlichen Hafergrütze. Auch beim Essen blieb er still und wirkte ziemlich angespannt. Es gelang ihm nicht, das Bild ihrer schlanken Gestalt aus seinem Kopf zu verbannen, ständig musste er daran denken, wie sich ihr gelenkiger Körper um ihn winden würde, während er sie zu seiner Geliebten machte. Auch wenn dieser Gedanke ihn fast schmerzhaft erregte, schaffte er es nicht, ihn abzuschütteln.

Sobald sie mit dem Essen fertig waren, kümmerte er sich um ihre nassen Kleider. Mit ein paar Ästen errichtete er in der Nähe des Feuers eine Art Gestell, dann holte er ihre feuchte Kleidung, die sie auf einen Baum gehängt hatte, und verteilte sie darauf. Er hoffte, wenn er sich beschäftigte, würde dies das Verlangen besänftigen, das sich in ihm zusammenballte.

»Je näher sie am Feuer sind, desto schneller werden sie trocken«, erklärte er. Ohne eine Antwort abzuwarten, machte er sich als Nächstes daran, ihre Schlafstätte herzurichten.

Moira, noch immer fest in die Decke gewickelt, sah auf die Kleider, die die Frau aus dem Dorf ihr mitgegeben hatte, und dann auf Tavig. Die Kleider waren bestimmt etwas zu groß, aber sie würden ihren Zweck schon erfüllen. Allerdings waren sie aus ziemlich grobem, selbst gewebten Stoff, auf der bloßen Haut würden sie bestimmt schrecklich kratzen. Moira wollte zumindest ihr Hemd als Schutz darunter tragen. Sie beobachtete Tavig, der ihre Schlafstätte weitaus sorgfältiger als sonst vorbereitete. Sie schlang die Decke noch fester um sich. Auch sie kratzte, aber sie war bestimmt nicht halb so kratzig wie die Kleider.

Doch Tavigs Verhalten beschäftigte sie weitaus mehr als die Frage, was sie nun anziehen sollte. Er hatte bisher kaum ein Wort an sie gerichtet, und dabei hatte sie sich schon auf jede Menge Spott eingestellt. Der Mann genoss es sonst doch so, ihr die Röte in die Wangen zu treiben. Während sie die alten Holzschüsseln mit etwas Wasser und Sand reinigte, versuchte sie, sein seltsames Benehmen zu ignorieren, aber die einfachen Handgriffe lenkten sie nicht genügend ab.

Vorsichtig riskierte sie einen weiteren Blick auf Tavig – er musterte gerade finster ihre Schlafstätte.

Moira wurde nervös. Er sah richtig zornig aus. Zornige Männer waren gefährliche Männer. Moria nahm sich vor, möglichst still und unaufdringlich zu sein, doch dann ging ihr auf, dass so ein Verhalten genau das Falsche sein konnte. Sie musste herausfinden, was Tavig störte. Vielleicht hatte es schlimme Folgen, wenn sie sich ihm in seiner düsteren Stimmung aufdrängte, doch die musste sie eben in Kauf nehmen. Sie holte tief Luft, näherte sich ihm vorsichtig und kniete sich neben ihn.

»Tavig? Habe ich etwas getan, das Euch geärgert hat?«

Als er zu ihr herumfuhr, zuckte sie instinktiv zusammen, wich zurück und begann zu zittern. Er fluchte leise. Trotz ihrer guten Vorsätze, tapfer und entschlossen zu sein, verspannte sie sich und krümmte sich innerlich, als er sie an den Schultern packte und sie sanft schüttelte. Moira merkte, dass sie keine Angst vor dem Schmerz hatte, den er ihr möglicherweise zufügen könnte, sondern davor, dass er derjenige war, der es tun würde. Sie wünschte sich doch so sehr, dass er anders wäre!

»Herr im Himmel, Mädchen, zuckt nicht vor mir zurück!«

»Ihr seid wütend.«

»Nay, ich bin nicht wütend. Aber wenn doch, was wäre dann? Denkt doch mal nach, meine arme kleine, ängstliche Moira. Was habt Ihr denn getan, was mir das Recht geben würde, böse auf Euch zu sein?«

Sie verzog das Gesicht, dann sagte sie: »Nichts. Ich habe nichts getan.« Sie wurde etwas ruhiger, und ihre Angst wich einer gewissen Verärgerung. »Also, warum seid Ihr mir böse?«

»Das bin ich gar nicht. Etwas anderes ist an meiner schlechten Laune schuld. Werden die Kleider der Frau Euch passen?«

Er wandte den Blick ab. Sie wunderte sich ein wenig über diesen plötzlichen Themenwechsel. Als sie spürte, wie seine Hände sacht über ihre nackten Schultern glitten, lehnte sie sich ein wenig gegen ihn. Ihr fiel auf, dass er starr auf jene Stelle blickte, wo sich die Decke, die sie unter ihren Armen festhielt, leicht über ihren Brüsten ballte. In seinem Gesicht lag ein Ausdruck, den sie in der letzten Woche gut zu deuten gelernt hatte. Sein Verlangen war unübersehbar. Siedend heiß fiel ihr die leidenschaftliche Umarmung ein, die sie in ihrem Gefängnis geteilt hatten, und auch sie durchflutete eine heiße Begierde.

Tavig verzehrte sich nach ihr. Diese Erkenntnis berauschte Moira geradezu. Ihr Verlangen war in diesem Moment genauso stark wie noch vor Kurzem, als sie den grausamen Tod vor Augen gehabt hatten, der viele als Hexen verurteilte Menschen erwartete. Plötzlich wurde Moira klar, dass es zwar richtig und klug war, an ihrer Unschuld festzuhalten, sie aber keine Lust mehr hatte, richtig und klug zu handeln. Sie hatte keine Lust mehr, sich ihre Reinheit aufzusparen für eine Ehe, die womöglich nie zustande kommen würde, und falls doch, ohne Rücksicht auf ihre Gefühle. Sie wollte Tavig, sie wollte die Leidenschaft, die seine Küsse in ihr weckten, zur Gänze kennenlernen. Dass sie später womöglich büßen musste dafür, ihrer Begierde nachgegeben zu haben, war ihr in diesem Moment völlig egal.

»Tavig?« Sie legte die Hand ganz kurz auf seinen dichten Haarschopf.

Er sah sie an, dann fluchte er leise und ließ sofort von ihr ab. »Tut mir leid, Mädchen. Ich werde nichts tun, was Ihr nicht möchtet. Ihr müsst also nicht so besorgt dreinschauen.« Er setzte sich und zog seine Stiefel aus. »Wir sollten uns jetzt lieber hinlegen und ein bisschen schlafen.«

Sie verzog das Gesicht und verharrte weiter auf Knien neben ihrem harten Lager, während er sich bis zu den Hosen entkleidete. »Aber ich dachte …«

»Was dachtet Ihr? Dass ich mich nach Euch verzehre? Jawohl, das tue ich, und zwar von dem Moment an, als ich Euch zum ersten Mal sah. Und wenn ich Euch jetzt so dasitzen sehe, mit nichts als einer dünnen Decke am Leib, und der Feuerschein Eure hübschen Schultern küsst, ist mein Verlangen fast unerträglich. Aber Ihr braucht Euch keine Sorgen zu machen, ich werde Euch zwar weiterhin umwerben, aber ich werde nicht versuchen, mir zu nehmen, was ich haben will. Also legt Euch endlich hin und schlaft!«, grummelte er und legte sich auf den Rücken.

Moira musste fast lächeln, als sie den Verdruss in seiner Stimme hörte. Er handelte ehrenwert, so wenig Spaß ihm das auch machte. Stirnrunzelnd überlegte sie, wie sie ihn wissen lassen könnte, dass er sich gar nicht mehr ehrenwert benehmen musste. Es würde von ihr eine Kühnheit erfordern, die sie nicht zu haben glaubte. Und außerdem hatte sie Angst, dass seine Achtung schwinden könnte, wenn sie jetzt zu forsch handelte, oder schlimmer noch, dass sich zeigen könnte, dass sie sich in der Tiefe seines Verlangens geirrt hatte.

Sie holte Luft, um ihren Entschluss zu bestärken, und sagte dann leise und ein wenig zaghaft: »Vielleicht müsst Ihr mich ja gar nicht mehr so sanft umwerben.« Sie schrie überrascht auf, als er sich auf der Stelle mit einer einzigen, glatten Bewegung vor sie niederkniete.

»Was habt Ihr da gesagt? Ich wollte mich nur vergewissern, dass ich richtig gehört habe.«

Obwohl sie spürte, wie ihr die Röte in die Wangen schoss, wiederholte sie: »Ich sagte, vielleicht müsst Ihr mich ja gar nicht mehr so sanft umwerben.«

Mit zitternden Händen griff er nach ihrem dicken Zopf, zog ihn nach vorne und begann, ihn zu lösen. »Liebes, von dem Punkt an gibt es kein Zurück mehr. Wenn wir ein Liebespaar werden, kann ich dir nicht zurückgeben, was ich dir nehmen werde.«

»Ich weiß. Aber ich habe beschlossen …« Sie räusperte sich.

»Ich habe beschlossen, dass ich es dir geben möchte. Ich verspüre kein Bedürfnis, an meiner Reinheit festzuhalten, und falls ich einmal heirate, werde ich keine Wahl haben, wem ich sie schenken möchte.« Als er sich nur stumm weiter mit ihrem Haar beschäftigte und langsam mit den Fingern hindurchfuhr, wurde sie verlegen und unsicher. »Warum zögerst du?«

»Du hast so viel Angst in dir, Liebes. Ich muss ganz sicher sein, dass du weißt, wonach du fragst, denn ich möchte nicht zu rasch handeln oder einen falschen Schritt machen. Damit würde ich nur deine Ängste vergrößern.«

Moira hatte keine Ahnung, was sie noch tun sollte, um ihn zu überzeugen, dass sie ganz genau wusste, was sie wollte. Sie hatte zugestimmt; sie hatte ihm gestanden, dass sie ihn wollte; sie hatte ihm erklärt, dass sie nicht mehr an ihrer Unschuld festhalten wollte. Was sollte sie noch sagen? Doch dann erkannte sie instinktiv, dass sie mit Worten nichts mehr ausrichten würde. Sie musste Taten folgen lassen. Verwundert über ihre Kühnheit ließ sie langsam die Decke heruntergleiten, die sich in einem Häufchen um ihre Hüften bauschte.

8

Tavig starrte sie an und stöhnte leise. Die Gefühle, die durch ihn strömten, waren so stark, dass er wie gelähmt war. Moira bot ihm alles an, wonach er sich verzehrte. Auf einmal hatte er schreckliche Angst, dass er etwas falsch machen könnte. Man musste sehr darauf achten, wie man sie behandelte. Hatte er das nötige Geschick?

»Tavig?«, wisperte sie und griff nach der Decke.

»Nay.« Er hielt sie davon ab, sich wieder zu bedecken, und lächelte sie an. »Ich leide nur an meiner Feigheit.«

»Feigheit? Das verstehe ich nicht.«

»Ach, Mädchen, du bist so unschuldig.« Er zeichnete mit der Fingerspitze die Konturen ihrer vollen Lippen nach. »Du bist so zart. Jahrelang bist du von Männern schlecht behandelt worden. Ich habe Angst, einen falschen Schritt zu machen. Ich befürchte, dass es mir nicht gelingt, dir Vergnügen zu bereiten, und dass ich damit vielleicht nur deine Ängste vergrößere.«

»Ich habe keine Angst vor dir, Tavig. Ich weiß, dass ich manchmal zurückzucke oder mich ducke, aber das tue ich eher aus Gewohnheit und nicht aus Angst vor dir.« Sie atmete tief durch, dann schlang sie die Arme um seinen Nacken und drückte sich fest an ihn. »Und außerdem ist mir klar, dass ich darum gebeten habe. Wenn es mir nicht gefällt, brauchst du keine Angst zu haben, dass ich dir die Schuld gebe. Aber …«, fuhr sie lächelnd fort und streifte seinen Mund sachte mit ihren Lippen, »… ich hätte nicht darum gebeten, wenn ich nicht geglaubt hätte, dass es mir gefallen würde.«

Tavig erbebte vor Verlangen. Er nahm sie in die Arme und zog sie auf das karge Lager. Dann legte er die Hände um ihr Gesicht und küsste sie. Ihr heißer Mund schmeckte köstlich süß. An der Art, wie sie sachte die Stöße seiner Zunge erwiderte und sich an ihn presste, erkannte er, dass sie bereit war. Er wusste, dass es ihm schwerfallen würde, langsam und behutsam weiterzumachen, denn er war von einer brennenden Begierde besessen.

Moira spürte, wie ihre Nervosität und die letzten Reste ihrer Angst mit jedem Stoß seiner Zunge und jeder Berührung seiner Hände schwanden. Sie wusste, dass es genau das war, was sie wollte. Daran hegte sie nicht den geringsten Zweifel. Außerdem wusste sie, dass sie es nicht bedauern würde. Zehn Jahre lang hatte sie ohne Zuneigung und Freude auskommen müssen. Tavig hatte zwar nichts von Liebe erwähnt, aber er war freundlich und sanft zu ihr und brachte ihr Blut in Wallung. Sie glaubte, dass das wohl der Liebe, die ihr in ihrem Leben beschieden war, am nächsten kommen würde, und sie hatte vor, es zur Gänze auszukosten. Nachdem sie in Craigmoordun dem Tod ins Auge geblickt hatte, wusste sie, dass jede mögliche Folge ihrer Hingabe nie an das Bedauern heranreichen würde, das sie empfinden würde, wenn sie sich weiterhin verweigerte.

Sie errötete, als Tavig die Decke, die sich um ihre Hüften bauschte, wegzog. Er kauerte über ihr und starrte sie an. Ihre Wangen glühten nicht nur vor Verlegenheit, sondern vor allem vor Begierde. Es war erregend, von einem Mann wie Tavig MacAlpin so leidenschaftlich betrachtet zu werden. Und es bestand kein Zweifel daran, dass es Tavig nach ihr verlangte, das zeigten die angespannten Konturen seines Antlitzes überdeutlich. Aber Moira fiel es noch immer schwer, es wirklich zu glauben.

»Ah, Mädchen, in deinem winzigen Körper steckt eine Menge Schönheit«, murmelte Tavig, während er die Reste seiner Kleidung abstreifte.

Der Körper eines Mannes war Moira nicht neu. Sir Bearnards Männer waren nicht besonders züchtig, und Privatsphäre war oft genug ein unerreichbarer Luxus. Doch sie hatte noch nie einen Mann gesehen, der Tavig das Wasser hätte reichen können. Die wenigen Blicke, die sie auf andere Männer erhascht hatte, hatten ihr Herz nie so heftig klopfen lassen, dass es in ihren Ohren widerhallte und sie kaum noch Luft bekam. Als sein sehniger, starker Körper sich langsam auf den ihren senkte, zog sie ihn zu sich und erbebte, als sich ihre Körper begegneten.

»Liebste, du fühlst dich herrlich an. Wie warme Seide.« Tavig umrahmte ihr Gesicht mit sachten Küssen.

»Du fühlst dich auch ziemlich gut an«, wisperte sie und fuhr behutsam mit den Händen über seinen breiten, glatten Rücken.

»Noch können wir aufhören, süße Moira.«

»Nay, ich will nicht aufhören.« Sie spürte den harten Beweis seines Verlangens, der sich an sie presste und sie weiter erregte. »Ich will etwas, und zum ersten Mal seit sehr langer Zeit werde ich tun, was ich will. Ist das denn falsch?«

»Von mir kannst du keine faire Antwort erwarten, Mädchen. Nicht, wenn wir nackt aufeinander liegen. Aber trotzdem – es ist nicht falsch. Dem, was ich gesehen habe und du mir gesagt hast, entnehme ich, dass du ein bisschen Vergnügen verdient hast. Ich hoffe inständig, dass ich es dir schenken kann. Ich bin zwar kein grüner Junge, aber ich habe noch nie mit einem Mädchen wie dir geschlafen, Moira Robertson.«

»Wenn es so gut ausgeht, wie es angefangen hat, werde ich bestimmt sehr viel Vergnügen gehabt haben, Sir MacAlpin.«

Sie nahm seinen gierigen Kuss eifrig entgegen. Sein Körper fühlte sich wundervoll an unter ihren Händen. Seine Haut war warm und spannte sich über glatten, harten Muskeln. Die Haare an seinen langen Beinen kratzten ein wenig, doch auch das erregte sie. Die leichten Schwielen an seinen Händen kitzelten sie. Als er ihre Brüste umfasste, bäumte sie sich ihm begierig entgegen. Sie zauste seinen dichten Haarschopf und drückte ihn an sich, während er ihre Brüste mit heißen Küssen bedeckte. Ein leiser Schrei der Wonne entfuhr ihr, als er die harten Spitzen mit seiner Zunge neckte. Sie glaubte, noch nie so viel Lust empfunden zu haben, doch als er die pralle Spitze in den Mund nahm und gierig daran saugte, ging sie in Wellen der reinen Lust unter. Leidenschaftliche Hitze raste durch ihren Körper.

Tavig genoss die Leidenschaft, die Moira zeigte. Auch sein Verlangen brannte inzwischen so heiß, dass er sich kaum noch zügeln konnte. Er liebkoste sie mit den Händen und seinem ganzen Körper und wurde immer begieriger, als sie sich ihm entgegenbäumte und ihr Körper ihm deutlich zeigte, wie sehr es ihr nach ihm verlangte. Langsam streichelte er die Innenseite ihrer Oberschenkel, sachte die roten Locken, zwischen denen der Schatz verborgen lag, nach dem er sich so verzehrte. Doch dann merkte er, dass sie sich unter seiner intimen Berührung verspannte.

»Keine Sorge, Liebste«, flüsterte er und streifte mit den Lippen ihren Mund. »Ich tue dir nicht weh.«

»Nay?«, fragte sie, öffnete sich aber gleichzeitig seinen fordernden Händen.

»Aye, vertrau dich mir an, mein Schatz, scheu nicht davor zurück und auch sonst vor nichts, was uns Lust bereitet. Ich versuche nur, deine Bereitschaft zu steigern.«

»Ich glaube nicht, dass ich noch sehr viel bereiter werden kann.«

Er lachte leise, dann bedeckte er ihren Hals mit immer heißeren Küssen und fuhr damit fort, bis er wieder bei ihren Brüsten angelangt war. »Welch süßes Feuer, welche Hitze! Wie kannst du nur leugnen, dass wir füreinander bestimmt sind?«

»Es ist besser so, für dich und für mich.« Sie umklammerte seine breiten Schultern und schlang die Beine um ihn, denn in ihr drängte etwas, ihm noch näher zu kommen. »Tavig«, rief sie, doch ihr fehlten die Worte, um zu beschreiben, was sie fühlte.

»Du bist bereit, meine süße, hübsche Moira. Ich fürchte, jetzt muss ich dir doch ein kleines bisschen wehtun.«

»Ich weiß. So viel weiß ich immerhin.« Sie erstarrte, als sie spürte, wie er nach einem Eingang suchte.

»Ich möchte dir aber nicht wehtun«, flüsterte er und presste die Stirn an die ihre.

»Vielleicht ist es am besten, es schnell zu tun.«

Sie hielt ihn ganz fest, und ihre Augen wurden groß, als sie spürte, wie er in sie glitt. Selbst im dämmrigen Licht des Mondes und des Feuerscheins sah sie, wie angespannt sein Gesicht wirkte. Auf seiner Oberlippe glitzerten Schweißperlen. Plötzlich packte er sie an den Hüften und stieß in sie. Ein scharfer Schmerz durchfuhr sie, sie keuchte und schloss die Augen. Aber dieser Schmerz trat rasch in den Hintergrund, als ihre Körper verschmolzen. Sein schwerer Atem erhitzte ihr Ohr. Er streichelte sie ganz sanft. Sie schwelgte so sehr in dem Gefühl, ihn in sich zu spüren und eins zu sein mit ihm, dass es einen Moment lang dauerte, bis sie merkte, dass er sich nicht bewegte. Als sie die Augen aufschlug, sah sie, dass er sie anstarrte.

»Stimmt etwas nicht?«, fragte sie, wobei sie die leise, rauchige Stimme kaum als die ihre ausmachen konnte.

»Ich habe dir wehgetan. Du hast vor Schmerz geschrien.«

»Es war nur ein ganz kleiner Schmerz, er ist schon vorbei.«

Sie streichelte seine Oberschenkel. Er zuckte unter ihrer Berührung zusammen, und sein Körper bewegte sich in ihr. Moira keuchte, die leichte, stoßende Bewegung entflammte ihre Gier so heftig, dass es fast schmerzte. Ihr wurde klar, dass sie in diesem Moment wahrhaftig nicht wollte, dass Tavig sich nicht mehr rührte und nur noch ganz sanft mit ihr umging. Sie beobachtete ihn genau, dann fuhr sie noch einmal über seine Oberschenkel und umfasste schließlich sein festes Hinterteil. Sie drückte ihn näher an sich und genoss es, wie er stöhnte und erbebte, denn sie wusste, er tat es aus Leidenschaft.

»Mädchen, wenn du mich weiter so folterst, werde ich nicht langsam weitermachen können und wahrscheinlich auch nicht sehr sanft«, stammelte er mit rauer Stimme und keuchte vor Anstrengung.

»Ich glaube, das will ich auch gar nicht, Tavig MacAlpin.«

Sie küsste ihn sachte und wand sich noch enger um ihn. Dann neckte sie seine Lippen mit ihrer Zungenspitze – mehr zusätzlichen Ansporn brauchte er nicht. Er küsste sie gierig und begann, sich zu bewegen. Moira lernte rasch, seine immer heftigeren Stöße zu parieren, wobei seine Zunge den Rhythmus seines Körpers nachvollzog. Die lustvolle Anspannung, die sie verspürt hatte, bevor ihre Leidenschaft durch den Verlust ihrer Jungfernschaft kurzzeitig gebremst worden war, stellte sich wieder voll ein und nahm noch zu, bis sie laut aufstöhnte und dann nicht mehr konnte. Sie schrie auf, als sie von einer Lust ergriffen wurde, bei der ihr Hören und Sehen verging. Sie konnte sich nur noch an Tavig festhalten, während er sich immer heftiger bewegte, dann ihren Namen schrie, ihre Hüften umklammerte und sich ganz tief in sie vergrub. Völlig benommen und am ganzen Leib vibrierend hielt sie ihn fest, als er auf ihr zusammensackte.

Sie wusste nicht, wie lange sie einfach so dalagen und sie die wonnigen Gefühle genoss, die nur ganz allmählich verebbten. Doch plötzlich wurden ihr wieder andere Dinge bewusst. Der harte Boden begann, sich in ihren Rücken zu bohren. Ihr Nacken wurde heiß und fühlte sich dort, wo Tavigs Gesicht dagegengepresst war, feucht an. Sie versuchte, all die betörenden Gefühle, die sie durchströmt hatten, zurückzuholen, doch sie wurden immer schwächer.

»Mir war nicht klar, dass es einfach wieder verschwinden würde«, murmelte sie.

Tavig löste sich ein wenig von ihr, stützte sich auf den Ellbogen und sah sie an. »Was ist denn verschwunden, süße Moira?«

»Ich weiß nicht recht, wie ich es nennen soll.« Sie lief rot an und wich seinem Blick aus. »Dieses Gefühl. Es war ein sehr angenehmes Gefühl, aber es ist nicht so lang geblieben, wie ich es gern gehabt hätte.« Als er kicherte, sah sie ihn doch an, vor Verlegenheit brennend. »Jetzt habe ich wohl etwas Törichtes gesagt.«

»Nay, Liebes.« Er legte die Hände um ihr Gesicht und gab ihr einen sanften Kuss. »Du bist so süß, so leidenschaftlich. Ich habe mich nur gefreut, als du sagtest, du hättest Lust empfunden. Ich habe zwar Laute von dir vernommen und gespürt, wie dein Körper sich um mich zusammengezogen hat, aber ich fürchte, ich war so von meiner Begierde besessen, dass ich mir meiner Wahrnehmung nicht sicher war.«

Als er sich von ihrem Lager erhob, verzog Moira das Gesicht und deckte sich rasch zu, denn auf einmal fror sie. Tavig kehrte mit einem feuchten Tuch zurück. Moira lief tiefrot an, als er die Decke wegzog und anfing, sie zu waschen. Er drückte das kühle Tuch eine Weile fest zwischen ihre Beine. Das fühlte sich zwar gut an, aber sie ärgerte sich, dass er über ihre Verlegenheit grinste. Typisch Mann, dachte sie, und als er von ihr abließ, deckte sie sich rasch wieder zu. Nicht den geringsten Sinn für Anstand.

Tavig lachte leise und legte das Tuch weg. Moiras plötzliche Sorge über ihre Nacktheit amüsierte ihn, und ihre Verärgerung verstärkte seine Belustigung. Der Anflug von Züchtigkeit war kein Hindernis für ihre Leidenschaft, weshalb er ihn richtig liebenswert fand. Nachdem er sich versichert hatte, dass Schwert und Dolch griffbereit neben ihm lagen, schlüpfte er unter die Decke und zog Moira an sich. Sobald er ihre weiche Haut spürte, regte sich wieder Verlangen in ihm, doch er unterdrückte es gewaltsam. Ihr erstes Mal hatte ihr zwar Lust bereitet, aber auch Schmerzen. Es war wohl besser, ihr ein wenig Zeit zu geben, sich davon zu erholen.

»Jetzt gehörst du mir, Moira«, murmelte er und kämmte mit den Fingern behutsam ihre verwuschelten Haare.

»Geht nun wieder das verrückte Gerede vom Heiraten los, oder was?«

»Die meisten Frauen würden es nicht für verrückt halten.«

»Ich vielleicht auch nicht, wenn du nicht schon am ersten Tag unserer Bekanntschaft damit angefangen hättest. Aber meine Meinung hat sich nicht geändert: Oft und klar genug habe ich dir gesagt, dass es der reine Wahnsinn wäre, wenn wir heiraten würden. Du musst mich auch jetzt nicht heiraten.«

»Heirat hin oder her, du gehörst trotzdem mir.« Er lächelte, als sie sich etwas zurücklehnte und ihn mit einem verdrossenen Blick bedachte.

»Das ist dir wohl besonders wichtig.«

»Jawohl, das ist es. Ich finde, das sollst du ruhig wissen.«

»Hm.« Sie kuschelte sich wieder in seine Arme. »Du bist ein sehr eingebildeter Mann, Tavig MacAlpin.«

»Das hat man mir schon öfter gesagt. Und nach dem, was wir gerade erlebt haben, finde ich, dass ich ein gewisses Recht darauf habe, eingebildet zu sein.«

»Wir haben es gemeinsam erlebt? Du hast gefühlt, dass es etwas Besonderes war?«

»Aber natürlich, Liebes, etwas ganz Besonderes. Ich habe einige Geliebte gehabt …«

»Ich glaube nicht, dass ich diesen Teil deiner Vergangenheit näher kennenlernen möchte«, murrte sie.

Er lachte, küsste sie auf den Scheitel und schloss sie fest in die Arme. »Schön, dass du ein bisschen eifersüchtig bist.« Er ignorierte es, als sie dieses Gefühl grummelnd von sich wies. »Keine dieser Frauen hat mir gegeben, was du mir heute Nacht gegeben hast. Keine von ihnen hat meine Begierde so entfacht wie du. Was wir teilen, ist etwas, wonach sich jeder Mann sehnt. Es war keine brünstige Paarung, wie ich sie früher vollzogen habe. Nay, mit dir war es blendende Hitze und heftige, berauschende Leidenschaft.«

Aber keine Liebe, dachte Moira und seufzte innerlich. Sie wollte, dass Tavig sie liebte. In dem Moment, als ihre Körper verschmolzen waren, hatte sie erkannt, dass sie ihn liebte, von ganzem Herzen und unwiderruflich. Hätte er doch nur dasselbe für sie empfunden! Irgendwelche hübschen Worte über Leidenschaft, Schicksal oder Fügung wollte sie nicht mehr hören. Sie wollte, dass Tavig laut und deutlich aussprach, dass er sie liebte.

Doch gleich darauf bereute sie ihre Selbstsucht. Ihn dazu zu bringen, sich in sie zu verlieben, wäre grausam von ihr gewesen, selbst wenn sie es vermocht hätte. Wenn sie ihn heiratete, würde sich all der törichte Aberglauben der Menschen auf ihren Häuptern entladen. Es war besser, sich von ihm loszusagen und ihn in dem Glauben zu lassen, dass sie nur eine weitere seiner Geliebten gewesen sei, wenn auch eine, bei der er besonders viel Lust empfunden hatte, dann würde bei der Trennung wenigstens nur sie leiden. Ihn dazu zu bringen, sie zu lieben, wäre etwas, was nur ihre Eitelkeit fördern würde.

»Ich …« Sie gab einen gedämpften Laut der Überraschung von sich, als Tavig ihr plötzlich die Hand auf den Mund presste.

»Zieh dich an, Mädchen«, befahl er leise, dann nahm er die Decke und erstickte das Lagerfeuer.

Moira gehorchte ihm, ohne zu zögern. Die Angst schnürte ihr die Kehle zu, in ihrem Kopf tobte ein Wirrwarr von Fragen, doch sie zog sich stumm und hastig an. Dann klaubte sie die Decken auf, nahm ihren Beutel und folgte Tavig, der schon im Wald verschwunden war. Er hatte den Weg zu den felsigen Bergen eingeschlagen, in denen sie sich seiner Meinung nach gut würden verstecken können. Doch noch in Sichtweite ihres Lagers bog er plötzlich nach rechts ab. Moira blieb stehen und starrte ihm verwirrt nach. Er kam zurück, packte sie am Arm und zog sie mit sich. Als sie eine Stelle erreicht hatten, an der die Bäume besonders dicht standen und von hochwachsendem Unterholz umgeben waren, legte er ihre Habseligkeiten auf den Boden.

»Ich dachte, wir wären auf der Flucht vor etwas«, flüsterte sie und kauerte sich neben ihn.

»Aye, das waren wir auch, und das werden wir fortsetzen, sobald ich weiß, vor wem oder was wir fliehen.«

»Sind es Reiter?«, fragte sie, denn sie glaubte, das Getrappel von Hufen vernommen zu haben. »Glaubst du, sie suchen nach uns?«

»Der Gastwirt glaubte nicht, dass jemand aus Craigmoordun es wagen würde, den Fluss zu überqueren, und ich weiß nicht, warum ich seinem Urteil nicht trauen sollte. Trotzdem wäre es gut zu wissen, wer unsere Fährte verfolgt. Vielleicht müssen wir unsere Richtung ändern.«

Auf der Lichtung tauchten sechs stämmige Reiter auf. Moira drückte sich enger an Tavig. Der Anführer stieg aus dem Sattel und kniete sich vor die Reste des Lagerfeuers. Er zog den Handschuh aus und berührte vorsichtig die noch warme Asche.

»Sie sind noch nicht lange weg«, sagte er.

»Sie wissen offenbar, dass wir in der Nähe sind, Tavig«, wisperte Moira in sein Ohr.

»Aye. Ich glaube, das sind die Männer, die der Gastwirt so fürchtet. Offenbar wussten sie, dass wir uns auf ihrem Land befinden, und wollten uns aufstöbern.« Er packte seinen Beutel und meinte: »Ich glaube, wir machen uns besser aus dem Staub, Liebes.«

Doch da ertönte plötzlich eine tiefe Stimme. »Ich glaube, du und dein Liebes kommt besser mit mir mit«, erklang es langsam.

Tavig wirbelte herum. Eine Hand fuhr zum Schwertknauf, mit der anderen schob er Moira hinter sich. Der Mann, der die Worte an sie gerichtet hatte, war ziemlich groß und trug einen Plaid. Sein langes Schwert war auf Tavig gerichtet, wie auch die Schwerter seiner zwei etwas kleineren und breit grinsenden Begleiter. Moira glaubte, ihr letztes Stündlein habe geschlagen.

»Nun, Bursche, willst du allen Ernstes in Anwesenheit deiner Liebsten gegen drei Männer antreten? Und jetzt steh auf. Wir unterhalten uns mal mit dem alten Colin, aber zuerst gibst du mir deine Waffen.«

Leise fluchend erhob sich Tavig und überreichte dem Mann Schwert und Dolch. Er ließ die drei grinsenden Kerle nicht aus den Augen, während er seine restlichen Habseligkeiten aufklaubte. Dann legte er den Arm um Moiras bebende Schultern und ließ sich von den Männern zur Lichtung zurückführen. Dabei überlegte er fieberhaft, was er tun könnte, um dafür zu sorgen, dass Moira nichts passierte.

Seine Häscher schoben ihn vor den großen Kerl, der müßig in dem wieder entzündeten Feuer herumstocherte. Offenbar war das der alte Colin. Bis auf ein paar weiße Strähnen in seinen langen, dunklen, struppigen Haaren wies allerdings kaum etwas auf das Alter des muskelbepackten Mannes hin, der ihn und Moira nun eingehend zu mustern begann. Der alte Colin sah beeindruckend wild aus in seinem Plaid und seinem Überwurf aus Wolfspelz. Doch während er dem unbeirrten Blick des Mannes standhielt, wurde Tavig etwas ruhiger, denn er konnte darin nichts Furchterregendes entdecken. Er hoffte nur, dass seine Zuversicht auf seine Instinkte zurückging und nicht auf eine trügerische Hoffnung.

»Und jetzt, Bursche«, meinte der alte Colin, »solltest du mir wohl sagen, warum du auf meinem Land herumstrolchst.«

»Ich glaube, das sind die zwei, die aus Craigmoordun geflohen sind«, meinte der größte der drei, die sie gefangen genommen hatten.

»Aye, Lachlan. Aber ich will wissen, warum sie aus dem kleinen Dorf geflohen sind, als wären ihnen die Höllenhunde auf den Fersen. Hast du darauf eine gute Antwort?«, fragte Colin Tavig.

»Ich habe einem kleinen Kind das Leben gerettet«, erwiderte Tavig und lächelte grimmig, als er Colins scheelen Blick bemerkte. »Aye, das war alles. Ich habe gesehen, dass es unter den Hufen der Bewaffneten des Lairds landen würde, und deshalb habe ich es von der Straße gezogen. Da kein anderer die Gefahr erkannt hatte, dachten sie, ich hätte irgendeine teuflische List angewandt, und nannten mich einen Hexer.« Er spürte, wie Moira allein bei der Erwähnung dieses Wortes erzitterte, und zog sie ein wenig näher zu sich. »Als meine Frau versuchte, dazwischenzutreten, wurde sie ebenfalls beschuldigt.«

»Und warum wartet ihr jetzt nicht darauf, dass der Priester kommt, einen Scheiterhaufen um euch errichtet und ihn entzündet?«

»Die Familie des Kindes hat beschlossen, dass es nicht die feine Art wäre, uns zu rösten als Dank dafür, dass wir das Leben ihrer Tochter gerettet haben.«

»Und wer seid ihr?«

»Tavig und Moira.«

»Aha. Hast du denn keinen Klan und keinen Laird?«

»Im Moment nicht.« Tavig war etwas überrascht, als der Mann nur grinste.

»Und wohin seid ihr unterwegs?«

»Nach Norden, zu meinem Cousin Sir Mungan Coll.«

»Ach ja? Ein feiner Mann, ehrenwert, ein wackerer Kämpfer und ein fester Verbündeter, wenn man ihn für sich gewinnen kann. Etwas eigenartig vielleicht.«

»Ihr kennt meinen Cousin?«

Inzwischen waren mehrere andere Feuer entzündet worden, und der Duft von gebratenem Wild ließ Tavig das Wasser im Munde zusammenlaufen, doch er bemühte sich, es nicht zu zeigen.

»Sein törichter Vater hat mir ein bisschen Land geschenkt, bevor Mungan alt genug war, die Launen des Alten zu bremsen. Letztes Jahr hat sich Mungan das Land zurückgeholt.«

»Ihr habt mit meinem Cousin gekämpft?«

»Nay. Das Land war keinen Kampf wert, und Mungan Coll ist jemand, den ich mir nicht gern zum Feind machen würde. Außerdem hatte Euer Cousin Iver sein böses Auge auf das Land geworfen.«

Tavig verspannte sich, obwohl er nach wie vor nicht den Eindruck hatte, dass von Colin eine echte Gefahr ausging. »Ihr wisst recht gut, wer ich bin, nicht wahr?«

»Jawohl. Aber jetzt solltet Ihr Euch mit Eurer Frau erst einmal hinsetzen und einen Happen essen, und einen Schluck Ale sollt Ihr auch bekommen. Keine Angst«, fuhr er fort, als Moira und Tavig sich ihm gegenüber am Feuer niederließen. »Ich werde Euch nicht an Sir Iver MacAlpin ausliefern, auch wenn er ein stattliches Sümmchen auf Euren Kopf ausgesetzt hat. Mit einem derart hinterhältigen Burschen wie Iver will ich nichts zu tun haben. Aye, und Mungan wusste von Euch nur Gutes zu berichten, vor Iver hingegen hat er mich gewarnt. Der Bursche sei eine hinterlistige Ratte, meinte er.«

»Dann werdet Ihr uns unserer Wege ziehen lassen?«

»Aye. Ich hätte Euch gern ein Pferd gegeben, aber ich habe nicht einmal genug für meine eigenen Männer. Im Frühling hat eine böse Seuche meinen halben Stall ausgerottet. Es ist ziemlich mühselig, mir das, was ich brauche, von den Leuten in Craigmoordun zurückzustehlen.«

Es gebührte der Höflichkeit, das Gespräch nicht abreißen zu lassen, aber das fiel Tavig sehr schwer, als man ihnen nun einen Teller mit Wildfleisch und einen Becher Ale reichte. »Die Leute in Craigmoordun haben schreckliche Angst vor Euch. Sie sagen, dass Ihr jeden aus dem Dorf ermordet, der einen Fuß auf Euer Land setzt«, meinte er schließlich mit vollem Mund.

Colin und seine Leute lachten. Tavig runzelte die Stirn, nutzte jedoch die kleine Pause, um sich das frisch gebratene Fleisch und das köstliche Ale schmecken zu lassen.

»Die Hälfte der Männer, die Ihr hier seht, gehörten früher zu Craigmoordun. Aye, und Craigmoordun gehörte früher mir.« Colin fuchtelte mit einem halb abgenagten Knochen vor Tavig herum. »Der Anführer, Duncan MacBean, der dort in dem Wohnturm haust, hat dem kleinen Dorf und seinen guten Leuten alles Leben ausgesaugt. Er hat meinem Vater Craigmoordun auf hinterhältigste Weise geraubt. Ich habe versucht, mir zurückzuholen, was mir gehört, aber mein Vater hat diesen verfluchten Turm so wehrhaft gebaut, dass er kaum einzunehmen ist. Viele gute Männer sind vor seinen Mauern gestorben. Es bringt mir nichts, wenn auch ich am Fuß dieses Steinhaufens mein Leben lasse.«

»Habt Ihr denn wirklich aufgegeben?«

»Nay. Euer Cousin Mungan hat mir erklärt, wie ich mir mein Eigentum zurückholen kann. Klau es dir, hat er gemeint. Stiehl es dir zurück, Mann für Mann, Frau für Frau, Pferd für Pferd. Eines Tages wird dieser miese Duncan aufwachen und feststellen, dass er nichts mehr hat bis auf leere Felder, leere Ställe und eine Handvoll Männer, die zu feige oder zu dumm sind, um ihn zu verlassen. Dann werde ich den Turm zurückerobern. Wenn wir einem MacBean begegnen, bieten wir ihm an, sich uns anzuschließen und auf unserer Seite zu kämpfen. Tja nun, manche sterben, wenn sie beschließen, dass sie lieber gegen uns kämpfen wollen. Aber viele sind froh, ihr Joch abzuschütteln, denn sie meinen, sie seien zu dem Treueid genötigt worden, den sie Duncan geleistet haben, und deshalb betrachten sie ihn auch nicht als bindend. Wenn sie sich mein Vertrauen verdient haben, können sie sich meinem Klan anschließen. Manche kehren ins Dorf zurück, um sich dort für mich umzuhorchen. MacBeans' oberster Bewaffneter ist einer meiner Männer. Es ist zwar kein glorreicher Kampf, aber es funktioniert.«

»Und die meisten Eurer Männer und Verwandten bleiben am Leben und können den Erfolg genießen.«

»Richtig. Wenn Ihr also Euren riesigen Cousin seht, sagt ihm, dass seine List hervorragend klappt. Vielleicht muss er ja eines Tages selbst darauf zurückgreifen.«

Tavig und der alte Colin unterhielten sich mehrere Stunden. Der Mann war begierig auf alles, was ihm sein Gast aus der Welt außerhalb seines Landes berichten konnte. Tavig merkte gar nicht, wie lange er und Colin schon gesprochen hatten, bis ihm klar wurde, dass Moira an ihn gelehnt tief und fest schlief.

»Das arme Mädchen«, murmelte Colin. »Kaum zu glauben, dass eine von Bearnard Robertsons Verwandten ein solch hübsches Gesicht hat.«

Tavig lächelte schief. »Gibt es vor Euch eigentlich irgendwelche Geheimnisse?«

»Aye, aber ich tue, was ich kann, damit es nicht zu viele davon gibt und damit sie nicht zu lange ein Geheimnis bleiben. Man muss nicht besonders schlau sein, um zu wissen, wer sie ist. Gelegentlich besucht mich ein Cousin, und er hat gesehen, wie Robertsons reichlich angeschlagenes Schiff in einen Hafen drei Tagesritte südlich von hier einlief. Allerorten erzählte man sich die Geschichte, wie Ihr und das Mädchen von den Fluten fortgeschwemmt wurdet. Angeblich hat Robertson nicht besonders getrauert, er war wohl eher erbost darüber, ja, richtig wütend. Das Mädchen ist sicher bestens aufgehoben, wenn sie ihm nicht mehr zu nahe kommt. Robertson steht schon lange in dem Ruf, ein brutaler Schläger zu sein. Meine Männer haben Euch übrigens dort drüben unter dem Baum ein Lager bereitet.«

»Vielen Dank für Eure Güte, Sir«, meinte Tavig, stand auf und hob Moira vorsichtig hoch.

»Ich danke Euch, mein Guter. Ihr habt mir so viel erzählt, wie ich sonst in zwölf Monaten nicht erfahre. Seht zu, dass die Kleine nicht mehr in Robertsons fette Pranken gerät.«

»Das ist bereits besiegelt, Sir. Mit ihrem Sturz ins Meer hat Robertson jeglichen Anspruch auf sie verloren. Ich muss sie nur noch dazu bringen, das einzusehen.« Tavig lächelte, als Colin lachte.

9

Moira wurde wach durch eine heiße, feurige Leidenschaft, die durch ihren Körper strömte. Sie bäumte sich Tavigs streichelnden Händen entgegen. Seinen Kopf umfassend, zog sie ihn zu sich und küsste ihn gierig, wobei sie leise stöhnte, als er offenkundig dasselbe Verlangen zeigte, das er in ihr geweckt hatte. Sie schlang Arme und Beine um ihn und stieß einen kleinen Schrei des Willkommens aus, als er ihre Körper vereinigte. Seine Stöße brachten sie rasch zu dem ersehnten, überwältigenden Höhepunkt. Und auch er ging gleich darauf in dem hitzigen Strudel der Leidenschaft unter. Ihre Lustschreie hallten im Wald wider.

Sie genoss noch die kitzelnden Spuren des Höhepunkts und die Art, wie Tavig sanft ihren Körper streichelte und sich an ihren Hals schmiegte, als ihr plötzlich einfiel, was passiert war, bevor sie eingeschlafen war. Ein Schrei des Entsetzens entfuhr ihr, und sie stieß Tavig von sich. Die Decke an die Brust gepresst fuhr sie hoch und sah sich um.

»Wo sind die anderen?«, fragte sie und ignorierte Tavigs Murren, während er Erde und Blätter von seinem Rücken entfernte.

»Denkst du etwa, ich hätte dich vor einem Dutzend Beobachtern geliebt?«, fragte er lachend und schüttelte den Kopf.

»Na ja, das wohl nicht.« Sie zuckte die Schultern und lächelte ihn an. »Ich weiß nicht, was ich gedacht habe. Ich habe mich nur gerade daran erinnert, dass wir mit mehreren Männern an einem Lagerfeuer gesessen hatten, als ich einschlief. Wo sind sie denn hin?«

»Zurück zu Colins Burg. Sie sind uns begegnet, weil sie ein paar Männer aus Craigmoordun verfolgt haben, die Kerle, die das kleine Mädchen fast über den Haufen geritten hätten.« Er warf ihr ihre Kleider zu und begann sich anzuziehen.

»Ich hatte Angst, er würde dich zu deinem Cousin Iver zurückbringen.« Sie schlüpfte in ihr Hemd.

»Aye, mir ging es genauso. Der alte Colin war wohl auch ein klein wenig versucht, es zu tun, aber er hatte keine Lust, sich mit Iver herumzuschlagen. Das ist wohl das erste Mal, dass die Hinterhältigkeit meines Cousins mir etwas genutzt hat. Aber es ist schade, dass wir kein Pferd bekommen haben.«

»Na ja, die Hälfte des Weges haben wir doch schon geschafft.«

»Und wir haben ein paar Lebensmittel mehr und eine zusätzliche Decke«, erklärte er, stand auf und deutete auf ihre neuen Habseligkeiten. »Ich mache jetzt eine Hafergrütze. Wir sollten nicht allzu lange hier verweilen.«

Moira zog sich fertig an und rollte die Decken ihres Lagers zusammen. Sie stöhnte ein wenig, weil es ihr vor einem weiteren Tagesmarsch grauste, doch sie tröstete sich damit, dass sie inzwischen wenigstens Schuhe hatte. Die Frau in Craigmoordun hatte ihre Größe beinahe richtig eingeschätzt, und die Schuhe waren weich und bequem. Moria hoffte, dass sie noch immer so gut passten, wenn sie ein paar Meilen darin gelaufen war.

»Am Ende des heutigen Tages gelangen wir in eine Ortschaft«, sagte Tavig, als sich Moira zum Essen neben ihm setzte.

»Wie kannst du nur daran denken, dich noch einmal in ein Dorf zu wagen?«, fragte sie, während sie die ihr angebotene Schüssel Hafergrütze entgegennahm.

»In jenem Dorf wird uns nichts passieren.«

»Das hast du doch bestimmt auch von dem letzten geglaubt, sonst wärst du nicht hineingegangen.«

»Aye, aber dort kannte ich niemanden. Hier habe ich ein paar Freunde.«

Sie spülte die Grütze mit einem kräftigen Schluck aus dem Wasserbeutel nach, den er ihr reichte, dann verzog sie das Gesicht. »Aber diese Freunde wissen, wer du bist. Wenn der alte Colin schon wusste, dass man dich des Mordes beschuldigt und dein Cousin Iver eine stattliche Summe auf dich ausgesetzt hat, dann werden auch sie davon gehört haben. Der alte Colin meinte, dass das Kopfgeld, das für dich geboten worden ist, ihn ziemlich in Versuchung geführt hat. Glaubst du denn nicht, dass es den Leuten im Dorf auch so gehen wird?«

»Nay, darüber brauchst du dir keine Sorgen zu machen, Liebes.«

»Bist du dir wirklich sicher? Ich habe ja nicht gemeint, dass deine Freunde dich hintergehen würden, aber vielleicht tun es ja doch einige andere Dorfbewohner. Es sei denn, du hast vor, dich unbemerkt in die Ortschaft hineinzuschleichen und deine Freunde um Hilfe zu bitten.«

»Ich werde genauso kühn in dieses Dorf marschieren, wie ich es in Craigmoordun getan habe.«

»Großartig! Und was hat uns das gebracht? Du bist verrückt!« Moria konnte nicht fassen, dass Tavig so töricht vorgehen wollte; nicht, wenn es möglicherweise ihrer beider Leben gefährdete. Sie beäugte ihn argwöhnisch. »Willst du mich etwa auf den Arm nehmen?«

Tavig lachte, beugte sich zu ihr und drückte ihr einen Kuss auf die Wange. »Ein bisschen schon. Ich habe wirklich ein paar Freunde in dieser Ortschaft, aber sie kennen mich nicht als Tavig MacAlpin.«

»O weh, willst du dir etwa wieder deine schreckliche Verkleidung zulegen?«

»Schrecklich? Ich fand, dass ich einen recht guten George Fraser abgegeben habe.«

»Aye, bis es anfing zu regnen. Es regnet viel in Schottland.«

»Das stimmt. Nein, ich werde mich nicht verkleiden. Für die Freunde, die wir heute Abend in Dalnasith treffen werden, bin ich Tomas de Mornay, Bastard eines feinen schottischen Kriegers und einer kleinen Französin. Eine Erinnerung an seine glorreichen Schlachten gegen die Engländer in Frankreich. Mir ist schon seit Längerem klar gewesen, dass mein Cousin Iver danach trachtet, mich aus dem Weg zu räumen. In den letzten Jahren habe ich dafür gesorgt, dass ich in vielen Orten, die ich besuche, nicht als Tavig MacAlpin bekannt bin. Manchmal verkleide ich mich, aber in Dalnasith spiele ich nur einen zerzausten Armen in zerlumpter Kleidung.«

»Aha, deshalb lässt du dir also einen Bart stehen«, murmelte sie und fuhr über die rauen Stoppeln auf seinen Wangen.

Er nahm ihre Hand und küsste die Innenfläche. »Hoffentlich habe ich heute früh nicht deine zarte, weiche Haut zerkratzt.«

Moria errötete bei diesem Hinweis auf ihr Liebesspiel. Aus Sorge, dass der alte Colin und seine Männer noch in der Nähe sein könnten, hatte sie kaum einen Gedanken darauf verschwendet, dass sie sich am helllichten Morgen geliebt hatten. Als ihr das jetzt aufging, stieg Entrüstung in ihr empor. Was hatte dieser Tavig MacAlpin nur an sich, dass er sie dazu brachte, sich derart dreist zu verhalten?

»Nay, du hast mir nicht wehgetan«, murmelte sie und schickte sich an, die Schüsseln zu säubern.

Die Leidenschaft ließ wohl keinen Raum für zartere Empfindungen, beschloss sie. Sie musste einfach vorsichtiger sein, denn sie wollte sich nicht von dieser Leidenschaft beherrschen und schwächen lassen. Moira hatte sich zu oft Leuten und Dingen beugen müssen, die stärker waren als sie. Nun wollte sie sich nicht einem Gefühl beugen, egal, wie köstlich es war. Dieser Beschluss verlieh ihr Kraft, auch wenn ihre Auflehnung noch so klein war und nur sie davon wusste.

* * *

Moira entfuhr ein leises Stöhnen, als sie sich auf den weichen Moosteppich setzte. Sie blickte zurück auf den steinigen Hügel, für dessen Überquerung sie den gesamten Vormittag gebraucht hatten. Von der ebenen Fläche aus, auf der sie sich nun befanden, wunderte sie sich, dass es nicht länger gedauert hatte. Auf der anderen Seite des schmalen Tals, das Tavig für ihre Mittagspause ausgewählt hatte, befanden sich weitere niedrige, aber auch steinige Hügel. Sie stöhnte noch einmal.

»Hier, Mädchen, ein kleiner Schluck Wein wird dich zu neuem Leben erwecken«, meinte Tavig, setzte sich neben sie und reichte ihr den Beutel.

Moira trank einen herzhaften Schluck des süßen Weins, dann nahm sie dankbar Brot und Käse entgegen. »Wie viele Berge müssen wir noch erklimmen?«, fragte sie.

Er grinste nur. »Diese winzigen Hügel kann man wohl kaum als Berge bezeichnen.«

»Doch, ich schon. Sie kommen mir jedenfalls wie Berge vor, wenn wir über sie hinüberstolpern.«

»Die Hügel vor uns sind kleiner, und an ihrem Fuß liegt Dalnasith. Ich bin schon länger nicht mehr dort gewesen, die Leute dort werden mir also abnehmen, dass ich in der Zwischenzeit geheiratet habe. Du kannst wieder meine Frau sein.«

»Ach ja? In Craigmoordun hat uns das nicht viel genützt.«

»Moira, es ist nicht besonders klug, wenn du ohne einen Gemahl in der Gegend herumstreifst. Du weißt doch, wie die Leute darüber denken und wie sie dich behandeln würden, wenn sie davon ausgingen, dass du nur meine Geliebte bist.«

»Wer gibt ihnen das Recht, mich für deine Geliebte zu halten?«

»Keiner, aber trotzdem werden sie es tun, das weißt du ganz genau. Wenn wir behaupten, dass du meine Gemahlin bist, vermeiden wir eine Menge Ärgernisse. Ich fürchte, gegen Ärger in der Art, wie wir ihn in Craigmoordun hatten, kann ich wenig tun, solange ich ihn nicht kommen sehe.«

»Ich habe mich schon gefragt, warum du nicht gespürt hast, was da auf uns lauerte.«

Tavig löschte das Feuer mit Wasser und Erde. »Leider ist meine Gabe ziemlich unbeständig. Sie ist launisch und scheint umso launischer zu werden, je näher ich oder Leute, die mir nahestehen, der Gefahr sind.« Er zuckte kopfschüttelnd die Schultern. »Vielleicht waren in meinem Kopf zu viele Sorgen, und da hat meine Gabe beschlossen, mich wegen des Kindes zu warnen.«

»Das Kind war am wenigsten in der Lage, sich selbst zu helfen«, erwiderte Moira. »Vielleicht richtet sich deine Gabe nach solchen Gesichtspunkten.«

»Es wäre schön, wenn ich derartige Gründe erkennen könnte, aber ich fürchte, sie ist einfach nicht zuverlässig.« Er nahm seinen Beutel und die zusammengerollten Decken. »Wenn ich jetzt an Dalnasith denke, stellt sich keine besondere Vorahnung ein, aber ich kann dir nicht versprechen, dass wir dort völlig sicher sind.«

»Kann man dort wenigstens ein heißes Bad und ein weiches Bett bekommen?«, fragte sie und schulterte ihren Beutel.

»Das schon, und eine warme Mahlzeit, frisches Brot, ein gutes Bier oder einen süßen Apfelmost bestimmt auch.«

»Warum stehen wir uns dann hier die Beine in den Bauch?«

Tavig lachte und machte sich auf den Weg zum nächsten Hügel. Moira fasste rasch Tritt neben ihm. Für ein heißes Bad würde sie geschwind und behände wie eine Ziege über die felsigen Hügel hüpfen. Bei der kurzen, eiskalten Überquerung des schmalen Flusses war zwar einiges an Staub abgewaschen worden, aber sie sehnte sich nach einem ausgedehnten, heißen Bad. Mit einer schönen Duftseife, sinnierte sie seufzend.

Und auch ein weiches Bett wäre wundervoll, beschloss sie und fluchte still auf die Steine, die sich durch die weichen Sohlen ihrer Stiefel bohrten. Sie würde sich schon über irgendein richtiges Bett freuen, solange es nicht der harte Boden war, auf dem sie schlafen mussten. Ihr Leben bei Sir Bearnard war alles andere als leicht gewesen, aber nachts hatte sie immerhin ein Bett gehabt, in das sie sich nach vollendetem Tagewerk hatte fallen lassen können, wenn sie nicht gerade wieder einmal wegen irgendetwas bestraft worden war.

Der Gedanke an Sir Bearnard ließ sie erzittern. Sie warf einen Blick nach hinten und wunderte sich schon fast, dass er nicht dastand, die klobigen Fäuste zum Schlag erhoben. Der Mann – und wie er mit ihr umgesprungen war – hatte sich als Ungeheuer in ihr Herz, ihren Kopf und ihre Seele eingenistet. Sie fragte sich, ob sie je frei sein würde von ihm und von den Ängsten, die er in sie hineingeprügelt hatte.

»Er ist nicht hier, Liebste«, tröstete Tavig sie sanft.

Moira keuchte und starrte ihn an, während er ihr auf einen steilen Felssockel half. »Kannst du meine Gedanken lesen?« Die Vorstellung, dass Tavig dazu fähig sein könnte, war ziemlich beängstigend. Dann wäre sie ihm völlig ausgeliefert, was ihr ganz und gar nicht recht gewesen wäre.

»Nay, Mädchen, das nicht.« Er blieb stehen, als sie an einer sicheren Stelle angelangt waren, und drehte sich zu ihr um. Langsam fuhr er ihre Wangenknochen mit den Fingerkuppen nach. »Ich habe nur einen bestimmten Ausdruck in deinem Gesicht bemerkt.«

»Einen Ausdruck? Was für einen Ausdruck denn?«

»So ein gehetzter Blick, wenn du auch nur an Sir Bearnard Robertson, diesen elenden Schweinehund, denkst, und natürlich auch, wenn du ihn siehst oder von ihm hörst. Eine schreckliche Angst verdüstert deine schönen Augen, und dein ganzes Gesicht verhärtet sich. Der Mistkerl wird mir noch bitter bezahlen dafür!«

»Es ist auch meine Schuld. Ich bin feige, ich habe mich nicht mehr gegen ihn gewehrt.«

»Dummes Zeug. Immerhin hast du überlebt, das erfordert Mut und Kraft. Du bist kein kampferprobter Mann, der imstande wäre, einen Kerl wie Bearnard in die Knie zu zwingen. Du bist ein zartes Mädchen, und du bist schon als Kind unter Robertsons Fäuste geraten. Du hast zwar einige Narben, aber er hat dich nicht gebrochen, und dafür bewundere ich dich zutiefst.«

Moira wusste nicht, was sie sagen sollte. Er meinte es ehrlich, das sah sie ihm an. All die Schmeicheleien über ihre Augen, ihre Haare oder andere Vorzüge, die sie seiner Meinung nach besaß, hatten sich leicht beiseite schieben oder als Unsinn auslegen lassen, wie ihn Männer gerne daherreden. Doch dieses Kompliment ging ihr durch und durch. Ihr war, als würde sich ihr Stolz wieder regen, den Robertson ihr so oft auszuprügeln versucht hatte. Andererseits wehrte sich etwas in ihr gegen dieses Gefühl, denn ihr Stolz hatte sie schon oft in Schwierigkeiten gebracht.

»Na ja, ich finde nicht, dass ich so außergewöhnlich bin, aber trotzdem danke.«

»Vielleicht siehst du es ein, wenn du einmal einem anderen begegnest, der sein Leben unter der Faust eines Schlägers fristen musste. Dann würdest du wahrscheinlich merken, wie gut du es überstanden hast. Eigentlich hast du solche Leute ja schon gesehen, die Menschen in Craigmoordun haben dir gezeigt, wie sich Leute verhalten, wenn ihr Leben von Furcht und Brutalität gezeichnet ist.« Als Moira stumm blieb, zuckte er die Schultern und machte sich wieder auf den Weg. »Mit Worten kann ich dir deine Stärke offenbar nicht zeigen. Du musst sie einfach selbst erkennen. Du musst deine Ängste und Robertsons hässliches Gespenst aus deinem Herzen verbannen.«

Moira gab ihm stillschweigend recht. Sie wusste nur nicht, wie sie seine Ratschläge umsetzen sollte. Und was würde es ihr nützen? Bald würde sie zu ihrem Leben unter Bearnard Robertsons brutaler Knute zurückkehren. Wenn sie ihrem Temperament freien Lauf ließe und ihren Stolz zurückeroberte, würde er beides rasch wieder aus ihr herausprügeln. Was nützte es, seinen unseligen Geist abzuschütteln, wenn sie in einer Woche wieder persönlich vor ihm stehen würde? Beinahe fand sie es grausam von Tavig, dass er versuchte, sie zu überreden, ihren Mut und ihren Stolz wiederzuerlangen. Er wusste doch bestimmt, dass es ihr letztlich nur neuen Schmerz einbringen würde.

Sie grübelte noch immer darüber nach, als sie die Kuppe des

Hügels erreichten. Unter ihnen lag ein Dorf ähnlich Craigmoordun, nur dass hier kein einschüchternder Wohnturm seinen Schatten warf. Es gab jedoch eine kleine steinerne Kirche. Moira erzitterte; sie rieb sich die Arme, denn auf einmal fröstelte es sie. Wenn dort jemand beschloss, sie der Hexerei zu bezichtigen, würde es wahrscheinlich einen Mann Gottes in der Nähe geben, der ein rasches Urteil fällen konnte. Sie sah Tavig an, der neben ihr stand und stirnrunzelnd die Ortschaft betrachtete.

»In Dalnasith gibt es eine Kirche«, murmelte sie.

»Aber, aber, meine Liebe, verspürst du etwa den Drang zu beichten?« Tavig grinste und drückte ihr einen Kuss auf die Wange.

»Nay, obwohl ich wohl zur Buße auf Knien zu dieser Kirche rutschen sollte«, erwiderte sie.

»An deiner Stelle würde ich warten, bis wir die Felsen hinter uns haben.«

Moira ignorierte seine Respektlosigkeit. »Wenn es eine Kirche gibt, wohnt dort wahrscheinlich auch ein Priester. Nicht jede Kirche ist so schlecht versorgt wie die in Craigmoordun. Hätte es dort einen Geistlichen gegeben, wären wir vermutlich nicht lange genug am Leben geblieben, um zu fliehen. Priester fällen meist rasch ihr Urteil über diejenigen, von denen sie glauben, sie seien mit dem Teufel im Bunde.«

»Dort drunten wird uns niemand der Hexerei bezichtigen.«

»Du bist erstaunlich zuversichtlich. Aber du hattest auch in Craigmoordun das Gefühl, dass uns nichts passieren würde.«

»Und so wäre es auch gekommen, wenn ich besser aufgepasst hätte. Ich fürchte, ich habe zu wenig nachgedacht, als ich erkannte, dass das Kind in Gefahr schwebte. Ich hätte nicht so gefährlich offenkundig handeln sollen.«

»Ich wollte dich nicht tadeln. Du hast getan, was du tun musstest. Aber nach Craigmoordun habe ich einfach Angst, in ein weiteres Dorf zu gehen.« Sie lächelte verlegen. »Doch die Aussicht auf ein Bett und ein heißes Bad ist sehr verlockend. Sie hat mich dazu angetrieben, mich über diese verfluchten Hügel zu schleppen. Ich habe nur gerade einen schwachen Moment.«

»Ich kann dich verstehen.« Er nahm ihre Hand und drückte einen sanften Kuss auf die Innenfläche. »Doch jetzt solltest du dir einprägen, dass du eine de Mornay bist, Moira de Mornay, die Frau von Tomas de Mornay.«

»Ich hoffe, man stellt uns nicht zu viele Fragen. Ich war im Lügen nie besonders gut.«

»Sie kennen mich dort, sie werden uns schon in Ruhe lassen. Die meisten Leute in diesen winzigen Dörfern interessieren sich nicht für die Vergangenheit eines Reisenden, sondern dafür, was er auf seinen Reisen gesehen und gehört hat. Wir werden ihre Neugier einfach mit Geschichten über die Welt außerhalb von Dalnasith stillen.«

»Ich bin mir sicher, dass du dich ausgezeichnet darauf verstehst, Geschichten zu erzählen«, murmelte sie, als er sie den Hügel hinabführte.

»Ich genieße den Ruf einer gewissen Zungenfertigkeit.«

»Aye, deine Zunge ist flink, aalglatt und süß.«

»Aha, du findest mich also süß?« Er lachte über ihren tadelnden Blick. »Es ist nicht schlecht, wenn man Ärger mit Reden zerstreuen kann; dann nehmen weniger Leute Schaden. Pass auf, Liebes, der Weg wird steil und felsig.«

Moira stellte kaum einen Unterschied fest, sagte aber nichts. Sie konzentrierte sich darauf, beim Abstieg nicht ins Rutschen zu kommen. Am Rand des Dorfes hielten drei Männer Wache, wirkten jedoch nicht so, als würden sie ihnen in irgendeiner Weise entgegenkommen wollen, weder um ihnen zu helfen noch um sie aufzuhalten. Moira fragte sich, ob Tavig wohl auf der Hügelkuppe haltgemacht hatte, wo man sie vom Dorf aus gut sehen konnte, um den Wachen zu verstehen zu geben, dass sich nur ein Mann und eine Frau näherten. Als die Männer darüber lachten, wie unbeholfen sie und Tavig die letzten paar Meter des steilen Wegs hinter sich brachten, wusste sie, dass sie hier nicht als Bedrohung gesehen wurden.

»Ich dachte mir schon, dass du es bist, Tomas«, meinte einer der drei, ein stämmiger Kerl, und schüttelte Tavig die Hand. »Und wer ist das Mädchen?«

Moira errötete ein wenig, als die drei Wächter sie fragend anstarrten. Sie stupste Tavig mit dem Ellbogen, damit er ihnen antwortete. Sie selbst hatte Angst, den Mund aufzumachen, weil sie befürchtete, sie würde Tavig nicht bei dem Namen nennen, unter dem er hier bekannt war; denn sie war wirklich eine schlechte Lügnerin.

Tavig legte den Arm um ihre Schultern und zog sie näher zu sich heran. »Das ist meine Frau, Moira. Moira, dieser Bursche hier heißt Robert.«

»Du bist verheiratet?« Robert lachte laut auf, klatschte sich aufs Knie und schüttelte den Kopf. »Über diese Nachricht werden sich nicht alle freuen.«

»Was soll das denn heißen?«, fragte Moira Tavig leise.

»Er scherzt nur, Liebes.« Tavig tätschelte Robert den Arm. »Er hat nur nicht damit gerechnet, dass ein Schlingel wie ich je in den Hafen der Ehe einläuft.«

Tavig sah seinen Freund eindringlich an. Moira konnte sich des Eindrucks nicht erwehren, dass er ihm stumm befahl, den Mund zu halten. Robert bedachte sie mit einem nervösen Blick unter seinen dichten grauen Brauen. Offenbar gab es ein Geheimnis zwischen den Männern, Tavig wollte ihr etwas verheimlichen.

Moira lächelte und beschloss, so zu tun, als habe sie nichts bemerkt. Ihres Wissens nach war Tavig bislang ehrlich zu ihr gewesen. Sie konnte sich nicht vorstellen, dass er ihr nun ein richtig großes, bedeutendes Geheimnis vorenthielt. Sie hätte zwar zu gern gewusst, um was es sich handelte, doch sie zügelte sich. Es lag an Tavig, ihr zu erklären, was er im Moment vor ihr zu verheimlichen suchte. Sie hoffte nur, er würde es möglichst bald tun, um ihr die Anspannung zu nehmen und ihr eine unangenehme Überraschung ersparen.

»Na ja«, meinte Robert gedehnt und räusperte sich. Er lächelte Moira an, seine Zähne schimmerten weiß durch seinen dichten schwarzgrauen, struppigen Bart. »Du hast ein hübsches Mädchen gefunden, Tomas.«

»Danke«, sagte Moira leise, und auch Tavig bedankte sich für das Kompliment.

»Meine Frau Mary freut sich immer über Besuch«, fuhr Robert fort. »Dann kann sie ein paar Nachrichten aus der Ferne erfahren, die Frauen immer gerne hören. Geht schon mal rüber in mein Haus. Ich beende meine Wache bei Sonnenuntergang, dann können wir einen Becher Ale trinken.«

»Du bist ein guter Mann, Robert. Ich danke dir«, sagte Tavig, nahm Moira bei der Hand und führte sie zu der Straße, die quer durch die Ortschaft ging. »Ich werde mich bemühen, dir ein bisschen Ale übrig zu lassen«, rief er über die Schulter und grinste, als Robert lachte.

»Bist du dir sicher, dass er es sich leisten kann, so gastfreundlich zu sein?«, fragte Moira. »Seiner Kleidung nach zu urteilen, ist er ziemlich arm.«

»Aye, er ist zwar nicht so arm wie einige andere, aber er ist wirklich nicht sehr wohlhabend, genau wie die meisten, die ihr ganzes Leben in diesen winzigen Dörfern verbringen.« Er lächelte schief über ihren besorgten Gesichtsausdruck. »Stört dich das?«

»Wenn er arm ist, ist es nicht gerade nett, ihn um ein Essen und ein Bett zu bitten. Womöglich bleibt dann wenig für ihn übrig, aber die Höflichkeit erfordert es, dass er uns alles anbietet, was er hat.«

»Er hat genug, um uns zum Essen einzuladen und uns ein Bett für die Nacht zu geben.« Er drückte ihr einen Kuss auf die Wange. »Und er wird anständig belohnt werden für die Güte, die er mir im Lauf der Jahre erwiesen hat. Wenn meine Probleme gelöst sind, werde ich dafür sorgen, dass sich Roberts Lage um einiges verbessert.« Er beobachtete sie genau und lächelte wieder, als sie nichts sagte. »Was ist los mit dir? Du erinnerst mich nicht an meinen bevorstehenden Untergang?«

»Ich sehe keine Veranlassung, mich ständig zu wiederholen«, erwiderte Moira.

Sie wusste nur zu gut, warum sie aufgehört hatte, immer wieder den Strick zu erwähnen, der Tavig erwartete. Und sie war sich sicher, dass auch er den Grund dafür kannte. Der Gedanke, dass er womöglich am Galgen enden würde, hatte sie von Anfang an beunruhigt, doch jetzt wurde ihr richtig schlecht, wenn sie daran dachte; ihr Magen verkrampfte sich, und ihr Herz schlug wie wild vor Angst. Da ihre Gefühle für Tavig mittlerweile so tief gingen, gab sie sich die größte Mühe, seinen zuversichtlichen Blick auf die Zukunft zu teilen. Doch es fiel ihr schwer. Seit dem Tod ihrer Eltern und nach der langen Zeit unter der brutalen Vormundschaft von Sir Bearnard steckte nicht mehr viel Zuversicht in ihr.

Tavig blieb vor einem ordentlichen, reetgedeckten Häuschen stehen. Eine korpulente Frau mit ergrauendem Haar und funkelnden braunen Augen begrüßte ihn fröhlich. Als Tavig Moira als seine Gemahlin vorstellte, erwiderte sie schüchtern Marys herzlichen Gruß. Sie war geplagt von Gewissensbissen, weil sie der Frau Lügen auftischten, die sie so herzlich in ihr Heim einlud und ihnen bald darauf stolz ihre fünf Kinder vorstellte. Die Freundlichkeit auf diese Weise zu vergelten, erschien Moira nicht richtig. So überließ sie Tavig das Reden, denn sie wusste, sie würde es niemals schaffen, so aalglatt zu lügen wie er.

Als Mary ihnen Ale, Brot und Käse vorsetzte, fragte sich Moira kurz, ob es nicht angebracht wäre, sich wegen dieses Talents von Tavig ernsthafte Sorgen zu machen. Gerade gab er ein langes Lügenmärchen über ihre Bekanntschaft und die Hochzeit zum Besten, und es ging ihm mit größter Leichtigkeit über die Lippen. Doch trotz seines offenkundigen Geschicks nahm ihm Moira alles ab, was er ihr erzählte. Sie hoffte nur, dass sie sich nicht von ihrem Herzen und den gefährlichen Umständen blenden ließ.

Tavig fragte Mary, ob sie baden könnten, und bevor Moira Einspruch erheben konnte, willigte Mary schon ein. Einen kurzen Moment lang schwankte Moira, ob sie nicht ablehnen sollte, weil sie Mary keine zusätzliche Arbeit machen wollte, doch gleichzeitig hatte sie sich so nach einem ausgiebigen, heißen Bad gesehnt, dass sie das Angebot schließlich doch annahm, auch wenn sie sich für die Mühen entschuldigte. Es war ihr sogar völlig egal, dass der dafür vorgesehene Holzbottich im Kuhstall stand. Immerhin bot der Ort Schutz vor dem Wind und vor neugierigen Blicken. Sobald Mary gegangen war, entledigte sich Moira ihrer Kleider.

* * *

Als Tavig die Stalltür öffnete, empfing ihn die Melodie einer Ballade. Er lächelte, als er sich leise dem hölzernen Bottich näherte. Moira hatte den Kopf auf den breiten Rand gelegt, ihre nassen Haare klebten an der Außenwand, und sie rekelte sich wohlig in dem heißen Seifenwasser. Tavig freute sich, dass sie so etwas Schlichtes wie ein heißes Bad offenbar in vollen Zügen genießen konnte.

Sie hatte die Augen geschlossen, sodass sie sein Kommen nicht bemerkte. Während er sie musterte, regte sich wieder Verlangen in ihm, obwohl ihre schlanke Gestalt mehr oder weniger im Seifenwasser verborgen war. Grinsend tauchte er die Hand ins Wasser und bespritzte ihr Gesicht. Er lachte, als sie leise aufschrie, sofort die Arme vor der Brust verschränkte und tiefer ins Wasser glitt. Sobald sie merkte, wer sie gestört hatte, funkelten ihre Augen zornig.

»Versuch bloß nicht, mir zu erklären, dass du hier bist, um die Kühe zu melken! Das würde ich dir nämlich nicht abnehmen«, knurrte sie.

»Ich würde immerhin nachsehen, ob die Tiere überhaupt hier drinnen sind, bevor ich es mit dieser Lüge versuchen würde«, erwiderte er. Er ließ das Wasser durch seine Finger rinnen und zeigte unverhohlen seine Belustigung über ihre Verlegenheit. »Ich habe schon gebadet und mich frisch angezogen.

Glaubst du nicht, dass du jetzt lange genug in diesem Bottich gesessen hast? Du wirst faltig werden wie ein altes Hemd.«

»Dieses kleine Übel verstecke ich unter meinen Kleidern.« Sie fröstelte ein wenig. Warum musste das Wasser ausgerechnet jetzt abkühlen? »Nun hast du dich vergewissert, dass ich nicht ertrunken bin – könntest du also bitte gehen? Ich muss mich abtrocknen und anziehen.«

»Vielleicht brauchst du ja ein wenig Hilfe beim Rausklettern und Abtrocknen«, sagte er und hielt ihr ein Tuch hin. »Wenn man vom Seifenwasser glitschig ist, ist es womöglich gar nicht so einfach, aus diesem Bottich zu klettern.«

»Ich glaube, das schaffe ich gerade noch ohne deine freundliche Hilfe.«

Tavig beugte sich zu ihr und küsste sie sacht auf den Mund. »Ich kann hier noch sehr viel länger herumstehen und warten, als du es in dem kühlen Wasser aushalten kannst.«

»Schuft!«, murrte sie, doch sie wusste, dass er recht hatte. »Wahrscheinlich kann ich mich nicht darauf verlassen, dass du die Augen zumachst.«

»Nein, das kannst du nicht. Das wäre wirklich zu viel verlangt, Liebes.«

»Ich wollte dich bloß um ein wenig Zucht und Anstand bitten.«

Als er bloß grinste, fluchte sie leise. Warum sie so schamhaft war, wusste sie selbst nicht recht – schließlich waren sie ein Liebespaar. Trotzdem kam es ihr kühn vor, in dem dämmrigen Licht des Kuhstalls, das ihre Nacktheit kaum verbergen würde, einfach aufzustehen. Aber wie sie Tavig kannte, würde er sich ihrer Anwandlung von Sittsamkeit wohl nicht beugen. Sie atmete tief durch, dann erhob sie sich langsam.

10

Als sich Moira erhob, stockte Tavig der Atem. Selbst ihr gereizter Gesichtsausdruck schmälerte ihre Schönheit nicht. Das Wasser verlieh ihrer weichen Haut einen einladenden Schimmer. Er wollte nichts von ihrem wundervollen Körper unter dem großen Tuch verstecken, das er für sie in der Hand hielt. Sie war ein wahrer Augenschmaus, und er schwelgte in der Erregung, die sie in ihm auslöste. Erst als sie leicht zu zittern begann, schaffte er es, sich aus dem Bann zu lösen, und wickelte sie in das Tuch ein. Er hob sie aus dem Bottich und drückte sie fest an sich.

»Auf diese Weise werde ich nicht trocken«, murmelte sie, als er sie sanft küsste.

»Wahrscheinlich nicht, aber es wird dir bestimmt warm.« Er bedeckte ihr Schlüsselbein mit sachten Küssen. »Mir zumindest bricht schon der Schweiß aus.«

Sie kicherte und schlang die Arme um seinen Nacken. Tavig stöhnte leise, als er sie küsste, dann hob er sie hoch und trug sie zu einem weichen Heuhaufen. Er breitete das große Tuch auf dem Heu aus, bettete sie vorsichtig darauf und deckte ihren Körper mit seinem zu. Die Art, wie sie ihn willkommen hieß, sagte ihm, dass ihr Verlangen ebenso stark war wie das seine. Hastig streifte er sich das Hemd vom Leib und ächzte lustvoll auf, als sich ihre nackten Körper trafen.

»Tomas!«

Tavig hörte die schrille weibliche Stimme kaum, die den Namen ausrief, unter dem er hier bekannt war. Erst als Moira erschrocken zusammenzuckte und sich ihr Körper verspannte, wurde er die Störung gewahr. Er setzte sich auf und drehte sich zur Tür um. Moira wickelte sich hastig in das Tuch ein, während Tavig leise fluchend die Frau betrachtete, die ihrer Leidenschaft ein solch unsanftes Ende bereitet hatte. Er setzte sich aufrechter hin, um Moira gegen die Blicke des Störenfrieds abzuschirmen.

»Was hast du hier zu suchen, Jeanne?«, fragte er unwirsch. Warum musste die üppige Brünette ausgerechnet hier und jetzt auftauchen, bevor er die Gelegenheit gehabt hatte, Moira vor ihr zu warnen?

»Es hat sich rasch herumgesprochen, dass du im Dorf weilst.« Sie schritt auf ihn zu, die Hände in die breiten Hüften gestemmt. »Mary wollte mir nicht sagen, wo du steckst, also habe ich beschlossen, mich selbst umzusehen.«

»Na gut, jetzt hast du mich gefunden. Es freut mich, dass du gesund und munter bist; ich bin es auch. Also – leb wohl!«

»Wie kannst du es wagen, so herablassend mit mir zu reden? Nach allem, was zwischen uns gelaufen ist? Und wer ist dieses Flittchen?«

»Diese Frau ist meine Gemahlin«, entgegnete Tavig zähneknirschend. Nur seine instinktive Abneigung dagegen, eine Frau zu schlagen, hinderte ihn daran, Jeanne dafür zu ohrfeigen, dass sie Moira so dreist beleidigt hatte.

»Deine Gemahlin!« Jeanne ballte die Fäuste und trat noch einen Schritt näher, ihre haselnussbraunen Augen sprühten vor Wut. »Als ich mich nach dir erkundigte, erwähnte die törichte Mary, dass du vergeben seist, aber ich hätte mir nie gedacht, dass du tatsächlich geheiratet hast. Wie konntest du eine andere heiraten nach allem, was zwischen uns war? Sag mir, dass es ein grausamer Witz ist – dass du meine Liebe nicht verschmäht und mich nicht derartig beleidigt hast.«

»Ich weiß nicht, wovon du plapperst, Frau.« Tavig stand auf, während Moira sich eilig hinter den Bottich zurückzog, um sich anzukleiden. »Aye, wir haben miteinander geschlafen, aber damit ist es jetzt vorbei. Du hast kein Recht und auch keinen Grund, hier herumzustehen und dich wie eine gekränkte, verstoßene Jungfer aufzuführen. Du hattest viel Übung im Liebesspiel, bevor ich mit dir ins Bett gestiegen bin, und ich habe dir nie irgendwelche Versprechen gemacht. Ich habe mir nur genommen, was mir angeboten wurde, mehr nicht.«

»Du verdammter Schweinehund!« Jeanne holte zu einer Ohrfeige aus, doch Tavig packte sie am Handgelenk und hielt sie zurück.

»Ich glaube, es ist besser, wenn du jetzt gehst, Jeanne. Falls du daran gedacht hast, mich als Ehemann zu ergattern, hast du das Spiel verloren. Vergeude deine Zeit nicht länger in diesem Stall. Ich bin jetzt verheiratet, und wir zwei spielen nicht mehr miteinander. Such dir einen anderen!«

Moira zuckte zusammen, als Jeanne Tavig mit Flüchen überhäufte. Dieser Streit war ihr höchst peinlich. Obwohl sie nicht so töricht war, Tavig für ebenso unerfahren zu halten wie sie selbst, war es ihr doch sehr zuwider, einer der vielen Frauen zu begegnen, mit denen er geschlafen hatte. Vor allem, wenn die Frau so hübsch und wohlgeformt war, dachte sie seufzend, als sie sich fertig angezogen hatte. Sie stand auf, fuhr sich nervös mit den Fingern durchs Haar und sah zu, wie Tavig eine noch immer fluchende Jeanne aus dem Stall zerrte. Jeannes Wut machte ihr Angst. Sie wusste zwar nicht, ob ihnen diese Frau tatsächlich schaden konnte, aber es reichte schon, dass so viel Wut und Hass gegen sie gerichtet waren.

An der niedrigen Stalltür riss sich Jeanne von Tavig los. »Aye, ich gehe. Hab viel Spaß mit deiner kleinen Braut, solange du noch kannst. Doch so lasse ich nicht mit mir umspringen, Tomas. Ich werde zusehen, dass du nicht sehr lang in ihren dürren Armen liegst.«

Tavig fluchte, während Jeanne davonstolzierte. Wie ernst sollte er ihre Drohung nehmen? Schließlich drehte er sich zu Moira um und murrte, als er sah, dass sie bereits angezogen war. Die süße Leidenschaft, die Jeanne so grob beendet hatte, würde wohl eine Weile ruhen müssen. Er hatte gehofft, seine ehemalige Geliebte würde so viel Stolz und Würde besitzen, um sich fernzuhalten, nachdem sie erfahren hatte, dass er verheiratet war, oder nachdem sie ihn zusammen mit Moira gesehen hatte. Das war freilich eine törichte Hoffnung gewesen, nach allem, was er von dieser Frau wusste. Aber warum wirkte Moira jetzt so bedrückt?

»Es tut mir leid, Liebes«, sagte er und ging zu ihr. »Ich hatte dich eigentlich vor ihr warnen wollen.« Er nahm sie an die Hand, zog Moira an sich und streifte ihren Mund mit einem Kuss. »Du brauchst dir wegen ihr keine Sorgen zu machen.«

»Ach nein? Sie war sehr zornig. Sie hasst uns beide, das war unverkennbar. Sie sinnt auf Rache.«

»Sie hat nichts, wofür sie sich rächen könnte. Ich habe ihr nie etwas versprochen bis auf ein bisschen Spaß zwischen den Laken.« Er seufzte, dann zuckte er ein wenig zusammen. »Entschuldige, mein Liebes.«

»Du brauchst dich nicht ständig zu entschuldigen, Tavig. Du hast nichts Unrechtes getan. Aber ich denke, wir sollten ihre Drohungen nicht völlig in den Wind schlagen. Unsere Lage erlaubt es uns nicht, so sorglos zu sein.«

»Was kann sie schon tun? Sie weiß nicht, wer ich bin, und niemand wird auf ihr Geschimpfe hören. Hier wissen alle, dass sie kein Recht hat zu behaupten, missbraucht oder hintergangen worden zu sein. Meine Güte, sie hat fast mit jedem Mann im Dorf geschlafen, und alle wissen, dass sie mir nicht treu war, wenn ich nicht hier war. Manchmal war sie es nicht einmal, wenn ich hier war. Sie wird keine Verbündeten finden.«

»Vielleicht bin ich nur feige, aber mir ist trotzdem nicht wohl zumute, auch wenn du sicher recht hast in allem, was du sagst.«

»Morgen früh sind wir wieder weg.« Er legte den Arm um ihre Schultern und führte sie aus der Scheune. »Wenn jemand irgendein Recht auf Rache hat, dann ich. Sie hat das zerstört, was sich als ein äußerst angenehmer Nachmittag abgezeichnet hat.« Er lachte leise, als sie errötete.

* * *

»Du solltest dich von dieser Hure Jeanne nicht beunruhigen lassen«, meinte Mary, stellte Moira einen Becher Ale hin und setzte sich ihr gegenüber an den groben Holztisch.

Moira schrak auf und sah sich nach Tavig um. Die Abendmahlzeit war beendet, die Kinder schliefen schon auf dem Dachboden. Bestürzt stellte sie fest, dass sie mit der freundlichen Mary allein war. Tavig saß am anderen Ende des Raums bei Robert. Er half ihm, sein Schwert zu schärfen und seine leichte Rüstung auszubessern, während sie sich über die Schlachten, Fehden und Überfälle unterhielten, die sich seit ihrer letzten Begegnung ereignet hatten. Die beiden bekamen bestimmt nichts von Moiras Gespräch mit Mary mit, doch Moira beäugte die ältere Frau trotzdem wachsam.

»Sie wurde weggeschickt, ich habe nicht viel über sie nachgedacht«, meinte Moira.

Mary lachte nur. »O nein, das glaube ich dir nicht«, meinte sie. »Ich wette, du hast an nichts anderes gedacht, seitdem sie dich und den Jungen im Kuhstall aufgestöbert hat. Jeanne wollte nicht auf mich hören, als ich ihr sagte, dass er sie nicht sehen wollte. Sie ist es nicht wert, dass man sich wegen ihr den Kopf zerbricht, Kindchen. Sie gehört zu den Frauen, die ein Mann nur benutzt, bevor er beschließt, sich niederzulassen.«

»Wahrscheinlich benutzen manche Männer solche Frauen auch, nachdem sie sich niedergelassen haben«, meinte Moira leise. Sie war froh, über ihre Sorgen reden zu können, aber sie wollte nicht, dass Tavig etwas davon mitbekam.

»Das ist leider wahr. Aber nicht unser Tomas, er ist nicht so.«

»Woher wollt Ihr das wissen?«

»Das fühle ich hier.« Mary deutete auf ihre Brust. »Wenn ich ein junges Mädchen wäre und entscheiden müsste, welchem Mann ich mein Herz schenken soll, würde ich es diesem schwarzhaarigen, gut aussehenden Burschen anvertrauen. Er besitzt ein gutes Herz, Mut und Ehrgefühl.« Sie lächelte, als Moira errötete. »Ich weiß schon, dass er ein paar Geheimnisse hat, aber die wird er uns sicher sagen, wenn es an der Zeit ist.«

»Wie kommt Ihr darauf, dass er Geheimnisse hat?«

»Moira, mein süßes Kind, ich bin bei armen Eltern zur Welt gekommen, ich bin in ärmlichen Verhältnissen aufgewachsen, und ich habe einen armen Mann geheiratet. Ich erkenne einen Laird, wenn mir einer begegnet. Der Junge da drüben ist kein armer Bastard. Er hat Männer angeführt, er hat in Saus und Braus gelebt. Er ist ein Laird. Im Moment streift er herum und tut so, als sei er nur ein armer Landstreicher. Dafür wird er seine Gründe haben. Robert und ich glauben, dass er sich versteckt. Männer mit Macht und Reichtum haben oft Feinde – Leute, die versuchen, ihnen diese Dinge zu rauben.« Sie tätschelte Moiras zusammengeballte Hand. »Schau nicht so ängstlich drein, Kind. Wenn er sich bei uns verstecken will, kann er das tun, solange er es für nötig hält.«

Einen Moment lang überlegte Moira, ob sie Mary nicht hartnäckig widersprechen sollte, doch dann beschloss sie, dass sie von ihr nichts zu befürchten hätten. Mary und Robert mochten Tavig, das war klar; sie würden bei seinem Spiel mitmachen, bis er bereit war, es aufzugeben. Allerdings stellte sich sogleich die nächste Sorge ein: Hatte Mary etwa auch erraten, dass sie und Tavig nicht richtig verheiratet waren?

»Das weiß er bestimmt zu schätzen«, murmelte sie. »Aber jetzt versteht Ihr ja vielleicht, warum Jeannes Drohungen mir so zugesetzt haben.«

»Was kann sie schon tun? Sie weiß nicht, wer er ist, und deshalb kann sie auch nicht seine Feinde an unsere Schwelle führen. Aber ich glaube nicht, dass es ihre Drohungen sind, die dir so zu schaffen machen. Es bereitet dir Sorgen, dass sie womöglich das bedroht, was du mit deinem Mann teilst. Wenn du nicht darüber sprechen willst, kann ich es verstehen, aber solche Ängste werden oft leichter, sind sie erst einmal ausgesprochen.«

»Aye.« Moira lächelte Mary zaghaft an. »Jeanne ist äußerst hübsch und wohlgestaltet. Ich bin dürr, winzig, rothaarig und sommersprossig. Ja, um ehrlich zu sein – sie macht mir Sorgen.

Er hat sich heute über sie geärgert, aber sie ist eine sehr entschlossene Frau, das spüre ich deutlich.« Sie seufzte. »Ich sollte mir wirklich keine Sorgen machen, denn er hat gemeint, wir werden gleich morgen weiterziehen. Aber ich frage mich, wie viele Jeannes seine Vergangenheit wohl aufweist.«

»Ganz richtig – seine Vergangenheit. Jeanne ist eine der Frauen, die ein Mann in seiner Vergangenheit angesammelt hat. Du hingegen bist ein Mädchen, das einem Mann den Weg in seine Zukunft weist. Leider ist ein Mann, wenn er dem Mädchen begegnet, das er heiraten will, selten so unschuldig, wie sie es ist. Männer tun ihr Bestes, ihre Unschuld loszuwerden, und deshalb müssen Frauen wie wir versuchen, ihnen zu vergeben, dass sie mit Mädchen wie Jeanne gespielt haben. Aber das ist auch alles, was sie mit solchen Mädchen tun – sie spielen mit ihnen.«

»Das weiß ich schon, und ich weiß auch, dass es da nichts zu verzeihen gibt. Er hat mich damals nicht gekannt, und jetzt lässt er die Finger von ihr. Dennoch muss ich ständig daran denken, dass sie eine ganze Menge aufzuweisen hat, womit es sich lohnte zu spielen.« Sie grinste schief, als Mary lachte.

»Aye, das hat sie wirklich. Die meisten Burschen im Dorf haben sich an ihrer freizügig dargebotenen Fülle bedient.«

»Findet Ihr es nicht ein bisschen ungerecht, dass Männer sie verurteilen, weil sie genau das tut, was auch sie tun?«

»Das ist sehr ungerecht, aber so ist es nun einmal. Manche Männer können ihren Mädchen verflossene Liebhaber auch verzeihen. Bei Jeanne ist es allerdings so, dass sie die Seele einer Hure hat. Das Herz und die Seele machen eine Hure aus, mein Kind, nicht die Tatsache, dass eine Frau sich einem Mann hingibt. Es ist ihr verrohtes Innenleben, was Jeanne zur Hure macht. An eine wie sie wirst du deinen Mann nie verlieren. Und er wird sich auch nicht heimlich aus deinem Bett in das ihre zu schleichen versuchen. Wenn du sein Lager nicht gut wärmen würdest, hätte er dich nicht gebeten, es mit ihm zu teilen. Und versuch jetzt nicht, mir zu erklären, dass sein Verlangen nach dir nicht riesengroß ist. Ich sehe es jedes Mal, wenn er dich ansieht, in seinen dunklen Augen aufblitzen.«

»Wirklich?« Moira hatte zwar ebenfalls oft diesen Eindruck, aber dann fürchtete sie immer, dass sie nur sah, was sie gern sehen wollte.

»Aye, wirklich. Wenn einem Mann etwas an dir liegt, einem guten Mann wie dem deinen, dann spielt es keine Rolle, wie üppig deine Kurven sind.«

Wenn einem Mann etwas an dir liegt, hatte Mary gesagt, und die Worte hallten in Moiras Kopf wider. Mary konnte nicht wissen, dass Tavig nie etwas davon erwähnt hatte, er hatte nie von Liebe oder irgendeiner anderen Empfindung gesprochen, die tiefer reichte als die Lust. Ab und zu sprach er zwar vom Schicksal, aber daran wollte sie einfach nicht glauben. Und außerdem sollte er nicht bei ihr bleiben, nur weil ihm eine innere Stimme dies befahl. Bedrückt gestand sich Moira ein, dass sie keine Ahnung hatte, was Tavig tatsächlich für sie empfand.

»Sieht nicht so aus, als ob ich dich getröstet hätte«, meinte Mary kopfschüttelnd. »Ich kenne deine Ängste gut. Auch ich hatte sie, als ich als junges Mädchen Robert mein Herz schenkte. Verzeih, dass ich mich einmische, aber ich will dir dennoch einen kleinen Rat geben: Plage deinen Mann nicht mit deinen Ängsten; lass dich von deinen Ängsten nicht dazu bringen, ihm Vorwürfe zu machen, wenn du keinen Beweis hast, dass er schlecht gehandelt hat; und verschließe dich nicht der Wahrheit. Beobachte ihn, achte auf seine Worte und sein Tun. Ich wette, dann wirst du bald erkennen, dass du keinen Grund hast, die Mädchen von früher oder solche, die auch jetzt noch versuchen, seine Aufmerksamkeit zu erregen, zu fürchten.«

»Ich werde mein Bestes tun.«

Mary ging zum Thema Klatsch und Mode über. Die Frau war begierig auf alle Neuigkeiten und jedes Detail, das Moira darüber zu berichten hatte. Es wurde ziemlich spät, bis Tavig und sie sich in eine mit einem Vorhang abgetrennte Nische zurückzogen, wo ihnen ein Bett hergerichtet worden war. Mary und Robert legten sich im Dachboden neben den Kindern zum Schlafen, sodass Tavig und sie ungestört sein konnten. Moira zog sich hastig bis zum Unterhemd aus und stieg in das schmale Bett.

»Du bist heute Abend sehr still gewesen«, sagte Tavig, als er sich neben sie legte und sie in die Arme nahm.

»Ich hatte Angst, bei einer Lüge ertappt zu werden«, murmelte sie und schmiegte sich an ihn, während er zärtlich ihren Rücken streichelte. »Es fällt mir schwer, Mary anzuschwindeln.«

»Aber ich glaube nicht, dass das deine einzige Sorge war. Du hast nicht viel gesagt, seit Jeanne ihr Gift versprüht hat. Mädchen, du hast doch nicht etwa befürchtet, ich könnte versuchen, mich in ihr Bett zu schleichen?«

Moira ärgerte sich ein bisschen, dass es so vielen Leuten so leichtfiel, ihre Ängste zu erkennen. »Und wie kommst du darauf, dass ich mich sorgen könnte, in welches Bett du steigst?« Am liebsten hätte sie ihn geohrfeigt, so sehr erboste sie sein breites Grinsen.

Tavig küsste sie. »Du hast keinen Grund zur Eifersucht, Liebes.«

»Ich bin nicht eifersüchtig«, widersprach sie, doch er erstickte ihren Protest mit einem Kuss.

»Und du brauchst auch keine Angst zu haben, dass ich nicht treu sein kann. Warum sollte ich nach einer anderen schielen, wenn ich solch süßes Feuer in den Armen halte?«

»Vielleicht, weil die andere etwas mehr zu bieten hat?«

»Süße Moira, manchmal bist du ausgesprochen töricht.«

»Wie nett!«

Er lachte und hielt sie einen Moment lang ganz fest. »Aye, du bist schlank wie eine Gerte, wahrscheinlich wirst du nie die üppige Figur einer Frau wie Jeanne haben. Um ehrlich zu sein, selbst wenn ich mich von Anfang an danach sehnte, dich in den Armen zu halten, habe ich mich manchmal gefragt, warum, denn du gehörst nicht zu der Sorte Mädchen, nach denen es mich normalerweise gelüstet. Doch seit wir ein Paar geworden sind, weiß ich, dass sich diese Frage nie mehr stellen wird.« Zärtlich streichelte er ihre Taille. »Du hast alle Kurven, die ich brauche, Liebes. Und alles Feuer, das sich ein Mann nur wünschen kann.«

Moira war gerührt. Er überhäufte sie weder mit hübschen Schmeicheleien und blumigen Worten, noch legte er heiße Schwüre ab; eben deshalb fiel es ihr umso leichter, ihm zu glauben. Tavig sprach nur von ihrer gemeinsam erlebten Leidenschaft, und auch daran glaubte sie. Vielleicht war die Leidenschaft bei ihm nicht so heftig oder so tief wie bei ihr, aber er spürte sie.

»Es tut mir leid«, murmelte sie, wobei ihre Stimme immer rauchiger wurde, während er sie weiter streichelte. »Ich fürchte, ich weiß nichts von solchen Dingen. Jeanne hat ein hübsches Gesicht und die Figur, von der alle fahrenden Sänger schwärmen.« Sie zuckte die Schultern. »Das habe ich gesehen, und …«

»… du hattest den Eindruck, dass auch ich bald anfangen würde, von ihr zu schwärmen.«

»Na ja, das hast du ja schon getan.«

»Nay, ich habe ihr gegenüber nie mehr empfunden als das schlichte Bedürfnis, mit ihr zu schlafen. Warum, glaubst du wohl, bin ich immer bei Robert und Mary abgestiegen, wenn ich durch dieses Dorf kam? Hätte ich für Jeanne mehr empfunden als das reine Verlangen, mich kurz mit ihr im Heu zu wälzen, hätte ich bei ihr übernachtet. Aber das habe ich nie getan. Bei ein, zwei Mädchen, die mir begegnet sind, hat mein Herz zwar schneller geschlagen, aber das war immer rasch vorbei, denn ich war zu jung, um zu beurteilen, was Liebe ist und was Lust. Bei Jeanne ging es immer nur um die Lust, und wenn sie sich mir nicht mehr oder weniger an den Hals geworfen hätte, hätte ich sie wahrscheinlich gar nicht beachtet.«

»Warum?«, fragte Moira, dann erwiderte sie seinen sanften,

doch verlangenden Kuss. »Ich will jetzt keine hübschen Worte hören, ich bin einfach nur neugierig.«

»Es ist schwer zu sagen. Ich weiß nicht, ob es etwas ist, was jeder Mann spüren kann, oder ob meine elende Gabe mich bei solchen Angelegenheiten leitet. Als Jeanne mir zum ersten Mal begegnete, sah ich sie an und wusste, dass sie mir mehr Ärger einbringen würde, als sie wert war. Aber wie jeder andere Mann bin ich empfänglich für eine geschickte Hand und freizügig angebotene Gunst. Sie war in meiner Nähe, und sie war verfügbar.« Er lächelte ein wenig schuldbewusst. »Das ist nichts, worauf ich stolz bin.«

»Na ja, du hast ja nie behauptet, ein Heiliger zu sein.«

Jeanne war also wirklich keine Bedrohung. Als er von ihr so herablassend sprach, merkte Moira, wie ihre Ängste schwanden. Die Frau hatte Tavig dreist angeboten, was jeder kräftige junge Mann gern gehabt hätte, und er hatte es sich genommen. Moira behagte die Vorstellung von ihm und Jeanne im Bett zwar noch immer ganz und gar nicht, aber sie war nicht mehr eifersüchtig auf die Frau.

»Nay«, meinte Tavig ein bisschen kleinlaut, »ein Heiliger bin ich wahrhaftig nicht. Wenn ich es wäre, hätte ich nicht so eifrig versucht, dich zu verführen.«

»Wahrscheinlich sollte ich mich gründlich schämen, dass du dich nicht allzu sehr anstrengen musstest, mich in dein Bett zu ziehen.«

»Aber das tust du nicht.«

»Nicht sehr gründlich. Manchmal plagt es mich, aber nur ein bisschen.«

»Gut, denn es gibt nichts, wofür du dich schämen müsstest.«

»Mit dieser Meinung stehst du sicher allein da. Ich teile das Bett mit einem Mann, der nicht mein Ehemann ist.« Als er etwas sagen wollte, legte sie ihm rasch die Hand auf den Mund. »Fang jetzt nicht wieder mit diesem verrückten Gerede an, dass wir vom Schicksal dazu bestimmt sind zu heiraten.«

Tavig zog ihre Hand weg. »Es ist kein verrücktes Gerede. Ich dachte, du glaubst an meine Gabe, in die Zukunft zu sehen. Ich …«

Sie verzog das Gesicht, als er sich verspannte und die Wand hinter ihr anstarrte. »Tavig?« Überrascht schrie sie auf, als er plötzlich aus dem Bett sprang und sie mit sich zog. »Was ist denn? Was ist los?«

»Zieh dich an«, befahl er barsch, während er nach seinen Kleidern griff. »Wir müssen fliehen.«

»Hast du etwas gesehen?« Diese Frage musste sie ihm noch stellen, auch wenn sie ihm eilig gehorchte.

»Nay, aber ich weiß, dass wir wegmüssen, und zwar sofort. Mach schnell, Mädchen.«

»Ich beeil mich ja schon«, murrte sie und zog hastig ihre Stiefel an. »Sollen wir Robert und Mary warnen?«

»Nay, für sie besteht keine Gefahr. Verflixt und zugenäht, warum habe ich nie genug Zeit?«

Moira fuhr erschrocken zusammen, als er sein Schwert zückte und gegen die Tür richtete. Sie hatte kaum die Zeit zu blinzeln, bevor mehrere Männer hereinstürmten. Tavig schubste sie zur Hintertür, aber auch die wurde aufgestoßen und von Bewaffneten blockiert. Moira blieb an Tavigs Seite, während er versuchte, beide Türen im Auge zu behalten und Moira mit seinem Körper zu beschützen. Als Jeanne sich einen Weg durch die Männer bahnte, die sich am Eingang aufgebaut hatten, überlief es Moira eiskalt. Sie hätte die Drohungen der Frau doch ernster nehmen sollen, statt sich von ihren Ängsten und ihrer Eifersucht ablenken zu lassen.

»Dort ist sie!«, schrie Jeanne und deutete auf Moira. »Seht sie euch an. Sie wusste, dass wir sie holen wollten, und jetzt will sie fliehen. Überlegt nur – woher sollte sie es wissen, wenn sie nicht das ist, was ich behauptet habe?«

»Was geht hier vor?«, fragte Robert und zog sich sein Wams an, während er vom Dachboden herunterstolperte, eine blasse, großäugige Mary im Schlepptau. »Seid ihr von Sinnen? Was fällt euch ein, mitten in der Nacht in mein Haus einzudringen?«

»Wir sind gekommen, um die Hexe zu holen«, erwiderte ein stämmiger Mann neben Jeanne.

»Hexe? Was faselst du da, Geordie?«

»Jeanne sagt, die Frau sei eine Hexe«, erklärte Geordie und trat auf Moira zu, nur um sich hastig zurückzuziehen, als Tavig das Schwert erhob. »Ihr habt nichts zu befürchten, Sir«, versicherte er Tavig hastig. »Wir wissen, dass Ihr verhext worden seid und jetzt im Bann dieses Weibes steht. Und du genauso«, meinte er, an Robert gewandt, der ihn mit offenem Mund anstarrte.

»Das Mädchen ist keine Hexe«, erwiderte Robert scharf. »Ihr lasst euch von einer Hure hinters Licht führen.« Er deutete auf Jeanne.

»Sie ist eine Hexe«, kreischte Jeanne. »Ich habe versucht, Tomas aus ihren bösen Fängen zu befreien, aber sie hat mich mit einem schlimmen Fluch belegt, einem gemeinen Ausschlag. Und eine meiner Ziegen ist verendet, aus ihrem Maul strömte schwarzes Blut. Das arme Tier war überhaupt nicht krank, und meine Haut war makellos, bis sie mich heute Nachmittag in der Scheune verhext hat.«

»Du verlogene Hure!«, fauchte Tavig.

Moira zitterte. Angst zog ihr den Magen zusammen, als sie hörte, wir Tavig Jeanne beschimpfte, was jedoch nur dazu führte, dass das Weib ihre Beschuldigungen weiter ausmalte. Mehrere Männer stimmten ihr laut zu. Es gab kein Entkommen. Zwei Männer hielten Robert und Mary am Fuß der Dachbodenleiter fest. Tavig war zwar bewaffnet, aber er konnte nicht gegen ein halbes Dutzend Männer antreten. Selbst wenn er sie besiegt hätte, warteten weitere vor der Hütte, um ihre Plätze einzunehmen. Es war klar, dass Tavig vorhatte, sie notfalls mit Gewalt zu verteidigen, aber Moira war sich sicher, dass er das mit seinem Leben bezahlt hätte. Ebenso klar war, dass keiner der Männer für vernünftige Argumente empfänglich war. Moira wusste, dass nur sie dieser Auseinandersetzung ein Ende setzen konnte. Und sie wusste auch, dass ihr das nur auf eine einzige Weise gelingen würde, und zwar eine, über die Tavig höchst erzürnt sein würde.

»Es tut mir leid, Tavig«, wisperte sie, dann holte sie mit dem Beutel aus, den er ihr in die Arme gedrückt hatte, bevor ihre Verfolger sich eingestellt hatten, und schlug ihm das Schwert aus der Hand.

Tavig starrte sie fassungslos an, dann wollte er sich auf sein Schwert stürzen. Doch Geordie und ein weiterer Mann waren schneller, sie erwischten ihn und hielten ihn fest. Ein anderer packte Moira. Sie zuckte zusammen, als er ihr grob die Arme nach hinten riss und ihre Hände fesselte.

»Warum hast du das getan?«, fragte Tavig sie entgeistert.

»Ich weiß, dass du ein guter Kämpfer bist«, erwiderte sie traurig lächelnd. »Aber gegen so viele Gegner hattest du keine Chance.«

»Du aber auch nicht.«

»Möglicherweise nicht, aber sie beschuldigen ja nur mich. Sie hätten dich erschlagen, um an mich heranzukommen, und hätten mich trotzdem gefangen genommen. Ich wollte dich nicht bei einer sinnlosen Zurschaustellung deiner Ritterlichkeit sterben sehen.«

»Seinen Heldenmut kann er immer noch unter Beweis stellen«, meinte Jeanne und trat näher. Allerdings achtete sie darauf, nicht in Tavigs Reichweite zu kommen. »Ich glaube, man sollte auch ihn an einen sicheren Ort schaffen, wo er nicht versuchen kann, die Hexe zu befreien. Womöglich versucht sie, ihn mit ihrer Zauberkraft zu sich zurückzuholen.«

»Was habt ihr mit ihr vor?«, fragte Tavig, als auch ihm die Hände hinter dem Rücken gefesselt wurden.

»Wir bringen sie zum Priester«, erwiderte Geordie. »Pater Matthew wird schon wissen, was man mit ihr tun soll.«

Moira blickte auf Mary und Robert. Robert runzelte die Stirn, Mary war aschfahl. Offenbar sahen die beiden kaum eine Möglichkeit für einen Freispruch. Mutlos gestand sich Moira ein, dass sie wahrscheinlich gleich einen Mann treffen würde, der fest im Aberglauben verhaftet war. Und es gab ihr auch zu denken, dass Jeanne die Dorfbewohner so mühelos von ihren haltlosen Beschuldigungen hatte überzeugen können.

»Am besten bringen wir sie gleich zum Priester«, meinte Jeanne. »Wir können nicht riskieren, dass sie ihre Kräfte zur Flucht nutzt.«

»Es ist spät«, meinte Geordie. »Der Priester ist sicher schon zu Bett gegangen. Ich glaube nicht, dass wir ihn aufwecken sollten.«

»Er wird sich freuen, dafür aufgeweckt zu werden. Schließlich warnt er uns ständig vor den Verbündeten des Teufels. Jetzt können wir ihm zeigen, wie wachsam wir sind.«

»Wohl eher, wie töricht ihr seid«, meinte Robert und funkelte Jeanne erbost an. »Der Priester warnt uns auch vor Huren, aber bislang haben wir dich noch nicht vor ihn gezerrt, damit er sein Urteil über dich fällen kann.«

»Sie hat euch allesamt verhext«, kreischte Jeanne. »Wir bringen sie alle zum Priester.«

Jeanne marschierte zur Tür, die anderen folgten ihr. Während Moira nach draußen gezerrt wurde, warf sie noch einen Blick zum Dachboden. Roberts und Marys fünf Kinder sahen entsetzt zu, wie ihre Eltern verschleppt wurden, doch sie gehorchten ihrem Befehl, sich nicht von der Stelle zu rühren. Als Nächstes sah sie Tavig an. Er wirkte sogar noch zorniger als der fluchende Robert. Moira wusste, dass Jeanne für ihr gemeines Spiel würde bezahlen müssen, egal, was passierte. Sie wünschte nur, dieses Wissen hätte ihr ein wenig Kraft verliehen; denn sie hatte das Gefühl, dass sie bald alle Kräfte brauchen würde, die sie hatte.

11

Schon ein einziger Blick in Pater Matthews kalte graue Augen zeigte Moira, dass sie von diesem Mann keine Gnade zu erwarten hatte. Ob er Jeannes haltlosen Behauptungen Glauben schenkte, war schwer zu sagen, doch er genoss ganz offenkundig die Gelegenheit, seine kirchliche Macht zur Schau zu stellen. Moira wurde angst und bange – er sah hier wohl eine Chance, sein Ansehen in der Kirche zu steigern.

»Ihr könnt diesen Unsinn doch unmöglich glauben«, rief Tavig aufgebracht. »Die Einzige, die meine Frau beschuldigt, ist keine glaubwürdige Zeugin.«

»Die Stärke einer Beschuldigung der Hexerei lässt sich nicht dadurch abschwächen, dass man das Opfer angreift«, erwiderte der Priester mit leiser, kühler Stimme, während er um Moira herumschritt. Seine lange Kutte schleifte auf den Binsen, mit denen die kleine Kirche ausgestreut war.

»Jeanne ist einzig und allein ein Opfer ihrer Eitelkeit. Sie benutzt euch nur, euch alle, um Rache zu üben. Ihr verfolgt eine Unschuldige, nur damit eine verschmähte Frau ihre Wut besänftigen kann.«

»Und warum sollte Jeanne das Gefühl haben, verschmäht worden zu sein?«, fragte Pater Matthew, wobei er Tavig kaum eines Blickes würdigte.

»Weil ich nicht mit ihr ins Bett bin.«

»Und Ihr beschuldigt Jeanne der Eitelkeit? Ich glaube, dass eher Ihr unter dieser Todsünde leidet.« Er nahm eine Strähne von Moiras leuchtendem Haar und ließ sie langsam durch die Finger gleiten. »Rote Haare, das Zeichen des Teufels.«

»Das ist genauso unsinnig! Viele Menschen haben rote Haare.«

»Ich befürchte schon seit Längerem, dass wir in diesem Land nicht wachsam genug sind. Dem Teufel wird hier zu viel Macht eingeräumt.«

»Der bösen Zunge dieses Weibes wird zu viel Macht eingeräumt. Um Gottes willen, überlegt doch nur, auf wen Ihr da hört!«

Während Tavig beherzt versuchte, Jeanne in Verruf zu bringen und ihren Vorwürfen den Boden zu entziehen, beobachtete Moira die Frau. Jeanne verstand es wirklich ausgezeichnet, ihre Kränkung und Empörung zum Ausdruck zu bringen, als ob alles, was Tavig von sich gab, nichts als bösartige Verleumdungen wären. Doch in ihren Augen zeigte sich das, was sie tatsächlich empfand – sie glitzerten triumphierend.

Ein Blick auf die Dorfbewohner ließ Moiras Hoffnung nur ein klein wenig steigen. Sie hörten Tavig zu, und viele von ihnen wirkten verunsichert und bedachten Jeanne mit unfreundlichen Blicken. Mary hatte erklärt, dass Jeanne mit fast jedem Mann im Dorf ins Bett gegangen war, und das fiel ihnen nun wohl wieder ein. Und falls ihre Mienen ein Hinweis waren, fiel ihnen noch weitaus mehr ein zu der Frau, der sie so blind gefolgt waren, Dinge, von denen sich Jeanne wahrscheinlich wünschte, sie wären in Vergessenheit geraten. Dennoch widersprach keiner ihren Behauptungen, obwohl selbst den Törichtsten unter ihnen langsam zu dämmern schien, dass der Priester aus purem Eigennutz eine Hexe bekämpfen wollte. Ihre Angst vor ihm sorgte indes dafür, dass sie den Mund hielten.

»Ruhe!«, schrie Pater Matthew. »Ihr liefert mir zwar einige Gründe, Jeannes Vorwürfe anzuzweifeln, Ihr verunglimpft sie mit jedem Wort, das Euch über die Lippen kommt …«

»Das ist keine Verunglimpfung, sondern die Wahrheit«, fiel ihm Tavig zornig ins Wort.

»Dennoch liefert Ihr mir keinen Grund, Euch mehr Glauben zu schenken als Jeanne. Die angeklagte Hexe ist Eure Gemahlin, nicht wahr?«

»Aye, Moira ist meine Gemahlin. Das tut der Wahrheit meiner Worte jedoch keinen Abbruch.«

»Ach nein? Ihr würdet doch alles Mögliche behaupten, um sie zu retten. Das zeigt mir aber nur, wie verhext Ihr seid. Ihr solltet vorsichtiger sein, mein Junge. Ihr habt Euch auf eine Hexe eingelassen. Das wiegt beinahe so schwer, wie eine Hexe zu sein.«

»Moira ist keine Hexe«, knurrte Tavig.

»Knebelt ihn«, befahl der Priester und nickte zufrieden, als die Männer, die Tavig festhielten, ihm eilig gehorchten. »Und nun zu dir.« Er musterte Moira. »Was sollen wir mit dir machen?«

»Ich glaube, das habt Ihr ohnehin bereits beschlossen. Warum quält Ihr mich also mit Euren Fragen?«, erwiderte Moira.

»Du fügst dich also deinem Schicksal?«

»Nay, aber ich sehe, dass es sinnlos ist, für meine Unschuld zu plädieren. Ihr verschließt hier alle die Ohren vor der Wahrheit. Ihr habt nicht einmal nachgeprüft, ob es stimmt, was ich Jeanne angeblich angetan habe. Ich werde nicht zu Eurem makabren Spiel beitragen, indem ich um mein Leben flehe.«

»Meine Ziege ist tot«, jammerte Jeanne und trat vor. »Ich kann nicht beweisen, wie sie umgekommen ist, aber ich kann beweisen, was die Hexe mir angetan hat. Ich bin übersät mit Flecken und Geschwüren.« Sie riss ihre Röcke hoch und zeigte einen Ausschlag auf ihren Beinen. Auf den roten Flecken zeigten sich an manchen Stellen hässliche offene, eiternde Wunden.

»Ich hoffe nur, das hast du nicht schon gehabt, als du mit meinem Mann ins Bett gestiegen bist«, murmelte Moira.

»Das habe ich von dir. Es ist aufgetaucht, nachdem ich versucht habe, Tomas zu helfen und ihn aus deinen teuflischen Klauen zu befreien.« Sie eilte zu Moira und riss ihr trotz heftiger Gegenwehr die Röcke hoch. Auf ein kleines Muttermal über ihrem Knie deutend, kreischte sie: »Und da ist das Zeichen des Teufels. Sie hat mehrere davon. Ich habe sie in Roberts Kuhstall gesehen, denn dort war sie nackt.«

Als Jeanne ihre Röcke losließ, versetzte Moira ihr einen kräftigen Tritt ins Knie. Jeanne schrie schmerzerfüllt auf, dann wollte sie sich wieder auf Moira stürzen. Einer der beiden Männer, die Moira bewachten, schubste sie weg, und Geordie befahl einem der Anwesenden schroff, sie festzuhalten. Moira hoffte nur, dass Jeannes Tun die anderen nicht dazu veranlassen würde, ihren Körper in aller Öffentlichkeit nach Hexenmalen abzusuchen. Sie hatte nämlich noch einige weitere Muttermale und Leberflecken. Da ihre Schuld für den Priester bereits feststand, würde eine Suche nach Hexenmalen nur dazu dienen, ihr weitere Schande und Peinlichkeiten zu bereiten.

»Ich habe den Eindruck, dass Ihr nichts weiter als das Wort der einen gegen das der anderen habt«, meinte Robert, an den Priester gewandt.

»Stimmt«, pflichtete dieser ihm bei, ohne den Blick von Moira zu lassen. »Wir brauchen eine Prüfung, nur sie wird uns zur Wahrheit führen. Es gibt mehrere Prüfungen, die man in solchen Fällen anstellen kann.« Er würdigte Tavig, der sich heftig gegen den Griff seiner Wächter wehrte und unter seinem Knebel wütende Laute von sich gab, kaum eines Blickes.

In Moira stieg Furcht auf. Oft genug hatte jemand bei solch einer Prüfung seine Unschuld nur durch den Tod bewiesen. Die Prüfungen waren stets schmerzhaft. Manchmal wurde ein gefesselter Mensch ins Wasser gestoßen, und nur wenn er unterging und dabei ertrank, wurde er für unschuldig befunden. Oder man bekam ein glühendes Stück Eisen in die Hand gedrückt und konnte seine Unschuld nur beweisen, wenn man keine Brandwunden aufwies. Das Ganze gründete auf der Annahme, dass Gott einen Unschuldigen vor Schaden bewahrte. Moira hatte immer das Gefühl gehabt, dass Gott weitaus Besseres zu tun hatte, und nun verspürte sie nicht den geringsten Wunsch herauszufinden, dass sich ihre zugegeben etwas blasphemische Meinung als richtig erwies.

Der Blick, mit dem der Priester sie bedachte, während er über das Problem nachgrübelte, bereitete Moira größtes Unbehagen. Es fiel ihr schwer, bei diesen kalten Augen ihre Angst nicht zu zeigen.

»Wir haben nicht die nötigen Werkzeuge«, stellte er schließlich fest.

»Zu schade«, entgegnete Moira gedehnt, wobei sie sich fragte, seit wann sie eigentlich so scharfzüngig war.

»Aber ich glaube, wir haben doch einiges, um eine einigermaßen erfolgreiche Prüfung vorzubereiten.«

Als sie hörte, wie der Priester den Männern befahl, einen Platz vor der Kirche freizuräumen und Steine zu erhitzen, wusste Moira, was auf sie zukam, und erbleichte. Ein rascher Blick auf Tavig zeigte ihr, dass er genauso blass war. Sie war sich nicht ganz sicher, wozu man sie zwingen würde, aber alles, was mit heißen Steinen oder Kohlen zu tun hatte, würde ziemlich unangenehm werden. Offenbar handelte es sich tatsächlich um eine der Prüfungen, bei denen man etwas Gefährliches tun und es unbeschadet überstehen musste.

Als der Priester zwei Männern befahl, ihr die Stiefel auszuziehen, entfuhr ihr ein leiser Angstschrei, obwohl sie sich die größte Mühe gab, tapfer zu sein. Jetzt wusste sie, warum die Männer auf dem freigeräumten Platz heiße Steine und glühende Kohlen verteilt hatten. Der unbarmherzige Pater Matthew wollte, dass sie darüber lief, um ihre Unschuld zu beweisen. Wenn ihre Füße nach diesem qualvollen Gang schlimme Verbrennungen aufwiesen, würde er sie reinen Gewissens zum Tode verurteilen.

Als zwei Männer sie aus der Kirche zerrten, beschloss Moira, dass sie keine Lust mehr hatte, so zu tun, als sei sie tapfer. Sie wehrte sich, ließ die Füße schleifen und bedachte ihre Häscher mit den wüstesten Beschimpfungen, die ihr je zu Ohren gekommen waren. Der Priester ging hinter ihr her und schalt sie in einer dumpfen, frömmlerischen Stimme für ihren Mangel an Glauben und ihre unflätigen Worte. Moira wünschte sich, sie könnte sich losreißen, um ihn zu ohrfeigen, doch dann bat sie Gott um Verzeihung für das, was er womöglich für eine

Lästerung halten würde. In ihrem kurzen Gebet schloss sie auch den Wunsch ein, er möge sich einen bestimmten Priester näher ansehen, der sich ganz offenkundig wenig christlich verhielt.

Als sie vor der Fläche mit den glühenden Kohlen stand, verließ sie ihr letzter Mut. Sie warf noch einen Blick auf die Menge, die sich vor der Kirche versammelt hatte. Tavig war zusammengesunken, nachdem einer seiner Bewacher ihn mit einer Keule auf den Kopf geschlagen hatte, um seiner heftigen Gegenwehr ein Ende zu bereiten. Robert und Mary versuchten noch immer, ihre Freunde und Nachbarn zur Vernunft zu bringen. Die Mienen der Dorfbewohner zeigten zwar, wie unsicher sie geworden waren, doch kein Einziger erhob Einspruch. Jeanne kostete jeden Moment ihres Triumphs in vollen Zügen aus.

»Und jetzt, Hexe, lauf darüber!«, befahl der Priester und deutete auf die glühenden Kohlen.

»Es ist klar, dass Ihr mich bereits für schuldig befunden habt, auch wenn Ihr mir noch eine Prüfung anbietet, um meine Unschuld zu beweisen.« Moira schüttelte den Kopf. Sie hoffte nur, dass der relativ ruhige Ton ihrer Stimme die anderen genügend ablenkte, dass sie den Angstschweiß auf ihrer Stirn nicht bemerkten. »Ihr habt mich bereits verurteilt. Diese Prüfung dient einzig und allein dazu, mir noch mehr Schmerzen zuzufügen.«

»Lauf! Wenn du mit heilen Füßen auf der anderen Seite ankommst, dann hat Gott dich für unschuldig befunden.«

»Wenn Gott sein Urteil gefällt hat, hoffe ich, dass er sich noch einmal gründlich ein paar derjenigen vorknöpft, die behaupten, seine Diener zu sein.«

Sie atmete tief durch, dann löste sie sich aus dem Griff ihrer Bewacher. Tavig, der inzwischen wieder bei Bewusstsein war, schrie gellend auf, als sie ihren ersten Tritt auf den schwelenden Pfad setzte, den sie ablaufen musste. Da ihre Hände noch gefesselt waren, durfte sie nicht zu schnell laufen, um nicht einen

Sturz zu riskieren. Außerdem würde der Priester die Prüfung vermutlich für ungültig erklären, wenn sie rannte, und sie den ganzen Weg noch einmal abgehen lassen. Entschlossen blickte sie auf das Ende des glühend heißen Pfades.

Die Hitze drang in ihre Fußsohlen. Moira staunte, dass sie sie zwar spürte, jedoch keine richtigen Schmerzen empfand. Sie fragte sich, ob ihr Verstand sich wohl auf irgendeine Weise dagegen wehrte, die Höllenqualen zu registrieren, die sie erlitt.

Als sie endlich auf die kühle Erde am Ende des Weges trat, starrte sie auf ihre Füße und wunderte sich, dass sie nicht rauchten. Einen Moment lang fragte sie sich, ob sie sich das Ganze vielleicht nur eingebildet hatte; doch ein rascher Blick auf die Stelle mit den Steinen und den Kohlen zeigte ihr, dass sie tatsächlich glühten. Das Feuer, das in der Grube unter ihnen brannte, verbreitete einen gespenstischen Schein.

Sie setzte sich hin, während der Priester herbeieilte, um ihre Füße zu begutachten. Auch Moira warf noch einmal einen staunenden Blick darauf. Die Füße fühlten sich zwar unangenehm warm an, aber sie zeigten keinerlei Spuren von Verbrennungen. Pater Matthew wischte grob die Erde weg, die an ihnen haftete, und musterte sie noch einmal eingehend. Dann bedachte er Moira mit einem wütenden Blick, doch mittlerweile war schon einer der Männer zu ihnen getreten und hatte die Fesseln um ihre Handgelenke gelöst. Gleich darauf war auch Tavig da und schloss sie in die Arme. Mary und Robert kauerten sich ebenfalls neben sie und starrten erstaunt auf ihre Füße. Moira erkannte, dass sie die Prüfung des kaltäugigen Priesters bestanden hatte.

»Ihre Unschuld ist bewiesen«, sagte Tavig und sah Pater Matthew scharf an.

»Sie ist zu schnell gelaufen«, meinte der Priester, dann sah er sich nervös um, denn aus der Menge erhob sich verärgertes Murmeln.

»Die Prüfung ist vorbei«, sagte Geordie und richtete seinen Blick auf Jeanne. »Der Mann hatte recht, wir sind benutzt worden, damit eine in ihrer Eitelkeit gekränkte Hure sich rächen konnte.«

Moira löste sich ein wenig von Tavig, als der Zorn der Menge sich gegen Jeanne richtete. Diese beteuerte lauthals ihre Unschuld und zählte noch einmal all ihre Vorwürfe auf, während die Dorfbewohner sie einkreisten. Rasch hatte sich auch der Priester zu denen gesellt, die nun Jeanne verurteilten. Moira begann, um das Leben dieser Frau zu bangen.

»Tavig«, sagte sie, während er ihr beim Aufstehen half, »ich glaube, sie wollen sie umbringen.«

»Wir können sie nicht daran hindern«, erwiderte er.

»Aye«, pflichtete Robert ihm bei. »Und ich glaube, ihr zwei solltet möglichst rasch von hier verschwinden.«

Sie gingen zu viert zu Roberts Haus zurück. Als Moira Jeanne schreien hörte, blieb sie stehen, doch Tavig schob sie weiter. In Roberts Häuschen angekommen, drängte Mary sie, sich hinzusetzen, und badete ihre Füße. Robert half Tavig, ihre Habseligkeiten einzupacken.

»Wir hätten ihr beistehen sollen«, wisperte Moira und sah noch ein letztes Mal auf ihre Füße, bevor sie sich die Stiefel anzog, die Robert aus der Kirche mitgebracht hatte.

»In der Menge befanden sich auch einige Verwandte der Frau«, sagte Robert. »Sie sind geflohen, sobald sich die Wut der Leute gegen Jeanne zu richten begann. So leid es mir tut, aber wir vier hätten sie nicht aufhalten können. Kümmere dich lieber um deine eigene Sicherheit, Mädchen.«

»Jeanne wollte, dass man dich umbringt«, erinnerte Mary sie.

»Ich weiß.« Moira schüttelte den Kopf. »Ich begreife noch immer nicht, wie ich über diese Kohlen laufen konnte und nur die Hitze gespürt habe, sonst nichts.«

»Ich würde dir gern sagen, dass Gott dich für unschuldig befunden hat«, meinte Tavig.

»Aber du kannst es nicht.« Sie lächelte schief, als sie aufstand und ihren Beutel hochhob. »Sag es ruhig. Ich kann mir jedenfalls nicht vorstellen, dass Gott Zeit hat, die Füße eines jungen Mädchens zu beschützen.«

»Nay, wahrscheinlich hast du recht. Ich erkläre es mir so, dass die Schwielen, derer du dich so schämst, ihren Wert bewiesen haben. Du hast sehr abgehärtete Füße, Liebes. Aye, und außerdem waren deine Fußsohlen auch ziemlich schmutzig.«

Sie verzog das Gesicht. »Ich hatte schreckliche Angst, ich war schweißgebadet. Und dabei habe ich mich immer über den Schmutz an meinen Füßen geärgert. Wahrscheinlich war es ganz gut, dass ich weder die Zeit hatte noch überhaupt daran dachte, sie gründlich zu säubern, bevor ich meinen Weg antrat. Zuerst glaubte ich, dass mein Verstand die Verletzungen einfach nicht wahrnehmen wollte, aber es sind keine Verletzungen vorhanden, ich habe noch einmal ganz genau nachgeschaut.«

»Nay, deine Füße sind unversehrt. Der Schmutz und die Schwielen haben dir genauso gute Dienste geleistet wie jeder Schuh, vielleicht sogar bessere. Aber jetzt sollten wir wirklich aufbrechen.«

Sie bedankten sich bei Robert und Mary, dann eilten sie hinaus. Moira hörte die Menge und wollte sich noch einmal Richtung Kirche umschauen, doch Tavig ließ es nicht zu. Er zog sie so eilig die Straße entlang, dass ihr nichts anderes übrig blieb, als sehr genau auf ihre Schritte zu achten.

Sie ließ sich von seiner Eile anstecken. Während sie hinter ihm herstolperte, nahm ihre Angst immer mehr zu. Erst als sie in den Wald am nördlichen Rand der Felder gelangten, begann sie, etwas ruhiger zu werden. Doch das dauerte nur so lange, bis plötzlich jemand den Namen rief, unter dem Tavig hier bekannt war. Moira schrie leise auf vor Angst, Tavig stellte sich schützend vor sie, dann zog er in einer einzigen fließenden Bewegung sein Schwert und wandte sich dem Rufenden zu. Als die schemenhafte Gestalt ins Mondlicht trat, wurde Moira wieder etwas ruhiger. Es war nur ein einziger Mann mit einem Bündel im Arm und einer Ziege im Schlepptau. Auch Tavig entspannte sich deutlich, was Moiras Annahme, dass sie von diesem Mann nichts zu befürchten hatten, zu bestätigen schien.

»Iain«, sagte Tavig und nickte dem Älteren kurz zu. »Ich fürchte, deine Tochter hat sich in eine Sache verwickelt, aus der sie nicht mehr so leicht herauskommt.«

»Ich weiß. Sie ist tot. Als ich euch nacheilte, sah ich sie an einem Baum auf dem Dorfplatz baumeln.«

»Das tut mir leid.«

»Das braucht es nicht. Sie wollte, dass man deine Frau umbringt. Natürlich werde ich um sie trauern, sie war mein Fleisch und Blut, aber einen Großteil ihres Lebens hat sie damit zugebracht, auf eben das Ende zuzusteuern, das sie jetzt ereilt hat.«

»Woher wusstest du, wo du mich treffen würdest?«

»Eigentlich wollte ich dich bei Robert treffen, aber dann habe ich gesehen, dass du Vorkehrungen zur Flucht ergriffen hast. Ich war mir sicher, dass du nicht in dieselbe Richtung fliehen würdest, aus der du ins Dorf gekommen bist, deshalb bin ich hierhergeeilt. Ich musste dich unbedingt noch einmal sprechen.«

»Aber warum denn?«

»Um dir das hier zu geben.« Iain streckte ihm das Bündel entgegen und drückte es ihm in die Arme. Tavig runzelte nur die Stirn.

Moira hätte gar nicht Tavigs entgeisterten Blick bemerken müssen, um zu erraten, was in dem Bündel steckte. Eine kleine Stimme in ihrem Kopf sagte ihr zwar, dass es besser wäre, nichts weiter darüber zu erfahren, aber als Tavig das Bündel ein wenig öffnete, trat sie doch näher. Obwohl im schwachen Licht des Mondes kaum etwas auszumachen war, musste sie einen Schrei unterdrücken: Sie blickte in das Gesicht eines Kindes, und es war nicht zu verkennen, dass Tavig der Vater war. Jeanne hatte von Tavig ein Kind bekommen.

»Das kann doch gar nicht …«, stammelte Tavig bestürzt.

»O doch, das kann es, und das ist es. Es ist dein Sohn, den ich dir hiermit überreiche.«

»Iain, bitte fasse das nicht als Beleidigung auf, und ich will auch nicht schlecht von den Toten reden, aber Jeanne …«

»… war eine Hure. Ich weiß. Das war sie seit ihrer ersten Blutung.«

»Woher willst du also wissen, dass das Kind von mir ist?«

»Die Augen«, flüsterte Moira.

»Aye«, pflichtete Iain ihr bei. »Das Mädchen hat ganz recht. Der Kleine hat deine schwarzen Augen, Junge. Als Jeanne ihn zur Welt brachte, konnte ich es kaum erwarten, seine Augen zu sehen. Ich hatte gehofft, dass sie einem der Burschen im Dorf ähnelten, damit ich sie endlich verheiraten könnte. Doch in diesem Dorf lebt keiner mit solchen Augen. Das Kind ist dein Sohn, dein Fleisch und Blut.«

Tavig starrte den Kleinen fassungslos an, und der Kleine hielt seinem Blick stand. Tavig wollte die Verwandtschaft von sich weisen, aber er konnte es nicht. Selbst wenn der Junge nicht seine Augen gehabt hätte, wusste er instinktiv, dass er der Vater war; schon beim ersten Blick auf das Gesicht des Kindes war er sich dessen sicher gewesen. Er sah Moira an, doch sie weigerte sich, seinen Blick zu erwidern. Er verfluchte sein Schicksal, das ihm ausgerechnet jetzt ein Kind beschert hatte, auch wenn er bereits in diesem Moment von unglaublichem Stolz erfüllt war neben einer Reihe anderer wirrer und höchst widersprüchlicher Gefühle.

»Iain, ich bin zu Fuß unterwegs und habe noch mindestens eine Woche vor mir. Ich kann das Kind nicht mitnehmen. Er ist auch dein Fleisch und Blut.«

»Ich weiß, und ich werde den kleinen Burschen sehr vermissen. Er ist ein gutes Kind, ruhig und stark. Aber ich kann ihn nicht behalten. Ich habe acht Kinder, eine Frau und die Familie ihrer verwitweten Schwester, die ich durchfüttern muss. Wie du weißt, bin ich ein armer Tagelöhner. Und vergiss nicht – meine Jeanne war seine Mutter. Wenn er hier aufwächst, wird er teuer dafür bezahlen müssen, sobald er groß ist.«

»Wie alt ist er denn?«

»Acht Monate, fast neun.«

»Und wie heißt er?«

»Er hat noch keinen Namen. Jeanne war von dem verrückten Gedanken besessen, du würdest sie heiraten, sobald du erfahren hättest, dass sie dir einen Sohn geschenkt hat. Deshalb wollte sie es dir überlassen, einen Namen für ihn zu finden. Ich habe ihr gesagt, dass du den Kleinen vielleicht zu dir nehmen, sie aber bestimmt nicht heiraten würdest.« Er zuckte die Schultern. »Sie wollte mir nicht glauben. Ich hätte nichts dagegen, von Zeit zu Zeit zu hören, wie es dem Kleinen geht.«

»Das wirst du erfahren. Ich schwöre es dir.«

Iain überreichte Moira den Strick mit der Ziege. »Das Kind gedeiht mit Ziegenmilch sehr gut. Die hat es schon vom ersten Tag an bekommen. Jeanne war kein Mädchen, das ihrem Kind die Brust gibt.« Er reichte Moira auch einen Sack. »Darin werdet Ihr alles finden, was Ihr für ihn braucht. Es tut mir leid, dass ich Euch dieses Problem aufhalse, Mistress, aber ich kann für den Kleinen nicht sorgen. Ich schwöre Euch, er ist ein gutes Kind und wird Euch wenig Ärger machen. Und ich bete, dass Ihr ihn nicht wegen seiner Mutter schlecht behandelt.«

»Nay, Sir, das würde ich nie tun. Kein Kind sollte für die Sünden seiner Mutter büßen müssen.« Sie warf einen Blick auf Tavig. »Oder für die seines Vaters. Es soll ihm an nichts fehlen.«

»Ich weiß, dass Ihr Euer Bestes tun werdet. Passt auf Euch auf. Gott sei mit dir, mein Junge«, murmelte Iain, nachdem er einen kleinen Kuss auf die Wange des Jungen gedrückt hatte, dann verschwand er im Wald.

»Moira«, sagte Tavig leise, sobald der Mann weg war.

Sie verzog das Gesicht. Sie musste sich dazu zwingen, Tavig anzusehen, ohne den Gefühlen freien Lauf zu lassen, die in ihr tobten. Ihn mit Jeannes Kind in den Armen dastehen zu sehen, machte es ihr sehr schwer, sich zurückzuhalten. Sie brauchte ein wenig Zeit, um sich von dem Schock zu erholen.

»Ich dachte, es wäre wichtig, dass wir dieses Dorf möglichst rasch hinter uns lassen. Bist du inzwischen anderer Meinung?«, fragte sie schroff.

»Nay, es ist wichtig. Die Dorfbewohner wussten, dass sie hinters Licht geführt wurden und falsche Beschuldigungen geäußert haben, und schließlich haben sie ihren Zorn auf diejenige gerichtet, die die Sache angezettelt hat. Aber ich will hier nicht so lange verweilen, bis sie vielleicht wütend werden, weil sie veranlasst wurden, eine aus ihren Reihen umzubringen, und nun uns die Schuld daran geben.«

»Dann sollten wir wohl lieber weiter.« Sie rückte die Beutel zurecht, mit denen sie inzwischen beladen war, und setzte sich in Bewegung.

»Es ist nicht einfach, mit einem Kind im Arm zu laufen.«

Sie blieb stehen und holte tief Luft. Dann drehte sie sich wortlos um, knotete sich eine ihrer Decken um den Oberkörper und legte das Kind in die Schlaufe. Ihre Beutel überreichte sie Tavig, dann nahm sie den Strick mit der Ziege und marschierte los. Zu ihrer Erleichterung sagte Tavig kein Wort. Sie hatte Angst vor dem, was sie ihm alles an den Kopf werfen könnte, solange ihre Gefühle noch so hitzig und wirr waren.

Wut war eines davon, das sie unschwer erkannte, doch sie wusste nicht recht, worüber sie eigentlich wütend war. Sie war ja nie davon ausgegangen, dass Tavig ebenso unberührt und unschuldig war wie sie, also hätte sie sich auch nicht weiter wundern müssen, dass er irgendwann einmal ein Kind gezeugt hatte. Schließlich kam sie zu dem Schluss, dass das Wissen, dass Tavig mit anderen Frauen geschlafen hatte, weitaus leichter zu ertragen war als dieser greifbare Beweis für seine Vergangenheit. Und einen greifbareren Beweis als das Kind, das sich nun an sie schmiegte, gab es wohl kaum. Sie musste wohl oder übel einsehen, dass es kein Zeichen wahrer Zuneigung und Liebe war, wenn ein Mann mit einer Frau ein Kind zeugte.

In Anbetracht der vielen unehelichen Kinder, die überall herumliefen, wunderte sie sich eher, dass sie so lange an einem solch fadenscheinigen romantischen Ideal festgehalten hatte.

Außerdem war sie eifersüchtig und gekränkt, auch wenn sie sich nach Kräften bemühte, diese Gefühle zu vertreiben. Das Kind war neun Monate alt und hatte neun Monate gebraucht, um zur Welt zu kommen. Vor achtzehn Monaten hatte sie Sir Tavig MacAlpin noch gar nicht gekannt, und auch er hatte nichts von ihr gewusst. Es wäre ja wohl der Gipfel der Torheit, die Zeugung eines Kindes als persönliche Beleidigung zu betrachten. Das Einzige, was zählte, war doch, wie Tavig sich verhielt, wenn er mit ihr zusammen war. Und in dieser Hinsicht hatte sie keinen Grund zur Klage, Eifersucht oder Gekränktheit.

Moira zerrte die sture Ziege einen steilen Hügel hinauf und haderte weiter stillschweigend mit sich und ihren Empfindungen. Hoffentlich waren diese unguten Gefühle wenigstens verschwunden, wenn der Kleine, den sie jetzt trug, so alt war, dass er sich ihrer bewusst werden und von ihnen verletzt werden könnte. Und auch Tavig hatte all diese Gefühle nicht verdient, beschloss sie, widerstand jedoch dem Drang, ihn anzusehen. Wenn sie ihr nächstes Lager aufschlugen, würde noch genügend Zeit sein, über alles zu reden. Da sie sich nirgendwohin zurückziehen konnte, um mit sich ins Reine zu kommen, trat sie dadurch den Rückzug an, dass sie einfach so tat, als wäre Tavig gar nicht da.

Tavig fluchte, als es ihm ein weiteres Mal nicht gelang, Moiras Aufmerksamkeit auf sich zu ziehen. Sie tat so, als wäre er Luft. Obwohl er sich gut vorstellen konnte, was nun in ihr vorging, war es doch ziemlich ärgerlich, völlig ignoriert zu werden. Er wollte wissen, was sie fühlte und was sie dachte, und zwar am liebsten auf der Stelle. Wenn er nicht wusste, was sich in ihrem Herzen und in ihrem Kopf abspielte, konnte er auch nichts tun, um sie zu beruhigen.

Seine größte Befürchtung war die, dass das Auftauchen seines unehelichen Sohnes eine möglicherweise unüberwindbare Mauer zwischen ihnen errichtet hatte. Die Fügungen des Schicksals waren nicht nur frivol, sondern ausgesprochen grausam, beschloss er. Moira stellte sich zunehmend als eine Frau heraus, um die er hart kämpfen musste. Das Letzte, was er jetzt brauchte, war ein weiteres Hindernis auf dem Weg zu ihrem Herzen. Doch im Moment blieb ihm wohl nichts anderes übrig, als eine geeignete Stelle zu finden, um dort die wenigen Stunden zu verbringen, die ihnen in dieser Nacht noch blieben. Wenn er sie erst einmal dort hatte, würde er sie schon dazu bewegen können, mit ihm zu reden.

12

Das Kind schläft, wir haben gegessen, und unser Nachtlager ist vorbereitet«, sagte Tavig. Er stand vor dem Feuer und starrte Moira an, die ihm gegenübersaß und noch immer nicht den Mund aufgemacht hatte. »Jetzt können wir reden.«

»Worüber willst du denn reden?«, fragte sie, wobei sie sich über den gereizten Blick, mit dem er sie bedachte, fast ein wenig freute.

»Das Kind. Du hast kaum ein Wort gesagt, seit mir Iain den Kleinen in die Arme gedrückt hat. Herr im Himmel, du hast mich ja kaum noch eines Blickes gewürdigt. Ich will unbedingt wissen, was in deinem hübschen Köpfchen vor sich geht!«

Als sie ihn eine Weilchen betrachtete, stellte sie zu ihrer Überraschung fest, dass er das wohl wirklich wissen wollte. Es war ein angenehmes, wenn auch verwirrendes Gefühl, denn seit langem hatte dies niemand mehr wissen wollen. Sie war sich nur nicht sicher, wie sie ihre Gefühle ausdrücken sollte.

Am besten war es wohl, die Wahrheit zu sagen, ohne allzu deutlich zu enthüllen, was sie für Tavig empfand. Sie fand es nach wie vor grausam, ihm ihre Liebe zu gestehen und ihn dazu bringen zu wollen, diese Liebe zu erwidern; denn sie konnte nicht bei ihm bleiben. Die schrecklichen Vorfälle in den Dörfern, in denen sie haltgemacht hatten, hatte sie nur in ihrer Überzeugung bestärkt, dass eine Verbindung zwischen ihnen zu gefährlich war.

»Er ist ein hübsches Kerlchen«, sagte sie schließlich. »Und du musst ihm einen Namen geben. Wir können ihn nicht nur ›Kind‹ nennen.«

»Nay, ich weiß. Ich dachte daran, ihn Adair zu nennen. So hieß mein Freund.«

»Einer der Männer, die dein Cousin Iver umgebracht hat?« Als Tavig nickte, lächelte sie ein wenig. »Das ist ein guter Name.«

»Er war ein guter Mann. Also gut, jetzt hat das Kind einen Namen. Willst du mich noch mit etwas anderem ablenken, bevor wir endlich zu reden anfangen?«

»Ich weiß nicht, was du von mir erwartest. Eigentlich habe ich doch überhaupt kein Recht, etwas zu sagen.«

Er setzte sich neben sie und nahm ihre Hand. »Mehr Recht als alle anderen. Und außerdem sind wir inzwischen ein Liebespaar, das verleiht dir auf alle Fälle das Recht, ein oder zwei Wörtchen zu sagen, wenn mir ein Sohn überreicht wird, den eine andere Frau geboren hat. Ich wäre nicht so zurückhaltend, wenn jemand dir ein Kind überreicht hätte, das du einem anderen Mann geboren hast.«

»Nay, ich kann mir gut vorstellen, dass du dazu eine Menge zu sagen hättest«, murmelte sie und musste sich das Lächeln verbeißen, denn schon allein bei dieser Vorstellung hatte sich seine Miene verdüstert. »Aber wir beide wissen sehr wohl, dass das nie passieren wird. Er hingegen ist dein Sohn, das steht nun einmal fest, und das sieht man auf den ersten Blick in sein winziges Gesicht. Der Junge hat sehr viel von dir.«

»Aye, ich wusste, dass ich der Vater bin, sobald ich ihn in meinen Armen hielt. Ich möchte ihn auch nicht missen, aber bei den vielen Männern, mit denen sich Jeanne im Heu herumgewälzt hat, erscheint es mir doch als eine spezielle Laune des Schicksals, dass sich ausgerechnet mein Samen eingenistet hat. Vor allem, weil ich sehr gut aufgepasst habe«, murrte er. Stirnrunzelnd dachte er darüber nach, was er wohl falsch gemacht hatte.

»Vielleicht hat sie es einfach nicht geschafft, den Samen aus ihrem Körper zu vertreiben.« Sie errötete, als er sie ein wenig überrascht ansah. »Ich weiß, dass manche Frauen das tun. Die Mägde auf Sir Bearnards Burg sind mit ihrer Gunst recht freizügig, doch es kommen nur wenige Kinder auf die Welt. Eine

Frau, die mit ihrer Keuschheit so sorglos umgegangen ist wie Jeanne, hat bestimmt gelernt, wie man sich eines unerwünschten Kindes entledigt. Du hast eben einen strammen Burschen gezeugt, der sich von Jeanne nicht vertreiben lassen wollte.«

»Wahrscheinlich hast du recht. Immerhin reden wir jetzt, und ab und zu siehst du mir sogar in die Augen, aber du hast noch immer nicht erklärt, wie es dir mit dieser Sache geht. Versuch jetzt nicht, mir weiszumachen, dass du nichts dabei empfindest, denn du hast seit Stunden kaum mit mir gesprochen und mich auch nicht mehr angesehen. Ich hatte Angst vor deiner Wut, aber jetzt entdecke ich keine Spur davon an dir.«

»Ich habe sie vertrieben.«

»Aha! Dann warst du also doch wütend.«

»Ich weiß nicht, warum du so erfreut darüber bist.«

»Ich war verwirrt und verunsichert. Ich dachte, du wärst wütend, aber ich war mir nicht sicher. Es gefällt mir eben, wenn sich herausstellt, dass ich recht hatte.«

Sie lachte leise. »Seid bloß nicht zu selbstgefällig, Sir MacAlpin. Wut war nur ein Teil davon.« Sie hob die Hand, als er etwas sagen wollte. »Nay, lass mich ausreden. Das meiste, was ich gefühlt habe, war so verworren, dass ich gar nicht sagen kann, was es eigentlich war. Ich kann dir unmöglich alles erklären.«

»Dann sag mir wenigstens, warum du böse auf mich warst.«

»Damit du es mir ausreden kannst? Das brauchst du gar nicht, das habe ich nämlich schon selbst getan. Gleich zu Anfang gab ich mir zu bedenken, dass das Kind, das meinen Zorn erregt hat, vor achtzehn langen Monaten gezeugt worden ist. In jener längst vergangenen Zeit wusste ich nichts von dir, und du wusstest nichts von mir. Es wäre albern, sich über Dinge zu ärgern, die passierten, bevor wir uns begegnet sind.« Sie lachte, als er sie erleichtert umarmte. »Du freust dich offenbar sehr. Ich kann kaum glauben, dass dich mein Zorn so beschäftigt hat.«

»Nay? Als mir Iain den kleinen Adair in die Arme drückte,

sah ich das arme Kerlchen als eine riesige Mauer, die sich zwischen uns aufbaute.«

Moira lehnte sich ein wenig zurück, um ihn zu betrachten. »Wie kommst du denn darauf? Und warum sollte ich so etwas zulassen? Aye, es nagt schon ein wenig an mir, dass Jeanne die Mutter dieses Kindes ist. Schließlich hat die Frau sogar nach meinem Leben getrachtet.« Moira schüttelte den Kopf. »Wahrscheinlich hätte sie mich eigenhändig umbringen können, aber sie hat versucht, andere anzustacheln, um das Verbrechen für sie zu begehen. Doch dieses Unrecht soll nicht dazu führen, dass ich mich gegen dich oder das Kind wende. Du hast mit einer willigen Frau geschlafen, mehr war da wohl nicht.« Sie merkte, dass sie ein wenig fragend klang, und krümmte sich innerlich, als er lächelte und damit zeigte, dass er das ganz genau gehört hatte.

»Mehr war da wirklich nicht. Wie ich dir gestern Nacht schon erklärte, ging es wirklich nur um die körperliche Liebe. Es fällt mir schwer, so etwas zu sagen, denn ich muss noch einmal betonen – ich möchte das Kind jetzt nicht mehr missen. Aber inzwischen wünsche ich, ich hätte beim letzten Mal, als ich durch dieses Dorf kam, mehr auf meine Intuition gehört.« Er verzog das Gesicht und raufte sich die Haare. »Ich ließ mich von meiner Lust beherrschen, wie ich es früher so oft getan habe, aber diesmal hat es mir Ärger gebracht.« Er blickte auf das Kind, das am Rand des Lagers schlief, das er für sich und Moira hergerichtet hatte. »Ich hätte meine Hosen nicht aufknöpfen dürfen. Ich bedauere es zwar nicht, ein Kind zu haben, aber ich bedauere es bitter, dass Jeanne die Mutter ist. Von all den Frauen, die ich gekannt habe, seit ich zum ersten Mal einen Funken Interesse an ihnen hatte, ist sie die Letzte, die ich mir als Mutter meines Kindes ausgesucht hätte. Es kommt mir zwar nur schwer über die Lippen, aber ich glaube, es ist das Beste, dass sie tot ist. So kann Adair immerhin ungestört aufwachsen.«

»Und sie kann deinen Sohn nicht gegen dich einsetzen«,

sagte Moira. »Aber genug davon. Wir sollten von den Toten nicht schlecht reden, und im Moment, fürchte ich, bringen wir es wohl nicht über uns, freundlich über Jeanne zu sprechen. Doch das wirst du lernen müssen, bevor Adair alt genug ist, um zu verstehen, was gesagt wird, und anfängt, Fragen zu seiner Mutter zu stellen.«

»Das wirst auch du lernen müssen.«

»Ich werde dann nicht mehr da sein. Meine Verwandten werden bei deinem Cousin sein, wenn wir dort ankommen, oder sie treffen bald nach uns ein und fordern mich zurück.«

»Nicht, wenn wir verheiratet sind.«

»Fängst du schon wieder damit an?«

»Ist es wegen Adair?«

»Nay, und das weißt du ganz genau. Wenn ich glaubte, ich könnte deine Frau werden, wäre es mir egal, wie viele Kinder du gezeugt hast, bevor wir uns kennenlernten. Wie weit du vor unserer Hochzeit deinen Samen verstreut hast, wäre wahrhaftig nicht meine größte Sorge. Nay, es ist nicht wegen des Kindes, und auch nicht wegen deiner bewegten Vergangenheit, sondern allein deshalb, weil eine Verbindung zwischen uns möglicherweise direkt zum Galgen oder Scheiterhaufen führen würde. Diese Gefahr hast du doch bestimmt erkannt, nach allem, was in den beiden Dörfern vorgefallen ist, die wir durchquert haben. Der Aberglauben und die Ängste, die er erzeugt, sind in den Menschen dieses Landes tief verwurzelt.«

Tavig schimpfte leise, als sie aufstand, um die Schüsseln zu säubern und die Lebensmittel wieder in ihren Beuteln zu verstauen. »Man kann doch wegen der törichten Ängste anderer nicht aufhören, sein Leben zu leben.«

»Ich weiß, aber diese Ängste zu missachten ist genauso töricht. Es wäre kein Leben für mich, wenn ich jede Nacht damit rechnen müsste, dass die Dorfbewohner mit hoch gehobenen Fackeln unsere Tür eintreten und uns verschleppen, um uns zu töten. Ich kann nicht leben in dem Wissen, dass wir jederzeit genötigt sein könnten, uns in den Wäldern zu verkriechen auf der Flucht vor den Rufen ›Hexe! Elende Hexe!‹« Sie baute sich vor ihm auf, die Hände in die Hüften gestemmt. »Wir sind beide verflucht mit etwas, das bei vielen Leuten Aberglauben erregt. Getrennt können wir vielleicht durch unser Leben gehen, ohne uns allzu viel Ärger einzuhandeln, zusammen ist es, als würden wir dem Aberglauben trotzen, und das wird bestimmt unser Verhängnis sein. Zweimal sind wir genau aus diesem Grund nur knapp mit dem Leben davongekommen.«

Er nahm sie bei der Hand und zog sie zu sich auf den Schoß. »Nay. Einmal hat uns meine Gabe Ärger eingehandelt, das andere Mal war es eine eifersüchtige Frau und ein ehrgeiziger Priester.«

»Ehrgeizig? Wie kommst du darauf, dass der Pater ehrgeizig war?«

»Jeanne war die Einzige, die dich beschuldigt hat. Kein anderer hat behauptet, du hättest ihm ein Leid zugefügt. Ein guter Priester hätte die Meute nach Hause geschickt und eingesehen, dass es nur die verletzte Eitelkeit einer Hure war, die den ganzen Ärger verursacht hat. Aber nicht dieser Priester. Er witterte die Chance, sich einen Namen zu machen. Eine Gehilfin des Satans aufzustöbern und zu vernichten, hätte ihm viel Ansehen eingebracht. Er hat in dir eine Aufstiegsmöglichkeit hin zu einer größeren, reicheren Kirche gesehen, ja, vielleicht wollte er sogar noch höher hinaus.«

»Du glaubst also, er ist nicht sehr gottesfürchtig?«

»Nay. Aber der Priester in meinem Dorf ist ein sehr gottesfürchtiger Mann.«

»Und du bist ein sehr dickköpfiger Mann.«

»Wenn ich weiß, was ich will, lege ich mich ins Zeug.«

»Ich weiß nicht, wie du dir so sicher sein kannst, mich heiraten zu wollen. Wir kennen uns doch erst eine gute Woche.«

»Aber irgendetwas Wichtiges musst auch du gewusst haben, schließlich bist du meine Geliebte geworden.«

Moira drehte sich um, sodass sie ihm ins Gesicht sehen konnte. »Ich wusste, dass ich dich wollte«, sagte sie leise, schlang die Arme um seinen Nacken und küsste ihn sachte auf den Mund. »Ich wusste, dass ich es mein Leben lang bereuen würde, wenn ich die Leidenschaft nicht befriedigt hätte, die du in mir geweckt hast.« Langsam fuhr sie die Linien seines markanten Gesichts mit sanften Küssen nach.

»Du versuchst, mich von einem Gespräch über unsere Heirat abzulenken«, sagte er, und seine Stimme wurde rauer, als sie seinen Hals mit Küssen bedeckte.

»Und, klappt es?«

»Aye, du kleines Miststück. Ausgezeichnet.«

Sie lachte, als er mit ihr in den Armen aufstand, sie zu ihrem schlichten Lager trug, sanft absetzte und sich auf sie legte. Sie hatte ihn allerdings nicht nur in Versuchung geführt, um ihn zum Schweigen zu bringen; nein, sie verspürte auch ein ausgesprochen starkes Verlangen nach ihm. Vielleicht war dieses Verlangen dadurch geschürt, dass sie abermals nur knapp mit dem Leben davongekommen war. Die Leidenschaft auszukosten, die er in ihr erregte, war die süßeste Möglichkeit, sich selbst zu beweisen, dass sie dem Sensenmann tatsächlich ein weiteres Mal ein Schnippchen geschlagen hatte.

»Vielleicht können wir jetzt zu Ende bringen, was wir heute schon zweimal ohne Ergebnis angefangen haben«, murrte er, während er ihr und dann auch sich selbst die Stiefel auszog. »Aye, und was ich befürchtete, dass du es mir jetzt womöglich verwehren würdest.«

»Wegen Adair?« Sie hob die Hüften an, um ihm beim Ausziehen ihrer Röcke und Unterröcke zu helfen.

»Aye. Als du so schweigsam wurdest, dachte ich nicht, du würdest versuchen, dir über deine Gedanken und Gefühle Klarheit zu verschaffen. Nein, ich habe befürchtet, du könntest mir nicht verzeihen. Da ich nicht leugnen konnte und wollte, dass das Kind von mir ist, wusste ich nicht, ob ich den Graben, den ich zwischen dir und mir spürte, überwinden und dich wieder zu mir ziehen könnte.« Er warf die letzten Kleidungsstücke zur Seite und machte es sich in Moiras Armen bequem.

In dem Seufzer, den er ausstieß, kam sowohl seine Erleichterung als auch seine Wonne zum Ausdruck. »Ich hatte wirklich Angst, dass wir nie mehr beieinander liegen würden.«

»Tavig, ich habe mich dir fast an den Hals geworfen, nachdem ich dich kaum eine Woche kannte. Glaubst du wirklich, dass ich dich verlassen könnte, nachdem ich mich so rasch über alle Regeln hinweggesetzt habe – nur weil du ein Kind gezeugt hast, bevor du mich getroffen hast?«

»Trotzdem willst du dich von den Ängsten unwissender Menschen von meiner Seite vertreiben lassen.« Er streifte sachte ein paar Haarsträhnen aus ihrer Stirn und beobachtete Moira genau.

»Die Ängste unwissender Menschen könnten uns töten. Ein Kind kann uns keinen Schaden zufügen.« Sie fuhr mit den Fingern durch sein dichtes Haar und zog ihn zu sich. »Du solltest geschmeichelt sein, dass ich um deine Sicherheit so besorgt bin.«

»Das bin ich auch, und es verleiht mir Hoffnung. Aber es würde mir noch mehr schmeicheln, wenn ich dir so wichtig wäre, dass du bereit wärst, die Risiken an meiner Seite einzugehen.«

Bevor Moira etwas sagen konnte, küsste er sie. Bald hörte sie auf zu denken und ließ sich nur noch von ihren Gefühlen leiten. Sie wollte in ihrer gemeinsamen Leidenschaft versinken und die Angst vergessen, die sie noch vor wenigen Stunden gequält hatte. Wenn sie mit Tavig schlief, fühlte sie sich immer auf seltsame Weise frei, stark, schön und geborgen.

Sie erwiderte all seine Küsse und Zärtlichkeiten. Je kühner sie wurde, desto heftiger wurde seine Leidenschaft. Zunehmend verlor er die Kontrolle über sich, was ihre eigene Lust verstärkte. Als er ihre Körper vereinigte, hieß sie ihn gierig willkommen, und schon bald blendete sie der Gipfel ihrer Lust. Sie merkte kaum, wie auch er bei seinem Höhepunkt erbebte und heiser ihren Namen rief, während sie kopfüber in das süße Halbbewusste der Ekstase stürzte.

Nur langsam kam sie wieder zur Besinnung, während sie die Wärme in ihrem Körper genoss, die allmählich von ihr wich. Tavig stellte einen lahmen Versuch an, sich von ihr zu lösen, doch sie wollte ihn noch nicht gehen lassen und drückte ihn mit ihren von der Leidenschaft schweren Beinen eng an sich. Sie seufzte leise, als die letzten Reste der Lust aus ihrem Körper wichen. Sie war zutiefst befriedigt, und all ihre Ängste waren verschwunden. Wenn nur die köstlichen Gefühle, die Tavig in ihr weckte, länger anhalten würden!

»Du bist ein wahres Wunder, Liebes«, murmelte Tavig. Er löste sich ein wenig von ihr, drehte sich zur Seite und zog sie in seine Arme. »Und du lernst ausgesprochen schnell.«

Moira lächelte, das Gesicht an seine Schulter gedrückt, und streichelte langsam seine muskulöse Brust. »Ist das gut?«

»O ja, das finde ich auf jeden Fall.« Er lächelte und küsste Moiras Stirn, als sie kicherte. »Aber wir sollten zusehen, dass wir noch ein paar Stunden Schlaf bekommen. Die Nacht ist schon fast um, und wir sollten nicht zu lange in den Tag hinein schlafen. Wir haben noch viele Meilen vor uns.«

Er stand auf, streckte sich wohlig und zog seine Hosen an. Moira fragte sich, ob er wohl wusste, welch gute Figur er machte. Doch dann musste sie gähnen. Der Bann, in den Tavigs sehnige Gestalt sie zog, war gebrochen, und nun merkte sie, wie erschöpft sie war. Sie zog sich rasch ihr Hemd an, und als Tavig zu ihrem Lager zurückkehrte und sich neben ihr ausstreckte, kuschelte sie sich in seine Arme. Doch während sie sich entspannte und fast schon einschlief, regte sich auf einmal eine Sorge in ihr.

»Ach, das Kind«, murmelte sie, setzte sich hin und sah auf den schlafenden Kleinen. »Meinst du, wir können ihn so einfach auf dem Boden schlafen lassen?«

»Wir haben keinen anderen Platz für ihn.«

»Ich fürchte, er könnte aufwachen, ohne dass wir es mitbekommen, und davonkrabbeln.«

Tavig setzte sich stirnrunzelnd auf und rieb sich das Kinn.

»Vielleicht können wir ihn zwischen uns nehmen? Dann würden wir immerhin merken, wenn er sich bewegt.« Er seufzte und lächelte sie schief an. »Obwohl ich viel lieber an dich geschmiegt schlafe.«

»Mir geht es genauso, vor allem, weil Kinder morgens ziemlich feucht sein können. Aber ich denke, wir müssen ihn zwischen uns schlafen lassen, um ihn beaufsichtigen zu können.«

Tavig grummelte etwas verärgert vor sich hin, entschuldigte sich jedoch sogleich bei dem kleinen Adair, denn schließlich war es nicht seine Schuld. Er holte das schlafende Kind und legte es zwischen sich und Moira. Als er sich wieder ausstreckte, drehte sich Adair um und drückte sich an Moira.

Tavig runzelte die Stirn und schämte sich ein wenig über die Eifersucht, die ihn bei diesem Anblick befiel. Dann warf er einen Blick auf Moira, die ihn breit angrinste.

»Wie der Vater, so der Sohn«, meinte sie und lachte leise.

»Sehr witzig.« Er streichelte sanft über die dichten schwarzen Locken des Kleinen. »Aber er kommt nicht in den Genuss all der Vorteile, die sein Vater genießt«, fuhr er gedehnt fort und lächelte, als Moira errötete und den Blick abwandte. »Es ist zwar einigermaßen gemütlich, aber ich werde doch froh sein, wenn das Kind ein eigenes Bett hat.«

Moira fielen die Augen zu, sie konnte sie kaum noch offenhalten. »Aye, es wäre nicht gut für ihn, wenn er sich zu sehr daran gewöhnte«, murmelte sie schläfrig.

Tavig betrachtete sie lange. Ihm war klar, dass sie nicht an die Regeln der Kinderaufzucht gedacht hatte, sondern daran, dass sie nicht mehr sehr lange bei ihm sein würde. Wenn der kleine Adair sich zu sehr an sie gewöhnte, würde es ihm wehtun, wenn sie ging. Tavig fragte sich, ob sie sich auch überlegt hatte, wie es ihm selbst dann wohl erginge, doch er beeilte sich, den Ärger darüber zu verscheuchen. Sie hatte nie gesagt, dass sie bei ihm bleiben wollte, und sie hatte klar und deutlich die Gründe aufgezählt, warum sie ihn nicht heiraten würde. Er hatte kein Recht, ärgerlich zu sein.

Der Misserfolg schmeckte bitter auf seiner Zunge. Moira war seine Geliebte geworden, aber er wollte mehr, viel mehr. Er fluchte auf das Schicksal, das ihm den Weg zu seiner Gefährtin gewiesen hatte, nur um sie sogleich in Situationen zu stoßen, die Moira überzeugten, dass eine Verbindung zwischen ihnen unmöglich war. Ihm war, als hätten Gott und das Schicksal ihm eine Prüfung auferlegt.

Sanft legte er den Arm um Moira und Adair, dann schmiegte er sich so eng an die beiden, wie er es wagen konnte, ohne sie aufzuwecken. Moira hatte seinen Sohn sehr schnell akzeptiert. Das bedeutete doch sicher, dass ihr auch etwas an dem Vater lag. Beinahe hatte er Angst, sein Herz zu erforschen und herauszufinden, was er für sie empfand. Das Entsetzen, das ihn befallen hatte, als sie vor den Priester gezerrt worden war, gab ihm einen schmerzlichen Hinweis auf seine Gefühle; genauso wie die Kälte, die ihn erfasste, wenn er daran dachte, dass sie ihn verlassen würde. Irgendwie musste er es schaffen, ihren hartnäckigen Widerstand zu brechen. Er wünschte nur, er könnte das üble Gefühl loswerden, dass ihm ein langer, schwerer Kampf bevorstand.

* * *

Moira ächzte, als etwas auf ihren Magen und ihre Brust drückte. Vorsichtig schlug sie ein Auge auf, die Erschopfung ließ alles verschwommen erscheinen. Adairs Gesicht war nur eine Handbreit von ihrem entfernt. Sie sah ein Spuckebläschen an seinem Mundwinkel, das ihr auf die Nase fiel. Sie zuckte zusammen, seufzte und wischte es weg, doch es kam gleich das nächste. Das Dämmerlicht, das sie umgab, sagte ihr, dass der Tag gerade erst anbrach. Zu gern hätte sie noch ein bisschen geschlafen, doch die großen, funkelnden, dunklen Augen, die sie anstarrten, gaben ihr deutlich zu verstehen, dass ihr dieser Luxus nicht vergönnt sein würde. Tavig schlief noch tief und fest, wie sie mit einem raschen Blick feststellte.

»Dir ist wohl nicht in den Sinn gekommen, dass du auch deinen Vater aufwecken könntest«, flüsterte sie, dann schob sie das Kind sanft von sich und stand leise auf.

Die Luft war so kühl, dass Moira zitterte. Sie zog sich rasch an, wobei sie Adair nicht aus den Augen ließ. Bislang hatte sie mit kleinen Kindern kaum etwas zu tun gehabt. Auf Sir Bearnards Burg hatte es zwar einige gegeben, doch die Mütter hatten stets dafür gesorgt, dass sie sich ruhig und unauffällig verhielten. Moira vermutete, dass Sir Bearnards Jähzorn viel damit zu tun hatte.

»So hungrig kannst du doch gar nicht sein, Kleiner«, murmelte sie und nahm Adair einen Stein ab, den er sich gerade in den Mund stopfen wollte. »Wart noch ein Weilchen. Ich versuche gleich, dir deine Milch zu besorgen.«

Sie wechselte seine feuchten Lumpen und lächelte, als er mit seinen Füßen spielte. Er hatte bestimmt Hunger, aber er weinte nicht. Moira beschlich das seltsame Gefühl, dass er im Gegensatz zu vielen anderen Kleinkindern einfach wusste, dass er bald gefüttert werden würde. Rasch schalt sie sich dafür, dass sie offenbar einem törichten Aberglauben erlegen war. Der Kleine hatte zwar die Augen seines Vaters, aber das hieß noch lange nicht, dass er auch dessen ungewöhnliche Gabe besaß. Adair war einfach ein ruhiges, fröhliches Kind, und wenn sie sich nicht beeilte und ihm seine Milch besorgte, würde er wahrscheinlich zu schreien beginnen.

Als sie Adairs aus Ziegenleder gefertigte Milchflasche füllte, war Tavig wach. Er grinste, als sie über die Ziege schimpfte, die sich anfangs gesträubt hatte, ihre Milch solch unerfahrenen Händen zu überlassen. Schließlich holte Moira Adair und setzte sich mit ihm neben das Feuer, das Tavig mittlerweile entzündet hatte. Sie sah von Adair auf Tavig und wieder zurück, während der Kleine ruhig seine Milch nuckelte.

»Er sieht dir wirklich sehr ähnlich«, sagte sie lächelnd. Anfangs hatte sie das geschmerzt, jetzt fand sie es richtig lustig.

»Aye, der Junge hat nicht viel von Jeanne, zumindest sieht es im Moment nicht danach aus.« Tavig schickte sich an, ihren Haferbrei zuzubereiten.

»Wird es dich stören, wenn er später mehr von seiner Mutter aufweist?«

»Nay, aber ich war ein wenig beunruhigt, dass er vielleicht ein paar der Eigenschaften hat, die sie zu dem gemacht haben, was sie war. Doch dann habe ich diese törichte Angst beiseitegeschoben. Jeanne wird bei seiner Erziehung keine Rolle spielen. Iain ist ein guter Mann, aber seine Frau beklagte sich oft, dass sie so arm sind. Ich glaube, Jeanne nahm sich diese Klagen sehr zu Herzen und dachte, dass es ihr als Hure besser ergehen würde. Ab und zu bedachte man sie wohl tatsächlich mit ein paar Geschenken und auch ein paar Münzen, aber sie hat nie eingesehen, dass das alles war, was sie je bekommen würde.«

»Und Adair wird nicht unter dem Drang leiden, es besser haben zu wollen?«, fragte Moira. Sie hob den Kleinen hoch, drückte ihn an sich und rieb seinen Rücken, um ihm zu helfen, die Luft loszuwerden, die er womöglich geschluckt hatte. Vielleicht war er ja schon zu alt für eine solche Hilfe, doch offenkundig genoss er die Aufmerksamkeit, also beschloss Moira, dass es nicht schaden konnte.

»Ich hoffe, Adair wird alles bekommen, was er braucht«, erwiderte Tavig. »Jedenfalls wird er nicht mit dem Gefühl des Mangels aufwachsen. Er wird nicht zu einem Mann heranwachsen, der denkt, für ein paar Münzen würde er alles tun. Er mag dich«, fügte er hinzu.

Moira schüttelte den Kopf, denn sie wusste genau, worauf Tavig hinauswollte. »Er ist ein Kind. Kindern ist nicht beigebracht worden, Leute nicht zu mögen. Sie sind voller Vertrauen und Liebe. Du willst doch nicht etwa versuchen, mich durch Adair an dich zu binden?«, fragte sie leise. »Es wäre wahrhaftig nicht gut für ihn, wenn auch er noch in die Gefahren verwickelt würde, die unsere Ehe mit sich brächte.«

»Ich glaube nicht, dass wir, wenn wir verheiratet wären, mehr Gefahren ins Auge schauen müssten, als wenn wir uns getrennt durchs Leben schlagen. Aber ich sehe schon, du bist nicht bereit, auf vernünftige Argumente zu hören.«

»Dasselbe könnte ich auch über Euch sagen, Sir Tavig MacAlpin. Du verbeißt dich in eine Idee und hängst dich wie ein Frettchen daran.«

»Aye, man hat mich schon einmal hartnäckig genannt.«

»Stur.«

»Entschlossen.«

Sie lachte kopfschüttelnd, während sie Adair neben sich absetzte und die Schüssel mit Hafergrütze nahm, die Tavig ihr anbot. Doch unter ihrem Lachen lag ein Schmerz. Das Ende ihrer Reise würde auch das Ende ihrer Zeit mit Tavig bedeuten, und das lauerte auf sie wie eine grausame Strafe. Sie wusste, dass sie ihn verlassen musste, und zwar wegen seiner Sicherheit genauso wie ihrer eigenen. Doch sie wusste auch, dass es ihr das Herz zerreißen würde.

Während sie Adair an einem Löffel Hafergrütze saugen ließ, hoffte sie, dass sie sich wenigstens gegen das Kind würde wappnen können, wenn sie es schon bei seinem Vater nicht geschafft hatte. Sie wollte wahrhaftig nicht um einen weiteren MacAlpin trauern müssen. Schon jetzt bedrückte es sie, wenn sie daran dachte, Adair zu verlassen, denn sie wusste, es würde ihr nicht schwerfallen, ihn in ihr Herz zu schließen. Die meisten anderen Frauen hätten das wohl nicht so leicht geschafft.

Doch nun verscheuchte sie diese Gedanken rasch, denn womöglich würden sie noch dazu führen, sie davon zu überzeugen, dass sie dem Kind zuliebe bei Tavig bleiben müsste. Es war beinahe lächerlich. Noch vor wenigen Momenten hatte sie Tavig gescholten, dass er versuchte, das Kind als Mittel zu benutzen, um sie an sich zu binden, und jetzt tat sie gerade genau dasselbe: Sie benutzte das Kind als Vorwand, ihrem Herzen zu folgen und wider besseren Wissens zu handeln. Auf einmal befiel sie wieder die Angst, dass Tavig ihre Gedanken lesen könnte, und sei es nur aus ihrem Gesicht. Sie sprang hoch.

»Ich muss die nassen Sachen des Kleinen waschen«, sagte sie.

»Du musst auf ihn aufpassen.« Sie nahm den Wasserbeutel und zog los.

Tavig runzelte die Stirn, dann hielt er Adair zurück, der versuchte, Moira nachzukrabbeln. Er hielt ihn fest, während er das Feuer löschte. Obwohl Moira nur ein paar Schritte von ihnen entfernt damit beschäftigt war, Adairs Sachen zu spülen, konnte sich Tavig nicht von dem bedrückenden Gefühl befreien, dass sie soeben vor ihm davongelaufen war. Auf ihrem Gesicht hatte ein Ausdruck gelegen, der etwas mit Angst zu tun gehabt hatte. Während Tavig das Geschirr säuberte, wobei ihm Adair nach Kräften half, dachte er angestrengt über alle Worte nach, die zwischen ihnen gefallen waren, bevor sich Moira so abrupt abgewandt hatte.

Auf einmal ging er in die Hocke und betrachtete Adair, der gerade fröhlich an einem Holzlöffel kaute. Moira war nicht vor ihm, sondern vor dem Kind davongelaufen! Sie hatte erkannt, wie ihr der Junge bereits jetzt ans Herz zu wachsen begann. Das könnte sich als Schwachpunkt erweisen und womöglich ihren heftigen Widerstand gegen die Vorstellung, ihn zu heiraten, aufweichen. Sie hatte ihn zu Recht getadelt, dass er versuchte, sie mithilfe des Kindes auf seine Seite zu ziehen, doch dann war ihr bewusst geworden, dass sie selbst das Kind als Vorwand nehmen könnte, um bei ihm zu bleiben.

Das war zwar nur eine Vermutung, und obendrein kam sie ihm recht weit hergeholt vor, doch Tavig wurde das Gefühl nicht los, dass er recht hatte. Er wollte nicht, dass Moira wegen des Jungen bei ihm blieb, sondern deshalb, weil ihr Herz ihr sagte, dass er ihr vom Schicksal bestimmter Gefährte war. Doch um sie davon zu überzeugen, reichten zwei Wochen vielleicht nicht aus. Tavig lächelte seinen Sohn an. Es mochte zwar nicht besonders ehrenwert und auch nicht gerecht sein, aber es war trotzdem tröstlich zu wissen, dass er noch einen Trumpf im Ärmel hatte, wenn alles andere scheiterte.

13

Moira starrte Tavig mit offenem Mund als, als er quer durch die dichten Bäume herbeigerannt kam. Sie hatten eine Pause eingelegt, damit sie Adair seine Nachmittagsmahlzeit geben konnte. Obwohl der Kleine erst seit zwei Tagen bei ihnen war, hatte er sich mühelos an die Reise gewöhnt. Doch selbst er wirkte nun erschrocken über Tavigs plötzliches Erscheinen. Dann entdeckte Moira den angespannten Ausdruck in Tavigs dunklem Gesicht, und es überlief sie eiskalt.

»Du hast das Kaninchen nicht aufgestöbert, hinter dem du her warst, oder?«, fragte sie und verstaute Adairs Sachen wieder in dem Beutel, denn sie rechnete damit, dass Tavig gleich zum Aufbruch drängen würde.

»Nay«, erwiderte er. »Aber ich habe ein Rudel Wölfe gesehen, und ich fürchte, sie haben auch mich gesehen.« Er half ihr, Adair in dem Tuch zu verstauen, das sie sich bereits um den Oberkörper geschlungen hatte.

»Hinter dir sind Wölfe her?«

»Entschuldige, Liebes, ich habe mich nicht klar ausgedrückt. Diese Wölfe sind Männer, es sind Jäger, die mein Cousin Iver losgeschickt hat. Ich möchte, dass du die Ziege, unsere Vorräte und alles andere, was du sonst noch tragen kannst, nimmst und dich versteckst.«

»Aber Tavig, was willst du denn tun? Auch du solltest lieber ein Versteck finden.«

»Sie sind zu nah. Ich werde sie von dir und dem Kind weglocken. Wenn ich bei Sonnenuntergang noch nicht zurück bin, musst du ohne mich zu Mungan gehen. Du musst direkt über die Hügel dort drüben immer nach Norden. Nun mach schon!«, forderte er sie auf und gab ihr einen kleinen Schubs. »Du darfst nicht in die Hände dieser Schweinehunde fallen, und meinen Sohn dürfen sie auch nicht finden.«

Sie wollte ihm widersprechen, doch sie hörte schon die nahenden Männer. Sie hätte zwar darauf beharren können, bei ihm zu bleiben, aber sie konnte jetzt nicht mehr nur an sich selbst denken. Tavig hatte recht – Adair durfte seinen Feinden nicht in die Hände fallen. Für Iver war Adair nur ein weiteres Hindernis, das zwischen ihm und dem stand, was er begehrte. Sein Leben war ebenso gefährdet wie Tavigs.

Während Tavig im Dickicht verschwand, suchte sie eilig ein passendes Versteck. In dem Moment, als sie eine Mulde unter einem Felsblock, umgeben von dichtem Unterholz, entdeckt hatte, hörte sie, wie einer von Ivers Männern einen Schrei ausstieß. Sie hatten Tavig entdeckt. Jetzt konnte sie sich nur noch verstecken, abwarten und beten.

* * *

Tavig warf einen Blick über die Schulter und fluchte. Er versuchte, im dichten Unterholz zu bleiben, das seine berittenen Verfolger behinderte, aber sie kamen ihm unerbittlich näher. Und schlimmer noch – er näherte sich einer Lichtung, konnte aber wegen der Reiter nicht zurück. Sobald er den Wald hinter sich gelassen hatte, würden sie ihn mühelos einholen.

Als er durch die letzten Bäume und das Unterholz ins Freie trat, fluchte er abermals. Seine Gabe, in die Zukunft zu sehen, hatte ihn wieder einmal elend im Stich gelassen. Er hatte nur daran gedacht, für das abendliche Mahl ein Wildbret zu erjagen, und war dabei seinen Feinden praktisch direkt in die Arme gelaufen. Und all seine Bemühungen, Ivers Handlangern zu entkommen, waren zwecklos. Sein einziger Trost bestand darin, dass wenigstens Moira und Adair in Sicherheit waren.

Sobald er sich auf offenem Gelände befand, hatten ihn Ivers Männer rasch umzingelt. Tavig zog sein Schwert in der Hoffnung, zumindest ein paar der sechs bestens Bewaffneten zu Fall zu bringen, bevor sie ihn erwischten. Er zweifelte nicht daran, dass er diesen Kampf verlieren würde, aber er wollte sie für ihren Sieg teuer bezahlen lassen.

Zwei der Männer zu verletzen erwies sich als so einfach, dass Tavig neue Hoffnung schöpfte. Doch als er den dritten Mann aus dem Sattel hob, wurde seine kurze Hoffnung auf die Freiheit brutal vereitelt. Bevor er auf das reiterlose Pferd springen konnte, warf sich ein stämmiger Kerl von hinten auf ihn. Tavig stürzte so schwer, dass ihm der Atem stockte. Er hatte keine Chance, sich zu wehren, ein Hagel von Tritten und Hieben regnete auf ihn herab, sodass ihm beinahe die Sinne schwanden. Obwohl er Ivers Männern die Befriedigung, ihm Schaden zugefügt zu haben, nicht gönnen wollte, stöhnte er, als er unsanft hochgezerrt wurde und ein Mann ihm die Hände nach hinten riss. Der Kerl vor ihm war Andrew MacBain. Tavig war klar, dass er in die Hände von Ivers Söldnern geraten war, Männern, die aus ihren Klans verstoßen worden waren und bereit, ja oft geradezu erpicht darauf waren, für ein paar Münzen alles zu tun.

»Iver wird uns reich belohnen«, sagte Andrew und strich sich durch seinen schmutzstarrenden, wirren Bart. »Er bietet ein stattliches Sümmchen für dich, Tavig.«

»Das ist mir schon zu Ohren gekommen. Doch wenn du darauf vertraust, dass Iver dich entlohnt, dann bist du noch törichter, als ich es war.«

»Nay, Bursche, versuch jetzt nicht, Misstrauen zu säen. Wir sind vor deiner Zungenfertigkeit gewarnt worden. Iver wird uns den Lohn geben, den er demjenigen versprochen hat, der seinen mordgierigen Cousin der Gerechtigkeit überstellt.«

»Feine Worte von einem Mann, der das Messer geführt hat.«

»Du bist der Einzige, der das weiß, abgesehen von Iver und uns. Iver wird sich hüten, die Wahrheit zu sagen, und meine Männer werden ebenfalls dichthalten. Übrigens – du solltest besser nicht zu oft darüber reden.« Er zückte seinen Dolch und fuhr mit dem Zeigefinger müßig über die scharfe Klinge. »Es kommt gar nicht so selten vor, dass jemand im Kampf seine Zunge verliert.« Nachdem er Tavig einen Moment lang eindringlich gemustert hatte, steckte er den Dolch zurück. »Wie geht es den Verletzten?«, fragte er den Mann zu seiner Rechten.

»Ihre Wunden sind nicht schlimm, doch sie sollten verbunden werden.«

»Aye. Wir sind heute viel geritten, deshalb werden wir hier unser Lager aufschlagen. Es ist ein guter Fleck, hier kann sich keiner unbemerkt anschleichen.« Er stieß Tavig wieder zu Boden. »Fessle ihn an den Füßen«, befahl er einem dürren, narbengesichtigen Mann.

Sobald Tavig gefesselt war, ließ man ihn liegen, wo er war, und er beobachtete die Männer, die sich nun um die Verwundeten kümmerten und ein Lager aufschlugen. Auch wenn sein ganzer Körper schmerzte, robbte er zu einem niedrigen Busch, um dem Wind zu entkommen. Der August war fast vorüber, und die kühle Brise kündete vom nahen Herbst. Die Schläge seiner Häscher hatten ihn schon genügend geschwächt, da wollte er sich jetzt wahrhaftig nicht auch noch eine Erkältung zuziehen.

Iver hatte gewonnen, es sei denn, ein Wunder geschah. Die Niederlage schmeckte Tavig ganz und gar nicht, und sie wurde noch bitterer, wenn er überlegte, wie nah er Mungan Coll war und dem Beistand, der ihm dort gewährt worden wäre. Wenn Moira bei Mungan eintraf und ihm erzählte, was passiert war, würde der sich bestimmt gleich auf den Weg machen, um ihn zu retten. Doch bis dahin hatten ihn MacBain und seine unbarmherzigen Männer schon längst an Iver ausgeliefert, und Mungan käme zu spät.

Bei dem Gedanken an Moira seufzte Tavig kummervoll, weil er sie wohl nie wiedersehen würde. Aber er war auch wütend über sich, dass er keine entsprechenden Vorkehrungen für so einen Fall getroffen hatte. Sie war nicht seine Frau, und er hatte weder die Mittel noch die Zeit gehabt aufzuschreiben, was er sich für ihre Zukunft wünschte. Ihr würde nichts anderes übrig bleiben, als sich wieder in Sir Bearnards brutale Obhut zu begeben. Tavig konnte sich des Gefühls nicht erwehren, dass er Moira im Stich gelassen hatte, und zwar gründlich.

Aber auch seinen Sohn hatte er im Stich gelassen, wie er sich grimmig eingestehen musste. Er hatte Adair nicht in aller Öffentlichkeit als sein Fleisch und Blut anerkannt. Das würde es dem Jungen sehr schwer machen, das, was ihm aufgrund seines Geburtsrechts zustand, einzufordern, auch wenn ihm das weitaus eher zustand als Iver. Trotz seines Aussehens würde Adair keinen Beweis erbringen können, dass er Tavig MacAlpins Sohn war. Und wenn man ihn von Moira trennte, stand er mutterseelenallein da. Es war nur ein schwacher Trost zu wissen, dass sich Mungan um den Jungen kümmern würde.

Aber immerhin sind sie noch am Leben, sagte er sich. Wenn Andrew MacBain und seine Spießgesellen auch Moira und Adair gefasst hätten, wären sie nicht lange am Leben geblieben. Wahrscheinlich hätte Tavig sogar mit ansehen müssen, wie Moira vor ihrer Ermordung missbraucht wurde. Schon bei der bloßen Vorstellung krampfte sich sein Magen zusammen. Tavig betete, dass Moira so vernünftig war, das zu tun, was er ihr befohlen hatte.

* * *

Moira starrte zum Himmel, nachdem sie Adairs Lumpen gewechselt hatte. Sie konnte nicht länger leugnen, dass die Sonne unterging und von Tavig weit und breit nichts zu sehen war. Sie setzte Adair wieder in seine Schlaufe, legte ihre Beutel mit den Vorräten in eine weitere Decke und machte daraus eine Art Packtasche, die sie der Ziege auf den Rücken band. »Geh direkt zu den Hügeln«, hatte Tavig ihr befohlen. Nach einem weiteren Blick auf den friedlich schlafenden Adair wurde ihr klar, dass ihr nichts anderes übrig blieb. Ihre einzige Hoffnung, und sie wusste, es war nur eine winzig kleine, bestand darin, Mungan Coll rechtzeitig zu erreichen, damit er Tavig zu Hilfe eilen konnte. Doch sie bezweifelte, dass sie schnell genug dort eintreffen würde, und außerdem würde Iver Tavig wohl nicht mehr sehr lange leben lassen, wenn er ihn erst einmal in seinen Fingern hatte.

»Und auch dich würde er nicht sehr lange leben lassen, mein kleines Kerlchen«, murmelte sie, als sie sich mühsam einen Weg durch den Wald bahnte, den Blick immer auf die vor ihr liegenden Hügel gerichtet, die störrische Ziege hinter sich herzerrend. »Du bist Tavigs Sohn. Er hat sich zwar nicht öffentlich zu dir bekannt, und du hast auch keine Dokumente, aber du siehst ihm ähnlich genug. Iver würde schon beim ersten Blick wissen, wer du bist. Er wird nicht weiter darüber nachdenken, dass du zum Beweis für deine Ansprüche nichts vorlegen kannst, er wird nur Tavigs Sohn sehen und dich aus der Welt schaffen wollen. Ich wünschte nur, dass es, wenn ich dein Leben rette, nicht bedeuten würde, sämtliche Chancen zu verlieren, um Tavigs Leben zu retten. Auch wenn ich nicht wüsste, wie ich ihm helfen könnte«, grummelte sie und schob einen Ast beiseite, der ihr im Weg war.

Adair gurgelte schläfrig, griff nach ihrem langen Zopf und drückte ihn sich an die Wange, während er die Augen zumachte. Moira strich ihm über die schwarzen Locken und seufzte. Einerseits krampfte sich ihr Herz zusammen aus Angst um Tavig, andererseits wusste sie instinktiv, dass sie sich von ihm entfernen und das Kind retten musste. Sie hoffte nur, dass Adair, wenn er alt genug war, verstehen würde, warum sie sich so entschieden hatte und wie schwer ihr diese Entscheidung gefallen war.

Als sie aus dem Wald trat, wichen die Farben des Sonnenuntergangs gerade dem stumpfen Grau der Dämmerung. Wieder blickte sie auf die Hügel, die sie überqueren musste, und runzelte die Stirn. Vor ihr erstreckte sich eine offene Ebene, auf der nur ein paar windschiefe Büsche standen. Keiner davon war groß genug, dass sie sich mit dem Kind und der Ziege dahinter verstecken konnte. Das Gras stand zwar hoch, aber es würde sie nur verbergen, wenn sie kroch, und die Ziege konnte nicht kriechen.

Moira band das Tier am Ast eines niedrigen Baumes fest, dann trat sie an den Rand der Ebene. Vor ihr entdeckte sie keine Spur von Tavigs Feinden, doch sie wusste, das bedeutete nicht, dass sie nicht mehr da waren. Vorsichtig ging sie, noch immer im Schutz der Bäume, ein paar Schritte nach Westen, doch auch da sah sie zu ihrer Erleichterung niemanden.

Aber als sie nach Osten blickte, erstarrte sie. Dort flackerte ein Feuer, und sie konnte sechs Männer darum ausmachen. Ihre größte Aufmerksamkeit erregte jedoch eine am Boden liegende Gestalt, die halb versteckt war von einem niedrigen Busch. Sie war sich sicher, dass sie Tavigs Jäger vor sich hatte, und auch Tavig selbst. Als die liegende Gestalt sich ein wenig rührte, seufzte sie erleichtert auf. Tavig lebte.

Adair begann ein wenig zu strampeln, und sie schimpfte halblaut vor sich hin. Tavig so nahe zu wissen und noch dazu lebendig, hatte sie kurzzeitig vergessen lassen, was an erster Stelle stand. Doch nun, da sie wusste, dass er in ihrer Reichweite war und lebte, wie konnte sie da ihren Weg fortsetzen?

Und was, glaubst du wohl, kannst du tun?, fragte eine spöttische Stimme in ihrem Kopf. Moira hatte keine Antwort. Doch als sie die Männer weiter beobachtete, formte sich eine Idee in ihr. Tavigs Häscher tranken ganz offenkundig kein Wasser aus den Ledersäcken, die sie sich an den Mund hielten. Selbst von ihrem Beobachtungspunkt aus hörte sie, dass die Kerle immer lauter wurden, also ganz offenkundig immer betrunkener. Wenn sie in dieser Geschwindigkeit weitertranken, würden sie bald nichts mehr um sich herum wahrnehmen.

Schließlich fasste sie einen Entschluss, wobei sie inständig hoffte, dass ihre Gefühle nicht über ihre Vernunft gesiegt hatten. Sie kehrte zu der Ziege zurück, band sie los und wickelte ihr das Maul zu, dann schlug sie den Weg zu den Hügeln ein. Sie blickte immer in die Richtung, in der sie das Feuer entdeckt hatte, doch sie sah es erst wieder, als sie nur noch wenige Schritte vom steinigen Fuß der Hügel entfernt war. Die letzten Schritte legte sie im Laufschritt zurück, denn sie konnte es kaum erwarten, zwischen den Felsen Deckung zu finden.

Die Ziege hinter sich herzerrend, lief sie über den steinigen Boden, bis sie einen Pfad entdeckte, den offensichtlich Viehtreiber getrampelt hatten. Sie band die Ziege an einem vom Wind zerzausten Busch fest, dann suchte sie nach einem guten Platz, an dem sie Adair verstecken konnte. Sie hatte zwar nicht vor, ihn lange allein zu lassen, doch sie brauchte einen Ort, der Schutz bot vor der Nachtluft und vor streunenden Tieren.

Als sie nichts Geeignetes fand, ließ sie sich gegen einen moosbedeckten Stein sinken. Ihr war klar, dass sie das Kind nicht einfach zurücklassen konnte, nicht einmal für kurze Zeit. Wenn ihr etwas zustieße, würde er sterben. Sie musste den Kleinen wohl oder übel mitnehmen, auch wenn sie sich fragte, ob sie nun vollends verrückt geworden war.

Sie zog ein Messer aus Tavigs Beutel. »Adair, du warst bislang das ruhigste Kind, das mir je begegnet ist«, sagte sie, streichelte ihm über die Wange und lächelte, als er im Schlaf schmatzte. »Bitte, ich flehe dich an, mach weiter so! Wir versuchen, deinen Vater zu retten, oder zumindest, ihm eine Chance zu geben, sich selbst zu retten.«

Sie atmete tief durch, dann hastete sie zurück zum Waldrand. Erst als sie den Schutz der Bäume erreicht hatte, blieb sie stehen, um Atem zu holen. »Wenn Tavig entkommt«, murmelte sie, »wird er mich umbringen, und zwar ganz langsam.«

Nachdem sie sich noch einen Moment gegönnt hatte, um Mut zu fassen, begann sie, am Rand der Bäume Richtung Feuer zu schleichen. Deutlich sah sie seinen Schein, und kroch weiter, bis sie ganz nahe war. Behutsam holte sie den schlafenden Adair aus dem Tuch und legte ihn auf den Boden. Sie konnte den Busch sehen, an den sich Tavig kauerte, er war ganz in ihrer Nähe; Tavig war von zu hohem Wuchs, um zur Gänze von den Zweigen verdeckt zu werden. Als sie am äußersten Rand der Bäume angelangt war, nahm sie das Messer zwischen die Zähne und legte sich auf den Bauch. Ein Stoßgebet zum Himmel schickend, dass die Männer wirklich so betrunken waren, wie sie wirkten, und von ihrer Umgebung nicht mehr viel mitbekamen, robbte sie durch das Gras zu Tavig. Nun muss ich nur noch seine Fesseln durchtrennen und ihm das Messer geben, sagte sie sich wieder und immer wieder, während sie ihm langsam näher kam.

* * *

Tavig zuckte zusammen, als er versuchte, seinen verkrampften Körper in eine etwas angenehmere Lage zu bringen. Er funkelte seine Häscher wütend an. Die beiden Männer, die er verwundet hatte, waren bereits bis zur Bewusstlosigkeit betrunken. Zwei weitere lagen flach auf dem Rücken, und die übrigen zwei würden es bestimmt nicht mehr lange schaffen, wach zu bleiben. Offenbar waren die Kerle sehr zuversichtlich, dass Tavig unfähig war, zu fliehen oder sie zu bedrohen. Es ärgerte ihn umso mehr, als er wusste, dass sie vollkommen recht hatten.

Plötzlich zog etwas an den Stricken um seine Handgelenke, und er erstarrte. Er widerstand dem Drang, die Hand wegzuziehen. Sein erster Gedanke war, dass ein Tier ihn nach seiner Tauglichkeit als Beute überprüfte. Das kühle Gefühl von Stahl auf seiner Haut sagte ihm jedoch, was tatsächlich passierte – jemand durchtrennte seine Fesseln mit einem Messer. Ihm war klar, dass es sich nur um Moira handeln konnte.

»Was in Gottes Namen tust du da?«, fragte er, die Stimme zu einem angespannten Flüstern gesenkt, wobei er MacBain und seine Männer nicht aus den Augen ließ.

»Das wenige, das ich tun kann, um zu versuchen, dich am Leben zu halten«, erwiderte sie ebenso leise.

»Mädchen, ich habe dir doch gesagt, du sollst davonrennen. Du solltest fliehen.«

»Aye, und ich war sehr gehorsam, bis ich dich gesehen habe.

Und jetzt sei still, sonst kommt noch einer dieser Mistkerle hergestolpert, um zu sehen, warum du Selbstgespräche führst.«

»Adair!«, protestierte er. Er war zwar überglücklich über die Chance zu fliehen, doch gleichzeitig auch wütend auf sie, dass sie sich solchen Risiken ausgesetzt hatte.

»Er ist in Sicherheit. Sobald ich dich befreit habe, werden wir weiter diese kleinen Hügel hinaufmarschieren. Ich werde jetzt nur deine Fesseln zerschneiden, mehr kann ich nicht tun. Adair und ich überqueren die Hügel an einem Punkt, an dem der Wald bis zu den Felsen reicht. Wenn es dir gelingt zu fliehen, wirst du uns dort finden.«

»Verweil hier nicht länger und warte nicht auf mich.«

»Ich habe nicht die Absicht. Ganz im Gegenteil, ich habe vor, so schnell wie möglich und so weit wie möglich von hier wegzukommen. Fertig«, meinte sie schließlich, als sie seine Fußfesseln durchtrennt hatte. »Pass auf dich auf!«

Er hörte nur ein leises Rascheln, als sie sich eilig entfernte, und staunte, dass sie sich so verstohlen bewegen konnte. Ohne den Blick von seinen Häschern zu wenden, versuchte er, sich möglichst unauffällig die Hand- und Fußgelenke zu reiben, um die Taubheit zu vertreiben. Angespannt wartete er auf einen Ruf, der darauf hinweisen würde, dass Moira entdeckt worden war. Die Zeit verstrich quälend langsam, doch nichts passierte. Offenbar war Moira entkommen. Obwohl Tavig sehr erleichtert war, nahm er sich vor, sie gründlich zu tadeln für die Risiken, die sie eingegangen war. Trotzdem konnte er nicht umhin, ihr Geschick zu bewundern.

Andrew MacBain versank als Letzter in eine trunkene Besinnungslosigkeit. Tavig schloss die Augen. Er hatte so lange und so intensiv auf seine Häscher gestarrt, dass seine Augen brannten. Nachdem der Schmerz nachgelassen hatte, richtete er den Blick wieder auf die Männer. Er musste Gewissheit darüber erlangen, dass sie tief und fest schliefen, wenn er zu fliehen versuchte. Seine einzige Chance bestand darin, möglichst weit in den hügeligen Bereich zu kommen, bevor sie sein Verschwinden bemerkten. Nur ganz kurz dachte er daran, ein Pferd zu stehlen, aber die Tiere waren den Männern zu nahe. Er konnte es nicht riskieren, sie aufzuscheuchen.

Er ließ noch ein wenig Zeit verstreichen, bevor er sich sicher genug fühlte, dass keiner der Männer sich vor dem Morgengrauen rühren würde. Doch er behielt sie noch immer sehr genau im Blick, während er langsam in den Wald zurückrobbte. Beinahe hätte er laut aufgestöhnt, als er es endlich wagte aufzustehen. Seine ersten Schritte waren noch sehr unsicher und dröhnten ihm beunruhigend laut in den Ohren, als er langsam durch den dunklen Wald schlich. Endlich erreichte er den felsigen Fuß der Hügel und war versucht, eine Pause einzulegen, doch er zwang sich dazu weiterzumarschieren.

Er wunderte sich, wie lange es dauerte, bis er die ersten Zeichen von Moira bemerkte. Er musste lächeln, als er sie hörte, bevor er sie sah. Wenn sie allein war, konnte sie sich wie ein Geist bewegen, doch nun zerrte sie die sture Ziege hinter sich her, und ihre Schritte waren alles andere als verstohlen. Vermutlich hätte er einfach zu ihr gehen und ihr auf die Schulter klopfen können, ohne dass sie sein Kommen bemerkt hätte. Doch diesen Schrecken wollte er ihr ersparen.

»Moira«, rief er und lächelte ein wenig, als sie keuchend herumwirbelte und ihn mit weit aufgerissenen Augen anstarrte.

»Bist du's, Tavig?«

»Nay, es ist nur ein Geist, der so klingt wie ich.«

»Sehr witzig. Ich wusste, dass das eine blöde Frage war«, meinte sie, als er auf sie zutrat. »Aber was will man an Klugheit von jemandem erwarten, der dieses verflixte Vieh die ganze Nacht lang hinter sich hergezerrt hat?«

Tavig rieb den Kopf der Ziege und nahm Moira den Strick ab. »Sie will nur ein bisschen ausruhen, das kann man ihr nicht verübeln.« Er warf einen Blick auf die Packtaschen, die Moira dem Tier auf den Rücken gebunden hatte. »Das war ein guter Einfall.«

»Danke. Glaubst du, ihre Milch wird deshalb versiegen?«

»Das kann schon sein, aber bis es so weit ist, sind wir bei Mungan.« Er drückte einen zärtlichen Kuss auf ihre Lippen. »Danke, dass du mich gerettet hast.« Dann setzte er sich wieder in Bewegung, die Ziege hinter sich herziehend. »Aber du hättest es nicht tun sollen. Ich dachte, ich hätte dir klar genug zu verstehen gegeben, dass du das Kind nehmen und wegrennen solltest, und zwar so weit und so schnell wie möglich.«

»Aye, das hast du mir sehr deutlich zu verstehen gegeben«, gab sie zu und folgte ihm den steinigen Abhang hinauf. Sie war froh, dass sie in seiner Stimme keinen echten Zorn gehört hatte. »Es fiel mir zwar nicht leicht, dich im Stich zu lassen, aber ich habe genau das getan, was du mir gesagt hast.«

»Wenn du das getan hättest, wärst du nicht durch das Gras gekrochen, um meine Fesseln zu durchtrennen.«

»Ich meinte, anfangs habe ich dir gehorcht, aber sobald ich sah, wo du warst und dass du noch am Leben warst, musste ich handeln.«

»Du hast dich und meinen Sohn in Gefahr gebracht. Es war mein voller Ernst, als ich dir erklärte, dass es für dich und Adair gefährlich werden würde, wenn ihr Iver in die Hände fallt. Genauso gefährlich wie für mich.«

»Das war mir schon klar. Aber wie ich schon sagte – ich war sehr gehorsam. Doch dann habe ich dich gesehen, zwar gefangen, aber am Leben. Und ich habe auch gesehen, wie schwach deine Wächter waren. Ich habe ein langes Selbstgespräch geführt und schließlich beschlossen, dass ich einfach nicht weitergehen konnte. Es hätte mich mein Leben lang umgetrieben. Aye, und ich dachte, dass mir dein Sohn eines Tages Fragen zu diesem Tag stellen würde. Also habe ich beschlossen, einzugreifen und dir die Chance zu geben, dich selbst zu retten. Deine Bewacher waren so betrunken, dass es nicht schwer war, sich anzuschleichen und deine Fesseln zu durchtrennen.«

»Und was hast du mit dem Kind getan, während du in der

Gegend herumgekrochen bist?« Als sie nichts darauf sagte, blieb er stehen und drehte sich zu ihr um. »Deiner schuldbewussten Miene nach wirst du mir jetzt wohl gleich gestehen, dass du mitsamt meinem Sohn in das Herz des feindlichen Lagers geschlichen bist.«

»Eigentlich habe ich gerade versucht, mir etwas einfallen zu lassen, wie ich dir die Wahrheit sagen könnte, ohne dich anzulügen.«

»Moira!«

»Na ja, ich konnte ihn schlecht allein lassen, findest du nicht auch? Aber es war wahrhaftig nicht das Herz des feindlichen Lagers, sondern nur der Rand.« Sie lächelte ihn schief an, als er sie einen Moment lang ungläubig anstarrte. »Es tut mir leid, Tavig, doch ich konnte wirklich nicht untätig bleiben, als ich dich hilflos und in Fesseln daliegen sah. Wenn ich Adair allein gelassen hätte und erwischt worden wäre, wäre er so oder so gestorben. Ein kleines Kind kann hier draußen in der Wildnis nicht lange überleben. Aber ich war mir sicher, dass ich nah genug an dich herankommen könnte, um deine Fesseln zu zerschneiden, ohne gehört oder gesehen zu werden.«

»Adair hätte einen Laut von sich geben und Ivers Männer alarmieren können.«

»Das stimmt natürlich, aber er ist so ruhig und zufrieden, dass ich das Gefühl hatte, die Chancen, dass er es weiterhin bliebe, stünden recht gut.«

Leise fluchend schüttelte Tavig den Kopf und ging weiter. »Du bist verrückt. Und ich bin wohl auch ein bisschen verrückt, weil ich deine Gründe einsehen kann. Aber wo hast du eigentlich gelernt, dich so verstohlen zu bewegen, dass dich jeder Krieger darum beneiden würde? Diese Fertigkeit ist etwas, was ein Mädchen normalerweise nicht erwirbt.«

»Wenn man bei einem Mann wie Bearnard Robertson lebt, gewöhnt man sich an, leise zu sein und sich nicht sehen zu lassen. Das Letzte, was ich tun wollte, war es, seine Aufmerksamkeit zu erregen, denn er schien ständig wütend auf mich zu sein. Aber es ist schön, dass ich diese Fertigkeit gut verwenden konnte und nicht nur, um mich vor Bearnards Jähzorn zu schützen.«

»Es gefällt mir ganz und gar nicht, diesem Mann für etwas dankbar zu sein, selbst dafür, dass er dich etwas gelehrt hat, was dazu beigetragen hat, mein elendes Leben zu retten.«

»Na ja, richtig gelehrt hat er es mich nicht. Er hat mich nur dazu gebracht, es mir selbst beizubringen.« Sie erwiderte sein rasches Grinsen. »Im Übrigen ist so etwas auf Sir Bearnards Burg keine ungewöhnliche Fertigkeit. Fast alle, die sich dort gezwungenermaßen aufhalten, lernen, sich wie Geister zu bewegen.«

»Trotzdem hast du vor, zu diesem Ort des Schreckens zurückzukehren.«

»Ich habe keine andere Wahl.«

Tavig wirbelte herum und starrte sie so eindringlich an, dass sie unwillkürlich vor ihm zurückwich. »O doch, das hast du. Ich habe dir eine geboten, und zwar schon seit dem Tag, als wir auf diesem jämmerlichen Strand aufwachten. Du weigerst dich nur, sie anzunehmen. Wenn ich darüber nachdenke, was du alles riskiert hast, um mir das Leben zu retten, verstehe ich die Gründe für deine Weigerung immer weniger.«

»Das kommt nur daher, weil du dich weigerst, auf meine Begründungen zu hören oder einzusehen, dass die Vorfälle in diesen verfluchten Dörfern mir recht geben. An einer Verbindung zwischen uns wird sich nur der Aberglaube der Menschen entzünden und uns beide bedrohen. Das habe ich dir schon so oft gesagt, dass ich mir allmählich wie ein Kind vorkomme, das einem sehr fordernden Lehrer ständig dieselbe Lektion wiederholen muss.«

»Du bist doch kein Feigling, Moira, auf dieser Reise hast du wiederholt deinen Mut bewiesen. Ich kann mir einfach nicht vorstellen, dass du dich wieder in Bearnards brutale Obhut begeben willst, nur weil du denkst, dass unsere Ehe den Aberglauben in den Menschen wecken wird. Ja, ich kann mir nicht einmal vorstellen, dass du vor Aberglauben Reißaus nehmen würdest.«

»Ich glaube nicht, dass ich so tapfer bin, wie du mich hinstellst«, widersprach sie, auch wenn seine Worte ihr schmeichelten. »Doch es wäre die reine Torheit, eine Gefahr zu erkennen und direkt darauf zuzulaufen, vor allem, wenn man die Wahl hat, eine andere Richtung einzuschlagen. Ist dir denn nie in den Sinn gekommen, dass das, was ich tue, vielleicht das Beste ist für dich und die Kinder, die wir womöglich bekämen? Vielleicht bin ich ja einfach nicht tapfer genug, mich dem zu stellen, was dir und unseren Kindern passieren könnte, nur weil wir dem Aberglauben die Stirn bieten.«

»Meine Leute sind nicht so töricht, bei ihnen würde uns nichts passieren.«

»Dir vielleicht nicht, aber womöglich hat ihre Toleranz auch ihre Grenzen.«

»Das glaube ich nicht. Aber es gibt nur eine Möglichkeit, dir das zu beweisen: Du musst bei mir bleiben, bis wir meine Leute treffen. Danach kannst du dich entscheiden.«

»Warum die Sache hinauszögern? Ich kann mir nicht vorstellen, dass sich meine Meinung ändern würde. Es wäre besser, mit meinen Verwandten mitzugehen, wenn sie kommen, um Una abzuholen.«

Moira wünschte, er würde seine Überredungsversuche einstellen. Ihm eine Abfuhr zu erteilen, fiel ihr jedes Mal schwerer. Zu gern hätte sie das gehabt, was er ihr anbot, obwohl er kein einziges Mal von Liebe gesprochen hatte. Doch seine Hartnäckigkeit erinnerte sie ständig daran, dass sie ihm etwas verschwieg, und das bedrückte sie. Soweit sie wusste, hatte er vor ihr keine Geheimnisse.

Tavig trat näher und umfasste zärtlich ihre Schultern. »Du kannst doch jederzeit zu dem erbärmlichen Leben bei Sir Bearnard zurückkehren. Ich bitte dich doch nur um ein paar weitere Tage deines Lebens. Versprich mir, dass du bei mir bleibst, bis ich alles zurückerhalten habe, was Iver mir gestohlen hat.«

»Aye, das verspreche ich dir«, gestand Moira ihm schließlich zögernd zu.

Er grinste, gab ihr einen kurzen, doch erregenden Kuss, nahm die Ziege wieder an ihrem Strick und lief weiter. Moira folgte ihm, wobei sie sich stillschweigend wegen ihrer Schwäche schimpfte. Sie hatte ihm das Versprechen gegeben, weil sie nicht die Kraft hatte, ihm etwas zu verweigern, was er unbedingt haben wollte. Darüber hinaus war es natürlich auch verlockend, ein paar weitere Tage mit ihm zu verbringen und den Schmerz, ihn verlassen zu müssen, ein wenig hinauszuschieben. Nun hoffte sie nur, dass seine Leute in Wahrheit nicht so tolerant waren, wie er dachte, sonst könnte er sie leicht dazu überreden, länger zu bleiben. Doch das wäre ein schwerer Fehler; denn sie konnte ihre Gabe nicht auf Dauer vor ihm verheimlichen.

14

Du hast gesagt, die Burg deines Cousins läge direkt hinter diesen Hügeln. Du hast nicht gesagt, dass die Hügel endlos sind«, grummelte Moira und setzte sich auf einen moosbedeckten Stein. »Wir laufen jetzt seit zwei verflixten Tagen darüber.«

»Wir mussten ein paar Umwege machen, um Ivers Leute abzuschütteln«, erinnerte Tavig sie, während er die Ziege molk. Dann überreichte er Moira die Milch für Adairs Mittagsmahlzeit. »Wenn die Kerle uns nicht jede Kurve abschneiden, müssten wir morgen Abend bei Mungan eintreffen.«

Während Adair zufrieden seine Milch nuckelte, entgegnete Moira verdrossen: »Ich hätte mir nie gedacht, dass diese Burschen uns derart verbissen und stetig verfolgen würden.«

»Iver hat für mich ein stattliches Sümmchen in Aussicht gestellt. Aber es hat sicher noch einen anderen Grund, warum sie nicht mit leeren Händen zu ihm zurückkehren wollen. Iver gehört nicht zu den Leuten, die anderen einen Fehlschlag nachsehen. Da zwei der Männer verwundet sind, wird er bald erraten, dass sie mich erwischt hatten, doch wieder entkommen ließen. Er wird ihnen nicht glauben, wenn sie versuchen, das abzustreiten. Es könnte gut sein, dass es für sie um Leben oder Tod geht, mich zu fangen.«

»Das wäre jedenfalls eine Erklärung für ihre Hartnäckigkeit. Doch wenn sie weiterreiten, werden sie bald anhalten und die zwei Verwundeten begraben müssen. Die beiden leben sicher nicht mehr lange, wenn sie sich nicht bald ein Weilchen ausruhen und pflegen lassen.«

»Ich glaube nicht, dass die anderen anhalten würden, um ihnen ein Grab zu schaufeln.« Als sie entsetzt die Augen aufriss, zuckte er nur die Schultern. »Sie besitzen nicht den geringsten

Anstand. Obgleich sie geübt darin sind, gemeinsam zu kämpfen, würde sich keiner für den anderen in Gefahr begeben. Wahrscheinlich würden sie sogar versuchen, sich gegenseitig umzubringen, sobald Iver ihnen das Kopfgeld für mich ausbezahlt hat. Sie verbindet nur eines – dass sie alle aus ihrem jeweiligen Klan verstoßen worden sind.«

»Dann werden sie uns wohl bis zu den Toren von Mungans Burg verfolgen.«

»Ich rechne damit, dass sie versuchen werden, sich zwischen uns und Mungan zu stellen. Sie haben bestimmt erraten, dass ich zu ihm unterwegs bin.«

»Dann habe ich hoffentlich recht mit meiner Vermutung, dass du schon einen Plan hast, um uns an ihnen vorbeizuschmuggeln?«

»Den einen oder anderen schon. Mach dir keine Sorgen, süße Moira, wir haben einen Vorteil.«

»Bei sechs bewaffneten und berittenen Männern? Worin soll dieser Vorteil denn bestehen?«

»Sie werden von Mungan und seinen Leuten nicht gesehen werden wollen. Mungan würde sie erkennen und wissen, worauf sie aus sind, und deshalb nicht zögern, sie niederzumähen. Es ist zwar nur ein kleiner Vorteil, aber besser als gar keiner.«

Moira nickte, doch innerlich seufzte sie. Nach Tavigs Befreiung hatte sie kaum darüber nachgedacht, was Ivers Männer wohl tun würden, wenn sie herausfanden, dass ihnen ihr Fang durch die Lappen gegangen war. Auf alle Fälle hatte sie sich keine derartig hartnäckige Verfolgungsjagd vorgestellt, der sie und Tavig nun schon seit zwei Tagen ausgesetzt waren. Die Lebensmittel aus dem letzten Dorf gingen zur Neige, und sie hatten abends nicht einmal ein Feuer machen und ihre Hafergrütze kochen können. Selbst die kleinste Flamme hätte Ivers Knechte auf sie aufmerksam gemacht und sie direkt zu ihnen geführt.

Zwar waren sie schon seit Beginn ihrer langen Reise verfolgt worden, doch noch nie so unerbittlich wie jetzt. Inzwischen war ihre Angst um Tavig ein ständiger bitterer Geschmack in ihrem Mund. Um sich selbst und um Adair machte sie sich weniger Sorgen. Sie wusste, dass Tavig jederzeit wieder so handeln würde, wie er es bereits getan hatte – er würde sich seinen Feinden ausliefern, um ihr und seinem Sohn die Chance zu geben, in sichere Gefilde zu entkommen. Davor hatte sie die größte Angst, weil sie wusste, dass sie dann unter schweren Schuldgefühlen leiden würde. Dabei war es schon jetzt schlimm genug, denn ihr war klar, dass die Sorge um sie und Adair Tavigs Flucht verlangsamte.

»Vielleicht solltest du uns hier zurücklassen und allein zu Mungan gehen«, schlug sie vor, als sie Adairs leeren Lederbeutel weglegte und ihm wie immer nach dem Essen sachte den Rücken rieb.

Tavig verdrehte nur die Augen. »Manchmal redest du wirklich dummes Zeug daher, Mädchen.«

»Was soll daran dumm sein? Du kannst wohl kaum leugnen, dass du wegen Adair und mir weniger wendig bist. Ohne uns könntest du dich womöglich direkt an diesen Kerlen vorbeischleichen.«

»Und was machst du, während ich mich in Sicherheit bringe?«

»Wir warten hier, bis du uns Leute schickst, um uns zu holen.«

»Und was willst du tun, wenn Ivers Söldner über dich und das Kind stolpern? Was ist, wenn die Wölfe, die wir nachts gehört haben, kommen und herumschnüffeln? Du kannst kein Feuer machen, um sie zu vertreiben, ohne dass du Andrew wissen lässt, wo du steckst. Ich weiß nicht einmal, ob du überhaupt eine Ahnung hast, wie man ein Feuer entfacht.«

»Ich habe dir jetzt seit ungefähr zwei Wochen dabei zugesehen. Ich bin mir sicher, dass ich das kann.«

Verärgert musste sich Moira eingestehen, dass er wohl recht hatte, wenn er das, was ihr als gute Idee erschienen war, als dummes Zeug abtat. Sie hatte nicht erwartet, so lange von ihm getrennt zu sein, dass sich wirkliche Gefahren auftun würden. Aber offenbar hatte sie nicht weit genug in die Zukunft gedacht. Er würde mit Sicherheit mindestens einen Tag brauchen, um zu Mungan zu kommen. Sie würde also mindestens eine Nacht allein sein, und diese Aussicht versetzte sie in Angst und Schrecken. Aber das konnte sie ihm gegenüber natürlich nicht zugeben.

»Ich möchte jedenfalls nicht abermals schuld daran sein, dass du gefasst wirst.«

»Warum solltest du beim letzten Mal daran schuld gewesen sein?«

»Wenn wir nicht dabei gewesen wären, hättest du diesen Männern problemlos ausweichen können. Stattdessen musstest du dich ihnen direkt in den Weg stellen, damit sie Adair und mich nicht fanden. Das könnte noch einmal passieren.« Sie verzog das Gesicht, als er sich neben sie kauerte und ihr einen Kuss auf die Wange drückte. »Wofür war der denn?«

»Dafür, dass du dich so um mich sorgst.« Er stupste Adair liebevoll in die Rippen, woraufhin der Kleine kicherte und in Moiras Armen strampelte. »Wir bleiben zusammen. In einem knappen halben Tag haben wir Mungans Burg erreicht.«

»Aye, solange unsere Jäger uns nicht noch einmal zwingen, die Richtung zu ändern.« Seufzend bemühte sie sich, ihre Angst zu zügeln. »Es tut mir leid, Tavig, aber ich bin es einfach leid, wegzurennen und mich zu verstecken.«

»Mir geht es genauso, Liebes. Es ist kein Wunder, schließlich haben wir kaum etwas anderes getan, seit wir von diesem Schiff gestürzt sind.«

»Aber so schlimm war es nicht die ganze Zeit. Jetzt sind uns die Jäger ja so dicht auf den Fersen, dass wir nicht einmal wagen, das kleinste Feuer zu entfachen.«

Tavig setzte sich neben sie, legte den Arm um ihre Schultern und drückte sie an sich. Er konnte ihre Sorgen gut verstehen, an ihm nagte dasselbe Unbehagen. Ivers Söldner waren ihnen tatsächlich dicht auf den Fersen. Er kam sich vor wie ein verfolgtes Kaninchen, dessen Bau von allen Seiten blockiert ist, sodass es sich gezwungen sieht, im Kreis herumzurennen, bis es tot umfällt. Mungans sichere Burg lag zwar zum Greifen nahe, doch er und Moira hatten so viele Umwege machen müssen, um ihre Verfolger abzuschütteln, dass die Reise um etliche Meilen länger geworden war.

»Wir werden bald bei Mungan sein, Mädchen. Es erweist sich nur ein kleines bisschen schwieriger, als ich gedacht hatte.« Er zauste Adairs dichte Locken. »Das Kind ist satt, sollen wir weiter?«

»Aye, versuchen wir, unserem Ziel ein paar Schritte näher zu kommen.« Moira verstaute Adair seufzend in seinem Tuch und erhob sich. »Achte nicht auf mich, Tavig, ich habe schlechte Laune.«

»Du brauchst dich nicht zu entschuldigen, Liebes. Meine Laune ist nicht sehr viel besser.« Er machte sich an den Abstieg, wobei er ein Stoßgebet zum Himmel schickte, dass sie diesmal auf dem von ihm gewählten Pfad bleiben konnten.

»Du kannst es aber wesentlich besser verbergen als ich.«

»Mag sein. Wenn ich meine Stimmung mit Worten beschwichtigen könnte, würdest du eine Menge davon hören. Doch das würde nicht helfen, die Wut in meinem Bauch zu besänftigen. Ich muss etwas tun. Im Moment würde ich am liebsten diese Kerle aufspüren, die uns Iver auf die Fersen gehetzt hat, und sie umbringen, und zwar sehr, sehr langsam.«

Nun hörte Moira die kalte Wut in seiner Stimme, und auch von seinem angespannten Gesicht konnte sie sie ablesen, an der Art, wie er sich bewegte, ja sogar daran, wie er die Ziege mit sich zerrte ohne Rücksicht auf den Eigensinn des Tieres. Sie bekam Gewissensbisse, weil sie sich so mit ihrer eigenen Enttäuschung, Erschöpfung und Wut beschäftigt hatte, dass sie überhaupt nicht darauf geachtet hatte, wie es ihm wohl erging.

Sie nahm sich vor, sich nicht mehr zu beklagen. Zwar tat es ihr gut, wenn sie ihre Gefühle in bitteren Worten zum Ausdruck bringen konnte, doch ab sofort wollte sie Tavig mit solchen Belanglosigkeiten nicht mehr behelligen, er hatte wahrhaftig größere Sorgen.

Aber als Tavig sie kaum eine Stunde später in den Schutz von ein paar großen Felsen und knorrigen Bäumen drängte, fiel es ihr schwer, sich an ihren guten Vorsatz zu halten. So etwas war in den letzten beiden Tagen so oft vorgekommen, dass sie genau wusste, was es bedeutete: Ivers Söldner waren wieder sehr nahe. Allmählich stieg ein richtiger Hass auf diese Kerle in ihr auf.

»Wo sind sie jetzt?«, fragte sie leise.

»Nicht weit weg, zu unserer Linken. Sie haben einen leichteren Abstieg gewählt«, erwiderte Tavig.

»Vielleicht sollten wir zur Abwechslung einmal ihnen folgen.« Sie verzog das Gesicht, als Tavig sie anstarrte. »Das war nur ein schlechter Witz, ausgelöst von meiner schlechten Laune. Tut mir leid, ich hatte mir vorgenommen, dich damit nicht mehr zu plagen.«

Tavig lachte leise und küsste sie rasch, aber heftig. »Du hast mich nicht geplagt. Und diesmal hast du sogar eine richtig gute Idee gehabt.«

»Wie meinst du das?« Moira fragte sich, ob die Strapazen der letzten zwei Tage wohl seinen Geist verwirrt hatten.

»Mädchen, wo würden uns diese Narren am wenigsten suchen?« Als sie ihn nur weiter entgeistert anstarrte, beantwortete er seine Frage selbst. »Sie werden nicht hinter sich nach uns suchen. Sie würden nie darauf kommen, dass wir ihnen folgen. Sie rechnen damit, dass wir um unser Leben rennen, und nicht, dass wir hinter ihnen herspazieren. Begreifst du denn gar nicht, was ich meine?«, fragte er, als sie stumm blieb.

»O doch, das schon; aber ich denke mir, dass das auch ganz schön gefährlich sein könnte. Wir würden ihnen sehr nahe kommen.«

»Wir sind ihnen jetzt schon sehr nahe, Liebes. Wenn wir noch näher wären, könnten sie uns riechen.«

»Aber wenn wir so verfahren, was passiert, wenn sie anhalten? Du hast gesagt, sie würden sich nicht in die Nähe von Mungans

Burg wagen, weil sie von Mungan und seinen Leuten nicht gesehen werden wollen. Das heißt doch, dass sie nicht so weit gehen werden, wie wir gehen wollen, und dass wir dann um sie herumgehen müssen, um zur Burg deines Cousins zu gelangen.«

»Ich habe nicht behauptet, dass mein Plan perfekt ist. Aber zumindest werden wir ein Weilchen in der richtigen Richtung laufen, und wir werden auf Schritt und Tritt wissen, wo sie sich befinden. Uns an ihnen vorbeizuschleichen ist bestimmt nicht viel schwieriger als das, was wir ohnehin schon tun. Wir verbringen einen Großteil unserer Zeit mit dem Versuch, ihnen auszuweichen.«

»Na gut, dann probieren wir es eben. Schließlich hast du bislang gut für unsere Sicherheit gesorgt.«

Tavig lachte bitter auf. »Sicherheit? Es ist mir wahrhaftig nicht besonders gut gelungen, dafür zu sorgen, dass wir den Weg zu Mungan unbeschadet überstehen. Wenn du vernünftig wärst, würdest du mein Urteil nach Kräften hinterfragen. Ich für meinen Teil kann jedenfalls nicht umhin, das zu tun.«

»Unsinn. Du hast uns vor dem Ertrinken bewahrt, du hast uns vor den Idioten gerettet, die uns der Hexerei bezichtigt haben, nur weil du das arme Kind gerettet hast, und du hast uns auch aus dem anderen Dorf geschafft. Du kannst zwar nicht allen Ärger vorhersehen, doch du hast stets dafür gesorgt, dass wir ihm wieder entkommen sind. Und jetzt hast du uns schon zwei Tage lang vor Ivers Leuten bewahrt.«

»Ohne mich hättest du diesen Ärger überhaupt nicht gehabt.«

»Ach, da tut sich aber jemand leid.«

»Ich zähle nur die Tatsachen auf, Moira, harte, kalte Tatsachen, die du eingehender betrachten solltest.«

»Nay. Du würdest dir am liebsten ein Büßerhemd überstreifen und dich geißeln, weil du es nicht vermagst, Dinge aufzuhalten, die nicht aufzuhalten sind.« Sie machte es Adair in seinem Tuch ein wenig gemütlicher. »Wenn diese Mistkerle jetzt weg sind, sollten wir uns wohl wieder auf den Weg machen.«

»Aye, nachdem du jetzt all meine Versuche, demütig zu sein, zurückgewiesen hast, können wir genauso gut weiterziehen.«

Moira lachte leise und folgte ihm. Doch ihre gute Laune schwand rasch, als sie anfingen, hinter den Männern herzugehen, von denen sie so eifrig verfolgt worden waren. Die Nähe zu ihnen beunruhigte sie sehr, auch wenn sie wusste, dass Tavig sorgfältig darauf achtete, außer Sichtweite zu bleiben. Sie konnte das Gefühl nicht abschütteln, dass sie jeden Moment direkt in die Arme ihrer Feinde laufen würden.

Die Sonne ging bereits unter, als Tavig verkündete, dass sie eine Rast einlegen würden. Moira war völlig erledigt. Sie sank auf einen Stein und fragte sich, ob ihnen wohl eine weitere kalte Nacht in der unwirtlichen Natur bevorstand. Allmählich beschlich sie die Sorge, dass Adair krank werden könnte, wenn er noch länger ohne ein warmes Feuer schlafen musste. Doch sie wartete geduldig, während Tavig vorsichtig ein Stückchen weiter schlich, um zu erforschen, wo ihre Feinde sich genau befanden. Erst als er sachte an ihrem Arm zupfte, merkte sie, dass sie eingeschlafen war. Die Farben des Sonnenuntergangs waren bereits dem Grau der Abenddämmerung gewichen.

»Alles in Ordnung?«, fragte sie leise, als er sich neben sie kniete.

»Aye. Die Lage sieht sogar ziemlich gut aus.«

»Haben die Männer beschlossen, aufzugeben und wegzureiten?«

»Nein, so gut auch wieder nicht. Aber sie haben ihr Nachtlager aufgeschlagen und wirken genauso erschöpft wie wir. Einer von ihnen soll Wache halten, aber als ich kehrtmachte, war er schon am Einschlafen.«

»Also werden wir jetzt versuchen, uns um sie herumzuschleichen?«

»Jawohl. Mungans Burg liegt etwa ein bis zwei Meilen entfernt. Die Dunkelheit wird uns den Weg zwar nicht einfacher machen, aber bald geht der Mond auf, das wird uns ein bisschen helfen. Wenn wir unbemerkt an diesen Narren vorbeikommen, werden sie immerhin nicht heute Nacht die Verfolgung aufnehmen.« Er reichte ihr Adairs Ziegenmilch. »Wenn du dich beeilst, dann können wir die Dunkelheit, bevor der Mond am Himmel steht, zu unserem Vorteil nutzen.«

Moira kämpfte darum, zumindest annähernd wach zu werden. Die Vorstellung, dass sie womöglich in wenigen Stunden die Sicherheit und die Annehmlichkeiten von Mungans Burg erreichen würden, half ihr dabei. Die Aussicht auf Wärme, eine Mahlzeit und ein Bett verlieh ihr die Kraft, ihre Erschöpfung zu bezwingen.

Adair war höchst fügsam. Wieder einmal beschlich Moira das beunruhigende Gefühl, dass der Kleine sehr viel mehr merkte, als man von einem Kind seines Alters erwartet hätte. Er trank seine Milch viel schneller als sonst, wand sich kein einziges Mal, als sie seine Windeln wechselte, und machte nicht einmal fröhliche kleine Gluckser, als er gefüttert wurde. Es war, als begreife er die Notwendigkeit, leise zu sein und rasch zu handeln. Als sie ihn wieder in sein Tuch steckte, schalt sie sich wegen ihrer Torheit. Adair war ein Kind, er war kaum ein Jahr alt. Sie hatte sich von ihrem Aberglauben närrisches Zeug einreden lassen und seinem offenkundigen gutmütigen Verhalten viel zu viel beigemessen. Sie hoffte nur, dass die Luft, die der Kleine bestimmt geschluckt hatte, weil er so hastig getrunken hatte, nicht ausgerechnet dann entweichen wollte, wenn sie versuchten, an ihren Feinden vorbeizuschleichen.

Sie bemühte sich, Ruhe zu bewahren, als sie hinter Tavig den Abhang hinablief. Bei jedem Schritt fürchtete sie, dass ein Zweig zerbrechen oder ein Steinchen sich lösen könnte. An und für sich vertraute sie ihrer Fähigkeit, sich sehr leise zu bewegen, doch ausgerechnet jetzt fiel es ihr schwer, diese Zuversicht beizubehalten.

Sie kamen so nah an Ivers Leuten vorbei, dass Moira sich einbildete, sogar ihren Atem zu hören. Zu gern hätte sie einen Blick in ihre Richtung geworfen, unterdrückte diesen Wunsch jedoch standhaft. Tavig hatte das Maul der Ziege wieder mit

Lumpen zugebunden, nun blieb nur noch zu hoffen, dass diese nicht trotz des Knebels ein paar Geräusche zustande brachte. Als die Pferde der Männer unruhig wurden und zu stampfen und zu schnauben begannen, wäre ihr fast das Herz stehen geblieben, doch sie gehorchte Tavigs Wink weiterzugehen. Erst als sie das Lager ein gutes Stück hinter sich gelassen hatten, wagte sie wieder zu atmen.

»Du machst das hervorragend, Liebes«, flüsterte Tavig, während er ihr um einen steilen Vorsprung half.

»Ich würde mich weitaus besser fühlen, wenn der Boden, über den wir gehen, nicht so beschaffen wäre, dass man ständig Angst hat, Lärm zu machen.«

»Wir werden gleich bei einfacherem Gelände ankommen.«

Als sie endlich den mit Felsen übersäten Fuß der Hügel erreicht hatten, atmete Moira erleichtert auf. Das Gefühl von weichem Gras und Moos unter ihren Füßen beruhigte sie. Immerhin musste sie jetzt nicht mehr befürchten, dass ein einziger falscher Schritt sie verraten könnte. Inzwischen war Tavig stehen geblieben und nahm der Ziege ihren Knebel ab.

»Bist du dir sicher, dass du das jetzt schon tun kannst?«, fragte sie, denn die Ziege konnte manchmal sehr laut sein.

»Falls Ivers Männer dort droben in den Hügeln die Ziege überhaupt hören, werden sie bestimmt davon ausgehen, dass sie Mungan gehört. Es hat das Tier ziemlich gestört, mit verbundenem Maul herumzurennen, so etwas ist auch nicht ganz ungefährlich.« Er warf einen Blick auf die Hügel. »Jetzt kann ich es dir ja gestehen: Ich habe nicht geglaubt, dass wir so leicht entkommen könnten.«

»Ich bin froh, dass du mir das nicht gestanden hast, bevor wir es versucht haben. Ich hatte schon so genug Angst.«

Er beugte sich zu ihr und küsste sie sachte. »Meine arme kleine Moira. Halt noch ein bisschen durch, gleich sind wir in Sicherheit.«

»Wirst du mir die Wahrheit sagen, wenn ich dich frage, ob du die Burg deines Cousins auch im Dunkeln finden wirst?«

»Aye. Und bald wird es nicht mehr so dunkel sein wie im Moment. In Kürze wird der Mond unseren Weg beleuchten. Ich fürchte, das ist der einzige Trost, den ich dir momentan geben kann.«

»Er reicht.«

Tavig nickte und zog los. Moira hielt mit ihm Schritt, auch wenn sie den Boden kaum sehen konnte. Deshalb ließ sie Tavig nicht aus den Augen; solange sie seinen Tritten genau folgte, würde ihr schon nichts passieren. Als sich der Mond endlich zeigte, atmete sie erleichtert auf. Es hatte ihr gar nicht behagt, im Dunkeln herumzustolpern.

»Da drüben ist sie«, verkündete Tavig bald darauf.

Als Moira in die Richtung sah, in die er deutete, hätte sie vor Überraschung fast laut aufgeschrien. Sie hatte mit einem kleinen Wohnturm gerechnet, doch Mungan Colls Burg war weitaus größer. Offenbar hatte er sich ein paar Anregungen bei den großen englischen und französischen Burgen geholt. Mit ihrer dicken Ringmauer wirkte die Burg tatsächlich verführerisch sicher.

»Glaubst du nicht, wir sollten bis morgen früh warten, damit man uns besser sieht, wenn wir uns nähern?«, fragte sie.

»Das wäre vielleicht klüger, aber jetzt, wo ich mein Ziel vor Augen habe, bringe ich nicht die Geduld dafür auf. Wir sind ja nur zu zweit, abgesehen von Adair und der Ziege. Ich glaube nicht, dass man uns als große Bedrohung sehen wird. Außerdem bin ich den meisten Bewaffneten hier vertraut, es wird bestimmt jemand auf der Mauer stehen, der mich erkennt.«

»Hoffen wir's. Es wäre wirklich ärgerlich, ausgerechnet von dem Mann getötet zu werden, zu dem wir uns zwei Wochen lang mühsam durchgekämpft haben.« Sie lächelte matt, als Tavig kicherte, dann gesellte sie sich an seine Seite.

»Ich glaube, ich sollte dir noch ein paar Dinge über Mungan erzählen, bevor wir bei ihm ankommen.«

»Du hast mir schon genug erzählt. Jedenfalls weiß ich, dass er ein etwas sonderbarer Kauz ist.«

»O ja, das ist er. Außerdem ist er groß, sehr groß, und er kann sehr wüst aussehen und auch so klingen. Aber du brauchst keine Angst vor ihm zu haben. Er knurrt und faucht, doch es ist vor allem Luft und Lärm. Und was du noch wissen solltest: Manchmal wirkt Mungan ausgesprochen töricht, doch er kann auch sehr schlau sein, ja richtig gerissen. Gelegentlich wirkt er fast einfältig, aber er kann auch nur so tun, nämlich dann, wenn er darin einen Vorteil sieht. Egal, was er sagt oder tut, denk daran: Wenn es sein muss, kann er auf einen messerscharfen Verstand zurückgreifen.«

»Vertraust du ihm denn?«

»In mancher Hinsicht nicht, hinsichtlich vieler anderer Dinge schon. Ich vertraue ihm, dass er mir nicht ein Messer in den Rücken rammt oder sich so verhält wie Iver. Weißt du noch, was Mungan dem alten Colin geraten hat, um Craigmoordun zurückzuerobern?« Als Moira nickte, fuhr er fort: »So eine Schläue ist typisch für ihn. Meist richtet er damit keinen Schaden an, es sei denn, man hat etwas, was er gerne haben will. Es ist nicht leicht, sich auf einen Mann wie Mungan Coll einen Reim zu machen. Denk stets daran, dass er sehr durchtrieben sein kann.«

»Das werde ich tun, aber ich glaube nicht, dass es für mich von Belang ist. Ich habe bestimmt nichts, was er gern haben würde.«

Sie hatte den Eindruck, dass sich Tavigs Miene kurz verfinsterte, doch vielleicht war es auch nur ein Spiel der Schatten gewesen, verursacht vom Mondlicht. Moira zog das Tuch um Adair ein wenig fester und dachte nur noch daran, möglichst rasch zu Mungan Colls Burg zu gelangen und dort in einem weichen Bett zu versinken.

Als sie sich dem Tor der Burg näherten, beschlich Moira auf einmal wieder ihre Angst. Die Burg sah nicht sehr einladend aus, nein, sie wirkte, als berge sie eine Menge Gefahren. Die Männer auf der Mauer musterten sie so gründlich, dass sich Moira die Nackenhaare sträubten. Wahrscheinlich würde sie sich geborgen fühlen, wenn sie sich erst einmal im Inneren befand, doch jetzt war es schrecklich zermürbend, vor dem großen, verschlossenen Tor zu stehen und darauf zu warten, beurteilt und eingelassen zu werden.

»Ich bin's, Tavig MacAlpin«, rief Tavig den Männern auf der Mauer zu. »Ich möchte gern zu Mungan.«

»Es ist nicht leicht, in diesem Licht zu sehen, wer Ihr seid. Warum sollten wir Euch Glauben schenken?«, erwiderte einer der Wächter.

»Bist du das, Conan? Jedenfalls klingt es so. Na komm schon, welcher Feind würde euch mit einem Mädchen, einem Kind und einer Ziege im Schlepptau zu Leibe rücken?«

»Das wäre ein Argument. Aber welcher Freund oder Verwandter kommt mitten in der Nacht? Aye, und wann ist Tavig MacAlpin jemals zu Fuß angerückt?«

»Als er vor Iver, dem Mistkerl, zu Fuß flüchten musste. Jetzt mach schon, du siehst doch bestimmt, dass von uns keine Gefahr ausgeht. Lass uns ein, dann kannst du uns in einem besseren Licht betrachten. Wenn du uns dann noch immer für Feinde hältst, wird es dich keine große Mühe kosten, mit uns fertig zu werden.«

»Stellt euch direkt vor das Tor, damit nur ihr zwei hereinkommen könnt.«

Moira trat neben Tavig, und kurz darauf ging eine kleine Tür auf und sie, Tavig und die Ziege wurden hineingezogen. Dann wurde die Tür wieder sorgfältig verrammelt. Ein stämmiger, grauhaariger Mann kam zu ihnen und musterte Tavig eingehend, bevor er den weitaus schlankeren Mann so fest umarmte, dass es aussah, als wolle er ihm sämtliche Knochen brechen.

»Conan!«, protestierte Tavig. »Schnür mir nicht die Luft ab!«

»Also bist du es wirklich, mein Junge«, sagte Conan, ließ von Tavig ab und klopfte ihm herzhaft auf den Rücken. »Mungan wird sich freuen.«

»Dann ist er also da. Das ist gut. Ich hatte gehofft, dass es so ist, denn ich brauche seine Hilfe. Aber mir kam zu Ohren, er sei momentan recht beschäftigt.«

Conan verzog das Gesicht. »Ach, du meinst das Mädchen. Das war in mancherlei Hinsicht ein Fehler, aber du weißt ja, wie Mungan ist: Wenn er sich etwas in den Kopf gesetzt hat, lässt er sich nicht mehr davon abbringen.« Er nickte Moira zu. »Willst du mir nicht deine Begleiterin vorstellen?«

»Doch, natürlich. Conan, das ist Moira.« Tavig lächelte, als Conan Moira galant die Hand küsste. »Das Kind ist mein Sohn, Adair. Eine Frau namens Jeanne hat ihn zur Welt gebracht.«

»Ich glaube, du hast eine Menge zu erzählen.« Conan deutete auf den Wohnturm. »Geht ruhig rein, Mungan wollte sich gerade zu einer Mahlzeit niederlassen. Ich nehme an, ihr habt nichts dagegen, daran teilzunehmen.«

»Kommst du nicht mit?«, fragte Tavig.

»Nay, ich muss wieder auf meinen Wachposten. Morgen früh werde ich schon alles erfahren.«

»Aye, vor dir sind keine Geheimnisse sicher.«

Als Moira Hand in Hand mit Tavig den Wohnturm betrat, überlief es sie eiskalt. Einen Moment lang wurde daraus richtige Angst, als ihr Blick auf einen riesigen, dunkelhaarigen Mann fiel, der in der Großen Halle in der Mitte eines langen Tisches saß. Unwillkürlich wich sie einen Schritt zurück, als er sich erhob und ihnen entgegenging. Er schlang seine langen Arme um Tavig. Überrascht bemerkte Moira, dass sich Tavigs Füße eine Handbreit über dem Boden befanden, während er die Umarmung seines Cousins über sich ergehen ließ.

»Warum schleichst du dich nach Sonnenuntergang in meine Burg?«, fragte der groß gewachsene Mann, nachdem er Tavig wieder abgestellt hatte.

»Ich bin auf der Flucht vor Iver und seinen Spießgesellen.«

»Aye, mir ist zu Ohren gekommen, dass ihr zwei ein wenig Ärger hattet. Mach dir keine Sorgen, Cousin, ich glaube nicht, dass du die Männer getötet hast. Als ich die Nachricht hörte, war mein erster Gedanke, dass Iver wohl nicht klug genug gewesen war, zu bedenken, dass keiner, der dich kennt, dir zutrauen würde, jemanden auf solch grausame Art und Weise umzubringen. Trotzdem finde ich es seltsam, dass du im Dunkeln vor mein Tor trittst, zu einer Zeit, in der man normalerweise keinen Gast willkommen heißt.«

»Mir blieb nichts anderes übrig. Ivers Knechte waren mir zwei Tage lang dicht auf den Fersen. Sie befinden sich jetzt in den Hügeln im Süden.« Tavig lächelte schief, als Mungan sofort einem seiner Männer befahl, einen kleinen Suchtrupp zu bilden und die Männer aufzustöbern. »Seht zu, dass ihr mindestens einen am Leben lasst, den ihr mir als Gefangenen mitbringt«, befahl er dem Mann, als der sich schon zum Gehen anschickte.

Dann wandte er sich wieder an Tavig. »Und du, hast du inzwischen geheiratet?«, fragte er ihn ein wenig ungläubig.

»Nay, noch nicht.« Tavig holte Adair aus seinem Tuch. »Das ist das Erbe, das mir ein Mädchen namens Jeanne hinterlassen hat – mein Sohn Adair.«

»Ein hübsches Kerlchen. Mädchen!«, rief er einer der Bediensteten zu, die rasch herbeieilte. »Kümmere dich um das Kind.« Die Magd übernahm Adair und gurrte ihn lächelnd an, während sie mit ihm auf dem Arm die Halle verließ. »Aber zuerst hättest du mir deine Frau vorstellen sollen«, meinte Mungan ein wenig vorwurfsvoll.

»Aye, unter normalen Umständen schon.« Tavig nahm Moira an die Hand. »Das hier ist Moira Robertson.« Er runzelte die Stirn, als er den Ausdruck in Mungans breitem Gesicht bemerkte. Mungans Erstaunen und dann seine Freude bestätigten Tavigs wachsenden Verdacht.

»Du Schlingel«, grölte Mungan und klopfte Tavig auf den Rücken. »Du hast mir also mein Lösegeld gebracht!«

15

Wie bitte?« Moira war so entsetzt, dass sie nur ein heiseres Krächzen zustande brachte. Sie räusperte sich. »Ich soll das Lösegeld für Una scin?«

»Ich hatte schon so einen Verdacht«, sagte Tavig und zuckte nur die Schultern, als Moira ihn entgeistert ansah. »Damit lassen sich eine Menge Rätsel erklären, Liebes. Das größte davon war doch, warum sie dich überhaupt mitgenommen hatten.«

»Ach ja? Und deshalb hast du mich hierhergebracht? Um mich an ihn auszuliefern?« Sie wusste nicht, ob Tavig wirklich so gekränkt war, wie er aussah.

»Liebes, wann wirst du endlich ein bisschen Vertrauen zu mir entwickeln? Ich bin nicht so wie dein Verwandter. Ich habe dich aus genau dem Grund hergebracht, den ich dir erklärt habe – ich brauche die Hilfe meines Cousins Mungan, und du kannst dich hier wieder mit deinen Verwandten vereinen, falls du das immer noch willst.«

Der Ausdruck in Tavigs dunklen Augen gab Moira deutlich zu verstehen, dass sie ihn sehr enttäuscht hatte. Trotzdem war sie noch immer auf der Hut. »Damit mich dann meine elenden Verwandten an ihn aushändigen können?«

»Nay, Mädchen, das würde ich nie zulassen.«

Mungans Blick schweifte mehrmals zwischen Tavig und Moira hin und her, dann lief er dreimal um sie herum, bis er schließlich wieder vor ihnen zum Stehen kam. »Wenn ich's mir genau überlege, erscheint es mir tatsächlich ein wenig seltsam, dass die Robertsons einen meiner Verwandten mit dem Lösegeld schicken. Du musst mir erzählen, wie du in diese Geschichte verwickelt worden bist, Tavig.«

»Ich bin jedenfalls nicht hier, um dir Moira als Lösegeld zu überbringen.« Tavig legte den Arm um Moiras schmale Schultern. Er freute sich, dass sie sich nicht verspannte oder zurückwich, auch wenn sie noch ziemlich verärgert wirkte. »Moira ist hier, weil sie mit mir unterwegs ist.«

»Mit dir?«, brummte Mungan, dann verfinsterte sich seine Miene, und er brüllte: »Hast du etwa mit meiner Braut geschlafen?«

»Mungan, nur weil du beschlossen hast, Moira als deine Braut zu bezeichnen, ist sie das noch lange nicht.«

»Nay«, murrte Moira. »Dieses Privileg steht nur Sir Tavig MacAlpin zu.«

Tavig ging über ihre Bemerkung hinweg, anders als sein Cousin, wie er verdrossen feststellen musste. Mungan hatte offenbar beschlossen, seine Schläue einzusetzen. In sein dunkles, eckiges Gesicht trat ein Ausdruck von Neugier und Nachdenklichkeit, als er Moira eingehend musterte. Tavig wusste, dass er Moira dazu bringen musste, ihre Worte sorgfältiger abzuwägen.

»Cousin, sie gehört mir«, sagte Tavig und zog Mungans Aufmerksamkeit wieder ganz auf sich. »Sie und ich sind vom Schicksal füreinander bestimmt.«

»Aha, so sieht das aus. Hast du das etwa so kommen sehen, Cousin?«

»Aye.«

»Nun denn, setzt euch erst einmal zu mir.« Er legte seinen kräftigen Arm um Tavigs Schultern und führte ihn zu dem langen, mit einem Leinentuch bedeckten Tisch am hinteren Ende der Halle.

»Wir haben wirklich einen gehörigen Hunger.« Tavig zog Moira mit sich. »Wenn ich dir alles berichtet habe, was in den letzten zwei Wochen oder vielmehr im letzten Monat vorgefallen ist, wirst du die Sache viel klarer sehen.«

Mungan ließ sich auf dem schweren Eichenstuhl in der Mitte des Tisches nieder, Tavig setzte sich auf die Bank zu seiner Rechten und hieß Moira, sich neben ihn zu setzen.

»Wo haltet Ihr Una fest?«, wollte Moira wissen.

»Sie festhalten? Dieses Weib kann man nicht festhalten.« Mungan blickte finster auf die Tür der Großen Halle. »Sie kommt schon wieder zu spät zum Essen. Eure Cousine ist eine sehr widerspenstige Frau, sie kann einen Mann ganz schön fordern.«

»Ihr habt ihr doch nichts zuleide getan, oder?« Moira war etwas überrascht, wie gekränkt Mungan auf diese Frage reagierte.

»Nay, ich habe nie die Hand gegen das törichte Mädchen erhoben, außer, als ich sie hierherbrachte. Die Frauen Eurer Familie halten nicht viel von den Männern, stimmt's?«

»Sie haben ihre Gründe dafür«, warf Tavig ein.

»Was machst du denn hier?«, kreischte auf einmal eine Stimme, die Moira wohlbekannt war.

Moira erhob sich, um Una zu begrüßen, aber da der Blick, mit dem ihre kurvenreiche Cousine sie bedachte, alles andere als freundlich war, setzte sie sich gleich wieder. Una wirkte nicht wie ein notleidendes Entführungsopfer, nein, im Gegenteil, sie sah ausgesprochen gesund aus und war elegant gekleidet. Bevor Moira die missbilligende Frage ihrer Cousine beantworten konnte, erbleichte Una, drückte sich an die graue Steinmauer neben der Tür und sah sich um.

»Ist mein Vater auch hier?«, fragte sie mit ängstlich bebender Stimme.

»Nay«, erwiderte Moira. »Ich bin allein gekommen. Na ja, eigentlich zusammen mit Sir Tavig MacAlpin.« Moira deutete mit dem Kopf auf Tavig.

»Dem Mann, dem diese bestialischen Morde vorgeworfen werden?« Una richtete sich auf, strich über ihre dicken blonden Zöpfe, um sich zu vergewissern, dass sie noch ordentlich geflochten waren, und begab sich zu dem leeren Platz auf der Bank links von Mungan.

»Aye«, gab Mungan zu. »Aber ich habe Euch ja schon gesagt, dass er es nicht getan hat. Der Junge besitzt einfach nicht die dafür nötige Bösartigkeit. Es war unser anderer Cousin, Iver MacAlpin, dieser heimtückische Schuft.«

»Dann bist du also mit dem da hierhergekommen?« Una musterte Moira und Tavig mit zusammengekniffenen Augen, bevor sie sich setzte.

Moira verstand nicht recht, warum Una so angriffslustig war, und allmählich ärgerte sie sich darüber. »Aye, Cousine, ich freue mich sehr, dich so wohlbehalten anzutreffen. Übrigens, auch mir geht es gut, obwohl ich einige Strapazen hinter mir habe. Wie nett von dir, dich danach zu erkundigen. Oder habe ich etwas missverstanden?«

»Jetzt bin ich mir sicher, dass Papa nicht hier ist, denn sonst wärst du nicht so vorwitzig. Du bist ja fast so forsch wie damals, als du zu uns kamst. Neugierig und naseweis, das warst du.«

»Aber Euer grässlicher Vater hat sie rasch kuriert, nicht wahr?«, fauchte Tavig.

»In der Tat«, erwiderte Una kühl. »Ich habe sie gewarnt, aber sie wollte nicht auf mich hören.« Una nahm sich ein paar dicke Scheiben Braten. »Sie war ein schrecklich verwöhntes Gör. Papa zeigte ihr bald, dass sie von ihm nicht so viel Nachsicht zu erwarten hatte. Ein paar Nächte in der Grube haben ihre Zunge rasch gebändigt.«

»Die Grube?«, fragte Tavig.

»Jawohl.« Una füllte reichlich zarte Rübchen in ihre hölzerne Essschale. »Im Schweinestall gibt es eine Grube. Dorthin hat Papa unverschämte Leute am liebsten verbannt. Die Grube ist mit einem Gitter abgedeckt, damit die Schweine nicht hineinplumpsen, aber alles andere tut das natürlich. Mir reichte ein Besuch dort, aber ich fürchte, Moira benötigte weitaus mehr, bis sie ihre Lektion gelernt hatte. Sie tat mir schon fast leid, als sie schließlich verstummte, denn es hatte Spaß gemacht, wenn sie Papa gegenüber kein Blatt vor den Mund nahm. Das wagte kein anderer.«

Mungan beugte sich vor und musterte Una eindringlich.

»Euer Vater hat Euch in ein Loch in den Boden gesteckt und Euch dort im Schweinemist verrotten lassen?«

Una nickte, während sie herzhaft von einer dicken Scheibe Butterbrot abbiss. »Ich war wie gesagt nur einmal dort«, erwiderte sie mit vollem Mund. »Ein übler Ort, und nach so einem Aufenthalt durfte man zwei Tage nicht baden.« Sie schauderte. »Bei dem Gestank hat sich einem wirklich der Magen umgedreht.« Dann zuckte sie die Schultern. »Aber das war besser als die meisten anderen Strafen, die er sich so ausgedacht hat.«

»Aye«, wisperte Moira und erbebte bei den Erinnerungen. »Zumindest konnte man dort drunten den Himmel sehen.« Sie zuckte überrascht zusammen, als Tavig ihre Hand nahm. Sein Griff wirkte fast zu fest.

»Es wundert mich, dass du vor Grauen nicht halb verrückt geworden bist, als man uns in Craigmoordun in das dunkle Kellerloch gesteckt hat.«

»Mich wundert es genauso«, erwiderte Moira und lächelte schief. »Aber ich glaube, ich habe mir zu viele Sorgen um deinen Zustand gemacht, und wenngleich du eine Weile kein besonders gesprächiger Gefährte warst, war ich wenigstens nicht allein.«

»Man hat euch in ein Gefängnis gesteckt?«, fragte Una, legte beim Essen jedoch nur eine ganz kurze Pause ein, um Moira überrascht anzusehen.

Als Moira ihr antworten wollte, legte Tavig einen Finger auf ihre Lippen. »Jetzt iss erst mal, mein Liebes. Du hast noch keinen Bissen zu dir genommen. Ich bin schon fast fertig, ich werde die Geschichte erzählen.«

Moira nickte, froh, ihm diese Aufgabe zu überlassen. Mungan und Una würden bestimmt eine Menge Fragen stellen, und über dieser langen Geschichte wäre ihr Essen wohl kalt geworden. Obwohl Una aufmerksam lauschte und immer wieder verwundert die Augen aufriss, bemerkte Moira einigermaßen belustigt, dass ihre Cousine ununterbrochen weiteraß.

Während alle anderen sprachen und Tavig immer wieder mit Ausrufen und Fragen unterbrachen, beobachtete Moira ihre Cousine. Una berührte Mungan ständig und drückte sich möglichst nah an ihn. Mungan tätschelte oft ihre Hand, wenn auch manchmal eher abwesend, und die beiden tauschten häufig Bemerkungen über Tavigs Geschichte aus. Am Ende dieser Mahlzeit war sich Moira sicher, dass die zwei ein Liebespaar waren. Das erklärte, warum Una so bestürzt gewesen war, als sie sie hier sah, und warum sie ihr so feindselig begegnet war. Moira verstand nur nicht, warum Mungan es offenkundig auf sie abgesehen hatte. Im Vergleich zu ihrer Cousine kam sie schlecht weg, sowohl, was die Schönheit betraf, als auch die weiblichen Formen und die Mitgift. Nein, es war ihr schleierhaft, warum er unbedingt sie zur Braut haben wollte.

»Nun, Tavig, mein Lieber, du hast wahrhaftig schwer schuften müssen, um mir meine Braut zu bringen«, sagte Mungan. Stirnrunzelnd sah er Una an, die von ihm abrückte und sich unwirsch eine weitere Scheibe Fleisch nahm.

»Sie ist nicht deine Braut«, fauchte Tavig. »Ich habe es dir doch schon gesagt: Moira und ich sind vom Schicksal füreinander bestimmt.«

»Ich gebe zu, es erzürnt mich ein wenig, dass du das Lager mit ihr geteilt hast, aber du wusstest nicht, was ich vorhatte, also verzeihe ich dir. Doch damit hat es nun ein Ende, darauf muss ich beharren.«

»Mungan, du sturer Ochse …«

»Halt! Wartet!« Moira zuckte zusammen, als die beiden Männer sie anstarrten; auf einmal im Mittelpunkt zu stehen war ihr höchst peinlich. »Bevor Ihr, Sir Mungan, anfangt, Euch mit Sir Tavig zu streiten und Euch gegenseitig zu beleidigen, könnt Ihr mir ja vielleicht erklären, warum Ihr so entschlossen seid, mich zu Eurer Frau zu machen, Sir Mungan.«

»Das sollte ja selbst dem Dümmsten klar sein«, erwiderte er.

»Nun, ich fürchte, die Dumme hier ist ziemlich verwirrt und bittet um eine Erklärung.«

»Auch ich würde mich darüber freuen«, sagte Tavig. »Sag mir: Warum hast du dein Herz ausgerechnet an dieses Mädchen gehängt?«

»Mein Herz habe ich natürlich nicht an sie gehängt«, erwiderte Mungan. »Wenn ich ehrlich bin, ist sie ein dürres kleines Ding und gar nicht nach meinem Geschmack. Aber wenn ich sie nicht heirate, habe ich keinen Zugriff auf ihre Ländereien.«

»Meine Ländereien?« Moira zuckte die Schultern, als Tavig sie fragend ansah. »Ich weiß nicht, was er meint. Ich bin völlig mittellos.«

»Ach ja? Dann kommt und seht Euch das an«, befahl Mungan, stand auf und trat an ein Fenster auf der gegenüberliegenden Seite der Großen Halle.

Moira folgte ihm eilig, Tavig und Una kamen ihr nach. Mungan zog sie zu sich und deutete auf einen massiven, im Mondlicht schimmernden Wehrturm auf einem Hügel direkt auf der anderen Seite eines Sees. Tavig und Una drängten sich neben sie und runzelten ebenso verwirrt wie sie selbst die Stirn. Als Moira Mungan ansah, bemerkte sie, dass Una sich in seinen linken Arm eingehängt hatte. Tavig nahm Moira an die Hand und zog sie näher. Die Sache wurde zunehmend schwierig.

»Das ist ein sehr schöner Turm, Sir Mungan«, sagte Moira. »Aber was hat er mit mir zu tun?«

»Er gehört Euch«, erwiderte Mungan und funkelte sie zornig an.

»Nay, Ihr müsst Euch irren. Ich habe keinen Besitz. Weder Land noch Türme«

»Euch gehört dieser Turm und weitaus mehr, obwohl ich nicht genau weiß, wie viel. Mir geht es hauptsächlich um diesen verflixten Turm, der wie ein Aasgeier über meinem Besitz thront. Seit dem Tod Eurer Eltern versuche ich, ihn zu bekommen, aber der elende Sir Bearnard hat mir kein faires Angebot gemacht. Ich bat ihn sogar um Eure Hand, auch wenn mir die Vorstellung, etwas zu bekommen, indem ich ein Mädchen nötige, das Lager mit mir zu teilen, zuwider war. Als Robertson mein Angebot lachend zurückwies, entwickelte ich den Plan, Euch zu entführen und zu heiraten. Dann würde dem fetten Schweinehund das Lachen schon vergehen.«

»Ich besitze nichts«, wiederholte Moira fast schon verzweifelt.

»Warte«, meinte Tavig, legte den Arm um ihre Schulter und überging die finstere Miene seines Cousins. »Mungan, bist du dir sicher, dass Moira dieser Wehrturm gehört? Vielleicht war er ja gar nicht im Besitz ihrer Eltern?«

»Das wäre mir sehr recht gewesen, aber keiner weiß so genau wie ich, wem dieser Turm gehört«, brummte Mungan, stemmte die Hände in die Hüften und betrachtete den Wehrturm finster. »Weißt du noch, wie verschroben mein Vater war?« Als Tavig nickte, fuhr Mungan fort: »Nun, einmal traf er die Eltern dieses Mädchens und war von dem jungen Paar so angetan, dass er ihnen diesen Steinhaufen einfach geschenkt hat.«

»Er hat ihn ihnen geschenkt? Er hat nichts dafür gefordert?«

»Keinen Farthing. Ich war damals noch ein kleines Kind ...«

»Mungan, du warst nie richtig klein.«

»Egal, ich war jedenfalls zu jung, um ihm Einhalt zu gebieten, wie ich es später bei vielen anderen seiner Launen getan habe. Der Alte hätte uns nichts als Lumpen vererbt, wenn ich ihm überall seinen Willen gelassen hätte. Der Turm war das Letzte, was er verschenkt hat. An allem anderen habe ich festgehalten oder es mir später wieder zurückgeholt. Ich glaube, ich hätte mich auch mit den Eltern des Mädchens einigen können, aber mit Robertson kann man sich nicht einigen, und der verwaltet die gesamten Ländereien und das Geld des Mädchens.«

»Geld auch noch? Bist du dir sicher? Dem Mädchen wurde immer erklärt, sie sei völlig mittellos.«

»Aye, zu einer solchen Lüge ist auch nur Robertson fähig. Sein Verwalter ist allerdings aufrichtiger. Ich musste dem dürren Wicht nur ein ganz klein wenig zu Leibe rücken, und schon hat er mir alles gesagt, was er über Robertsons Ländereien und Gelder wusste.« Er lachte kurz auf. »Der Feigling ging sehr großzügig mit Robertsons Geheimnissen um.«

»Aber wenn du Robertsons Verwalter ans Leder gegangen bist, dann weiß Robertson doch bestimmt, was du von ihm erfahren hast.«

»Richtig ans Leder gegangen bin ich ihm nicht.« Mungan hob beschwichtigend die Hände. »Ich schwör's dir, Cousin, ich habe den kleinen Wicht nur ein Weilchen an den Füßen über einem Feuer aufgehängt. Ich kann doch nichts dafür, dass der Narr glaubte, ich wollte ihn lebendig rösten. Herrgott noch mal, das Feuer war nicht einmal heiß genug, um ihm die paar Härchen zu versengen, die er noch hat. Sobald er mir gesagt hatte, was ich wissen wollte, ließ ich ihn laufen. Robertson hatte keinen Grund zum Argwohn, und sein Verwalter war viel zu feige, um ihm zu gestehen, was er getan hatte. Dann hätte ihm Robertson nämlich bestimmt den dürren Hals umgedreht.«

»Ich besitze Land und Geld«, sagte Moira mit schwacher, brüchiger Stimme. »Sir Bearnard hat mich jahrelang angelogen.«

»Du klingst, als könntest du es gar nicht glauben.« Tavig küsste sie auf die Wange und drückte sie fest an sich. »Aber das ist ja auch kein Wunder.«

»Warum hat Papa sie behalten, wenn sie doch selbst für sich hätte sorgen können?«, fragte Una. »Er hat sich ständig über sie geärgert. Es wäre doch viel vernünftiger gewesen, mit ihrer Mitgift einen passenden Ehemann für sie zu finden und sie loszuwerden.«

»Aye«, pflichtete Mungan ihr bei. »Das wäre wahrhaftig vernünftiger gewesen, aber leider ist Euer Papa ein gieriger Mistkerl.«

»Aha, also wollte er behalten, was ihr gehörte. Aye, das sieht ihm ähnlich.«

»Ich muss mich hinsetzen«, erklärte Moira und kehrte zum Tisch zurück.

Sie sank auf die Bank und bediente sich erst einmal an Mungans starkem Met. Sobald sie den Becher geleert hatte, schenkte sie sich nach. Mittlerweile waren auch Mungan, Una und Tavig zu ihren Plätzen zurückgekehrt. Tavig wirkte sehr besorgt. Moira hätte seine Sorgen gern zerstreut, aber ihr fiel nichts Passendes ein. Sie war vollkommen durcheinander, ihre Gedanken hüpften von einem Ort zum anderen, bis sie einen Knoten aus halb zu Ende gedachten Ideen und Meinungen bildeten. Am liebsten hätte sie geweint oder laut geschrien. Oder aber Sir Bearnard zur Rede gestellt, ja ihn getötet.

»Geht es dir gut?«, fragte Tavig und legte die Hand auf ihre geballte Faust.

»Ich weiß nicht.« Sie atmete mehrmals tief durch in der Hoffnung, ruhiger zu werden; denn sie wusste, dass sie jetzt einen klaren Kopf brauchte. »Ich glaube, ich benötige ein bisschen Zeit, um zu begreifen, wie viele Lügen mir seit dem Tod meiner Eltern aufgetischt worden sind.«

»Wann sind sie denn eigentlich gestorben, und wie? Ich wollte dich ursprünglich nicht danach fragen, aber vielleicht ist es wichtig.«

»Vor etwa zehn Jahren. Wir waren auf dem Rückweg von einem Jahrmarkt in einem Nachbardorf, als wir von Räubern überfallen wurden. Sie haben meine Mutter, meinen Vater und meine Großmutter mütterlicherseits ermordet. Auch unsere Bewaffneten haben sie umgebracht, und mich wähnten sie ebenfalls tot. Beinahe wäre ich tatsächlich gestorben. Eine alte Frau hat mich gefunden und wieder gesund gepflegt. Es dauerte mehrere Wochen, bis ich völlig genesen war. Dann machte sie sich auf die Suche nach meinen Verwandten, und bald darauf kam Sir Bearnard und hat mich mitgenommen.« Sie sah, wie Mungan und Tavig einen langen Blick wechselten. »Glaubt ihr etwa, Sir Bearnard hat meine Familie getötet?«

»Möglicherweise, aber nach zehn Jahren kann man ihm

wohl kaum noch etwas nachweisen. Entscheidend ist jetzt doch, dass du Grundbesitz und Geld hast. Das solltest du dir von diesem Mistkerl nicht länger vorenthalten lassen.«

»Darüber braucht sie sich keine Sorgen zu machen«, meinte Mungan. »Robertson wird auf den Besitz meiner Frau keinen Anspruch mehr erheben können. Sobald wir verheiratet sind …«

»Du heiratest sie nicht!«, knurrte Tavig.

»Bitte!«, fuhr Moira aufgebracht dazwischen. »Ich habe soeben erfahren, dass die letzten zehn Jahre meines Lebens auf einer Lüge gründeten. Könnt ihr mir nicht ein bisschen Zeit geben, bevor ihr meine Zukunft plant?«

Tavig nahm sie in die Arme und streichelte ihr beruhigend den Rücken. »Aye, Mädchen. Du sollst alle Zeit bekommen, die du brauchst.« Er sah seinen Cousin grimmig an. »Wo sollen wir schlafen?«

»Ihr? Ich habe dir doch gesagt, das ist jetzt vorbei. In meiner Burg wirst du nicht mit ihr ein Lager teilen.«

»Das spielt doch nicht die geringste Rolle!«, fauchte Una erbost und knallte ihren Becher so heftig auf den Tisch, dass der Met überschwappte. »Die beiden haben es schon seit mehreren Tagen in der Heide getrieben. Jetzt ist es ein bisschen zu spät, sie zu trennen.«

Moira schloss die Augen, während die anderen sich weiter stritten. Sie war zwar froh über Tavigs Bemühungen, seinen starrköpfigen Cousin zur Vernunft zu bringen, aber es wäre ihr recht gewesen, wenn sie ihren Streit auf den nächsten Morgen vertagt hätten. Ihre Reise mit Tavig hatte sie vollkommen erschöpft, jetzt wollte sie nur noch ein weiches Bett. Zu erfahren, dass ihr Onkel und Vormund sie all die Jahre betrogen hatte, war ein schwerer Schlag für sie gewesen, und auch ihren plötzlichen Reichtum musste sie erst einmal verdauen. Die Fülle an Empfindungen, die sich nun in ihr regten, raubte ihr das letzte bisschen Kraft, das sie noch hatte. Sie wollte nur noch schlafen und nicht mehr denken. Deshalb machte sie die Augen zu und beschloss, ihre drei Tischgenossen ohne sie weiterzanken zu lassen.

Tavig brauchte eine Weile, bis er merkte, dass Moira in seinen Armen erschlafft war. Er überließ Mungan und Una ihren Zänkereien und nahm die schlafende Moira auf den Schoß. Er hatte gehofft, Mungan von seiner verrückten Idee, Moira zu heiraten, abzubringen, aber der Kerl hatte sich darin verbissen wie ein hungriger Hund in ein Stück Fleisch. Und so, wie Una Moira ansah, war wohl auch von ihr bald Ärger zu erwarten.

»Mungan«, meinte Tavig und unterbrach damit Unas eindeutige Anweisungen, was Mungan mit seinem Angebot, sie als Geliebte zu behalten, machen sollte. »Moira und ich brauchen ein Bett.«

»Ich sage es dir jetzt zum wiederholten Mal: Du kannst nicht mehr mit meiner Braut in einem Bett schlafen!« Mungan schlug mit der Faust auf den Tisch, sodass sein halb voller Becher hinunterfiel.

»Noch ist sie nicht deine Braut. Solange sie sich nicht dazu erklärt hat, ist sie meine.«

»Hat sie sich etwa zu deiner erklärt?«

»Sie hat mein Lager geteilt, das reicht, bis sie sich anders entscheidet. Und wo sollen wir jetzt schlafen?«

Grollend wies Mungan eine Magd an, frische Laken zu holen und führte dann Tavig in ein kleines Zimmer im obersten Stock des östlichen Turms. Tavig ließ Mungan nicht aus den Augen, während er die schlafende Moira sanft aufs Bett legte. Mungan stand vor einer Schießscharte, von der aus man auf den See sah, und starrte mürrisch auf den Wehrturm. Kopfschüttelnd stellte sich Tavig neben seinen Cousin.

»Wenn du den Turm so gern gehabt hättest, warum hast du ihn dir dann im Lauf der letzten zehn Jahre nicht einfach genommen?«, fragte er.

»Ich habe es ein-, zweimal versucht, aber der Aufwand war zu groß. Du weißt, dass ich nicht dazu neige, das Leben meiner Männer zu vergeuden; bei dem Versuch, diesen verfluchten

Turm einzunehmen, mussten zu viele meiner Leute sterben. Trotzdem kann ich ihn nicht einfach dort thronen lassen und abwarten, bis ein Feind seine Leute auf dem Wehrgang aufstellt.«

»So etwas würde Moira nie tun.«

»Sie ist nur ein schmächtiges Mädchen, Tavig. Einen Großteil ihres Lebens musste sie unter Robertsons Knute verbringen. Vielleicht gerät sie ja einem anderen Schuft in die Finger, der ein begehrliches Auge auf meine Ländereien wirft. Ich kann mein Schicksal nicht in die Hände einer schmächtigen kleinen Frau legen.«

»Dann leg es in meine.«

Mungan sah ihn finster an. »Was meinst du damit?«

»Das weißt du ganz genau. Moira gehört mir, das hat das Schicksal entschieden. Wir werden heiraten.«

»Sie hat dir aber nicht gesagt, dass sie dich heiraten wird, oder?«

Tavig verfluchte Mungans Instinkt. »Nay. Sie hat Angst, dass der Aberglaube sich bedrohlich steigern könnte, wenn sie, ein Rotschopf, einen Mann mit hellseherischen Kräften heiratet. Ich muss ihr klarmachen, dass uns daraus keine Gefahren erwachsen, zumindest nicht in Drumdearg.«

»Vielleicht gelingt dir das, vielleicht auch nicht«, erwiderte Mungan gedehnt und marschierte zur Tür.

»Was soll das heißen?«

»Genau das, was du denkst. Das Mädchen ist Freiwild, Cousin.«

Mungan war schon weg, als Tavig ihm antworten wollte. Er schimpfte halblaut auf seinen sturen Cousin und funkelte den Wehrturm noch einmal böse an, dann trat er ans Bett. Moira schlief friedlich, offenbar hatte sie nichts mehr mitbekommen von den anhaltenden Streitereien um ihre Zukunft. Einen Moment lang dachte er daran, sie in Ruhe zu lassen, aber er wusste, dass sie sich in ihren Kleidern nicht wohlfühlen würde.

Moira rührte sich und schlug schlaftrunken nach den Händen, die sich an ihr zu schaffen machten, brachte jedoch kaum die Augen auf. Es dauerte eine ganze Weile, bis ihr klar wurde, dass Tavig versuchte, sie auszuziehen. Weil er so damit beschäftigt gewesen war, ihr möglichst sachte die Hose abzustreifen, hatte er gar nicht bemerkt, dass Moira wach war. Sie stellte ihm den Fuß auf die Brust und versetzte ihm einen Tritt, der ihn auf den Boden beförderte.

Doch er erhob sich gleich wieder und klopfte sich den Staub ab. »Tut mir leid, Liebes, ich wollte dich nicht aufwecken. Ich dachte daran, dich in deinen Kleidern schlafen zu lassen, doch dann fiel mir ein, dass du dich darin nicht wohlfühlen würdest.«

»Ja, damit magst du recht haben.« Als sie merkte, dass sie schon bis zum Hemd entkleidet war, gähnte sie herzhaft und schlüpfte dann unter die Decke. »Danke!«, murmelte sie schläfrig.

»Mädchen, wir haben ein kleines Problem«, sagte er, zog sich ebenfalls aus und kroch zu ihr.

»Wir haben sehr viele Probleme. An welches dachtest du gerade?« Sie schmiegte sich an ihn. »Und müssen wir jetzt darüber reden?«

»Nay, das hat noch viel Zeit. Aber ich dachte, du solltest Bescheid wissen über das, was sich um uns herum zusammenbraut. Du wirst dich jedenfalls morgen früh damit herumschlagen müssen, sobald du die Augen aufmachst. Und da wäre es klug zu wissen, um was es geht.«

»Ich habe es ziemlich satt, mich mit Dingen herumzuschlagen. Du sprichst wohl von Mungan und seinem Beharren, dass ich ihn heirate.«

»Aye, Liebes.« Langsam löste er ihr die Zöpfe auf und erklärte: »Mungan ist entschlossen, sich diesen Wehrturm anzueignen, und zwar, indem er dich heiratet. Er kann sehr stur sein. Ich habe ihm gesagt, dass wir vom Schicksal füreinander bestimmt sind, aber wir sind noch nicht Mann und Frau. Er meint, das mache dich zu Freiwild.«

»Freiwild?« Einen Moment lang war ihr Zorn stärker als ihre Erschöpfung. »Wie liebenswürdig. Und was wird aus Una? Es ist doch offenkundig, dass sie und dein Cousin ein Liebespaar sind, und ich glaube, ihm liegt tatsächlich etwas an ihr.«

»Aye, den Eindruck habe ich auch, aber ihr gehört der Wehrturm nicht. Ich fürchte, mein Cousin wird sich diese Sache nicht ausreden lassen, solange wir nicht verheiratet sind. Er will dich zu seiner Frau. Er will verhindern, dass sich in diesem Wehrturm ein Feind festsetzt.«

»Ich kann ihm doch versichern, dass ich nie seine Feindin werde.«

»Das habe ich ihm auch schon gesagt. Aber er meint, als schmächtiges Mädchen kannst du so etwas nicht versprechen. Jetzt verspann dich nicht gleich, er stellt ja nicht dein Wort in Abrede. Er glaubt nur, dass ein anderer Mann es verändern kann.«

»Und das wohl umso mehr, nachdem ich mich von meinem Vormund so gründlich habe täuschen lassen. Aber das spielt keine Rolle. Sir Mungan kann mich nicht dazu zwingen, ihn zu heiraten. Du würdest das doch nicht zulassen, oder?«

»Nay, aber …«

»Aha, das berühmte Aber.«

»Aye, Mungan würde uns gegenüber nicht handgreiflich werden, aber vielleicht verfällt er auf eine List. Manchmal ist er wirklich sehr schlau. Und vergiss nicht, vor dem Gesetz ist Robertson noch immer dein Vormund. Er wird bald hier sein, und du solltest doch das Lösegeld für Una sein. Darauf könnte Mungan beharren, und du könntest ihn nicht davon abhalten. Ich an deiner Stelle würde es versuchen, aber vielleicht verfrachtet mich Mungan an irgendeinen aus seiner Sicht sicheren Ort, bis alles besiegelt ist.«

»Und abgesehen davon kannst du es dir nicht leisten, hier entdeckt zu werden. Du wirst ja noch als Mörder gesucht.« Es überlief sie eiskalt. »Mungan würde dich doch nicht etwa an Iver ausliefern, um dich aus dem Weg zu schaffen?«

»Nay, niemals«, entgegnete Tavig, ohne zu zögern. Er drückte sie an sich und küsste sie zärtlich auf den Scheitel. »Ich habe dir doch schon gesagt, Mungan hasst Iver. Da er eine Weile in Drumdearg lebte, kannte er die zwei Männer, die Iver ermordet hat, und jetzt will er sich rächen. Nay, Mungan würde sich eher die eigene Hand abschlagen, bevor er mich ausliefern würde. Und ich versichere dir, er wird weder dir noch mir etwas zuleide tun, um das zu bekommen, was er will. Doch vor sämtlichen anderen Mitteln wird er sich wohl nicht scheuen haltzumachen. Allerdings gibt es eine Lösung, etwas, was du tun kannst, gegen das mein sturer Cousin Mungan machtlos wäre.«

»Und das wäre?«, fragte Moira, obwohl sie das bange Gefühl hatte, dass sie genau wusste, was Tavig jetzt gleich zu ihr sagen würde.

»Du könntest mich heiraten.«

»Und das würde Mungan hinnehmen?«

»Aye. Dann wäre ich der Mann in deinem Leben, und er weiß, dass ich nie zu seinem Feind werden würde.«

»Nay, aber alle anderen werden uns als Feinde ansehen.«

»Mädchen, du machst dir zu viele Sorgen.«

»Ich muss es mir überlegen.« Sie gähnte, auch wenn sie sich fragte, wie es nur kam, dass sie unbedingt schlafen wollte, wenn solch wichtige Angelegenheiten zur Diskussion standen. Doch sie war einfach zu erschöpft, um sich jetzt weiter damit zu beschäftigen.

»Nimm dir nicht zu viel Zeit dafür, Liebes. Mungan ist fest entschlossen, und deine Verwandten sind auf dem Weg hierher.«

»Ich werde mich morgen entscheiden. Ich bin so müde, dass ich nicht mehr klar denken kann. Es wäre närrisch, jetzt eine solche Entscheidung zu treffen.«

»Dann schlaf gut, mein Mädchen.« Er küsste sie sanft und hielt sie gut fest.

Moira schloss die Augen und überließ sich wieder der

Schwere des Schlafs. Es schmerzte sie, dass Tavig von Heirat sprach, dabei jedoch kein Wort über die Liebe verlor. Sie fürchtete noch immer den Aberglauben, den sie als verheiratetes Paar bei den anderen wecken könnten; aber jetzt wusste sie, dass sie sich allen Widrigkeiten stellen könnte, wenn sie die Gewissheit hätte, dass Tavig sie liebte. Doch sie bezweifelte, dass sie ohne dieses Wissen genügend Stärke aufbringen würde. Bekümmert lieferte sie sich dem Schlaf aus. Morgen stand eine wichtige Entscheidung an. Ein paar Stunden Schlaf konnten sich bei so etwas als überaus nützlich erweisen.

16

Hier, die sind für Euch.« Mungan warf Moira einen Blumenstrauß in den Schoß.

Moira musterte die halb verwelkten, halb zerdrückten Margeriten skeptisch. Das Jahr war schon ziemlich weit fortgeschritten, sie fragte sich, wo er diese Blumen gefunden hatte. Dem traurigen Zustand zufolge, in dem sich dieses Sträußchen befand, hatte er wohl einen seiner Männer losgeschickt, um nach den Margeriten zu suchen. Sie seufzte ein wenig. Soeben hatte sie ihr Frühstück beendet und vorgehabt, nach Adair zu sehen. Mungans ungeschickte Versuche, um sie zu werben, gehörten nicht zu den Dingen, mit denen sie sich im Moment beschäftigen wollte.

»Danke, sie sind sehr hübsch. Aber wenn Ihr mich jetzt entschuldigen würdet – ich würde gern Adair aufsuchen.«

»Er ist gut versorgt.« Mungan nahm sie am Arm und zog sie vor seinen Wohnturm. »Meine Männer haben einen von Ivers Söldnern hergeschafft, Tavig redet gerade mit dem Burschen.«

»Solltet Ihr nicht dabei sein? Wenn Ihr Tavig gegen Iver helfen wollt, solltet doch wohl auch Ihr so viel wie möglich über Iver, seine Leute und Drumdearg in Erfahrung bringen.«

»Tavig wird mir alles Wichtige berichten. Ich dachte, ich zeige Euch meinen Besitz, während mein Cousin beschäftigt ist und sich nicht einmischen kann. Der Bursche hängt ja wie eine düstere Wolke über Euch. Dort drüben ist die Waffenkammer«, erklärte er.

Als Mungan mit der Führung durch seine Burg fertig war und ihr jedes einzelne Wirtschaftsgebäude gezeigt und jeden Menschen, der innerhalb der Burgmauern lebte, vorgestellt hatte, war Moira völlig erschöpft. Sie lehnte sich an den Almosentisch in der vorderen Halle, auf dem Essen und Trinken für Bettler und Mönche bereitgestellt war. Mungan war wohlhabend, groß, dunkelhaarig und trotz seiner massigen Gestalt attraktiv. An und für sich wäre es sehr schmeichelhaft gewesen, von einem solchen Mann umworben zu werden, doch im Grunde warb er um ihr Land, nicht um sie. Aus diesem Grund war Moira einigermaßen verärgert, dass der Bursche sie wie ein Hündchen auf seinem Anwesen herumgeschleift hatte.

»Nun, Mädchen, Ihr seht, ich habe einiges zu bieten.«

»Aye, Sir Mungan, das habt Ihr in der Tat. Euer Anwesen ist prächtig. Euch scheint es ja wahrhaftig so gut zu gehen wie einigen dieser reichen englischen Lords.« Sie musste sich ein Lächeln verkneifen, als seine ohnehin recht breite Brust noch ein wenig anschwoll.

»Ich glaube nicht, dass ich allzu sehr prahle, wenn ich behaupte, dass meine Burg reicher ist als Tavigs Drumdearg.«

»Das mag schon sein, aber ich kenne Drumdearg nicht. Vielleicht gibt es dort ja etwas, was mir besser gefällt.« Sie richtete sich langsam wieder auf. »Danke, dass Ihr mir alles gezeigt habt. Aber wenn Ihr mich jetzt entschuldigen würdet, ich glaube, ich muss mich ein Weilchen ausruhen.«

Mungan rieb sich das kantige Kinn mit seiner großen Hand. »Ihr seid müde? Ich hielt Euch für stärker, schließlich habt Ihr die Reise mit meinem Cousin überlebt.«

Moira blieb auf dem Treppenabsatz stehen und drehte sich zu ihm um. »Na ja, wir sind meistens gemächlich gegangen.«

Kopfschüttelnd setzte sie ihren Weg zum Ostturm fort. Sie wollte sich nur kurz hinlegen, um wieder zu Kräften zu kommen, dann wollte sie Adair suchen. Moira merkte, dass sie den Kleinen richtig vermisste. Er war ihr so rasch abgenommen worden, dass sie das Gefühl hatte, ihn irgendwie verloren zu haben. Außerdem wollte sie sich vergewissern, dass er tatsächlich gut versorgt war.

Als Moira in den Raum kam, der ihr und Tavig zugewiesen worden war, sah sie, dass Una darin unruhig hin und her lief.

Stöhnend warf Moira ihren ramponierten Blumenstrauß auf die Truhe. Ohne ihre aufgebrachte Cousine zu beachten, ließ sie sich aufs Bett fallen und starrte an die Decke.

»Du bist mit Mungan unterwegs gewesen, stimmt's?«, wollte Una wissen, die mittlerweile ans Bett getreten war und die Fäuste in die wohlgerundeten Hüften gestemmt hatte.

»Meine tiefe Erschöpfung hat mich wohl verraten.«

»Ich habe euch aus dem Fenster meiner Kammer beobachtet. Ich habe gesehen, wie er dich auf dem Hof herumgeführt hat.«

»Du meinst, du hast gesehen, wie er mich in jeden Winkel gezerrt hat, und ich einen Großteil der Zeit rennen musste.«

Una winkte geringschätzig ab. »Du musst nur lernen, mit ihm Schritt zu halten und ihn gelegentlich zu einem langsameren Tempo anzuregen. Er ist eben ein großer Mann und schreitet auch wie ein solcher aus.«

»Dieser Mann könnte mit einem galoppierenden Pferd mithalten.«

»Ich weiß, dass du mit ihm geschäkert und seine stattliche Burg bewundert hast.«

»Una, ich hatte viel zu viel zu tun damit, mich auf den Beinen zu halten; denn wenn ich gestolpert und hingefallen wäre, hätte er das bestimmt gar nicht bemerkt; er hätte mich einfach weitergezerrt. Und so richtig bewundern konnte ich seine Burg nicht, denn ich habe kaum etwas davon gesehen, ich habe alles nur ganz verschwommen wahrgenommen, weil er es so eilig hatte.«

»Er hat dir Blumen geschenkt«, fauchte Una, nahm den Strauß und wedelte damit vor Moira herum.

»Wenn sie dir so gut gefallen, kannst du sie gerne behalten.«

Una betrachtete die ramponierten Margeriten mit finsterer Miene, dann warf sie sie wieder auf die Truhe. »Bist du auf ihnen herumgetrampelt?«

»Nay, sie haben schon so ausgesehen, als er sie mir überreicht hat. Sir Mungan ist kein besonders geschickter Freier.

Obwohl – wenn man bedenkt, dass er einen Steinhaufen auf der anderen Seite seines Sees umwirbt, stellt er sich gar nicht so schlecht an.«

»Ich begreife nicht, was du da redest.« Una schob unwirsch Moiras Bein zur Seite und setzte sich aufs Bett. »Aber ich bin hier, um dir zu sagen, dass ich Mungan haben will.« Sie betrachtete Moira finster. »Er und ich sind bereits ein Liebespaar.«

»Nay!« Moira hielt sich die Hand vor den Mund. »Una, ich bin entsetzt!«

»Ach, hör auf mit deinem Unsinn. Du hast bestimmt bereits erraten, wie die Dinge zwischen mir und Mungan stehen. Warum willst du dich zwischen uns drängen?«

»Ich fürchte, du begreifst nicht recht, was zwischen dir und Mungan Coll steht. Ich doch nicht, sondern dieser verflixte Wehrturm!«

»Na ja, aber für dieses Problem habe ich eine Lösung. Wenn du mir den Wehrturm überlässt, wird Mungan mich heiraten wollen und dich in Ruhe lassen. Das ist doch ganz einfach.«

Moira stützte sich auf einen Ellbogen und musterte Una fassungslos. »Una, jetzt hör mir einmal gut zu: Ich habe zehn lange Jahre unter der Tyrannei deines Vaters zubringen müssen. Du verstehst es bestimmt besser als jeder andere, was für ein Leben das war. Ich habe es ertragen, weil ich dachte, mir bliebe nichts anderes übrig und ich sei von seiner Wohltätigkeit abhängig. Jetzt habe ich herausgefunden, dass ich durchaus eine andere Möglichkeit habe; schlimmer noch, dass ich sie immer hatte, dein Vater sie mir jedoch absichtlich vorenthalten hat. Kannst du dir vorstellen, wie wütend mich das macht?« Als Una nur erstaunt die Augen aufriss, erkannte Moira, dass es nicht leicht sein würde, ihrer Cousine auch nur einen Teil ihrer Gefühle begreiflich zu machen.

»Na ja, wahrscheinlich hast du ein gewisses Recht, wütend zu sein«, meinte Una schließlich. »Aber was hat das mit dem Wehrturm zu tun?«

»Er gehört mir. Womöglich bekomme ich keinen Farthing zurück von all dem Geld, das mir hinterlassen worden ist und das dein Vater mir gestohlen hat; aber diesen Steinhaufen kann er nicht in seine Tasche stecken und sich damit aus dem Staub machen. Ich kann und werde dir den Turm nicht einfach überlassen, nur damit du Mungan Coll dazu bringen kannst, dich zu heiraten.«

»Aha.« Una sprang hoch. »Du bist einfach nur selbstsüchtig. Das ganze Gerede von Freiheit ist der pure Unsinn. Du willst meinen Mann.«

Moira sank aufs Bett zurück. »Ich will deinen Mann nicht. Ehrlich gesagt begreife ich nicht ganz, warum du ihn haben willst, wenn du ihn mit diesem Wehrturm bestechen müsstest, damit er dich heiratet. Hast du denn gar keinen Stolz?«

»Dasselbe könnte ich dich auch fragen. Du hast den ganzen Weg quer durch Schottland mit einem Mörder herumgehurt.«

»Tavig hat niemanden ermordet«, fauchte Moira, doch Una war schon auf dem Weg aus dem Zimmer. Sie zuckte zusammen, als ihre Cousine die Tür hinter sich zuschmetterte. »Gib mir den Wehrturm, sagt sie«, murrte Moira fassungslos. »Als ob es um ein Spielzeug ginge, das sie gern hätte.«

Nun bewahrheitete sich alles, wovor Tavig sie zu warnen versucht hatte. Mungan hatte zwar nur einen ersten Versuch gestartet, um sie zu werben, aber der Mann würde ihr bestimmt weiter nachstellen. Jetzt war Una wütend und eifersüchtig, und auch das würde sich mit jedem weiteren von Mungans Werbungsversuchen nur verschlimmern. Una und sie waren nie gute Freundinnen gewesen und würden es wohl auch nie werden, doch Moira wollte auch nicht Unas Feindin sein. In gewisser Weise fühlte sie sich ihr sogar verbunden, denn schließlich hatten sie beide unter Sir Bearnards grausamer Herrschaft gelitten.

Je mehr sie über ihre missliche Lage nachdachte, desto klarer erkannte sie, dass Tavig recht hatte. Es gab keinen raschen, einfachen Weg aus dieser Zwickmühle. Sie hatte Una vorgeworfen, dass sie bereit wäre, einen Mann zu bestechen, nur damit er sie heiratete; doch nun überlegte sie, ob sie einen Mann heiraten sollte, nur damit sie sich nicht mehr mit Mungans oder Unas törichten Ideen herumschlagen musste. Sie hatte zwar nur einen kleinen Vorgeschmack davon erhalten, aber das hatte ihr schon gereicht.

Es dauerte eine ganze Weile, bis sie endlich das Gefühl hatte, sich genug erholt zu haben, um Adair aufzusuchen. Als sie sich wieder aufrichtete, ging ihr der Gedanke durch den Kopf, dass sie inzwischen fast an dem Punkt war, Tavigs Gerede über ihre schicksalhafte Verbindung zu glauben. Es hatte wahrhaftig den Anschein, als würde eine unsichtbare Hand sie unaufhörlich weiter in eine bestimmte Richtung schieben. Sie konnte sich noch so sehr bemühen, an ihrem Vorsatz festzuhalten, Tavig um seiner eigenen Sicherheit willen nicht zu heiraten, es passierte ständig etwas, das sie dazu zwang, in seiner Nähe zu bleiben. Jetzt kam es ihr vor, als liefere ihr das Schicksal eine Vielzahl von Gründen, warum es eine weise Entscheidung wäre, Tavig zu heiraten.

Seufzend begab sich Moira auf die Suche nach Adair. Noch hatte sie ein wenig Zeit, gründlich zu überlegen, welche Möglichkeiten ihr offenstanden, und diejenige auszuwählen, die die beste Lösung für ihre Probleme versprach. Im Kinderzimmer, zu dem eine der Mägde sie geführt hatte, entdeckte sie Adair sofort. Sie lachte und eilte auf ihn zu, während er ihr lächelnd entgegenkrabbelte. Als sie die Nase in seine dichten schwarzen Locken steckte, merkte sie plötzlich, dass Adair trotz ihrer guten Vorsätze wahrscheinlich der stärkste Grund war, die riskante Entscheidung zu fällen und Tavig MacAlpin zu heiraten.

* * *

Tavig blickte Mungan grollend an. Sein Cousin fläzte sich auf seinem großen, reich verzierten Stuhl, ließ sich sein Ale schmecken und betrachtete die anderen, die in der Großen Halle versammelt waren, als ob alles in bester Ordnung wäre. Unwirsch nahm Tavig den Krug, füllte seinen Becher mit dem herzhaften Gebräu und nahm mehrere tiefe Züge in der vergeblichen Hoffnung, seine aufkeimende Wut zu besänftigen. Er wollte Pläne schmieden, wie sie Iver am besten beikommen könnten und Mungan von seinem Vorsatz, Moira zu heiraten, abbringen. Doch der Tag ging schon zur Neige, und er hatte kaum etwas erreicht.

»Verflixt und zugenäht, Mungan«, fauchte er schließlich erbost. »Sollen wir jetzt müßig herumsitzen, bis Iver sein Heer zu deiner Burg schickt?«

Mungan bedachte Tavig mit einem gespielt überraschten Blick. »Tavig, mein Junge, du bist heute ein bisschen aufbrausend.«

»Du verstehst es prächtig, die Geduld eines Mannes zu strapazieren. Ich dachte, du wärst ebenso erpicht wie ich, Iver für den Mord an unseren Freunden büßen zu lassen.«

»Das bin ich auch, und ich habe bereits Vorkehrungen getroffen, um unseren hinterhältigen Verwandten zu verfolgen. Damit wollte ich dich aber nicht behelligen. Du weißt genauso gut wie ich, was zu tun ist, um sich für eine solche Schlacht zu rüsten. Warum sollte ich also unsere Zeit vergeuden, indem ich mich mit dir über solche Nebensächlichkeiten unterhalte?«

»Na gut, darin könnte ich dir beipflichten, wenn wir unsere Zeit nutzen würden, um uns über andere Dinge zu unterhalten. Ich dachte, die Kenntnisse, die ich Ivers Mann entlockt habe, würden uns helfen, einen Schlachtplan zu erstellen. Lieber hätte ich Andrew, den feigen Mörder, in die Hände bekommen, aber dieser Mann war auch sehr nützlich.«

»Es hat uns geholfen. Haben wir nicht bereits entschieden, wie viele Leute wir brauchen? Du weißt, dass ich meine Pläne nicht gern zu genau ausarbeite, weil sich die Lage rasch verändern kann, bis man so weit ist, einen Plan in die Tat umzusetzen. Bald werden die Männer zurückkommen, die ich losgeschickt habe, um weiteres Wissen über unseren verlogenen Cousin zu sammeln. Sobald wir ihren Bericht haben, können wir unseren Schlachtplan genauer erörtern. Und außerdem haben wir den Vorteil, uns genauso gut in Drumdearg auszukennen wie Iver.«

Tavig wurde etwas ruhiger, auch wenn er sich ein wenig ärgerte, dass Mungan ihn erst auf all das hatte hinweisen müssen. Er war inzwischen so versessen darauf, Iver für sein Verbrechen büßen zu lassen und Drumdearg zurückzuerobern, dass er fast ein wenig geblendet war. Doch so schwer es ihm auch fiel, er musste sich auf die Auseinandersetzung mit Iver wohl oder übel so einstellen, als wäre es ein ganz normaler und kein zutiefst persönlicher Kampf.

»Wir haben noch einen weiteren Vorteil«, meinte er nun. »Viele Leute in Drumdearg werden sich auf unsere Seite schlagen. Iver umgibt sich mit harten Kerlen, deren Treue gekauft ist, nicht gewährt, weil er weiß, dass er sich nicht auf die Loyalität der Menschen verlassen kann, die er zu beherrschen versucht. Vermutlich ist ihm klar, dass sie ihn im Stich lassen und sich gegen ihn wenden werden, sobald sie die Gelegenheit dazu haben.«

»Aye, und meine Männer werden auskundschaften, wie groß der Vorteil ist, der uns daraus erwächst. Iver überprüft bestimmt, wer von den Leuten dir noch treu ist, und setzt diejenigen, denen er vertrauen kann, in Alarmbereitschaft.« Mungan lächelte, als die Tür seiner Großen Halle aufging. »Aha, die Damen sind im Anmarsch.«

Leicht verdrossen, weil er wusste, dass das das Ende jeder weiteren Unterhaltung über die Möglichkeiten, Drumdearg zurückzuerobern, bedeutete, wandte sich Tavig der Tür zu. Una eilte Moira um mehrere Schritte voraus, und selbst dem zufälligen Betrachter wäre klar gewesen, dass zwischen den beiden nicht nur eine räumliche Trennung bestand. Tavig hatte an diesem Tag kaum Gelegenheit gehabt, mit Moira zu sprechen, doch offenkundig musste sie sich bereits mit einigen der Schwierigkeiten herumschlagen, die er vorhergesehen hatte. Obwohl sie ihm leidtat, konnte er nichts gegen die aufkeimende Hoffnung und sogar eine gewisse Freude tun, die wegen ihrer misslichen Lage in ihm aufkam. Denn all ihre Schwierigkeiten würden sie schließlich bestimmt dorthin führen, wo er sie haben wollte, nämlich zum Traualtar. Er stand auf und gab ihr einen flüchtigen Kuss, als sie neben ihm Platz nehmen wollte.

Una drückte ein Küsschen auf Mungans Wange, dann setzte sie sich neben ihn. »Ihr wirkt sehr erfreut, mich zu sehen.«

»Jawohl«, gab Mungan zu. »Jetzt können wir endlich mit dem Essen anfangen.«

Moira zuckte zusammen, dann seufzte sie, als Una sie finster anfunkelte. »Ich kann wahrhaftig nichts dafür, dass dieser Mann so ein Flegel ist.«

»Was hast du gesagt?«, fragte Tavig und rückte ein wenig näher, um leise mit ihr zu sprechen, ohne von einem verdrossenen Mungan belauscht zu werden.

»Nichts von Bedeutung.« Sie rang sich ein Lächeln ab. »Wie war dein Tag? Hattest du viel zu tun?«

»Aye, Ivers Knecht wollte erst nicht den Mund aufmachen, aber als er es schließlich doch tat, war er sehr hilfreich. Mungan hat einige Leute nach Drumdearg geschickt, um weitere Informationen zu sammeln. Wenn sie wieder da sind, werden wir unsere Pläne endgültig beschließen.«

»Und dann werdet ihr in den Kampf ziehen.« Sie wusste nicht, ob es ihr gelang, ihm ihre Angst nicht zu zeigen.

»So wird es geschehen. Iver wird darum kämpfen, an dem festzuhalten, was er mir gestohlen hat.« Er nahm ihre Hand und drückte einen kleinen Kuss auf die Innenfläche. »Mach dir keine Sorgen um mich, mein Liebes. Ich werde gewinnen.«

Sie zog die Hand zurück, denn das Essen wurde bereits aufgetischt. »Um dich mache ich mir keine Sorgen. Mir missfällt nur die Vorstellung, dass Männer mit dem Schwert aufeinander losgehen.«

»Manchmal bleibt ihnen nichts anderes übrig. Wie hast du den heutigen Tag verbracht? Ich weiß, dass du Adair besucht hast, denn dort habe ich dich gesehen und das letzte Mal Gelegenheit gehabt, ein paar Worte mit dir zu wechseln.«

»Na ja, ich wurde von deinem Cousin in der Burg herumgeschleppt. Er wollte mir zeigen, welch großartiges Leben er mir hier bieten könnte.« Während sie sich an der Platte mit dem Wildbret bediente, beobachtete sie aus den Augenwinkeln Tavig, der Mungan finster anfunkelte.

»Deshalb war er also so großzügig, mich allein mit Ivers Mann sprechen zu lassen. Mir ging es hauptsächlich darum, Mungan davon abzuhalten, den Mann zu heftig zu verhören und ihn womöglich so schwer zu verletzen, dass wir nichts von ihm erfahren hätten. Aber in Wahrheit wollte Mungan nur ein bisschen Zeit haben, um in aller Ruhe um dich zu werben.«

»Na ja, so kann man es vermutlich nennen.« Moira beschloss, Tavig nicht zu sagen, dass Mungan sie noch weiter verfolgt hatte. Er war ihr an diesem Tag mehrmals nachgestiegen, bis sie ernsthaft überlegt hatte, ob sie sich nicht ein gutes Versteck suchen sollte.

»Und deshalb ist deine Cousine so wütend auf dich.«

»Una ist davon überzeugt, dass ich versuche, ihr Mungan wegzuschnappen. Ich schaffe es nicht, sie zur Vernunft zu bringen. Sie hat mich sogar gebeten, ihr den Wehrturm zu schenken, nur damit Mungan sich wieder ihr zuwendet. Den lieben langen Tag hat sie mich damit belästigt. In ihren Augen bin ich überaus selbstsüchtig, weil ich den Turm nicht hergeben will.« Sie sah Tavig zornig an, als er den Mund aufmachte, um etwas zu erwidern. »Wenn du jetzt sagst, dass du mich vor all dem gewarnt hast, dann bekommst du eine Ohrfeige.«

»Du willst also einem Mann die Chance nehmen, damit zu prahlen, dass er recht hatte?«

»Jawohl, das will ich. Ich habe keine Lust auf deine Schadenfreude. Das verdrossene Paar da am Tisch reicht mir schon. Man kann mit ihnen nicht reden. Sie sind unbelehrbar, und manchmal habe ich an diesem sehr langen Tag schon gedacht, dass sie zudem vielleicht auch noch taub sind.«

Tavig lachte, und auch ihr tadelnder Blick dämmte seine Belustigung nicht ein. »Süße Moira, siehst du denn nicht ein, dass das Ganze auch seine komischen Seiten hat?« Als sie ihn nur weiter finster anstarrte, räusperte er sich. »Na ja, im Moment vielleicht nicht.«

»Richtig, im Moment nicht. Am liebsten würde ich mich in einer Höhle verkriechen und dort bleiben, bis dein Cousin und meine Cousine sich geeinigt haben. Mungan will mein Land, aber nicht mich. Er will Una, und sie will ihn.«

»Aye, das liegt auf der Hand, obwohl ich glaube, dass Mungan sich dessen nicht bewusst ist. Er ist zu versessen auf diesen Wehrturm. Ich kann sogar nachvollziehen, warum er so uneinsichtig ist, denn ich habe vorhin festgestellt, dass ich eine Weile lang richtig geblendet war von meinem dringenden Wunsch, meinen Besitz zurückzuerlangen und mich an Iver zu rächen. Weil ich nur noch daran gedacht habe, hätte ich beinahe versäumt, ein oder zwei Trümpfe zu bemerken, die Mungan und ich gegen Iver in der Hand haben. Es kann gefährlich sein, wenn man so versessen auf etwas ist, aber auf alle Fälle ist es unklug. Jetzt habe ich diese Gefahr erkannt und werde auf der Hut sein. Die Frage ist nur: Wie bekommen wir Mungan dazu, es einzusehen?«

»Nach allem, was ich heute durchgemacht habe, kann ich mir nicht vorstellen, dass das ein leichtes Unterfangen ist.«

»Nay, und schnell wird es auch nicht gehen. Dabei werden deine Verwandten bald hier sein.«

Leise schimpfend wandte sich Moira ihrer Mahlzeit zu. Am liebsten hätte sie laut geschrien oder den Kopf gegen den schweren Eichentisch geschlagen; denn ihr war, als würde von allen Seiten an ihr gezerrt. Alle wollten etwas von ihr, ohne darauf zu achten, wie es ihr dabei ging. Nicht einmal Tavig tat das, sinnierte sie, während sie mit dem Messer ein Stück Wildbret aufspießte. Tavig meinte, ihn zu heiraten wäre die Lösung aller Probleme. Aber bestimmt hatte auch er noch andere Gründe, warum er sie unbedingt zur Frau haben wollte. Sie konnte nicht glauben, dass er einen solch großen Schritt unternehmen würde, nur um einer Laune des Schicksals zu folgen.

Die ganze Sache bereitete ihr stechende Kopfschmerzen. Sie wünschte, all die Leute ließen sie einfach in Ruhe. Doch dazu würde es wohl nicht kommen, und als sie zu Tavig hinüberschielte, musste sie zugeben, dass sie die knappe Zeit, die ihr mit ihm noch beschieden war, zur Gänze auskosten wollte, so sehr er ihr gelegentlich auf die Nerven ging. Aber warum gab man ihr nicht noch ein wenig Bedenkzeit? Seit gestern, von dem Moment an, als Mungan ihr den Wehrturm gezeigt hatte, der ihr gehörte, hatte sich in ihrem Leben so viel verändert, dass sie unbedingt darüber nachdenken musste. Ein rascher Blick auf Una, Mungan und Tavig sagte ihr jedoch, dass ihr diese Zeit nicht vergönnt sein würde. Sie spielten alle ihr eigenes Spiel, und im Moment war sie nichts weiter als ein Pfand. Dass Mungan und Una kaum einen Gedanken an ihre Situation verschwendeten, verstimmte sie, aber dass Tavig es genauso wenig zu tun schien, tat ihr richtig weh.

»Ah, ein weiteres köstliches Mahl«, brummte Mungan zufrieden, als man den Tisch bis auf die Becher für das Ale abgeräumt hatte. Er rekelte sich auf seinem großen Stuhl und betrachtete Moira, während er sich den vollen Bauch rieb. »Nun, Moira, mein Mädchen, eine Schlacht braut sich zusammen, also sollten wir die Sache mit dem Werben lieber voranbringen.«

»Na, das hast du aber schön gesagt, Cousin«, murmelte Tavig, der nicht wusste, ob er lachen oder weinen sollte. Es gefiel ihm ganz und gar nicht, dass Mungan nicht von Moira ablassen wollte, aber der Mann beherrschte die Kunst des Werbens so schlecht, dass es wirklich zum Lachen war.

Mungan überhörte Tavigs Bemerkung. »Es heißt, dass manche Mädchen gern ein bisschen spazieren gehen, wenn der Mond am Himmel steht.«

»Aye, das kann sehr schön sein«, pflichtete Moira ihm bei.

Tavig beobachtete Una. Ihre Augen blitzten wuterfüllt, ihre Wangen waren hochrot. Es war wirklich rücksichtslos von Mungan, so freimütig um Moira zu werben, während er mit Una Händchen hielt. Doch am meisten beunruhigte Tavig, dass Una ihren Zorn gegen Moira richtete und nicht gegen seinen Cousin, dem er eigentlich hätte gelten sollen. Moira ermutigte Mungan wahrhaftig nicht, sie hatte Unas Zorn nicht verdient. Doch leider würde Una Mungan alles verzeihen, weil sie ihn liebte.

»Nun, dann lade ich Euch zu einem weiteren kleinen Spaziergang im Hof ein«, rief Mungan erfreut.

»Nay«, lehnte Moira eilig ab und lächelte entschuldigend. »Ich fürchte, ich bin noch ein wenig erschöpft von unserem letzten Ausflug.«

»Ach so? Aber das war doch schon vor Stunden.« Er betrachtete sie verdrossen, dann sah er Tavig an und meinte: »Sie scheint nicht sehr stark zu sein. Wie hast du sie bloß hierhergeschafft?«

Moira starrte Mungan fassungslos an, dann wirkte sie so herrlich empört, dass Tavig sich nur mühsam ein Lachen verkneifen konnte. »Sie ist gegangen, Mungan. Gelaufen, geklettert, durch Flüsse gewatet und ab und zu auch gerannt.«

»Aha, verstehe.« Mungan nickte, dann lächelte er Moira an. »Ihr müsst Euch noch von Eurer Reise erholen. Wir können ja morgen Abend ein wenig umherschlendern, bis dahin geht es Euch bestimmt wieder besser.« Er sah Una an. »Wollt Ihr Euch die Füße vertreten?«

Tavig schaffte es, nicht zu lachen, bis die beiden die Große Halle verlassen hatten, doch nach einem Blick auf Moiras Gesicht war es vorbei mit seiner Zurückhaltung. Sie wirkte nach wir vor völlig fassungslos. Während er losprustete, fing sie sich allmählich wieder und starrte erst finster auf die Tür zum Hof, dann auf Tavig.

»Ich kann es nicht glauben, dass sie mitgegangen ist.« Moira trank einen großen Schluck Ale, dann knallte sie erbost ihren Becher auf den Tisch und schüttelte den Kopf. »Er spricht freimütig davon, wie er um mich wirbt, und versucht, mich zu einem weiteren Rennen in den Hof zu verschleppen, und wenn ich nein sage, fragt er sie. Hat sie denn gar keinen Stolz?«

»Sie liebt diesen großen Tollpatsch eben«, erwiderte Tavig noch immer lachend.

Moira seufzte und verzog den Mund zu einem schiefen Lächeln. »Ich weiß. Die Frage ist doch nur: Liegt auch ihm etwas an ihr? Tavig, Una hat ihr ganzes Leben unter den Fäusten ihres Vaters zugebracht. Wenn man bedenkt, wie Mungan aussieht und dass er Una entführt hat, ist es doch seltsam, dass sie keine Angst vor ihm hat. Ich mache mir nur Sorgen, wie es ihr gehen und was sie tun wird, wenn …« Ihre Augen wurden groß, als er einen Finger auf ihre Lippen legte und sie am Weiterreden hinderte.

»Ich schwöre dir, Liebes, Mungan liegt etwas an deiner Cousine. Es ist schwer, Leuten, die nicht so lange mit Mungan gelebt haben wie ich, zu erklären, was in ihm vorgeht. Für ihn ist es von größter Bedeutung, den Wehrturm nicht in die Hände von Feinden fallen zu lassen. Und außerdem, glaube ich, versucht er, jede Erinnerung an den eigentlich harmlosen, doch offenkundig vorhandenen Wahnsinn seines Vaters auszulöschen. Wahrscheinlich geht er davon aus, dass Una ihn verstehen wird. Denk doch nur daran, wie unverblümt er mit dir gesprochen hat. Er hat kein Geheimnis daraus gemacht, dass er dich heiraten will, damit er an den Wehrturm kommt. Du kannst ihm nicht vorwerfen, dass er versucht, dich zu betrügen.«

»Das mag schon sein. Und man kann wohl auch nicht sagen, dass er Una hintergeht. Deshalb ist sie wahrscheinlich auch auf mich wütend und nicht auf ihn. Sie liebt Mungan, und er ist aufrichtig, auch wenn es wehtut. So kann sie die Schuld nur auf mich schieben.«

»Was nicht gerecht ist. Ihre Wut macht mir Sorgen. Ich muss immer wieder daran denken, wer ihr Vater ist.«

»Ach, ich glaube nicht, dass mir Una schaden würde. Obwohl sie oft genug ihrem brutalen Vater zum Opfer gefallen ist, und das von klein auf, hat sie ihre Zofen und Mägde nie geschlagen. Ich glaube, sie denkt, dass solche Gewalt nur von Männern ausgeht. Die Tatsache, dass Mungan sich nicht so aufführt, macht ihn in ihren Augen zu einem wahren Heiligen.«

»Es gibt eine Lösung für all diese Probleme«, fing Tavig wieder an.

Moira hob abwehrend die Hand und schüttelte den Kopf. »Du musst dich nicht wiederholen. Mir ist klar, an welche Lösung du denkst. Aber wir haben hier erst einen einzigen Tag verbracht, und Mungan hält mich schon für einen Schwächling. Vielleicht beschließt er morgen, dass er mich doch nicht haben will, ja sogar, dass der verflixte Wehrturm es nicht wert ist, ein schwächliches Mädchen zu heiraten.«

In Tavigs Gesicht zeichneten sich so viele Zweifel ab, dass sie nicht umhin konnte, sich in Gedanken für ihre Naivität zu tadeln. Obwohl sie Mungan Coll noch nicht sehr lange kannte, beschlich sie das bange Gefühl, dass er zu den Männern gehörte, die ihre Meinung nur auf ein Zeichen Gottes hin änderten. Moira hoffte inständig, dass ihnen allen bald so ein Zeichen beschieden sein würde.

»Noch einen Tag«, murmelte sie und starrte düster in ihren Becher.

»Was hast du gesagt?«, fragte Tavig.

»Ich werde noch einen Tag abwarten, habe ich gesagt. Vielleicht ändert sich die Lage ja noch.«

Tavig lachte nur kurz auf, was Moira wenig ermutigend fand.

17

Ihr habt einen ganz schönen Dickkopf, Mädchen«, brummte Mungan und sah Moira finster an.

Moira warf einen Blick auf Tavig, der neben seinem Cousin stand, dann setzte sie sich auf den kleinen Hocker neben der Stalltür. Ohne Rücksicht auf ihre Begleiter zog sie ihre Stiefel aus und rieb sich die schmerzenden Füße. Mungan hatte darauf bestanden, ihr seine Ländereien zu zeigen, darunter auch das nahe gelegene Dorf. Obwohl sein Cousin kein Hehl aus seiner Verärgerung gemacht hatte, hatte Tavig darauf bestanden mitzukommen. Mungan hatte Moira auf ein Pferd gesetzt, und sie ritten zu dritt sein Land ab, wobei sie mehrere Pausen einlegten, um einige Orte abzulaufen, die Mungan für besonders wichtig hielt, bevor sie endlich im Dorf landeten. Dort waren sie abermals abgestiegen und in Mungans üblichen forschen Tempo im ganzen Dorf herumgestiefelt. Für einen Ritter war Mungan erstaunlich viel zu Fuß unterwegs, dachte Moira missmutig.

»Das Mädchen hat das Recht, sich die Sache gründlich durch den Kopf gehen zu lassen«, fauchte Tavig.

»Was muss sie sich denn durch den Kopf gehen lassen?«, fragte Mungan. »Ich habe ihr alles gezeigt, was ich zu bieten habe, und ihr gesagt, was ich will. Sie muss jetzt nur noch Ja sagen.«

»Oder Nein«, warf Moira ein, doch keiner der Männer hörte ihr zu.

»Warum gibst du nicht auf, Mungan?« Tavig schüttelte den Kopf. »Wir wissen alle, dass du lieber Una heiraten würdest.«

»Una wäre eine gute Gemahlin, aber ihr gehört der Wehrturm nicht. Und dieses Mädchen …« – er deutete vorwurfsvoll auf Moira – »will ihn ihr nicht geben.« Er starrte Moira finster an. »Ihr wisst, dass ich Euch zwingen könnte, mich zu heiraten.«

»Ach ja? Erwartest du etwa, dass ich ruhig danebenstehe, wenn du sie vor einen Priester zerrst?«, fragte Tavig, der unüberhörbar kurz davor stand, die Fassung zu verlieren.

Mungan bedachte seinen Cousin mit einem geringschätzigen Blick. »Dich könnte man irgendwo festhalten, bis die Sache besiegelt ist.«

»Aber du kannst sie nicht zwingen, mit dir zum Altar zu schreiten. Wir sind bereits eine Ehe auf Probe eingegangen.«

»Wie bitte?«, rief Moira, und ihre Frage wurde grollend von Mungan wiederholt. »Wovon redest du da, Tavig MacAlpin?«

»Als wir in Craigmoordun waren, habe ich dich als meine Gemahlin bezeichnet, und du hast mich deinen Gemahl genannt, und zwar vor Zeugen«, erwiderte Tavig. »Dasselbe haben wir in Dalnasith getan. Damit sind wir eine vorläufige Ehe eingegangen. Vor dem Gesetz gelten wir als Mann und Frau.«

»Aber nur für ein Jahr und einen Tag«, entgegnete Mungan. »Und bis dahin sollte auch ein Kind da sein, und das Mädchen muss vor einem Priester in die Ehe einwilligen.«

»Willst du uns etwa ein ganzes Jahr lang quälen?«, fragte Tavig aufgebracht.

Moira bekam von dem folgenden Streit nicht mehr viel mit. Sie saß nur da, die Hände zu festen kleinen Fäusten geballt, und versuchte, sich nicht von ihrem Zorn überwältigen zu lassen. Tavig oder Mungan anzuschreien würde nichts nützen, das war ihr klar. Doch dann kam sie zu dem Schluss, dass es ihr egal war, wenn sie jetzt einen Aufruhr verursachte, und dass Tavig jeden Funken ihrer Wut verdient hatte. Erregt sprang sie auf und boxte Tavig in den Arm.

»Moira!«, rief er, starrte sie verblüfft an und rieb sich den Arm.

»Du Mistkerl!«, fauchte sie. »Du bezeichnest Mungan als

durchtrieben, aber im Grunde bist du es genauso. Du hast ganz genau gewusst, was du tust, hast es aber unter dem Deckmantel der Sorge versteckt und mir versichert, wir müssten es tun, damit uns nichts passiert.«

»Na ja, das stimmt so auch wieder nicht«, erwiderte er kläglich.

Sie schlug die Hand weg, die er nach ihr ausstreckte. »Nay, versuch jetzt nicht, deinen Betrug mit hübschen Worten zu mildern. Mungan willst du dazu bringen, dass er mir die Wahl lassen soll, aber mir wolltest du nie eine Wahl lassen, das ist mir gerade eben klar geworden.« Ihr fiel nichts mehr ein, was über wüste Beschimpfungen hinausgegangen wäre; deshalb wandte sie sich ab und lief zum Wohnturm zurück. »Meinetwegen könnt ihr beide zur Hölle fahren!«, waren ihre letzten Worte.

* * *

Tavig überlegte, ob er ihr nacheilen sollte, doch Mungans Lachen hielt ihn davon ab. »Was findest du so verdammt lustig?«, fragte er aufgebracht.

»Dich.« Mungan schlug ihm auf den Rücken. »Ich wusste gar nicht, dass du so durchtrieben sein kannst.«

»Ich habe nicht versucht, sie zu betrügen«, murrte Tavig, doch er wusste, dass das nicht ganz stimmte. »Sie glaubt, dass ich in die Zukunft sehen kann, doch sie weigert sich, einzusehen, dass wir füreinander bestimmt sind. Ich musste sie irgendwie an mich binden. Mit einer vorläufigen Ehe gewinne ich ein Jahr und einen Tag, um sie davon zu überzeugen, dass wir zusammengehören. Die vier Wochen, die wir gehabt haben, waren nicht ausreichend, obwohl ich alles versucht habe.« Er raufte sich die Haare. »Heilige Mutter Gottes, noch nie habe ich so eifrig um ein Mädchen geworben.«

»Aye, einem so redegewandten Schmeichler wie dir fällt es bestimmt schwer, sich geschlagen zu geben.«

»Das tue ich nicht.« Er erklärte Mungan Moiras Ängste.

»Mir war klar, dass ich mehr Zeit brauchte, um das Mädchen davon zu überzeugen, dass die möglichen Gefahren unser Leben nicht bestimmen dürfen, selbst wenn ihre Bedenken vielleicht gerechtfertig sind. Außerdem will ich sie nach Drumdearg bringen. Sie muss eine Weile dort leben, damit sie einsieht, dass uns dort nichts passieren wird. Indem ich sie zu einer vorläufigen Ehe überlistete, hatte ich immerhin die Möglichkeit, sie notfalls unter dem Hinweis auf diese Verbindung dazu zu bringen, mir nach Drumdearg zu folgen.«

»Sehr schlau. Aber ich glaube, im Moment ist ihr diese Verbindung ziemlich egal. Die Kleine ist ganz schön wütend. So geschickt du auch sein magst, ich weiß nicht, ob es dir gelingen wird, ihren Zorn zu beschwichtigen. Auf alle Fälle kann ich sie dann in einem Jahr dazu bringen, mich zu heiraten.«

»Ach, halt einfach den Mund«, schnaubte Tavig, funkelte den Wohnturm finster an und überlegte, wie lange er warten sollte, bevor er den Versuch wagen konnte, mit Moira zu reden.

* * *

Moira lief ungestüm in ihrer Kammer auf und ab, während die Mägde heißes Wasser in einen Badezuber füllten. Sie wusste, dass sie ängstlich beobachtet wurde, doch sie war zu zornig, um die Mädchen zu beruhigen. Sobald sie den Raum verlassen hatten, zog sie sich aus und stieg in den Zuber; und schon nach kurzer Zeit in dem heißen Wasser schwanden ihre Anspannung und ihre Wut. Darüber war sie sehr froh, denn sie war nicht gern so wütend.

Dennoch war sie noch immer entrüstet über Tavigs Betrug; doch als sie ruhiger wurde, ging ihr auf, dass er wahrscheinlich einen guten Grund für diese List gehabt hatte. Sie konnte sich einfach nicht vorstellen, dass er einfach nur seinen Willen hatte durchsetzen wollen. Jetzt musste sie sich nur wieder so weit fassen, dass sie sich ruhig seine Erklärung anhören konnte. Vermutlich würden ihr all seine Begründungen nicht triftig erscheinen, aber vielleicht würden sie ja doch so gut klingen, dass sie ihm verzeihen konnte.

In dem Moment, als sie aus dem Zuber stieg und sich abtrocknen wollte, wurde die Tür zu ihrer Kammer aufgestoßen. Moira kreischte überrascht auf. Hastig versuchte sie, ihre Blöße mit dem Tuch zu bedecken, und war nur zum Teil erleichtert, als sie sah, dass es sich bei dem Eindringling um Una handelte, die die Tür zuschmetterte. Moira zuckte zusammen. Das Letzte, was sie jetzt brauchte, war ein weiterer Streit. Aber schon beim ersten Blick in Unas düstere Miene erkannte Moira, dass ihr wohl genau das bevorstand.

»Ich muss mit dir reden«, schnaubte Una und funkelte sie wütend an.

Leise stöhnend trocknete Moira sich ab und zog sich an. »Dafür wäre dieser Auftritt aber nicht nötig gewesen. Ich habe mich nicht vor dir versteckt und mich auch nicht geweigert, mit dir zu reden. Weshalb stürmst du mit deiner Forderung einfach in mein Zimmer?«

»Mit dir kann man ja kaum unter vier Augen reden, ständig scheinen sich Mungan oder Tavig nach dir zu sehnen.«

»Du übertreibst. Ich bin gemeinsam mit Tavig hier eingetroffen, aber er führt sich nicht auf wie ein vernarrter Liebhaber. Und Mungan schleppt mich nur ab und zu in der Gegend herum und sagt mir, wie sehr er meinen Wehrturm begehrt.«

»Und mehr will er auch nicht von dir.«

»Das ist mir schon klar.«

»Er wird immer zu mir ins Bett kommen. Selbst wenn du ihn heiratest, werde ich nicht weggehen. Womöglich wirst du sogar froh darüber sein. Mungan ist bestimmt nicht der richtige Liebhaber für dich.«

Moira bemühte sich nach Kräften, nicht hinzuhören, als Una anfing, davon zu reden, was sie und Mungan im Bett trieben. Una machte es ihr nicht leicht, denn sie baute sich immer wieder vor ihr auf, hielt sie davon ab, sich ungestört fertig anzukleiden, und enthüllte ein Detail nach dem anderen. Schließlich setzte sich Moira auf den Schemel vor dem Feuer, das die Mägde für sie entzündet hatten, und fing an, sich die nassen Haare zu kämmen. Zum Glück schien Una inzwischen am Ende ihrer langen Aufzählung angelangt zu sein.

»Du siehst also, viel wirst du von Mungan nicht bekommen«, zischte Una, stellte sich neben Moira und stemmte die Fäuste in die üppigen Hüften.

»Ich will überhaupt nichts von Mungan Coll«, erwiderte Moira verärgert. »Und ich will auch nicht hören, was du von ihm bekommst. Was ihr zwei zwischen den Laken treibt, interessiert mich nicht im Geringsten.«

»Dann hör endlich mit deinen Spielchen auf! Sag ihm einfach, du willst ihn nicht.«

»Du kennst den Mann doch inzwischen gut genug, um zu wissen, dass es nichts nützt.«

»Dann gib mir den verdammten Wehrturm«, verlangte Una.

»Nay. Der Turm gehört mir. Dein Vater hat mir meinen Besitz zu lange vorenthalten, ich denke nicht daran, ihn mir nun von dir und deinem Liebhaber wegnehmen zu lassen. Dieser Turm ist meine große Chance, den Fäusten deines Vaters zu entkommen. Und wie wichtig das ist, solltest du am besten wissen.«

»Also entkomme ihm, indem du Tavig MacAlpin heiratest. Er will dich zur Frau, ich verstehe nicht, warum du ihn nicht haben willst.«

»Ich habe meine Gründe, sehr gute Gründe sogar, die dich freilich nichts angehen.«

»Wir sind noch nicht fertig miteinander! Ich habe vor, um meinen Mann zu kämpfen«, schnaubte Una und marschierte hinaus.

»Wie schön«, murrte Moira und zuckte zusammen, als Una die Tür zuknallte. »Allmählich habe ich das Gefühl, für etwas bestraft zu werden, auch wenn ich nicht glauben kann, dass ich eine Sünde begangen habe, die so schwer wäre, dass ich das hier verdient hätte.«

Seufzend band sie sich die Haare mit einem breiten blauen Band zurück. Bei der Aussicht, von Una womöglich mit weiteren Einzelheiten aus ihrem Liebesleben belästigt zu werden, erschauderte sie, doch offenbar war das eine neue Taktik ihrer Cousine. Es war wohl wenig aussichtsreich, Mungan von weiteren Verfolgungsmanövern abzubringen. Seine hartnäckigen Werbungsversuche auszuhalten war wahrhaftig schon schlimm genug, doch wenn sie nun auch noch Unas anhaltende Wut ertragen musste, würde sie zweifellos den Verstand verlieren.

Moira stand auf und glättete ihre Röcke. Genug ist genug, beschloss sie. Sie hatte die Nase voll von Mungan und seinen tapsigen Annäherungsversuchen, von Unas Kämpfen um ihren Mann und auch von Tavig und Mungan, die sich um sie stritten wie zwei verzogene Kinder um ein Spielzeug. Und dieser Streit würde weitergehen, solange sie Mungan nicht klarmachte, dass sie vergeben war und dass der Wehrturm keine Bedrohung für ihn darstellte. Ihr blieb nichts anderes übrig, als Tavigs Lösung anzunehmen.

Es bedrückte sie, Tavig unter solchen Umständen heiraten zu müssen. Sie wäre ja gerne auf einen seiner zahllosen Anträge eingegangen, wenn sie gewusst hätte, dass ihnen nichts passieren konnte und sie womöglich sogar glücklich werden konnten. Außerdem hätte sie gern die Versicherung erhalten, dass Tavig wirklich etwas an ihr lag. Sie brauchte einfach irgendeine Art von Sicherheit, dass Tavig sie nicht mit der Zeit hassen würde, wenn ihre Ehe tatsächlich die Gefahren und Probleme mit sich brachte, die sie befürchtete.

»Du verlangst einfach zu viel«, tadelte sie sich, als sie aus der Kammer trat und sich auf die Suche nach Tavig machte.

Doch eines würde sie auf alle Fälle von ihm verlangen: eine Erklärung, warum er sie mit einer List dazu gebracht hatte, eine vorläufige Ehe einzugehen. Außerdem wollte sie ihm das Versprechen abringen, dass auch eine richtige Ehe nicht für alle Zeiten Bestand haben und er sie gehen lassen müsste, wenn sie das wünschte. Das war wohl nicht zu viel verlangt; schließlich waren sie nun wegen Mungan und Una gezwungen, vor dem Priester zu heiraten. Sie brauchte einfach die Gewissheit, jederzeit gehen zu können, bevor der Aberglaube ihrer Mitmenschen ihnen zur ernsten Bedrohung wurde oder – und schon allein bei dem Gedanken überlief es sie eiskalt – Tavig Gefahr lief, wegen ihr verletzt oder sogar getötet zu werden.

Sie fand Tavig im Hof – zusammen mit Mungan. Beide hatten ihren Oberkörper entblößt und kämpften gegeneinander, umringt von Mungans Bewaffneten. Einen Moment lang fürchtete Moira, dass sie der Grund dafür war. Sie bahnte sich einen Weg durch die Männer, wobei sie jedes Mal zusammenzuckte, wenn die Schwerter aufeinander prallten. Doch dann sah sie, dass die beiden Cousins nicht ernstlich gegeneinander kämpften. Sie würden wahrscheinlich eine Menge Blutergüsse und Kratzer davontragen, doch keiner der beiden hatte die Absicht, den anderen ernsthaft zu verletzen. Sie veranstalteten nur einen Schaukampf, um ihr Geschick zu beweisen.

Tavig war so flink und gewandt, dass er seinen nicht nur um etliches größer gewachsenen sondern auch mit bewundernswerten Fertigkeiten und einer eindrucksvollen Kraft ausgestatteten Cousin bald besiegt hatte. Die Zuschauer entfernten sich, und die Cousins traten an einen Wassereimer, wuschen sich den Staub und den Schweiß ab und begutachteten ihre Blessuren. Moira konnte nur den Kopf schütteln über das seltsame Gebaren von Männern. Sie stellte sich neben Tavig, erwiderte sein zaghaftes Lächeln jedoch nicht. Einen Moment lang dachte sie daran, zu warten, bis sie ihn unter vier Augen sprechen konnte, doch Mungan hatte momentan so viel mit ihnen zu tun, dass es wohl nicht nötig war, etwas vor ihm zu verheimlichen.

»Aha, du zürnst mir also noch immer«, murmelte Tavig, als sie ihn nicht anlächelte.

»Aye, aber ich habe mich so weit beruhig, dass ich mir deine Erklärung anhören kann, warum du mich so hinters Licht geführt hast.« Sie verschränkte die Arme vor der Brust.

»Du siehst nicht so aus, als würdest du mir verzeihen«, meinte er.

»Im Moment ist mir wahrhaftig nicht danach. Ich habe gehofft, dass deine Erklärung es mir erleichtern würde.«

Er räusperte sich. »Ich wollte sicherstellen, dass du mit mir nach Drumdearg kommst. Du sprichst die ganze Zeit von der Angst und dem Aberglauben, den wir beide wecken könnten, und hast mir nie geglaubt, wenn ich dir sagte, dass es in Drumdearg nicht dazu kommen würde. Mir war klar, dass du nicht die Absicht hattest, dich persönlich davon zu überzeugen. Als ich auf den Gedanken kam, in den Dörfern als verheiratetes Paar aufzutreten, um uns damit eine gewisse Sicherheit zu verschaffen, fiel mir ein, dass das ja auch eine Art Probeehe bedeuten würde.«

»Aber mir war nicht klar, dass ich mich damit offiziell zu deiner Frau erklären würde.«

»Tja nun, was soll ich sagen? So war es eben. Mädchen, ich wollte doch nur dafür sorgen, dass du zumindest überprüfen würdest, ob ich dir die Wahrheit über Drumdearg erzählt hatte. Wenn du beschlossen hättest, nicht mit mir dorthin zu gehen, hätte ich unsere vorläufige Ehe anführen können, um dich dazu zu überreden.«

»Aye, das war ein guter Plan«, meinte Mungan und klopfte seinem Cousin anerkennend auf den Rücken.

»O ja, ein sehr guter«, pflichtete Moira ihm bei und funkelte Tavig böse an. »Sehr klug, ja ausgesprochen gerissen. Ganz offenkundig ist Mungan nicht der Einzige, der in eurer Familie durchtrieben ist.«

»Hast du etwa behauptet, ich sei durchtrieben, Cousin?«, fragte Mungan Tavig stirnrunzelnd.

»Das bist du manchmal, und das wissen alle. Aber vielleicht könntest du jetzt mal den Mund halten? Dieses Gespräch geht dich nichts an. Ich versuche gerade, mich mit Moira zu versöhnen, und deine Störungen tragen nicht gerade dazu bei.«

»Ich weiß nicht, ob deine Ausführungen aus deiner List

etwas anderes als eine üble Täuschung machen«, meinte Moira, womit sie Tavigs Aufmerksamkeit wieder auf sich lenkte. »Doch obgleich ich den Gründen, die du mir in deinem schwachen Erklärungsversuch genannt hast, nicht zustimmen kann, reichen sie mir im Moment.«

»Sie reichen dir?« Er trat näher und legte zögernd die Hände auf ihre Schultern. »Du hast mir also verziehen?«

»Das würde ich nicht sagen, aber ich kann dich verstehen. Es war ein dummer Trick, aber offenkundig hattest du keine bösen Hintergedanken. Also werde ich dir jetzt meinen Entschluss mitteilen.«

»Du möchtest noch über etwas anderes reden?«

»Aye. Ich werde dich heiraten. Du hattest recht, es gibt keine andere Lösung. Ein weiterer Tag hat nichts daran geändert, und ein weiteres Jahr wird wohl auch nicht viel daran ändern.« Sie starrte ihn an und hoffte, dass er ihre nächsten Worte nicht nur auf Mungan gemünzt betrachtete. »Manche Menschen sind so stur, dass sie nicht erkennen, wann sie lieber aufgeben sollten.«

Tavig runzelte die Stirn, dann zog er Moira langsam zu sich. »Ich habe die Rüge verstanden. Also werden wir jetzt heiraten?«

»Aye. Allerdings müssen wir uns noch einmal unter vier Augen über ein paar Einzelheiten unterhalten.« Moira sah Mungan an, der nur dastand und lächelte. Offenbar hatte er ihren Wink nicht verstanden.

»Ihr werdet den Burschen also heiraten. Es hätte mir zwar besser gefallen, wenn Ihr Euch für mich entschieden hättet, aber immerhin muss ich mir nun keine Sorgen mehr machen, nachdem ich weiß, dass das Land dir gehört, Tavig. Und jetzt« – er rieb sich die Hände – »muss ich Una finden. Ich glaube, es passte ihr gar nicht so recht, dass ich Moira heiraten wollte. Cousin, mach dir keine Umstände, ich werde den Priester auftreiben, und dann können wir noch vor Sonnenuntergang vermählt werden.« Er hob seine Tunika auf und eilte mit großen Schritten zur Burg. »Dieser Schuft von Robertson wird ganz schön staunen, wenn er bei seiner Ankunft feststellt, dass seine Tochter und sein Mündel in festen Händen sind.«

Sobald Mungan fort war, wand sich Moira aus Tavigs sachter Umarmung. Sie war noch immer verärgert über seine List, und außerdem ärgerte es sie, dass Umstände, an denen sie nichts ändern konnte, sie zwangen, Dinge zu tun, die sie nicht wirklich tun wollte. Wären sie und Tavig nicht mit ihren Gaben geschlagen gewesen, dann hätte sie sich bestimmt über einen solch ansprechenden, gefälligen und einigermaßen betuchten Ehemann gefreut, zumal sie ihn wirklich liebte. Selbst die Tatsache, dass er niemals von Liebe sprach, hätte sie nicht abgeschreckt. Aber das war nur ein weiteres Problem, auch wenn es die anderen Probleme, die sich vor ihnen auftun würden, womöglich noch verschlimmerte.

»Du wirkst nicht wie eine glückliche Braut«, murrte Tavig, während er sein Hemd über den Kopf streifte.

»Ich bin herumgeschubst und hin und her gezerrt worden, bis ich in einer Ecke landete, aus der ich nicht mehr herauskam. Mungans Schädel ist so dick wie seine kostbaren Mauern. Er wird nie aufgeben und Una genauso wenig. Sie hat sich jetzt darauf verlegt, mir alles über ihre Beziehung zu Mungan zu erzählen, bis hin zu den persönlichsten Einzelheiten, die ich wahrhaftig nicht hören will. Offensichtlich besteht ihr neuester Plan, um mir den Wehrturm abzuluchsen und mich aus Mungans Reichweite zu entfernen, darin, mich alle widerlichen Details wissen zu lassen, wie gut sie und Mungan im Bett miteinander auskommen.« Sie verzog das Gesicht, als Tavig laut lachte. »Findest du das etwa komisch?«

»Tja nun, ich fürchte, schon.« Er brauchte eine ganze Weile, bis er sich wieder gefasst hatte. »Tut mir leid, Liebes. Ich habe gerade versucht, mir vorzustellen, wie sich ein Mädchen in schwärmerischen Tönen über die Liebeskünste unseres guten alten Mungan auslässt.«

»An deiner Stelle würde ich diese Versuche einstellen, es sei denn, du hast einen robusten Magen«, grummelte sie, dann setzte sie sich auf eine Bank an dem Brunnen, aus dem die Männer ihr Wasser geschöpft hatten.

Tavig stellte den Fuß neben sie auf die Bank, stützte sich auf den Oberschenkel und beugte sich zu ihr herab. »Hast du mich deshalb unter vier Augen sprechen wollen? Um mir zu erzählen, wie Una mit Mungan angegeben hat? Das hätte Mungan wahrhaftig nichts ausgemacht. Ganz im Gegenteil, er wäre höchst erfreut gewesen.«

»Vermutlich, aber das war nicht der Grund, warum ich ungestört mit dir reden wollte.«

Tavig spielte mit ihren Haaren und ließ eine dicke Strähne durch seine Finger gleiten. »Du hast vor, ein paar Regeln aufzustellen, stimmt's?«

»Es ist extrem lästig, dass du immer wieder errätst, was ich als Nächstes tun oder sagen werde. Bist du dir sicher, dass du nicht die Gedanken anderer Menschen lesen kannst?«, fragte sie misstrauisch.

»Nay, das kann ich nicht. Aber es war nicht sehr schwer, darauf zu kommen, so viel steht nun wahrhaftig nicht zur Auswahl.«

»Also gut, ich möchte gerne ein paar Regeln aufstellen. Um Mungan loszuwerden, müssen wir heiraten. Er wird Una heiraten, und damit sind unsere Schwierigkeiten mit den beiden aus dem Weg geräumt. Aber das löst nicht all unsere anderen Probleme.« Sie hob die Hand, als er ihr ins Wort fallen wollte, und blickte ihn tadelnd an, weil er diese ergriff und küsste. »Du möchtest, dass ich nach Drumdearg gehe. Du glaubst, wenn ich erst einmal dort bin, werde ich einsehen, dass meine Ängste töricht sind.«

»Aye, Liebes, so ist es.«

»Das kann ich dir nicht ausreden. Aber ich muss dich um etwas bitten: Wenn meine Befürchtungen sich bewahrheiten, möchte ich nicht, dass diese Ehe uns so fest aneinander bindet, dass wir wie erschrockene Rehe herumstehen und darauf warten, dass uns ein Pfeil trifft.«

»Du willst von mir die Zusicherung, dass ich dich gehen lasse, wenn du mich darum bittest?«

Moira nickte stumm und errötete ein wenig unter seinem festen Blick. Sie konnte den Ausdruck darin nicht klar deuten. Wenn sie nur wüsste, was in Tavig vorging!

Seufzend erwiderte sie: »Nur, weil ich eingewilligt habe, dich zu heiraten, heißt das noch lange nicht, dass ich diesen Schritt für sicher und klug halte«, erwiderte sie schließlich. »Wir sind mehr oder weniger dazu gezwungen worden. Aber ich muss mir sicher sein, dass ich gehen kann, wenn ich gehen muss. Ich muss mir sicher sein, dass das Problem mit deinem sturen Cousin mir nicht die Chance geraubt hat, eine Entscheidung zu fällen. Und bei meiner Entscheidung könnte es um Leben oder Tod gehen.«

»Du machst dir viel zu viele Gedanken über mögliche Ereignisse.« Er setzte sich neben sie und nahm sie sanft in die Arme.

»Jemand muss es tun. Ich würde mich freuen, wenn sich meine Ängste als unnötig erweisen würden.«

»Aber trotzdem willst du dich vergewissern, dass du die Gefahr beenden kannst, indem du mich verlässt.«

»Aye. Wirst du mir also versprechen, mich nicht an meinen Eheschwur zu erinnern, wenn ich beschließe, dass ich weggehen muss?«

»Und was passiert, wenn ich dir das nicht verspreche? Welche Möglichkeiten hast du dann noch?«

»Nicht sehr viele. Allerdings könnte ich ja immer noch versuchen, so lange zu warten, bis Mungan aufgibt. Er hat es hingenommen, dass wir eine Ehe auf Probe führen, also hätte ich ein ganzes Jahr. Vielleicht wird er nach diesem Jahr einsehen, dass ich eine Verbündete bin, auch wenn er mich nur als schwaches Mädchen sieht. Die Aussicht auf seine Werbeversuche und Unas unberechtigten Zorn ist zwar alles andere als erfreulich, aber sie schreckt mich weniger als ein unglückliches Bündnis mit dir, während Leute um uns herum einen Scheiterhaufen errichten.«

»Du hast wirklich Angst vor diesem Scheiterhaufen.«

»Wie jeder andere vernünftige Mensch. Also, bekomme ich nun dein Versprechen?«

»Ich habe den Eindruck, diesmal bin ich derjenige, der keine Wahl hat. Aye, ich gebe es dir.« Er ließ ihr Lächeln unerwidert. »Du zeigst großes Talent, einer Hochzeit die Hoffnung zu rauben.«

»Tavig«, fing sie an, doch dann sah sie Una herbeieilen, ein breites Lächeln im Gesicht.

Als Una Moira umarmte, konnte Tavig nicht umhin, die Stimmung der beiden zu vergleichen. Una war so glücklich, dass sie allen möglichen Unsinn daherschwatzte, während Moira nur schwach lächelte und ein paar Glückwünsche murmelte. Una war voller Hoffnung und Pläne für ihre Zukunft mit Mungan, Moira hingegen sah aus, als habe sie soeben einen weiteren Schritt Richtung Schafott unternommen. Tavig bemühte sich, sie zu verstehen, weil er wusste, wie sehr sie von ihren Ängsten geplagt war. Doch dieses Wissen linderte den Schmerz kaum, den er nun verspürte. Es war sicher nicht nur gekränkte Eitelkeit, aber im Moment wollte er sich lieber nicht eingehender damit befassen.

»Mungan meint, der Priester wird in einer Stunde hier sein«, verkündete Una.

»So bald schon«, murmelte Moira, während Una sie an den Händen packte und hochzog.

»Mungan sieht keine Notwendigkeit zu warten. Und außerdem könnte mein Vater jederzeit eintreffen. Es wäre besser, wenn vor seiner Ankunft alles besiegelt wäre – wir unsere Eheschwüre geleistet haben.«

»Ja, das stimmt«, pflichtete Tavig ihr bei. »Er würde bestimmt versuchen, Moira davon abzuhalten, mich zu heiraten, weil ihm klar ist, dass ich mir jeden Farthing zurückholen werde, den er ihr gestohlen hat.«

»Ach du meine Güte, das wird ihm bestimmt nicht gefallen«, meinte Una. »Aber jetzt komm mit, Cousine, wir haben nicht viel Zeit für unsere Hochzeitsvorbereitungen.« Mit diesen Worten zerrte sie Moira zur Burg.

Tavig behielt die beiden im Blick, bis sie ins Innere verschwunden waren, dann stand er kopfschüttelnd auf und schlenderte ihnen nach. Bislang war es ihm hauptsächlich darum gegangen, Moira dazu zu bringen, mit ihm nach Drumdearg zu gehen. Doch leider zeichnete sich nun schon das nächste Problem ab: sie dazu zu bringen, dort auch zu bleiben. Er konnte nur hoffen, dass es ihm bald gelingen würde, ihre Ängste zu beschwichtigen.

18

Moira wand sich, als Una ihr das Mieder schnürte. Sie hatten nicht viel tun können, um ihre zerlumpte Kleidung ein wenig zu verschönern. Auch wenn sie sich gründlich die Haare gekämmt und ein paar Schleifen angebracht hatte, war sie beim besten Willen nicht als wunderschöne Braut zu bezeichnen. Hätte sie doch nur ein bisschen mehr Zeit für die Vorbereitung gehabt! Obwohl sie diese Ehe nicht in der Hoffnung einging, dass sie von Dauer wäre, hätte sie gern besser ausgesehen.

»Du siehst kaum wie eine Braut aus«, murrte nun auch Una, als sie einen Schritt zurücktrat, um Moira zu mustern.

»Das ist wohl kein Wunder. Meine Kleider sind zerschlissen. Wir hatten beide keine Möglichkeit, welche mitzubringen, doch immerhin weilst du schon länger hier und hattest die Gelegenheit, dir ein paar neue Sachen zu besorgen.« Moira konnte sich eines Anflugs von Neid nicht erwehren, als sie Unas schönes blaues Gewand musterte, das am Ausschnitt, dem Saum und den Ärmeln hübsch bestickt war. »Ich hatte nicht einmal Zeit, irgendetwas so abzuändern, dass es mir passt.«

»Ich weiß, aber es ist nicht nur deine Kleidung. Du wirkst nicht besonders glücklich, und dabei bist du doch Tavigs Geliebte, und ich dachte, du liebst ihn wirklich.«

»Das tue ich auch, aber wenn du ihm das sagst, wirst du es bitter bereuen. Nay, ich bin nicht so glücklich wie du, doch es würde jetzt zu lange dauern, dir das zu erklären. Es gibt da ein paar Probleme. Um ehrlich zu sein: Ich heirate Tavig nur, damit Mungan mich in Ruhe lässt und dein Vater nie mehr gegen mich handgreiflich werden kann. Alles Weitere wird sich schon zeigen.«

»Ist es wegen deiner Gabe oder wegen seiner?«

Moira brauchte eine ganze Weile, bis ihr klar wurde, was Una da soeben gesagt hatte, dann fragte sie bass erstaunt: »Du weißt von meiner Gabe?«

»Natürlich. Wir haben zehn Jahre unter einem Dach gelebt, wie sollte mir das entgangen sein? Du hast sie ja immer wieder eingesetzt. Zwar hast du den Leuten, denen du geholfen hast, eingeschärft, nichts darüber verlauten zu lassen, aber es ist unmöglich, so etwas geheim zu halten.« Sie tätschelte Moira, die noch immer vollkommen verblüfft war, den Kopf. »Sowohl Nicol als auch ich haben mehrmals mitbekommen, wie du an unsere Betten getreten bist und mit deiner Gabe die Schmerzen gelindert hast, die uns unser Vater so oft zugefügt hat.«

»Und ich habe immer geglaubt, ich sei sehr vorsichtig.«

»Du hättest es nur verheimlichen können, wenn du niemandem geholfen hättest. Tavig kann in die Zukunft sehen, das ist hier allseits bekannt. Warum sollten ihn deine heilenden Hände stören?«

»Sie stören ihn nicht, weil er nichts davon weiß. Ich habe es ihm nicht gesagt, und ich weiß nicht, ob ich es ihm jemals sagen werde. Also bitte behalte auch dieses Wissen für dich!«

»Du bittest mich also, mehrere Dinge zu verschweigen?«

»Aye – zwei. Das wirst du ja wohl schaffen. Doch jetzt sollten wir wohl lieber in die Große Halle hinuntergehen.« Moira überprüfte ihre Schleifen ein letztes Mal, dann ging sie hinaus.

»Moira, was glaubst du, wird mein Vater tun, wenn er herausfindet, dass wir beide verheiratet sind?«, fragte Una, während sie hinter ihrer Cousine hereilte.

»Fluchen, schimpfen, drohen. Doch diesmal wirst du nichts zu befürchten haben, Mungan Coll wird bestimmt spielend mit ihm fertig. Sobald wir unseren Eheschwur geleistet haben, müssen weder du noch ich uns je wieder wegen Sir Bearnard Robertson Sorgen machen. Dieser Mistkerl wird uns nicht mehr behelligen können.«

»Ich werde wohl ein Weilchen brauchen, bis ich wirklich davon überzeugt bin.«

»Aye, vermutlich werde auch ich noch ziemlich lange über meine Schulter blicken. Die Art von Angst, die dieser Kerl bei anderen hervorruft, hält sich wahrhaftig sehr hartnäckig.«

Sobald sie in die Große Halle kamen, fühlte sich Moira wieder sehr unbehaglich. Mungan sah beeindruckend aus in seinem schwarzen, gefütterten Wams. Una eilte sofort zu ihm, neben ihm wirkte sie zart und winzig. Auch Tavig sah bemerkenswert gut aus. Moira fragte sich, wo er so schnell all die neuen Sachen aufgetrieben hatte. Als er Moira an die Hand nahm, merkte sie, wie schäbig sie neben den anderen wirken musste. Von so einer Hochzeit hatte sie wahrhaftig nicht geträumt.

»Könntest du vielleicht etwas weniger bedrückt aussehen?«, flüsterte Tavig, führte ihre Hand an seine Lippen und küsste die Innenfläche. »Sonst denken Mungans Leute noch, ich zwinge dich, mich zu heiraten. Das würde meiner Eitelkeit einen bösen Schlag versetzen.«

Moira rang sich ein Lächeln ab, dann reckte sie sich und drückte ihm einen Kuss auf die Wange. »Jetzt werden sie denken, dass ich so vernarrt in dich bin, wie sich das gehört. Das bewahrt deine Eitelkeit bestimmt vor Schaden.«

»Wie nett von dir!« Er warf einen Blick auf Mungan und den Priester, die in ein leises Gespräch vertieft waren. »Du hast wirklich sehr traurig ausgesehen, Moira. Das ist nicht besonders ermutigend.«

»Aber es hatte nicht viel mit dir zu tun, ich habe nur bedauert, dass wir so rasch heiraten müssen. Jedes Mädchen, selbst wenn es aus den ärmlichsten Verhältnissen kommt, träumt vom Tag seiner Hochzeit. Die wenigen Male, die ich mir erlaubte, davon zu träumen, habe ich mir nie vorgestellt, in Lumpen neben meinem Ehemann zu stehen.«

»Aha. Aber du siehst zauberhaft aus, Liebes!« Er streichelte ihr sanft übers Haar. »Vielleicht hätte auch ich mich nicht umziehen sollen, aber da hier noch ein paar Sachen von mir herumlagen, dachte ich, es könnte nicht schaden.«

»Nein, das tut es ja auch nicht. Du hast über deine Eitelkeit gescherzt, aber in Wahrheit bin ich diejenige, die zu eitel ist. Alle sehen prächtig aus, nur ich nicht, und deshalb habe ich mir schrecklich leidgetan.«

Er legte den Arm um ihre Schultern, zog sie an sich und drückte einen Kuss auf ihre Wange. »Ich finde dich wunderhübsch.«

»Vorsicht, Bursche, du bringst meine Schleifen durcheinander.«

»Ich habe vor, noch weitaus mehr durcheinander zu bringen, sobald wir unseren Eid geschworen haben.«

Moira spürte, wie sie errötete, konnte sich jedoch kaum eines Lächelns erwehren. »Aber doch wohl erst, wenn wir wieder in unserer Kammer sind, oder?«

»Aha, du befürchtest wohl, wir könnten den Priester aus der Fassung bringen.«

»Das wäre immerhin zu überlegen.«

»Wollt ihr zwei weiter herumstehen und reden?«, fragte Mungan. »Ihr habt euch doch nicht etwa anders entschieden?«

»Nay, Mungan«, erwiderte Tavig, nahm Moira bei der Hand und zog sie zu dem Geistlichen. »Wir haben nur gewartet, bis der Priester so weit ist.« Er verbeugte sich vor dem rundgesichtigen, kahlköpfigen Mann. »Wenn Ihr bereit seid, anzufangen – wir sind es.«

Als der Priester die ersten Worte sprach, musste Moira gegen eine plötzliche Panik ankämpfen. Sie wollte mit Tavig verheiratet sein, sie wollte ein normales Leben an seiner Seite führen, sie wollte seine Kinder zur Welt bringen. Doch in diesem Moment erschien ihr nichts davon möglich. Tavig behauptete zwar immer wieder, sie seien füreinander bestimmt, doch Moira war sich ebenso sicher, dass sie dem Untergang geweiht waren. Als sie vor dem Priester niederkniete, war ihr klar, dass sie all das, was sie so gern gehabt hätte, nur für ein kleines Weilchen bekommen würde. Wenn das der Grund war, warum das Schicksal sie und Tavig zusammengeführt hatte, dann trieb es ein grausames Spiel. Und auch damit, dass es ihr eine Gabe verliehen hatte, mit der sie viel Gutes bewirken konnte, aber gleichzeitig auch Angst bei den Leuten hervorrief, hatte es seine Grausamkeit gezeigt.

Der Priester erklärte sie zu Mann und Frau. Bevor Tavig sie zärtlich umarmte, sah Moira aus den Augenwinkeln, wie Mungan Una unter dem Jubel seiner Leute innig küsste. Trotz des Gejohles erwiderte auch sie nun Tavigs Kuss bereitwillig. Wenigstens ein Weilchen wollte sie so tun, als hätte ihre Ehe mit Tavig eine Chance. Ein kleiner Selbstbetrug konnte ja wohl nicht schaden. Erst als der Priester verlegen hüstelte, wurde sie sich wieder ihrer Umgebung bewusst. Mit hochrotem Kopf wand sie sich aus Tavigs Armen.

»Und jetzt wird gefeiert!«, verkündete Mungan und zog Una an den mit einem feinen Leinentuch bedeckten Tisch, auf dem sich alle möglichen Köstlichkeiten häuften. Er winkte auch den Priester herbei.

»Ich dachte nicht, dass du genug Zeit hättest, ein solches Festmahl vorzubereiten«, meinte Tavig, nachdem er sich zu Mungans Linken niedergelassen und Moira neben sich gezogen hatte.

»Das hatte ich auch nicht; das Fest war bereits geplant«, erklärte Mungan, während die Diener Ale ausschenkten.

»Du wusstest doch gar nicht, dass es eine Hochzeit geben würde.«

»Nay, aber ich wusste, wir würden bald in den Kampf gegen Iver ziehen. Sehr bald. Sobald meine Leute wieder da sind und uns berichten, was sie herausgefunden haben, werden wir unseren Schlachtplan festlegen und nach Drumdearg reiten. Dann haben wir keine Zeit mehr für ein Fest, und ich wollte meinen Leuten die Gelegenheit bieten, sich noch einmal ordentlich die Bäuche vollzuschlagen. Jetzt haben wir eben mehr zu feiern als den bevorstehenden Untergang unseres hinterhältigen Cousins.« Er ließ den Blick über seine Bewaffneten schweifen, die bereits herzhaft zugelangt hatten und sich Essen und Trinken schmecken ließen. »Wenn wir jetzt feiern, werden die Männer immerhin nicht mehr so gierig sein, wenn wir nach Drumdearg kommen.«

Tavig lachte, dann wandte er sich wieder Moira zu. Sie genoss sichtlich seine Aufmerksamkeit. Während sie sich neckisch gegenseitig fütterten, merkte sie, dass es gar nicht so schwer war, ihre Sorgen und Ängste eine Zeit lang zu vergessen. Sie hatte ein kleines Stückchen Glück verdient, selbst, wenn es gestohlen war.

Es dauerte nicht lange, bis Mungan und Tavig andeuteten, dass es nun Zeit sei für die Hochzeitsnacht. Zu Moiras Überraschung nahm Una sie an die Hand und zog sie hinaus. Sie erröteten und kicherten über die Bemerkungen der Männer. Moira nahm an, dass diese noch um einiges derber werden würden, sobald sie die Türe hinter sich zugezogen hatten.

»Ich weiß nicht recht, warum wir bei diesem seltsamen kleinen Ritual mitspielen, Una«, meinte sie, während sie ins Obergeschoss gingen. »Es ist ja wahrhaftig nicht so, als würden wir heute Nacht irgendetwas anderes tun als sonst. Wir sind schon seit Längerem die Geliebten unserer Männer gewesen, und das wissen auch alle anderen.«

»Das gehört einfach dazu, Cousine.« Una grinste, während sie Moira in deren Schlafkammer zog. »Und außerdem wollte ich noch gern ein paar Worte mit dir allein wechseln.« Sie deutete auf Moiras Bett. »Schließlich hättest du, wenn Tavig dich hierhergebracht hätte, nicht die Gelegenheit gehabt, das da anzuziehen.«

Moira riss entzückt die Augen auf, als sie das Nachthemd erblickte, das auf dem Bett ausgebreitet war. Eilig trat sie heran und hob das weiße, mit kostbarer Spitze verzierte Gewand hoch. Aus Angst, es hätte vielleicht nicht die richtige Größe, betrachtete sie es erst einmal recht skeptisch; doch als sie es sich anhielt, seufzte sie erleichtert auf, denn sie stellte fest, dass es nur eine Spur zu groß war.

»Wie wundervoll, Una! Wo hast du das denn aufgetrieben?«

»Na ja, sobald ich erfahren hatte, dass wir die Männer

unserer Wahl heiraten sollen, sprach ich mit den Frauen in dieser Burg. Es mussten ja früher andere Edelfrauen hier gelebt haben, selbst Mungan hatte eine Mutter.« Sie grinste kurz, als Moira kicherte. »Kurz, bevor ich dir mit den Schleifen geholfen habe, kam eine der Mägde und hat mir das hier überreicht. Es hat Mungans Mutter gehört.«

Moira starrte das kleine Nachthemd mit großen Augen an. »Ist sie bei der Geburt gestorben?« Sie lächelte ein wenig schief, als Una kicherte. »Ich kann mir nur schwer vorstellen, dass eine Frau, die fast so klein ist wie ich, ein Kind zur Welt bringt, das irgendwann mal so riesig ist wie Mungan.«

»Sie hat fünf Söhne und eine Tochter geboren, und sie sind alle noch am Leben. Ich habe sie zwar noch nicht kennengelernt, aber Mungan meint, dass seine Brüder alle so groß sind wie er und auch seine Schwester ein großes, gesundes Mädchen ist.«

»Das ist wirklich außergewöhnlich. Aber hat er denn nichts dagegen, wenn ich das hier trage?«

»Nay. Die Sachen seiner Mutter wurden für die zukünftigen Ehefrauen der Söhne beiseitegelegt. Ich habe versucht, ein ordentliches Gewand für dich aufzutreiben, doch das meiste ist leider verschwunden; vielleicht sind auch andere Sachen daraus gefertigt worden. Aber das Nachthemd war noch da. Na gut, jetzt sollte ich wohl lieber in mein Schlafgemach, ich möchte bereit sein, wenn Mungan kommt.«

»Una, liebst du den Mann wirklich?«

»Aye. Ich dachte, das wüsstest du.«

»Na ja, eigentlich schon, aber ich habe es dich nie sagen hören. Einmal kam mir sogar der Gedanke, du wolltest ihn nur heiraten, weil … na ja, einfach deshalb, weil er dich nicht schlägt.«

»Aye, das war tatsächlich das Erste, was mir an ihm aufgefallen ist und weshalb ich mich zu ihm hingezogen fühlte. Es dauerte eine Weile, bis es mir klar wurde, doch eines Tages merkte ich, dass ich den Mann ständig herausforderte. Vom Zeitpunkt meiner Entführung an versuchte ich, ihn zu provozieren. Ich tat alles, von dem ich wusste, dass mein Vater mich geschlagen oder auf andere Weise bestraft hätte, doch Mungan hat mich nie angerührt. Er hat zwar viel herumgeschimpft, aber schon wenn er den Eindruck hatte, dass ich mich auf Schläge einstellte, war er beleidigt, ja richtig gekränkt.«

»Aye, Tavig ist genauso.«

»An dem Punkt habe ich mich in ihn verliebt. Aber jetzt muss ich wirklich los.«

Sobald Una weg war, streifte Moira ihre Kleider ab. Obwohl sie an diesem Tag schon gebadet hatte, wusch sie sich noch einmal von Kopf bis Fuß, bevor sie in das Nachthemd schlüpfte. Sie streichelte den weichen Stoff und befühlte vorsichtig die zarte Spitze. Noch nie hatte sie etwas so Schönes und Kostbares getragen. Seltsam, dachte sie, was ein Kleidungsstück alles ausmachen konnte. Sie war nun schon seit Längerem Tavigs Geliebte, doch allein dadurch, dass sie das herrliche Nachthemd trug, hatte sie das Gefühl, diese Nacht würde etwas ganz Besonderes werden.

* * *

Tavig straffte die Schultern, bevor er in die Schlafkammer trat. Er hatte sich noch immer nicht damit abgefunden, dass Moira ihre Hochzeit nur als etwas Vorübergehendes betrachtete und ihren Schwur als unverbindlich. Höchst ungern hatte er ihr versprochen, sie notfalls gehen zu lassen – vor allem deshalb, weil er nicht vorhatte, dieses Versprechen zu halten. Er hatte Moira belogen, das machte ihm am meisten zu schaffen. Nun wollte er tunlichst darauf achten, dass sich nichts davon in seiner Miene spiegelte.

Als sein Blick auf Moira fiel, stockte ihm der Atem. Sie sah wirklich wunderschön aus, wie sie da neben dem Bett stand, ein scheues Lächeln auf den Lippen, die Wangen sanft gerötet. Ihr dichtes, leuchtendes, mit Schleifen geschmücktes Haar wellte sich fast bis zur Hüfte. Das weiße Spitzennachthemd war ihr ein wenig zu groß, es bauschte sich etwas um ihre kleinen Füße und war ihr von einer blassen Schulter geglitten. Beim Lichtschein des Feuers und der Kerzen war der dünne Stoff recht durchsichtig, darunter war jede ihrer schlanken, verführerischen Kurven zu erkennen; doch das war Moira sicher nicht klar. Tavig musste ein wenig grinsen.

»Du siehst wunderhübsch aus, Moira. So hübsch, dass mir gar nichts Schlaues oder Schmeichlerisches einfällt.« Er lächelte, als sich die Farbe ihrer Wangen vertiefte und sie nervös an den Spitzen um ihre Handgelenke zupfte.

»Es hat Mungans Mutter gehört. Una hat die Mägde dazu gebracht, es aufzustöbern.«

»Ich werde sie belohnen lassen.«

»Wenn du zurückerobert hast, was rechtmäßig dir gehört.«

»Aye.« Er trat näher und streichelte ihre dichten Locken. »Du klingst, als ob du langsam daran glaubst.«

»Ich habe immer geglaubt, dass du es tun könntest, aber nicht ganz allein.« Sie lächelte, als er kicherte. »Manchmal hast du geklungen, als hättest du vor, dich mutterseelenallein vor dem Tor von Drumdearg aufzubauen, mit nichts als deinem Schwert in der Hand, um Iver kühn herauszufordern. Und natürlich nicht nur ihn, sondern auch all seine Leute.«

»Selbstverständlich.« Er streifte ihre Lippen mit einem sanften Kuss, dann setzte er sich aufs Bett, um seine Stiefel auszuziehen. »Er hat so um die vierundzwanzig Söldner, mittlerweile vielleicht auch ein paar mehr, aber die machen mir keine Sorgen.«

»Nay, warum auch.« Sie lehnte sich an den Bettpfosten und sah ihm zu, wie er sich weiter auszog. »Sie werden bestimmt alle das Weite suchen, zitternd und mit angstgeweiteten Augen, sobald sie dich mit gezücktem Schwert auf sie zumarschieren sehen.«

»Aye, sie werden ihre Waffen wegwerfen und nichts als Staub hinterlassen, wenn sie in die Hügel fliehen.«

»Das wäre wirklich sehr schön«, murmelte sie.

»Das wäre es. Und vor allem würde dabei kein Blut fließen. Allerdings kommt so etwas leider nur sehr selten vor.« Langsam begann er, die Schleifen ihres Nachthemds aufzunesteln. »So selten wie ein wunderschönes Mädchen mit glänzendem Haar und Augen wie ein Sommertag und Haut so samtig weich wie Distelwolle. Kein Mann hat je eine schönere Braut gehabt«, murmelte er mit leiser, rauchiger Stimme und beugte sich zu ihr, um das Grübchen an ihrem Halsansatz zu küssen.

Moira wusste nicht, was sie darauf erwidern sollte. Als sie ihm in die Augen sah, war sie sprachlos und gebannt von der Wärme in seinem Blick. Ihr Herz begann fast schmerzhaft zu pochen. Sie spürte, wie ihr das Blut durch die Adern jagte, und hörte es in ihrem Kopf pulsieren. Der Blick in seinen Augen sagte ihr, dass er froh war, sie als Frau zu haben, und dieser Blick versprach ihr weitaus mehr als Leidenschaft und forderte sie auf, danach zu greifen. Obwohl die Stimme der Vernunft in ihr sie mahnte, dass es töricht sei, nach Dingen zu greifen, die man nicht behalten konnte, hörte Moira nicht auf sie. Es war zwar selbstsüchtig, aber sie hatte vor, nach allem und jedem zu greifen, was Tavig ihr anbot. Bald würde sie nur noch Erinnerungen haben, an die sie sich klammern konnte, und sie wollte, dass diese schön und lebhaft waren.

Tavig hielt ihrem Blick stand, während er ihr das Nachthemd abstreifte. Ihre Wangen liefen tiefrot an, als er sie um die Schultern fasste und von oben bis unten musterte. In seinem Blick lag so viel Leidenschaft, dass Moira nicht länger zögerte. Sie trat einen Schritt vor, sodass sich ihre Körper berührten.

Beide Körper erbebten gleichzeitig. Ihr entfuhr ein leises, einladendes Lachen, als er stöhnte, sie hochhob und aufs Bett legte. Sie schlang die Beine um ihn, und er ließ sich langsam auf ihr nieder. Es war seltsam, ja fast ein bisschen albern, doch Moira hatte das Gefühl, dass ihr Liebesspiel diesmal ganz anders war, und sie glaubte nicht, dass es daher kam, weil ein Priester ihrer Verbindung nun seinen Segen gegeben hatte.

Doch Tavigs Küsse ließen sie bald keinen klaren Gedanken

mehr fassen. Ermutigt von ihrem eigenen Verlangen und Tavigs fast andächtigen Zärtlichkeiten begann sie, all seine Berührungen eifrig zu erwidern. Sie streichelte seinen Rücken und umfasste schließlich sein strammes Hinterteil. Als er vor Leidenschaft stöhnte und sich sein Liebesspiel verstärkte, wurde sie zu weiteren kühnen Taten ermuntert. Langsam fuhr sie mit der Hand über seinen muskulösen Bauch, bis sie behutsam die Finger um sein steifes Glied schloss. Als er zusammenzuckte, wollte sie die Hand rasch zurückziehen, doch er hielt sie davon ab und erklärte ihr mit Worten und Taten, dass seine Reaktion aus Lust und nicht aus Abscheu erfolgt war. Rasch fand Moira heraus, dass sein Vergnügen auch das ihre steigerte.

Dann rutschte er aus ihrer Reichweite, seine heftigen Atemzüge erhitzten ihren Bauch, während seine Küsse ihr Blut zum Sieden brachten. Sie wand sich rastlos hin und her, ihre Leidenschaft war so stark, dass sie nicht mehr still liegen konnte, während er ihre Beine mit kleinen Küssen bedeckte und an ihnen knabberte. Plötzlich setzte ihr Herz einen Schlag aus, als sich seine Zärtlichkeiten von den Innenseiten ihrer Oberschenkel zu der Stelle dazwischen verlagerten. Doch ihre Versuche, sich zu widersetzen, wichen bald einer blinden Lust, sobald seine Zunge vorschnellte.

Sie wand sich unter seinen Liebkosungen, während sie sich ihm immer weiter öffnete und ihn ermunterte, indem sie sich ihm entgegenbäumte und ihre Finger in seinem dichten Haar vergrub. Als sie spürte, wie ihr Höhepunkt nahte, klammerte sie sich an ihn und rief seinen Namen. Ein kehliger Laut der Erleichterung entfuhr ihr, als er ihre Körper kraftvoll vereinigte. Sie schlang sich um ihn, während er sie zu dem süßen Gipfel trug, den sie beide so ersehnten.

* * *

Moira hob den Kopf von Tavigs Brust, um durch ihr wirres Haar auf ihn zu spähen. An der zärtlichen Art, wie er sie hielt, erkannte sie, dass er nicht schockiert war über ihren Genuss an dem, was er soeben getan hatte. Sie entspannte sich wieder, und ihre Unsicherheit schwand. Die warmen Reste befriedigter Lust genießend, schmiegte sie sich an ihn.

»Ich nehme an, es gibt keine Möglichkeit, einen Vertrag mit deinem Cousin Iver zu schließen«, sagte sie schließlich leise und spielte geistesabwesend mit den dunklen Locken unter seinem Nabel.

»Nay. Mein Cousin ist blind vor Neid und Gier. Eigentlich habe ich zu lange gewartet, um auf seine Drohungen zu reagieren. Deshalb wurden meine Freunde ermordet, und ich habe viele Monate damit verloren, wegzurennen und mich zu verstecken. Ich wollte nicht das Schwert gegen einen Verwandten führen, ich wollte nicht, dass es zwischen uns so weit kam. Er hatte keine solchen Bedenken. Für Iver sind unsere Blutsbande nichts Verbindliches, sie sind nur eine weitere Waffe, die er gegen mich einsetzte. Der Mann spürte mein Zögern und nutzte meinen Wunsch, unseren Streit ohne Blutvergießen zu schlichten, um beides gegen mich zu verwenden. Diese Gefühle wurden zu meiner Schwäche, und diese Schwäche kostete meinen Freunden das Leben.«

»Nay«, sagte sie, den Kopf noch immer an seine Brust geschmiegt. Sie ließ die Finger über seine Rippen wandern und küsste zärtlich seinen Nabel. »Du trägst keine Schuld an diesen Morden, Iver ganz allein muss sich für diese Untaten verantworten. Es ist keine Schwäche, von einem Verwandten Treue zu erwarten. Und es ist bestimmt keine Schwäche, nicht zu erkennen, dass er unschuldige Männer ermorden würde, nur um dich damit in eine Falle zu locken.« Zärtlich streichelte sie seinen Bauch. Als sie spürte, wie er erbebte und sie ein wenig fester hielt, wurde sie kühner. »Ich hoffe nur, sein Verrat bringt ihm nicht den Sieg ein.«

»Aha, also wäre es dir nicht egal, wenn ich unter Ivers Schwert fallen würde.« Tavig fuhr ihr durch die Haare und murmelte wollüstig, als sie seinen Bauch mit Küssen erwärmte.

Ihre Zunge auf seiner Haut erregte seine Lust, bis er kaum noch klar denken konnte.

»Ihr stellt manchmal sehr törichte Fragen, Sir Tavig.« Sachte knabberte sie an der Innenseite seiner Oberschenkel und genoss es, wie er leise stöhnte.

»Ein Mann möchte eben gern wissen, dass er vermisst werden würde.«

»Aha, du willst wieder einmal deine Eitelkeit befriedigen.«

»Aye, unter anderem.« Er erbebte vor Lust und Vorfreude, als sie, den Kopf noch immer an seinen Bauch geschmiegt, lachte. »Mädchen, weder Mungan noch ich wollen unser Leben und das unserer Männer verlieren. Mach dir keine Sorgen wegen der bevorstehenden Schlacht. Sie wird nicht leicht werden und auch nicht ohne Blutvergießen abgehen, aber wir werden uns nicht in blinder Wut ins Gefecht stürzen.« Er musste ein wenig lächeln über seine raue Stimme. »Doch diese Schlacht interessiert mich im Moment eigentlich gar nicht so.«

»Nay?« Sie stützte sich auf seinen Hüften ab und streichelte lächelnd seine Lenden. »Was interessiert dich denn dann, mein tapferer Ritter?«

»Meine Hochzeitsnacht.« Noch nie war Moira ihm so aufregend vorgekommen wie in diesem Augenblick, als sie zwischen seinen Beinen lag und mit Fingern und ihrem Atem seine Lenden neckte. »Im Allgemeinen verbringt ein frisch verheiratetes Paar seine Hochzeitsnacht in wahnwitzigen Liebesspielen, bis es sich vollkommen verausgabt hat.«

»Bist du dir sicher, dass eine solche Anstrengung gut ist für einen Mann, der bald in den Kampf ziehen muss?«

»Absolut sicher. Das macht ihn umso stärker.« Er grinste, als sie lachte, und schloss lustvoll die Augen, als sie abermals seinen Nabel mit winzigen Küssen umrundete. »Mädchen, ich glaube, du solltest einen Mann nicht derart foltern«, ächzte er, als sie ihre Küsse rings um den Ort verteilte, an dem er ihre Lippen am liebsten gespürt hätte.

»Geduld ist eine Tugend.«

»Ich habe nie behauptet, besonders tugendhaft zu sein. Süße Moira, wenn du nicht bald deinen Mund um mich legst, werde ich verrückt«, flüsterte er und stieß einen Lustschrei aus, als sie seiner dringenden Bitte nachkam.

Er kämpfte darum, die Begierde zu beherrschen, die seinen ganzen Körper erzittern ließ. Er wollte die Lust, die ihre Lippen und ihre schmeichelnde Zunge ihm verschafften, in vollen Zügen auskosten. Doch als sie seinem stillen Drängen gehorchte und ihn in ihren warmen Mund nahm, spürte er, dass es mit seiner Beherrschung bald vorbei sein würde.

Er packte sie unter den Armen und zog sie hoch. Sie ließ sich auf ihm nieder und vereinigte ihre Körper mit einem instinktiven Geschick, das ihn laut aufstöhnen ließ. Rasch erreichten beide den blendenden Gipfel der Leidenschaft.

Als sie auf ihm zusammensackte, nahm er sie in die Arme und hielt sie ganz fest, während sich sein Samen tief in sie ergoss. In dem Moment wurde ihm klar, dass es eine Möglichkeit gab, Moira an sich zu binden. Es war zwar nicht sehr ehrenwert, ja fast schon hinterlistig, aber was wäre, wenn sie von ihm ein Kind erwartete? Während er zärtlich ihren schlanken Körper streichelte, beschloss er, auf dieses Mittel zurückzugreifen, wenn sonst nichts mehr half. Zögernd gestand er sich ein, dass er sie mehr brauchte als alles andere in seinem Leben.

19

Tavig befreite sich vorsichtig aus Moiras sanftem Griff und rieb sich stöhnend die Stirn. Er brauchte eine Weile, bis er merkte, dass das Hämmern, das ihn aufgeweckt hatte, nicht aus seinem Kopf stammte. Verdrossen erhob er sich und schlüpfte hastig in seine Hose. Er wankte schlaftrunken zur Tür, öffnete sie und begrüßte Mungan mit einem unfreundlichen Grunzen.

»Warum liegst du nicht mit deiner Braut im Bett?«, murrte er.

»Weil wir gleich Besuch bekommen.«

»Ach so?« Schlagartig war Tavig wach. Er stieß einen halblauten Fluch aus. »Robertson?«

»Jawohl. Er wird in einer knappen Stunde durch mein Tor reiten.«

»Es war eine törichte Hoffnung, aber ich hatte mir gewünscht, er werde erst in ein paar Tagen eintreffen.«

»Alles in allem hast du Glück, dass er nicht schon hier war, als ihr kamt.«

»Stimmt. Ich mache mich sofort fertig. Sollen die Mädchen ihn auch begrüßen?«

»Ich denke schon, auch wenn es nicht leicht war, Una dazu zu überreden.«

Tavig sah zum Bett hinüber und stöhnte. Moira war wach, sie saß da, ein Betttuch um sich geschlungen, und starrte ihn mit weit aufgerissenen Augen an. Er entdeckte ein Flackern jener Angst darin, die er vergeblich zu vertreiben versucht hatte.

»Nay, das kann ich mir vorstellen«, murmelte er, wieder an Mungan gewandt. »Auch Moira wird da sein.«

Er schloss die Tür hinter Mungan und trat an die Waschschüssel. Danach verdrückte er sich zum Abort. Auch wenn er wusste, dass es ungerecht von ihm war, ärgerte er sich ein wenig, als Moira bei seiner Rückkehr noch immer dort saß, wo er sie zurückgelassen hatte. Er hatte gehofft, sie wäre mittlerweile angezogen und bereit, Robertson zu begegnen, womit sie ihm die undankbare Aufgabe erspart hätte, sie zu etwas zu zwingen, das sie so offenkundig ängstigte.

»Wir müssen ihn begrüßen«, sagte er und zog sich an.

»Warum? Mungan und du könnt ihm doch alles berichten.« Sie erbebte. »Er wird außer sich geraten vor Wut.«

»Er kann dir nichts anhaben«, versicherte Tavig ihr. Er setzte sich auf die Bettkante und ergriff ihre kalten Hände. »Mungan und ich würden es nicht zulassen.«

»Ich weiß, doch in mir steckt ein kleines, verschrecktes Kind, dem mit vernünftigen Argumenten nicht beizukommen ist. Dieses Kind sagt ständig, dass Sir Bearnard kommen und sehr wütend sein wird. Und es will sich unbedingt verstecken.«

»Una geht es bestimmt genauso, aber sie wird ihrem Vater gegenübertreten. Du kannst dich nicht davor drücken. Und außerdem, Liebes, verlässt sie sich bestimmt darauf, dass du an ihrer Seite stehst. Schließlich bist du die Einzige, die versteht, wie es ihr geht, wenn sie sich diesem Mistkerl stellt und seinem Zorn die Stirn bietet.«

Moira seufzte. Er hatte recht – Una rechnete bestimmt mit ihr und brauchte sie auch. Und wenn sich Una ihrem Vater stellen konnte, dann musste auch sie sich dazu durchringen, denn sonst würde sie sich erbärmlich feige vorkommen.

Sie schlüpfte aus dem Bett. Die Aussicht, bald vor Sir Bearnard zu stehen, beschäftigte sie derart, dass es ihr gar nichts ausmachte, sich vor Tavig zu waschen und anzuziehen. Erst als sie versuchte, ihr Haar zu flechten, erinnerte sie sich wieder an ihn. Er trat hinter sie und nahm ihr die Aufgabe ab. Sie war ihm dankbar dafür, denn ihre Hände zitterten schrecklich.

»Vielleicht solltest du es so sehen, dass du dich jetzt endgültig von diesem Mann verabschieden wirst.«

»Ja, das könnte helfen.«

Nachdem er ihr einen Zopf geflochten hatte, nahm er sie in die Arme und küsste sie liebevoll. »Ich wünschte, du müsstest nicht mitkommen. Ich zwinge dich höchst ungern zu einer Aufgabe, bei der du so erbleichst und zitterst, wie du es jetzt tust. Mit Robertson werde ich schon fertig, aber ich bin machtlos gegen die Angst, mit der er dir bleibende Wunden zugefügt hat.«

Trotz ihrer Beklommenheit musste Moira lächeln über den Missmut, der Tavigs Gesicht verfinsterte. »Und du hasst es, dich so hilflos zu fühlen, stimmt's?« Sie streichelte seine Wange.

»Kein Mann mag so etwas. Vielleicht ist es eitel, aber ich habe mich immer als einen Mann betrachtet, der fast alles in Angriff nehmen und lösen kann.« Er schnitt eine Grimasse und raufte sich die Haare. »Die letzten Monate haben mir viel Verdruss bereitet. Ich habe das Problem mit Iver nicht gelöst, und ich kann auch nicht heilen, was Sir Bearnard dir angetan hat.«

»Nay, so stimmt das auch wieder nicht. Du wirst das Problem mit Iver lösen, und zwar schon sehr bald, wenn auch nicht so, wie du es gern gehabt hättest. Und ich? Nay, du kannst mir die Angst nicht abnehmen, aber du hast mir beigebracht, weniger furchtsam zu sein. Das ist ein ziemlich großer Sieg. Vor zwei Wochen wäre ich bestimmt noch nicht fähig gewesen, vor meinen Vormund zu treten, egal, was du gesagt oder getan hättest. Ich hätte auf das winzige, verängstigte Kind in mir gehört und wäre einfach davongelaufen. Ich hätte mich irgendwo versteckt, obwohl ich mir sicher gewesen wäre, dass Robertson mich finden würde und ich noch zusätzlich büßen müsste, weil ich ihn dazu genötigt hatte, mich aufzustöbern.«

Sie machte sich auf den Weg. »Jetzt gehen wir wohl lieber in die Große Halle, damit wir da sind, bevor er eintrifft, und bevor ich dem Teil von mir nachgebe, der sich so feige verdrücken will.«

Er nahm sie lächelnd bei der Hand. »Du bist weitaus tapferer, als du glaubst.«

Während sie ihm in die Große Halle folgte, wünschte sich Moira von ganzem Herzen, dass er recht hätte. Ihr zog sich vor Angst der Magen zusammen, und das kam ihr wahrhaftig nicht sehr tapfer vor. Aber sie konnte Tavig nicht allein vor ihren Vormund treten lassen. Sie hatte bestimmte Dinge mit Sir Bearnard Robertson zu regeln. Wollte sie ihren Wehrturm behalten, nachdem sie Tavig verlassen hatte, musste sie Sir Bearnard klarmachen, dass sie sich von ihm nicht weiter ihr Geburtsrecht vorenthalten lassen würde. Wenn sie ihrem brutalen, tückischen Vormund nicht einmal in Begleitung von starken Männern gegenübertreten konnte, würde sie Mungan nie davon überzeugen können, dass sie eine starke Verbündete sein konnte.

In der Großen Halle angelangt, suchte sie sogleich nach Una und fand sie nur wenige Schritte entfernt rechts neben der Türe stehen. Als sie das bleiche Gesicht und die schreckgeweiteten Augen ihrer Cousine bemerkte, eilte sie sofort zu ihr. Merkwürdigerweise wurde sie selbst etwas ruhiger, als sie merkte, dass Una kurz vor einem Zusammenbruch stand. Es würde nichts und niemandem helfen, wenn sie beide verängstigt und weinend vor Sir Bearnard treten würden. Der Kerl würde bestimmt seinen Spaß daran haben, überlegte sie und spürte, wie sich ein Funken Ärger in ihr regte.

»Una, beruhige dich«, meinte sie und gab einem Diener mit einem Wink zu verstehen, ihr einen Becher Wein zu bringen.

»Ich dachte, ich wäre ruhig«, murmelte Una mit unsicherer Stimme und nahm einen großen Schluck Wein. »Ich habe jetzt einen Ehemann, einen großen, starken noch dazu. Ich dachte, das würde reichen. Stattdessen stehe ich schreckliche Ängste aus.«

»So groß und stark Mungan ist, auch er kann nichts gegen die Angst tun, die dir von klein auf eingeprügelt worden ist.«

»Kommt und setzt euch zu uns«, rief Mungan, der wie immer in der Mitte des Tisches saß.

»Wenn Ihr nichts dagegen habt«, erwiderte Moira, »bleiben

wir lieber hier. Ich glaube, es geht uns besser, wenn wir Sir Bearnard im Stehen begegnen.«

»Aye, so kann man leichter wegrennen«, murmelte Una.

»Dann werden wir uns zu euch gesellen, wenn der Zeitpunkt gekommen ist«, meinte Tavig und setzte sich neben Mungan.

Moira nickte und wandte sich wieder Una zu, die noch immer am ganzen Leib zitterte. »Na bitte, das sollte dich doch beruhigen: zwei starke Männer mit griffbereiten Schwertern direkt neben uns. Und außerdem kannst du dich auf jeden einzelnen aus dem guten Dutzend weiterer Männer verlassen, die sich in dieser Halle herumtreiben.«

»Ich weiß. Ich wünschte, ich könnte so tapfer sein wie du.«

»Tapfer? Mir ist speiübel vor Angst. Wenn Sir Bearnard in die Halle kommt, kann es gut sein, dass ich meinen Mageninhalt auf seine Stiefel entleere.« Sie lächelte, als ihre Cousine kicherte, wenn auch nur leise und unsicher.

Una seufzte, kramte ein Leinentüchlein aus ihrer Rocktasche und tupfte sich damit die feuchten Augen. »Seltsamerweise bin ich auch richtig traurig. Er ist mein Vater, Moira. Ich habe ihn seit Wochen, ja seit Monaten nicht mehr gesehen. Ich sollte mich auf ihn freuen, ich sollte es kaum erwarten können, ihm von meiner Hochzeit und meinem Ehemann zu erzählen. Stattdessen stehe ich hier und bete, dass ihn irgendein böses Schicksal ereilen möge, bevor er dieses Tor erreicht. Ist das nicht traurig? Ich bin bestimmt die undankbarste Tochter, mit der ein Mann je geschlagen worden ist.«

Moira nahm Una bei den Schultern und schüttelte sie sanft. »Genau dieser Gedanke würde Sir Bearnard gefallen. Du bist mit einem Mann verheiratet, den du liebst und mit dem die meisten Väter gern ein Bündnis schließen würden. Wenn zwischen dir und deinem Vater nichts steht außer Angst, dann ist es dein Vater, der diese Angst dorthin gestellt hat. Du hast wahrhaftig nichts von ihm bekommen, wofür du ihm dankbar sein müsstest, außer vielleicht, dass er dich nicht umgebracht hat.«

»Aye, das ist mir schon klar. Aber trotzdem ist es traurig.«

»O ja, daran ist nicht zu rütteln.« Moira verspannte sich, als sie hörte, wie sich mehrere Leute der Großen Halle näherten. Die beiden jungen Frauen erbebten gleichzeitig, als eine entsetzlich bekannte Stimme an ihr Ohr drang. »Immer mit der Ruhe, Una, bleib standhaft«, flüsterte Moira, und sie wusste, dass diese Mahnung auch an sie selbst gerichtet war.

Tavig und Mungan sprangen auf und eilten wie versprochen zu ihnen, während Mungans Leute Sir Bearnard und Nicol in die Große Halle geleiteten. Moira warf Tavig einen dankbaren Blick zu, als er Mungan in einem gewissen Abstand von ihnen festhielt. Damit waren sie nahe genug, um Una und sie zu unterstützen, aber nicht so nahe, dass es aussah, als würden die Frauen sich hinter ihren Männern verstecken. So konnten sie immerhin den Anschein von Tapferkeit wahren.

Doch sie fühlte sich alles andere als tapfer, als Sir Bearnards Blick auf sie fiel. Anfänglich wirkte er überrascht, sie am Leben zu sehen, doch gleich darauf verdunkelte sich seine Miene. Nicol strahlte sie an, wurde aber von seinem Vater gehindert, näher zu treten. Hinter Nicol und Bearnard tauchte ein bekanntes, runzliges Gesicht auf. Moira lächelte die bass erstaunte krumme Annie an. Die Alte stürmte auf sie zu und nahm sie in ihre knochigen Arme. Moira schnitt eine Grimasse und tätschelte Annies dürren Rücken, während die Alte Tränen der Freude vergoss.

»Ich dachte, du wärst tot, Mädchen«, jammerte sie. »Ich dachte, dein kalter Leichnam läge in seinem nassen Grab.«

»Nun, wie du siehst, bin ich im Trockenen und bei bester Gesundheit.« Sie wand sich aus den Armen der Alten und sah Tavig an. »Wie wär's mit einem Schluck Wein?«

»Aber natürlich, ich besorge dem armen alten Weib gleich ein Schlückchen.« Mungan nahm die krumme Annie an die Hand und zog sie zum Tisch. »Ihr Mädchen könnt ja inzwischen eure Verwandten begrüßen.«

»Altes Weib?«, murrte Annie, verstummte jedoch, als Mungan ihr einen Becher Wein in die Hand drückte.

»Wie ich sehe, habt Ihr Euer Lösegeld bereits erhalten, Sir Mungan«, meinte Bearnard und deutete auf Moira. »Den Rest unseres Geschäftes können wir sicher ohne große Mühen abwickeln.«

Bearnards fleischiges Gesicht war von kalter Wut gezeichnet, und Moira fiel auf, dass selbst Nicol ziemlich finster dreinschaute. Mungans Männer hingegen schienen fast belustigt. Anfangs konnte sich Moira keinen Reim darauf machen, doch dann begriff sie, was hier gespielt wurde: Es war ein Schlag ins Gesicht, dass Mungan den Robertsons nicht sogleich seine Gastfreundschaft angeboten hatte, und offenbar wusste Mungan ganz genau, was er tat. Jetzt verstärkte er die Beleidigung noch, indem er zur krummen Annie so freundlich war. Auf Bearnards Gesprächsangebot ging er überhaupt nicht ein, womit er diesem zeigte, dass er die Oberhand hatte. Und Mungan hatte recht – Entführungsopfer wie auch Lösegeld befanden sich in seinen Händen. Moira sah, wie sehr sich Bearnard darüber ärgerte. Er lief gefährlich rot an. Sie wünschte sich nur, sie hätte sich über seinen Verdruss ebenso freuen können wie der feixende Tavig.

Als Bearnard seinen Blick wieder auf sie richtete, konnte sie ein Beben nicht unterdrücken. Tavig hörte auf zu grinsen und trat ein wenig näher, aber sie winkte ihn unauffällig weg. Die Lage war schon angespannt genug, und Una stand kurz vor dem Zusammenbruch. Dabei hatten sie noch gar nicht verkündet, dass sie verheiratet waren.

»Du hättest in deiner Kajüte bleiben sollen, Mädchen«, herrschte Bearnard Moira an. »Wenn du nicht an Deck gewesen wärst und mit diesem Schuft herumgehurt hättest« – er schüttelte die Faust Richtung Tavig – »wärst du nicht ins Meer gefallen.«

Abermals musste Moira Tavig zurückwinken. Ihr Gemahl war sichtlich verärgert über Bearnards Beleidigung. »Und Ihr hättet mir sagen sollen, dass ich als Lösegeld für Una gedacht war. Vielleicht hätte ich dann besser auf mich aufgepasst«, erwiderte sie so ruhig wie möglich. An der Art, wie Bearnards Augen sich verengten und er die Fäuste ballte, erkannte sie, dass er sich am liebsten auf sie gestürzt hätte.

»Ihr habt Euer Lösegeld, Coll, gebt mir jetzt meine Tochter zurück«, befahl Bearnard und funkelte Mungan, der betont lässig am Tisch lehnte und mit der krummen Annie einen Becher Wein teilte, böse an.

»Ihr könnt Moira nicht mehr als Tauschmittel verwenden, Robertson«, sagte Tavig. »Sie ist jetzt meine Frau.«

»Eure Frau?« Bearnard starrte Tavig ungläubig an, dann wandte er sich an Mungan. »Ihr habt doch nicht etwa zugelassen, dass dieser Mörder sie heiratet? Ihr wolltet sie doch haben, Ihr wart so scharf auf sie, dass Ihr versucht habt, sie zu entführen.«

»Das ist wohl wahr«, gab Mungan zu, »auch wenn ich vor allem den verflixten Wehrturm haben wollte. Aber nach reiflicher Überlegung habe ich beschlossen, dass der Turm in Tavigs Händen genauso sicher ist wie in meinen. Außerdem kann ich nicht zwei Frauen haben, und ich beschloss, Una zu heiraten. Sie passt viel besser zu mir.«

»Ihr habt Una geheiratet?« Bearnard bekam kaum noch Luft, seine Wut war so groß, dass er nur noch ein zittriges Piepsen zustande brachte.

Moira wankte ein wenig, als Bearnard sie und Una finster anfunkelte. Una trat hastig einen Schritt zurück, und Moira war dadurch so abgelenkt, dass sie Bearnards Angriff nicht rechtzeitig mitbekam. Sie sah seine Faust nur aus den Augenwinkeln, bevor sie in ihrem Gesicht landete. Schmerz überflutete ihren Kopf, und sie fiel rücklings auf den Boden, wobei sie Una mit sich riss.

Völlig benommen spürte sie, wie Una sich unter ihr bewegte, sie selbst konnte sich nicht mehr rühren. Una setzte sich hin und bettete ihren Kopf auf ihren Schoß. Moira sah eine vertraute schlanke Gestalt, die sich auf Bearnard warf, und sie wusste, diesmal würde sich Tavig nicht aufhalten lassen.

Obwohl sie noch immer benommen war, schaffte sie es, Mungan davon abzuhalten, Nicol festzunehmen, als die beiden Männer zu ihr eilten.

»Nicol wird uns nichts tun«, stieß sie mühsam hervor. Sie beäugte den Rockzipfel, mit dem die krumme Annie ihr das Blut von den Lippen tupfen wollte. »Hättest du kein sauberes Tuch nehmen können?« Doch es wunderte sie nicht, dass Annie ihr keine Beachtung schenkte.

»Warum hilfst du Tavig nicht?«, fragte Una ihren Mann.

»Er würde sich gegen mich wenden, wenn ich jetzt eingreifen würde.« Mungan verschränkte die Arme vor der breiten Brust und beobachtete Tavig, der Bearnard soeben abgeschüttelt hatte und nun mit schnellen Fäusten auf ihn losging. »Ich glaube, der Junge wird den Mistkerl bald erledigen. Tut mir leid, Mädchen, ich vergaß, dass es dein Vater ist«, fügte er entschuldigend hinzu.

»Du brauchst dich nicht zu entschuldigen, aber sieh bitte zu, dass Tavig ihn nicht umbringt.«

»Aye, ich werde dazwischentreten, bevor es dazu kommt. Schließlich sind wir erst seit einem Tag verheiratet, Liebste.« Er zwinkerte Una zu. »Viel zu kurz, um schon einen deiner Verwandten umzubringen.« Er grinste, als Una, Nicol und Moira kurz auflachten.

Bearnard hatte Tavig gerade einen derart wuchtigen Schlag versetzt, dass der kleinere Mann zu Boden ging und in ihre Richtung schlitterte. Moira wollte nach Tavig greifen, wurde jedoch von Una und der krummen Annie daran gehindert. Sie widersetzte sich nicht, denn ihr war noch immer schwummrig von Sir Bearnards Schlag, und Tavig war schon wieder auf den Beinen. Sie wandte sich Nicol zu, der untätig neben seiner Schwester saß und regungslos zusah, wie sein Vater verprügelt wurde.

»Willst du deinem Vater nicht helfen?«, fragte sie ihren Cousin, wobei sie Tavig nicht aus den Augen ließ, um sich zu vergewissern, dass er die Oberhand über Sir Bearnard behielt.

Nicol schüttelte den Kopf. »Warum sollte ich eingreifen? Das ist das erste Mal, dass er bekommt, was er verdient.«

Obwohl sie es immer schon vermutete hatte, war Moira nun einigermaßen schockiert, als sie erkannte, dass Sir Bearnard seinen beiden Kindern die Liebe aus dem Leib geprügelt hatte. Una war traurig, aber weder sie noch Nicol zeigten sich besorgt darüber, dass ihr Vater nun von Tavig gründlich vermöbelt wurde. Obwohl inzwischen deutlich war, dass Tavig den Sieg davontragen würde, ließen sie die Nöte ihres Vaters kalt.

Moira beobachtete wieder das Gerangel, das sich nun offenbar rasch dem Ende zuneigte. Sie war inzwischen sicher, dass Tavig gewinnen würde, doch sie konnte es kaum ertragen, dass auch er so manchen Schlag einstecken musste. Als Bearnard zu Boden ging und liegen blieb, atmete sie erleichtert auf und lächelte dem angeschlagenen Tavig zu, der nun zu ihnen trat.

Doch ihr Lächeln gefror, als sie bemerkte, dass Sir Bearnard sich verstohlen bewegte. Die Angst um Tavig schnürte ihr die Kehle zu, sodass sie nur eine heisere Warnung krächzen konnte. Sir Bearnard hatte nämlich einen Dolch aus dem Stiefel gezogen und sich aufgerappelt, und nun ging er erstaunlich schnell von hinten auf Tavig los. Dieser drehte sich um, doch Mungan war schneller. Er erwischte Bearnard am Handgelenk und vereitelte den hinterlistigen Angriff. Grob verdrehte er ihm den Arm, um ihn dazu zu bringen, den Dolch fallen zu lassen. Moira hörte, wie ein Knochen brach, und begleitet von Bearnards Schmerzensschrei fiel der Dolch klirrend zu Boden. Mit einem kräftigen Fausthieb beendete Mungan sein Jammern und stieß den bewusstlosen Mann von sich.

»Tut mir leid, Una«, meinte Mungan, trat zu seiner Frau und tätschelte ihr den Kopf. »Ich fürchte, ich habe ihm das Handgelenk gebrochen. So ein Bruch heilt meist nicht besonders gut. Womöglich ist ihm damit die Kraft seiner Schwerthand verloren gegangen.«

Und der Hand, mit der er immer zugeschlagen hat, dachte Moira. Mit einem Blick auf Una und Nicol stellte sie fest, dass die beiden offenbar denselben Verdacht hegten wie sie. Mungan hätte Bearnard problemlos entwaffnen können, ohne ihm die Knochen zu brechen. Er hatte den Mann absichtlich so schwer verletzt. Als sie sich Tavig zuwandte, ertappte sie ihn bei einem Blick auf seinen Cousin, der deutlich machte, dass auch er dieser Meinung war.

Tavig legte behutsam eine Hand auf ihre schmerzende Wange. »Du bist viel übler zugerichtet als ich«, murmelte Moira und rang sich ein kleines Lächeln ab.

»Es sieht schlimmer aus, als es ist«, erwiderte er.

»Ihr beide solltet eure Wunden versorgen lassen«, erklärte die krumme Annie resolut. Sie stand auf, nahm Tavig am Arm und zog ihn zum Tisch.

»Was ist mit Sir Bearnard?«, fragte Moira, während sie den beiden folgte. »Er fängt an, sich zu bewegen.«

»Offenbar habe ich ihn nicht so schwer getroffen, wie ich dachte«, meinte Mungan und warf einen finsteren Blick auf Bearnard, bevor er sich auf seinem Stuhl niederließ. Una setzte sich neben ihn. »Angus«, rief er einem seiner Leute zu. »Ich glaube, Robertson sollte eine Weile an einem sicheren Ort verwahrt werden.«

»Auch meine Wunden müssen versorgt werden«, schrie Bearnard schmerzerfüllt. »Nicol, warum stehst du bei unserem Feind?«

Nicol zuckte nur die Schultern und setzte sich neben Una. »Er ist jetzt mein Verwandter, nicht mein Feind.«

»Verräter!«, kreischte Bearnard, als ihn zwei von Mungans Männern aus der Großen Halle schleiften. »Ihr Verräter! Dafür werdet ihr mir büßen! Verflucht noch mal, Nicol, ich bin dein Vater!«

Er überhäufte alle mit wüsten Drohungen und Beschimpfungen und wehrte sich so heftig, dass es den Männern nicht gelang, ihn wegzuschaffen. Nicol, Tavig und Mungan betrachteten die Szene so finster, dass Moira befürchtete, der Streit würde wieder aufflackern. Sie hoffte nur, dass die eifrigen Bemühungen der krummen Annie Tavig auf seinem Platz halten würden. Bearnard mochte ein gebrochenes Handgelenk haben, doch er hatte bereits unter Beweis gestellt, zu welchen schändlichen Taten er fähig war.

Als sie befürchtete, Tavig würde sich gleich erneut auf den Kerl stürzen, erhob sich Mungan, schlenderte gemächlich zu Bearnard und begann, leise auf ihn einzureden. Bearnard wurde aschfahl, und sein Kampfgeist verließ ihn. Als ihn seine Bewacher nun aus der Halle schleiften, blieb er stumm, und sein erschrockener Blick haftete auf Mungan, bis die Tür der Großen Halle hinter ihm zufiel. Mungan kehrte leise pfeifend zum Tisch zurück. Er gab Una einen kleinen Kuss, dann setzte er sich wieder auf seinen Platz.

»Was hast du zu ihm gesagt?«, wollte Tavig wissen. Er schickte Annie, die sich noch immer an seinen Wunden zu schaffen machte, weg. »Es reicht, meine Gute«, meinte er. »Mir geht es wieder recht gut. Mungan, du hast etwas zu dem Hundesohn gesagt, das ihm alle Kräfte raubte. Ich bin neugierig, spann uns nicht so auf die Folter.«

»Aye, ich würde es auch gern wissen«, meinte Una und strahlte ihren Gemahl bewundernd an.

Mungan lächelte. »Als Erstes gab ich ihm zu bedenken, dass sich niemand empören würde, wenn er einfach verschwände. Das war zwar nur eine Vermutung, doch ganz offenkundig hat er es für möglich gehalten. Ich erwähnte, dass mein Gedächtnis nicht besonders gut ist und ich gelegentlich tatsächlich vergessen habe, dass in meinem Verlies noch ein Gefangener schmorte. Dann erklärte ich ihm, viel Lärm, wie er ihn gerade gemacht hatte, bereite mir üble Kopfschmerzen, und dann weiß ich oft nicht, was ich tue. Ich bekundete mein tiefes Bedauern über diejenigen, die meinen Aussetzern schon zum Opfer fielen. Offenkundig fand Sir Bearnard meine Geschichten ein wenig beunruhigend.«

»Aye, darauf würde ich wetten«, murmelte Tavig. »Aber er wird dich sicher durchschauen, wenn ihm nichts passiert.«

»Nun, ich werde ihm nicht erlauben, mich zu durchschauen. So richtig wehtun werde ich dem Mistkerl nicht, aber an meinen Geschichten wird er nicht zweifeln.« Er tätschelte Unas Hand. »Mach dir keine Sorgen, meine Liebe, er wird lebendig davonreiten, aber er wird nie wieder die Faust ballen, wie er es bisher getan hat.«

»Wie willst du das bewerkstelligen?«, fragte Una. »Er war sein ganzes Leben lang gewalttätig.«

»Liegt es ihm im Blut?«, fragte Mungan und beäugte Nicol ein wenig misstrauisch.

»Nay, das glaube ich nicht.« Una verzog das Gesicht und sah Nicol fragend an. »Was meinst du?«

»Nein«, pflichtete Nicol ihr bei. »Unsere Verwandten haben mir immer gesagt, unser Vater sei der Einzige, der sich so aufführt. Offenbar hat er schon recht früh gelernt, dass er den Leuten Angst machen kann, und das hat ihm gefallen. Sein Vater hat ihm alles durchgehen lassen, weil er der einzige Sohn war. Niemand hat seiner Brutalität Einhalt geboten. Nach dem Tod des alten Laird wurde es noch schlimmer mit unserem Vater. Es wird nicht leicht sein, ihn zu ändern«, meinte er zu Mungan.

»Ich kann sehr geduldig und hartnäckig sein«, erwiderte Mungan. »Aber ich muss Euch natürlich fragen: Auf welcher Seite steht Ihr?«

»An der meiner Schwester und meines Cousins. Wir sind ja jetzt verwandt.«

Mungan nickte. »Gut. Dann könnt Ihr ja auf die Mädchen aufpassen, während Tavig und ich gegen unseren Verwandten Iver in den Kampf ziehen.«

»Und wann wird das sein?«

»Morgen.«

Tavig verschluckte sich an seinem Wein. Moira schlug ihm kräftig auf den Rücken, um seinen Hustenanfall zu beenden, doch innerlich seufzte sie, denn er schaute ziemlich verärgert drein. Mungan und Tavig standen sich offenkundig sehr nah, doch ebenso offenkundig stritten sie gern. Ja, sie hatte fast den Eindruck, dass sie es richtig genossen, aufeinander loszugehen.

»Wir sollen morgen früh losreiten?«, herrschte Tavig seinen Cousin an. »Wann wollte der Herr mir das mitteilen?«

»Na ja, jetzt.«

»Du und dein verfluchter Dickschädel! Warum hast du beschlossen, schon morgen gegen Iver zu ziehen? Ich dachte, wir warten noch auf deine Leute. Ich habe keinen von ihnen gesehen.«

»Sie sind heute kurz vor dem Morgengrauen eingetroffen. Wir haben uns ein bisschen unterhalten, und dann habe ich sie ins Bett geschickt.«

»Mungan, das war doch deine Hochzeitsnacht!« Tavig lachte, als er sah, wie Una errötete und den Blick gesenkt hielt.

»Meine Männer wussten ja nicht, dass ich geheiratet hatte. Und ich kann ihnen nicht verübeln, dass sie mir gerne mitteilen wollten, was sie herausgefunden haben. Es ist nämlich so: Kein einziger deiner Leute steht auf Ivers Seite, kein Mann, keine Frau, kein Kind. Er hat nur seine Söldner.«

»Soviel ich weiß, sind es vierundzwanzig. Keine große Streitmacht, aber jeder von ihnen ist kampferprobt, und sie verschanzen sich hinter den Mauern von Drumdearg. Sie könnten uns mühelos aufreiben, denn sie haben Wasser und Vorräte für mehrere Monate.«

»Aye, aber wir können das allmähliche Ausbluten bei einem solchen Zermürbungskrieg vermeiden, Cousin. Offenbar sind nicht alle deine Männer genötigt worden, sich weitab zu verstecken, und viele von ihnen hegten nie Zweifel an deiner Rückkehr. Sie warten nur darauf, und meine Männer haben herausgefunden, dass fast alle von ihnen sich bereitwillig mit uns verbünden würden. Einige von ihnen konnten Iver von ihrer angeblichen Treue überzeugen, und diese Leute werden uns nach Drumdearg schmuggeln.«

»Dann sollte es uns nicht schwerfallen, Iver zu schlagen.«

»Leichter, als wenn wir zu einer Belagerung gezwungen würden. Dennoch wird es zu einem Kampf kommen, selbst wenn wir überraschend zuschlagen und dadurch im Vorteil sind. Iver hat übrigens inzwischen über fünfzig Söldner.«

»Die genaue Zahl steht nicht fest?«

»Nay, denn er hat weitere Männer angefordert, und ihre Zahl nimmt jeden Tag zu. In Drumdearg heißt es, Iver rechne in Kürze mit weiteren zehn Männern. Ich habe nur achtundzwanzig Bewaffnete, die bereit sind, in den Kampf zu ziehen. Uns bleibt keine Zeit, mehr meiner Männer darauf vorzubereiten, und ich kann auch nicht jeden Mann mitnehmen, den ich habe.«

»Natürlich nicht. Du kannst dein Land nicht schutzlos zurücklassen. Also treten wir mit dreißig Männern gegen Iver an.«

»Einunddreißig«, sagte Nicol.

»Ihr wollt Euch uns anschließen?«

»Wir sind verwandt.«

»Dann heiße ich dich willkommen, Verwandter!« Tavig sah lächelnd zu Moira und ergriff ihre Hand, als er die Sorge in ihrem Blick bemerkte. »Vielleicht wäre es besser, wenn du und Una uns allein lassen würdet, denn die Gespräche über die bevorstehende Schlacht regen dich offenkundig auf.«

»Jawohl, sie regen mich sehr auf, aber ich werde dennoch bleiben. Ich würde gern wissen, auf was ich mich einlasse, wenn ich mitkomme«, sagte sie.

Sie lächelte, als Una zustimmend nickte. Ein rascher Blick auf die Männer sagte ihr hingegen, dass es noch eine Weile dauern würde, bis sie sie davon überzeugt hatte. Sie schenkte sich noch ein wenig Wein ein. Nicol, Mungan und Tavig sollten bald herausfinden, dass sie ebenso dickköpfig sein konnte wie sie.

20

Eine Frau soll ihrem Mann gehorchen.«

Moira lächelte, als Tavig sein Pferd neben das ihre lenkte. Er fand sich nur schwer damit ab, dass er bei ihrem Streit den Kürzeren gezogen hatte, aber das sah sie ihm nach. Zur Erreichung ihres Zieles hatten sie und Una einige wenig ehrenwerte Mittel eingesetzt. Weder Tavig noch Mungan wollten die beiden zusammen mit Sir Bearnard im Verlies einsperren, die Frauen hatten ihnen jedoch klar und deutlich zu verstehen gegeben, dass dies die einzige Möglichkeit sei, um ihre Teilnahme zu verhindern.

»Ich werde den Rest dieses Abenteuers sehr gehorsam sein.« Sie lachte nur leise, als er fluchte.

»Die meisten Männer würden ihren Frauen eine derartige Sturheit nicht durchgehen lassen.«

»Na ja, aber du bist eben ein ganz besonderer Mann.« Sie warf eine Blick auf Nicol und Una, die links und rechts neben Mungan ritten und gerade über einen seiner Scherze lachten. »Ich kann kaum glauben, wie sehr sich meine Verwandten verändert haben.«

»Offenbar willst du das Thema wechseln.« Tavig beobachtete ihre Verwandten eine Weile. »Sie fühlen sich vor ihrem Vater sicher, und das erleichtert die beiden offenkundig. Sie betrachten Mungan als kühnen Recken. Ich hoffe nur, er kann Sir Bearnard eines Besseren belehren, wie er behauptet hat. Una kann er zwar beschützen, aber Nicol müsste schwer büßen, wenn Sir Bearnard in die Freiheit entlassen würde, ohne sich gründlich geändert zu haben. Ich fürchte, wenn der Kerl einfach da weitermacht, wo er aufgehört hat, würde Nicol ihn umbringen.«

»Dann würde das Blut seines Vaters an seinen Händen kleben.« Moira schüttelte den Kopf. »Diese Schuld würde sein Leben lang auf ihm lasten.« Sie rutschte ein wenig im Sattel umher, denn der lange Ritt fing an, ihr beschwerlich zu werden. »Glaubst du denn nicht, dass Mungan meinen Vormund bekehren kann?«

»Wenn einer es kann, dann Mungan. Ich habe ihn von den grauenhaftesten Foltermethoden sprechen hören mit einer kühlen Freundlichkeit, bei der selbst der stärkste Mann in Schweiß ausgebrochen wäre. Ich kenne Mungan mein Leben lang und weiß, dass er seine Drohungen nie in die Tat umsetzen würde, doch wenn er davon spricht, beginne selbst ich zu zittern. Bearnard hat die Angst in die Herzen der Schwächeren und ihm Untergebenen eingeprügelt. Auch Mungan kennt ihren Wert, aber er spielt mithilfe von Worten mit den Ängsten der Männer, die sich in seinem Gewahrsam befinden. Natürlich könnte man ihn bei seinem Spiel schlagen, wenn man schlau genug ist. Er gewinnt nur, weil Männer wie Bearnard glauben, er setze alles um, was er androht. Es mangelt ihnen an Weitsicht, und deshalb kommen sie nie darauf, dass sie an der Nase herumgeführt werden. Im Übrigen sind viele Männer, die mit den Fäusten regieren, im Grunde ihres Herzens feige, genau wie Bearnard.« Er schüttelte den Kopf. »Solchen Männern bereitet es Vergnügen, anderen Schmerzen zuzufügen, aber sie selbst halten nichts aus.«

»Ich hoffe, dass es Mungan gelingt, Bearnard seine Brutalität auszutreiben, zumindest so lange, bis Nicol gestärkt ist und sich nicht mehr für einen Feigling hält. Das macht ihm nämlich oft schwer zu schaffen. Auch mir gefällt es nicht, dass ich feige bin, aber für einen Mann ist es bestimmt besonders bitter; von ihm wird ja ständig erwartet, dass er tapfer ist.«

»Du bist nicht feige, Moira.«

Sie lächelte schief. »Ich war fast besinnungslos vor Angst, als ich vor Sir Bearnard stand. Das haben bestimmt alle gesehen.«

»Aye, aber du hast dich ihm trotzdem gestellt. Oh, Mungan

winkt mir. Wir nähern uns Drumdearg und müssen jetzt beschließen, ob wir ein Lager aufschlagen und bis morgen früh warten oder in der Nacht in die Burg eindringen.«

Moira nickte und beobachtete ihn, wie er zu den anderen aufschloss und Unas Platz neben Mungan einnahm. Während Una ihr Tempo verlangsamte, um sich zu ihr zu gesellen, dachte Moira über Tavigs Worte nach. Sie hatte sich Sir Bearnard tatsächlich gestellt, obwohl ihr vor Angst fast das Herz stehengeblieben wäre. Doch es fiel ihr schwer, diese Tat als tapfer zu bezeichnen, denn schließlich war sie nicht allein gewesen.

»Warum blickst du so düster drein, Cousine?«, fragte Una, als Moira zu ihr aufgeschlossen hatte.

»Ich habe mir nur gerade Sorgen um Adair gemacht«, schwindelte Moira.

»Bei der krummen Annie ist er bestens aufgehoben. Sie ist zwar alt, aber sie ist eine ausgezeichnete Pflegerin.«

»Aye, auch wenn sie ein paar spitze Bemerkungen loswerden musste über Adairs Zeugung, die Torheiten der Männer und die armen Frauen, die dann gezwungen sind, sich um die Früchte dieser Torheiten zu kümmern.« Moira fragte sich, ob sie Annies Vorhaltungen vielleicht doch ernster nehmen und sie nicht nur als Gefasel einer alten Frau abtun sollte.

»Aye, aber währenddessen hat sie die ganze Zeit die Locken des Kleinen gezaust und ihn abgeküsst. Na komm schon, Moira, du weißt genauso gut wie ich, dass die krumme Annie eine scharfe Zunge, aber auch eine liebevolle Hand hat. Trotz all ihrer Freudentränen über dein Wohlergehen hat sie dich als Närrin beschimpft, als unvernünftiges Kind und als tollkühn, weil du in einem Sturm aufs Deck gegangen bist. So ist sie eben. Adair ist zwar noch sehr klein, aber er hat sie angelächelt und fröhlich gegluckst. Er weiß genau, mit wem er es zu tun hat.«

Moira lachte verlegen. »Aye, du hast recht. Und Tavig grinste nur, als er sie schimpfen hörte. Er hatte nicht die geringsten Bedenken, ihr seinen Sohn anzuvertrauen.«

»Ich muss schon sagen, du bist sehr freundlich zu diesem Kind. Ich weiß nicht, ob ich so nachsichtig sein könnte.«

»Tavig kannte mich ja nicht, als er Adair gezeugt hat. Wie soll ich ihm oder dem süßen Kleinen einen Vorwurf machen wegen Dingen, die passiert sind, als ich Tavig noch nicht einmal flüchtig kannte? Ich war zwar eine Weile böse, und auch die Eifersucht hat schwer an mir genagt, aber das ist längst vorbei. Wahrscheinlich war es ein Glück, dass wir vollauf damit beschäftigt waren, um unser Leben zu laufen, und deshalb kaum reden konnten. Das hat mir die Zeit gegeben, über meine unguten Gefühle hinwegzukommen.«

»Und du kannst ihm vergeben, dass seine ehemalige Geliebte dich als Hexe verbrennen lassen wollte?«

»So wie ich Adair vergeben kann, dass eine solche Frau ihn geboren hat. Das Kind konnte sich seine Eltern nicht aussuchen, und ebenso wenig konnte Tavig ahnen, wie Jeanne reagieren würde, wenn er sich von ihr lossagte. Schließlich hat er ihr nie ein Versprechen gegeben oder einen Schwur geleistet.«

»Aber dir hat er eins gegeben.« Una beobachtete Moira ganz genau, als sie fortfuhr: »Und du hast vor, den Schwur zu brechen, den du ihm gegeben hast.«

»Ich habe ihn davor gewarnt, bevor wir vor dem Priester knieten.«

Una seufzte. »Ich wünschte, ich besäße die Klugheit, um dich zu überreden, bei Tavig MacAlpin zu bleiben. Du liebst ihn doch, vielleicht sogar mehr, als dir bewusst ist.«

»Was zwischen mir und Tavig steht, lässt sich nicht mit klugen Worten bereinigen. Aber im Moment will ich einfach nicht darüber reden. Es mag zwar töricht sein, aber eine Weile möchte ich so tun, als sei Iver unser einziges Problem.«

Unas hübsches Gesicht verzog sich zu einer Grimasse. »Daran würde ich jetzt lieber gar nicht denken. Eine Schlacht steht uns bevor, und in einer Schlacht werden Männer verletzt oder getötet.«

»Ich weiß, aber ich habe das Gefühl, dass wir diese Schlacht gewinnen und auch keine Männer verlieren werden, die uns am Herzen liegen.«

»Moira, bist du jetzt etwa auch hellsichtig?«

»Nay, es ist einfach ein Gefühl. Mungan und Tavig kennen ihren Gegner sehr gut, und sie kennen auch die Art von Männern, gegen die sie kämpfen müssen. Der Ort der bevorstehenden Schlacht ist ihnen bestens vertraut, und die Leute, die Iver zu beherrschen versucht, sind ihnen gewogen. Bei so vielen Vorteilen kann ich einfach nicht glauben, dass sie verlieren werden. Ich frage mich, ob sich Iver nicht auch darüber im Klaren war und deshalb Tavig unbedingt beseitigen wollte, bevor der einen Trupp zusammenstellen konnte, um gegen ihn anzutreten.«

»Tavig hat wohl keine Vision gehabt, wie der Kampf ausgehen wird, oder?«

»Jedenfalls hat er nichts davon erwähnt. Aber er wirkt sehr zuversichtlich, und ich hoffe, dass dahinter nicht nur männliche Kühnheit steckt. Offenbar haben sie jetzt beschlossen, was als Nächstes zu tun ist.«

Bald wurde ein Lager aufgeschlagen, und alle halfen mit. Moira bekam ein paar Gesprächsfetzen von den Männern mit, doch nicht genug, um über die nächsten Schritte im Bilde zu sein. Als Mungan drei Männer nach Drumdearg schickte, begann sie sich über ihre Unkenntnis zu ärgern. Sobald sie mit den anderen am Feuer saß, beschloss sie, nicht mehr zu warten, bis man ihr endlich Bescheid gab.

»Was habt ihr vor?«, fragte sie Tavig, während der Wein herumgereicht wurde.

»Wir bleiben bis kurz vor Morgengrauen hier, dann schleichen wir nach Drumdearg«, erwiderte er und reichte ihr den Weinbeutel.

Sie nahm einen tiefen Schluck, bevor sie den Beutel an Nicol weitergab. »Ist das eine gute Zeit für den Angriff?«

»Besser als jede andere. Wir werden genügend Licht haben, um etwas zu sehen, aber auch genügend Dunkelheit, um uns zu verbergen. Zu der Zeit sind die Wächter meist nicht mehr so wachsam. Iver wechselt bei Sonnenaufgang die Wachen. Wenn wir richtig geplant haben, werden wir sie am Ende ihrer Schicht erwischen; dann sind sie müde und denken nur noch an ihre Ablösung, damit sie endlich ins Bett können.«

»Ich habe drei Männer nach Drumdearg geschickt mit der Weisung, unseren Verbündeten den bevorstehenden Überfall anzukündigen«, sagte Mungan.

»Seid ihr euch sicher, dass ihr ihnen vertrauen könnt?«, fragte Moira. »Wenn auch nur einer Iver eure Pläne enthüllt, wird er mehrere Stunden Zeit haben, um eine Falle für euch vorzubereiten.«

Tavig legte ihr den Arm um die Schultern, zog sie fest an sich und drückte ihr einen Kuss auf die Wange. »Sie sind durch und durch vertrauenswürdig, Liebes. Selbst wenn Iver Verdacht schöpfen sollte, würde er aus diesen Männern nie ein Wort herausbekommen. Es sind Verwandte der Männer, die Iver ermordet hat. Selbst wenn sie mir nicht treu ergeben wären – und das sind sie –, würden sie mehr oder weniger alles tun, um Iver für diese Morde büßen zu lassen.«

»Weiß Iver denn nicht, dass die Verwandten der Opfer ihm gefährlich werden könnten?«

»Wahrscheinlich schon, aber er hat sich nie für die Menschen interessiert, die er beherrschen will. Die nächsten Angehörigen der Ermordeten halten sich versteckt, doch in so einem Fall übernehmen es dann die ferneren Verwandten, sich zu rächen. Auf dem Land, das er mir gestohlen hat, leben zahlreiche Cousins, Onkel und andere Verwandte dieser Männer, und Iver ist völlig blind gegenüber der Gefahr.«

»Wenn man bedenkt, dass er keinerlei Skrupel hatte, einem eigenen Verwandten nach dem Leben zu trachten, geht er wohl davon aus, dass auch die Angehörigen der Ermordeten keine Rache üben werden; vor allem, weil die Leute arm sind.«

»Aye, für Iver sind alle Menschen, die nicht Ritter oder wohlhabend sind, kaum mehr als dumme Tiere, die man arbeiten lässt und ausnutzt, bis sie sterben. Er betrachtet die Menschen in Drumdearg als reine Sklaven, die ihm Reichtum einbringen, damit er weitere Söldner kaufen kann. Er nimmt sich, was er will, auch ihre Frauen, und denkt, dass sie viel zu dumm oder zu feige sind, um ihn aufzuhalten.«

»Wie kann er so verblendet sein, wenn er dort so lange gelebt hat?«

»Er hat sich nie die Mühe gemacht, die Leute kennenzulernen. Er nimmt sie einfach nicht wahr und denkt auch nicht weiter über sie nach, abgesehen davon, wie er sie ausnutzen kann. Ich hätte den Mann schon vor Jahren verbannen sollen, aber nachdem es mir gelungen war, seine schlimmsten Instinkte zu zügeln, fand ich mich mit ihm ab. Ich habe keine sehr große Familie, vielleicht habe ich mich auch deshalb davor gescheut, ihn zu vertreiben.«

»Man kann dir keinen Vorwurf machen, dass du versucht hast, einen Verwandten davon abzuhalten, sich den Hals durchzuschneiden«, meinte Mungan. »Genau das hat Iver nämlich getan. Selbst er hätte wissen müssen, dass einer von euch beiden jetzt sterben muss. Er hat sich große Mühe gegeben, sicherzustellen, dass du derjenige bist, aber es ist ihm nicht gelungen.« Mungan zuckte die Achseln. »Ich habe ihn nie besonders gemocht und ihm auch nie vertraut, ich werde also nicht zögern, ihn niederzustrecken. Aber unsere Familie ist nicht sehr groß, das hast du ja vorhin auch schon erwähnt. Selbst ich bedauere es, dass wir unsere Zahl verringern müssen. Doch Iver lässt uns keine Wahl.«

Die Männer begannen, sich eingehender über die bevorstehende Schlacht zu unterhalten, und obwohl Moira lieber erst gar nicht an die möglichen Folgen denken wollte, sah sie, dass die Pläne der Männer gut durchdacht waren und den Sieg versprachen – wenn alles nach Plan verlief. Sobald das Kampfgeschehen seinen Anfang genommen hatte, würden Mungan und Tavig weitere Männer aus der Bevölkerung von Drumdearg auf ihre Seite ziehen. Wahrscheinlich würden sich bis dahin auch einige der Männer, die sich versteckt hielten, auf einem geheimen Weg in die Burg geschlichen haben und ihnen beistehen. Mungan hatte drei seiner jüngsten Männer beauftragt, auf Moira und Una an einem sicheren Ort fern des Getümmels aufzupassen. Dort sollten sie bleiben, bis die Luft rein war. Moiras Verstand sagte ihr, dass schon alles gut gehen würde, doch in ihrem Herzen hatte sie Angst vor einem folgenschweren Missgeschick.

Als Tavig aufstand und sie hochzog, um mit ihr zu einem lauschigen Plätzchen in dem nahe gelegenen Wald zu gehen, wehrte sie sich nicht. Selbst die wissenden Blicke der Männer störten sie nicht. In wenigen Stunden würde sich Tavig mitten im Kampfgewühl befinden und vor einem Mann stehen, der ihn um jeden Preis beseitigen wollte. Sie freute sich über die Gelegenheit, noch ein paar Worte unter vier Augen mit ihm zu wechseln.

»Hast du denn ein Gefühl, was morgen passieren wird?«, fragte sie, während er ein paar Decken auf dem Boden ausbreitete.

»Du meinst eine Vision?« Er setzte sich und zog sie neben sich.

»Aye. Ich hatte gehofft, deine Hellsichtigkeit würde dir zu Hilfe kommen, dich warnen oder dir Hoffnung verleihen. Siehst du denn gar nichts?«

»Ich sehe Iver tot.«

»Du klingst nicht so, als ob du dieser Prophezeiung Glauben schenken würdest.«

»Ich bin mir nicht sicher, ob es eine Prophezeiung ist. Ich will einfach, dass es dazu kommt. Das habe ich von dem Zeitpunkt an gewollt, als dieser Mistkerl meine Freunde ermordete. In meinem Kopf ist nur das Bild von Iver, wie er stirbt. In der Regel sind meine Ahnungen oder meine Visionen etwas ausführlicher. Weil es nur dieses eine Bild ist, fürchte ich, dass ich es mir ausgedacht habe. Jedenfalls hoffe ich sehr, dass es nicht nur Wunschdenken ist.«

»Ist Iver etwa auch hellsichtig?«

»Nay. Hast du befürchtet, er könnte vorhersehen, dass ich einen Angriff plane, und sich darauf einstellen?« Genüsslich löste er ihren Zopf und spielte mit ihrem dicken, welligen Haar.

»Du besitzt diese Gabe, warum dann nicht auch ein anderer aus deiner Verwandtschaft?«

»Stimmt, es hätte auch noch ein anderer diese seltsame Mischung aus Geschenk und Belastung abbekommen können, aber Iver hat sie nicht. Er hat mich sogar immer darum beneidet. Es war ziemlich seltsam, denn die meisten Leute fürchteten sich davor, oder sie nahmen es irgendwie hin. Iver hingegen hätte sich nichts so sehr gewünscht, obwohl er wusste, dass diese Gabe manchmal sehr unscharf ist und mir nicht immer zeigt, was passieren wird. Und wenn doch, dann auf Weisen, die mir oft wenig geholfen haben.« Er schloss sie in die Arme und ließ sich auf die Decken fallen, wobei er sie mit sich zog, sodass sie auf ihm zu liegen kam. »Aber ich bin nicht hier, um mit dir über Iver zu reden.«

»Ach nein?« Sie ließ die Hand unter sein Plaid gleiten und streichelte seine Schenkel. »Warum denn dann?«

»Mädchen, manchmal stellst du ausgesprochen törichte Fragen.«

Moira lachte, aber sobald Tavig sie küsste, verwandelte sich ihre scherzhafte Stimmung in Leidenschaft. Sie konnte es kaum erwarten, mit ihm zu schlafen; denn sie wollte unbedingt die letzten paar Stunden vor der Schlacht in seinen Armen verbringen und sich von ihrer Leidenschaft sämtliche Sorgen vertreiben lassen. Jeder weitere Schritt nach Drumdearg brachte sie auch dem Zeitpunkt näher, an dem sie ihn verlassen musste. Die Stunden, in denen sie für ein paar süße Erinnerungen sorgen konnte, wurden immer knapper.

* * *

Der Wächter stieß einen schmerzerfüllten Fluch aus und wich hastig aus der Reichweite der Peitsche, mit der Iver ihm einen

Hieb auf den Rücken versetzt hatte. »Warum schlagt Ihr mich? Ich habe doch gar nicht geschlafen.«

»Das hättest du genauso gut tun können, du Narr!«, fauchte Iver und starrte fluchend über die Brustwehr hinweg in die Dunkelheit. »Du hast die Burg beobachtet. Aus dieser Richtung wird mein Cousin bestimmt nicht kommen.«

Der stämmige Mann versuchte vergebens, den brennenden Schmerz auf seinem breiten Rücken durch Reiben zu lindern. »Von woanders kommt er sicher auch nicht«, grummelte er.

»Ach so? Du weißt also, was mein Cousin vorhat?«

»Nay, aber verflucht noch mal – der Bursche rennt seit Monaten um sein Leben. Er hatte keine Zeit, ein Heer aufzustellen, und er hat bestimmt kein Geld für Söldner.« Finster in die Nacht starrend, kratzte sich der Mann seinen dicken Bauch. »Und selbst wenn er Mungan Coll dazu bringt, ihm zu helfen, hat er immer noch nicht genügend Leute, um diese Burg zu stürmen.«

»Wenn ich auf dich hören würde, müsste ich zu dem Schluss kommen, dass es die reine Geldverschwendung war, dich anzuheuern.« Iver grinste nur, als der Mann sich bemühte, seinen Wert mit prahlerischen Worten unter Beweis zu stellen. »Mein Cousin wird kommen. Es ist nur eine Frage der Zeit. Ich habe einen Fehler gemacht, als ich mich bemühte, seinen Tod so hinzustellen, als erfordere es das Gesetz. Ich hätte ihn gleich umbringen sollen.« Iver legte die knochigen Hände auf die Mauer und kniff die Augen zusammen in dem vergeblichen Versuch, in der Dunkelheit etwas auszumachen. »Es war töricht von Tavig, mir den Rücken zuzukehren, aber ich war noch törichter, als ich ihn aus meiner Falle entwischen ließ.«

»Ich weiß immer noch nicht, wie ihm das gelungen ist.«

»Du Narr, hast du vergessen, dass der Bursche hellsichtig ist? Er wusste genau, was ich tun würde, noch bevor ich es tat. Ich war zu zuversichtlich, zu sicher, dass er seinen Freunden zu Hilfe eilen würde. Diesmal war seine Ahnung wohl klar genug, um ihm zu sagen, dass es eine Falle war. Verflucht noch mal, ich hätte derjenige sein sollen, dem diese Gabe zufiel.«

»Dann wüsstet Ihr, wo und wann er versuchen wird, sein Land zurückzuerobern.«

»Aye.« Iver richtete sich auf, funkelte den Wächter zornig an und knallte mit der Peitsche. »Ich bin nicht hellsichtig, also musst du die Augen für mich offen halten. Sonst könnte ich mich genötigt sehen, sie dir für immer zu schließen.«

Iver marschierte in die Große Halle hinunter, warf seine Peitsche auf den Tisch, fläzte sich auf Tavigs großen Eichenstuhl und herrschte einen nervösen Pagen barsch an, ihm einen Becher Wein einzuschenken. Tavig war im Anmarsch, dessen war er sich sicher. Doch wann und wo würden sie aufeinanderstoßen? Die Unsicherheit machte ihn rasend. Dem Pagen war das wohl nicht entgangen, denn er suchte schleunigst das Weite.

»Ich weiß, dass du kommst, Cousin«, murmelte Iver und starrte finster in seinen Wein. »Ich hätte dich längst beseitigen sollen. Keine Spiele, keine List, nein, ich hätte dir einfach den Hals umdrehen sollen. Na, komm du ruhig. Monatelang bist du meinen Söldnern entwischt, jetzt aber marschierst du geradewegs in deinen Tod!«

* * *

Moira erbebte. Sie setzte sich hin und blickte sich um. Es war nichts zu sehen. Aus dem Lager drangen ein paar leise Geräusche zu ihnen. Die Angst, von der sie plötzlich befallen worden war, steckte ihr immer noch in den Knochen. Nachdem sie ein weiteres Mal forschend herumgespäht hatte, sank sie in Tavigs Arme zurück. Es wunderte sie nicht, dass er wach war und sie eingehend musterte.

»Hast du schlecht geträumt?«, fragte er und drückte sie an sich.

»Ich kann mich nicht erinnern.«

»Etwas hat dich erschreckt. Selbst in dem schwachen Licht

konnte ich sehen, dass du Angst hattest. Und bevor du dich aufgesetzt hast, hast du einen Angstschrei ausgestoßen.«

»Aye, es war eine erschreckende, tiefgehende Angst. Kein Traum, keine Vision, sondern die reine Angst. Wenn diese Angst kaltes Wasser gewesen wäre, dann wäre es so gewesen, als hätte sich jemand angeschlichen und einen ganzen Eimer davon über mir ausgeleert. So plötzlich kam es und ging mir durch und durch.« Sie erzitterte. »Glaubst du, das hat etwas zu bedeuten?«

»Du meinst, ob es ein Zeichen war?« Er umfasste zärtlich ihr Kinn, hob ihr Gesicht an und hauchte einen Kuss auf ihre Lippen. »Nay. Du machst dir Sorgen wegen der bevorstehenden Schlacht, und ich weiß, dass du dagegen ankämpfst. Das tust du seit unserer Ankunft bei Mungan. Als du schliefst, konntest du sie nicht länger unterdrücken, und dann haben sie dich kurzerhand überwältigt.«

»Aye, das mag schon sein. Es tut mir leid. Ich wollte dich nicht mit meinen Sorgen beunruhigen.«

»Das tust du doch nicht, Liebes. Immerhin zeigt es mir, dass du dir um mich Sorgen machst und mich nicht völlig teilnahmslos in die Schlacht ziehen lässt.«

Moira dachte über seine Erklärung für ihren jähen, heftigen Angstanfall nach. Obwohl es einleuchtend klang, was Tavig sagte, wollte sie sich nicht damit zufriedengeben. Warum hatte sie so etwas bislang noch nie erlebt? Bei Sir Bearnard war sie ständig furchtsam gewesen und hatte dagegen angekämpft. Warum sollte sie eine Angst auf einmal derartig überwältigen, dass sie zitternd und schwitzend aus dem friedlichen Schlaf aufschreckte?

»Moira, ich sehe, dass du noch immer darüber nachgrübelst«, murmelte Tavig, dann begann er, den Puls an ihrem Hals mit sanften Küssen zu bedecken.

»Aye, das stimmt.« Sie erklärte ihm, warum sie seine Erklärung bezweifelte. »Etwas ist anders als sonst.«

»Vielleicht kommt es daher, dass mein Leben in Gefahr schwebt, oder zumindest glaubst du das?«

Sie vernahm die Aufforderung in seiner Stimme und bemerkte den beinahe verschlagenen Blick in seinen Augen. Offenbar versuchte er, auf Umwegen ihre Gefühle ihm gegenüber herauszubekommen. War er wirklich so an dem Zustand ihres Herzens interessiert, dass er kein Mittel scheute, um in Erfahrung zu bringen, wie es darum bestellt war? Fast schmeichelte es ihr, aber sie wollte sich nicht darauf einlassen.

»Tavig, mir geht es auch um mein Leben. In der Zeit bei Sir Bearnard habe ich oft genug Angst gehabt, unter seiner Hand zu sterben. Diese Angst war mein ständiger Begleiter, manchmal hat sie mich richtig krank gemacht. Ich habe dagegen angekämpft, aber ich bin von ihr nie im Schlaf überrascht worden. Bist du dir sicher, dass du in letzter Zeit keine Vision hattest?«

»Nay, und bestimmt nicht seit dem letzten Mal, als du mich danach gefragt hast. Wenn mein Leben gefährdet ist, sind solche Warnungen oft sehr vage, oder sie stellen sich überhaupt nicht ein. Doch wenn wir die Schlacht verlieren würden, hätte ich sicher eine Art Warnung erhalten, weil dann auch Mungan und du gefährdet wären. So etwas würde mir meine Gabe auf alle Fälle mitteilen, aber es kam nichts, nicht einmal die leiseste Ahnung.«

»Eigentlich sollte man glauben, deine Gabe wäre so freundlich, dir zu sagen, dass du gewinnen wirst. Lässt sie dich denn nie gute Ereignisse sehen?«

»Sie hat mir von dir erzählt.«

»Nay, sie hat dir gesagt, dass ich ertrinken würde, wenn du dich nicht in ein eiskaltes, sturmgepeitschtes Meer stürzen würdest. Das bezeichne ich nicht als gute Nachricht. Und versuch jetzt nicht, mir zu schmeicheln, damit ich vergesse, worüber ich mir Sorgen gemacht habe.«

»So durchtrieben wäre ich nie«, protestierte er und nuckelte an ihrem Ohr, während er mit den Fingern durch ihre Haare strich.

»Ha! Ihr könnt sehr durchtrieben sein, Sir Tavig!«

»Du verletzt mich, meine Süße.« Er zog sie an sich, presste seinen Leib an den ihren und genoss es, wie sie sich instinktiv an ihm rieb. »Ich finde, du schuldest mir eine Wiedergutmachung. Du willst mich doch nicht etwa derart verletzt in die Schlacht schicken, oder?«

Obwohl ihre Gedanken von der aufkommenden Leidenschaft getrübt wurden, lachte sie aus vollem Herzen über seinen Scherz. »Du bist ein richtiger Schuft, Tavig MacAlpin.«

»Und jetzt beschimpft sie mich auch noch als Schuft«, meinte er mit einer Stimme, die vor falscher Trauer triefte. »Ihr werdet Euch schwer ins Zeug legen müssen, um meine angeschlagene Eitelkeit zu heilen, M'lady MacAlpin!«

»Deine Eitelkeit würde sich völlig unversehrt und stark aus dem Sand erheben, selbst wenn alle Ritter Schottlands darüber hinweggaloppiert wären.«

Er drückte sie sachte auf die Decke und legte sich auf sie. Einerseits freute er sich über solche Wortgeplänkel. Sie zeigten ihm, dass Moira sich bei ihm völlig unbefangen fühlte. Obwohl ihr das wohl noch nicht ganz klar war, vertraute sie ihm genug, dass sie kein Blatt vor den Mund nahm und keine Angst hatte, für ihre Sticheleien bestraft zu werden. Andererseits stimmte es ihn auch ein wenig traurig, denn ihm ging auf, dass sie sich eigentlich immer nur in solchem Schlagabtausch ergingen und nahezu nie richtig miteinander sprachen. Sie hielt sich nach wie vor bedeckt und verbarg ihre wahren Gefühle. Das ärgerte ihn so, dass er sie manchmal am liebsten geschüttelt hätte, um ihr ein Geständnis über ihre Herzensgeheimnisse abzuringen. Doch diesem Bedürfnis hatte er stets widerstanden, denn er wusste, wenn er sie zu sehr bedrängte, würde sie sich nur von ihm entfernen. Nein, das konnte er nicht riskieren, noch war er sich ihrer viel zu unsicher.

Während er ihre vollen Lippen mit flüchtigen, vielversprechenden Küssen neckte, beobachtete er, wie die Leidenschaft ihren Blick verschleierte und ihre Züge weicher werden ließ. An ihrer Leidenschaft hatte Tavig nicht die geringsten

Zweifel, ihr Verlangen schien seinem in nichts nachzustehen. In seinen Armen war Moira wild und frei, obwohl sie in der körperlichen Liebe noch so unerfahren war. Zu jeder anderen Zeit in seinem Leben hätte er gelacht über einen Mann, der behauptet hätte, eine solch heftige Leidenschaft sei nicht genug, doch jetzt wusste er, dass er mehr brauchte.

Er gab ihr einen langsamen, innigen Kuss, den sie in derselben Innigkeit erwiderte. »Moira, hübsche Moira, weißt du überhaupt, wie sehr du die Sinne eines Mannes berauschen kannst?«, murmelte er, während er die Vertiefung an ihrer Kehle liebkoste.

»Ich soll einen Mann berauschen?« Sie streichelte seinen Rücken und wanderte mit ihren langen Fingern zärtlich über seine Wirbel.«

»Jawohl, du berauschst und erstaunst mich. Du bist von deinem hübschen Kopf bis zu deinen wunderhübschen Füßchen unschuldig« – er nahm einen Fuß und küsste jede Zehe einzeln – »aber wenn deine Leidenschaft geweckt ist, bist du so wild und frei wie ein Geschöpf des Waldes. Du stöhnst über deine Feigheit, doch du stellst dich unerschrocken vor den Mann, der schuld ist an deinen Ängsten, du wanderst zwei Wochen lang unermüdlich mit mir über raue Pfade, du rettest mir das Leben und beharrst darauf, mich in eine Schlacht zu begleiten. Aye, Liebes, du bist wirklich erstaunlich. Ich glaube, ein Mann würde mehr als ein Leben brauchen, um aus dir schlau zu werden, und ich weiß nicht einmal, ob das reichen würde.«

Moira verkniff sich den Wunsch, ihn zu fragen, ob er vorhatte, sich dieser Herausforderung zu stellen. Sie wollte lieber nicht wissen, wie bereit er dazu war, denn dieses Wissen würde ihr Leid nur vergrößern, wenn sie fortgehen musste. Es würde ihr leichter fallen, einen Mann zu verlassen, dessen sie sich nicht sicher war, als einen, der ihr alles versprochen hatte, was sie sich wünschte.

»Ich finde mich nicht so erstaunlich«, murmelte sie und

streichelte mit den Füßen seine Waden, als er sich wieder auf ihr niederließ. »In diesem Moment, denke ich, kennst du mich jedenfalls sehr gut und weißt genau, was ich möchte und was ich fühle.«

Auf einmal merkte sie, wie gefährlich diese Feststellung war, denn sie heischte förmlich nach einer Antwort. Bevor er ihr diese geben konnte, umfasste sie sein Gesicht und küsste ihn. Wie sie gehofft hatte, erwies sich die Leidenschaft als die beste Ablenkung.

* * *

Moira schrie bestürzt auf, als Tavig sie plötzlich von sich stieß und sein Schwert zückte. Ihr Herz pochte alarmiert. Das Letzte, woran sie sich erinnerte, war, dass sie in Tavigs Armen gelegen hatte, zutiefst befriedigt von ihrem Liebesspiel, und ihr die Augen zugefallen waren. Jetzt war er bereit zum Kampf.

»Immer mit der Ruhe, Cousin. Ich bin's doch nur«, meinte Mungan, als er aus den Schatten trat.

Moira zog sich rasch die Decke bis ans Kinn, während Tavig sich schützend vor sie setzte. »Ist es so weit?«, fragte er.

»Aye, es ist so weit«, antwortete Mungan. »Ich gehe jetzt wieder, damit ihr euch fertig machen könnt.«

Sobald Mungan weg war, wandte sich Moira wieder Tavig zu. Sie stellte fest, dass er sie forschend musterte. »Na ja, dann heißt es wohl, auf in den Kampf.«

»Aye, Mädchen. Auf zum Sieg.«

Moira hoffe inständig, dass er recht hatte, doch sie sagte nichts, sondern lächelte nur zustimmend.

21

Moira rieb sich die Arme gegen die beißende Kälte der frühen Morgenluft. Zähneknirschend unterdrückte sie den Drang, unruhig auf und ab zu laufen. Tavig und die anderen waren vor wenigen Minuten aufgebrochen und gleich vom Nebel verschluckt worden, der sich auf das Land gelegt hatte. Für ihre Anspannung und Besorgnis war es noch viel zu früh, doch ihr Magen war jetzt schon wie zusammengeschnürt.

Sie betrachtete die drei bartlosen jungen Männer, die die anderen zurückgelassen hatten, damit sie sie, Una und die Pferde bewacht. Die Schwerter an ihren schlanken Hüften wirkten viel zu groß für sie. Ihre mürrischen Mienen zeigten, dass sie die Waffen zu gern geschwungen hätten und es ihnen höchst zuwider war, jetzt untätig herumzustehen. Da Moira zu den Gründen für ihren Verdruss gehörte, hätte sie sich wenigstens ein bisschen schuldig fühlen können, aber sie verspürte nicht einmal den Anflug eines schlechten Gewissens. Die drei waren viel zu jung, um in den Kampf zu ziehen. Ihre Mütter wären bestimmt froh gewesen, wenn sie gewusst hätten, dass man sie gezwungen hatte zurückzubleiben, in sicherer Entfernung vom Kampfgeschehen.

»Moira«, murmelte Una, die unter einem Baum lag und nur kurz die Augen aufgeschlagen hatte, um einen Blick auf ihre Cousine zu werfen. »Du bist so angespannt, dass ich es richtig fühlen kann.«

»Ich kann nichts dafür, ich mache mir eben Sorgen.« Sie schüttelte den Kopf. »Fast beneide ich dich um deine Gelassenheit.«

»Ach, so gelassen bin ich auch wieder nicht.«

»Zumindest wirkst du so.«

»Ich bin noch hundemüde. Mungan meinte, vor einem Kampf zu schlafen sei die reinste Zeitverschwendung. Er hat mich ziemlich beschäftigt gehalten.«

»Das wundert mich nicht.« Moira errötete ein wenig, als sie sich an Tavigs Gier erinnerte und auch an ihre eigene.

»Und außerdem sehe ich wenig Sinn darin, verrückt zu werden vor Angst und Sorge um Dinge, die man nicht ändern kann. In der Zeit der Vorbereitungen war ich besorgt genug. Ich habe versucht, Mungan davon abzubringen, und ihm gesagt, er bräuchte seinem Cousin doch gar nicht so direkt zu helfen. Doch er tätschelte mir nur die Wange und meinte, es sei richtig, dass eine Frau sich wegen ihres Mannes Gedanken mache. An dem Punkt hätte ich natürlich damit aufhören können, aber ich habe mich weiter gegrämt. Doch jetzt bleibt mir nichts anderes übrig, als zu warten, bis alles vorbei ist.«

»Mir fällt diese Warterei sehr schwer.«

Una schlang ihren Umhang fester um sich. »Sie werden bald wieder da sein. Ich kann mir nicht vorstellen, dass Mungan etwas zustößt, jedenfalls nichts wirklich Schlimmes. Dafür war er gestern Nacht viel zu lebendig.«

Moira seufzte und ließ ihre Cousine weiterschlafen. Sie kannte Mungan Coll noch nicht sehr lange, aber sein Bedürfnis, die ganze Nacht mit Una herumzutändeln, kam ihr ein wenig verdächtig vor. Selbst Tavig hatte sich ein oder zwei Nickerchen gegönnt. Möglicherweise war so etwas eine Gewohnheit Mungans vor jeder Schlacht. Doch es war genauso gut möglich, dass er gehofft hatte, Una völlig erschöpft zurückzulassen, so erschöpft, dass sie nicht mehr die Kraft aufbrachte, sich um ihn zu sorgen und etwas Törichtes zu tun. Einen Moment lang wünschte sie, Tavig hätte genauso gehandelt, doch dann zuckte sie die Schultern. Es hätte nicht geklappt. Egal, wie erschöpft sie gewesen wäre, sie hätte nie schlafen können, während sich Tavig einem Mann stellte, der ihn tot sehen wollte und bereits alles Mögliche angestellt hatte, um das zu bewerkstelligen.

Sie zog die Beine an und schlang die Arme um die Knie. Obwohl der Nebel und das Zwielicht die Sicht unmöglich machten, starrte sie Richtung Drumdearg. Bald würde Kampfgetümmel die Ruhe erschüttern, die jetzt noch über ihnen lag. Sie wusste, dass sie bei jedem Laut befürchten würde, es könnte derjenige sein, der Tavigs Tod verkündete. Sie erbebte. Dieser Tag würde der längste Tag ihres Lebens werden.

* * *

Tavig fluchte leise, als er sich neben Mungan kauerte und ihm die scharfen Gräser die Schienbeine zerschnitten. Langsam und mühselig waren sie bis zur Außenmauer von Drumdearg gerobbt, jetzt konnte er es kaum noch erwarten, endlich zuzuschlagen. Es war zwar unumgänglich gewesen, sich so verstohlen wie möglich fortzubewegen, aber das Ganze machte ihm überhaupt keinen Spaß. Angespannt wartete er auf die Rückkehr des Mannes, den Mungan losgeschickt hatte, um auszukundschaften, ob sie sich endlich hineinschleichen konnten. Über sich hörte er, wie sich die Wächter langsam bewegten, gelegentlich schnappte er auch einen Gesprächsfetzen auf. Die Angst vor einer Entdeckung schnürte ihm die Kehle zu. Er war so weit gekommen, dass ein Fehlschlag jetzt unerträglich, wenn nicht sogar tödlich wäre.

»Immer mit der Ruhe, Cousin«, flüsterte Mungan, den Mund an Tavigs Ohr gedrückt, damit die leisen Worte nicht bis zu den Männern auf der Mauer drangen. »Bald wirst du dem hinterhältigen Mistkerl entgegentreten und dir zurückholen, was er dir gestohlen hat – und natürlich auch unsere ermordeten Freunde rächen.«

»So nahe zu sein ist beinahe so qualvoll, wie zur Untätigkeit verdammt zu sein.« Tavig sah Mungans Zähne im Zwielicht aufblitzen und erwiderte das verständnisvolle Grinsen seines Cousins. »Außerdem wäre es mir lieber, unseren Cousin direkt zu konfrontieren, als wie ein Dieb hineinzuschleichen.«

»Dieser Ort ist so gut gebaut, dass man ihn nicht direkt angreifen kann. Ah, da kommt ja Ranald.« Sobald sich der schlanke Mann neben Mungan kauerte, fragte er ihn: »Haben unsere Verbündeten getan, was sie versprochen haben?«

»Aye«, erwiderte Ranald. Er warf einen nervösen Blick nach oben, offenbar befürchtete er, man könnte sie belauschen. »Wir müssen uns zum Haupttor schleichen, dort werden wir erwartet. Das Tor steht einen Spaltbreit offen, sodass wir einzeln hindurchschlüpfen können.«

»So kommen wir aber nur sehr langsam voran. Wir könnten leicht ertappt werden, bevor alle Männer drin sind«, meinte Tavig.

»Unsere Männer bewachen das Tor. Wir haben Zeit, bis die Sonne aufsteigt, erst dann wird die Wache gewechselt. Bis dahin sollten wir alle in der Burg sein. Wir werden uns in den beiden Tortürmen verstecken, und sobald der letzte Mann drinnen ist, können wir losschlagen.«

»Aye, und ich glaube, als Erstes sollten wir die Mauern einnehmen.«

Mungan nickte. »Aye, die Mauern müssen vor allem anderen erobert werden. Sag den Männern, dass sie sich auf den Weg machen sollen, Ranald.« Er sah Tavig an, während Ranald wegkroch. »Du gehst als Letzter.«

»Als Letzter? Das ist meine Schlacht! Wenn nicht die Notwendigkeit bestünde, die Mauern zu räumen, würde ich als Erster hineingehen.«

»Und wenn das nicht klappt, wärst du der Erste, der gefangen genommen und getötet würde. Aus diesem Grund werde auch ich erst nach meinen Männern hineingehen, obwohl es mich maßlos ärgert. Iver wird auch mich nicht lange leben lassen wollen, da er weiß, dass ich ihn für seine Verbrechen bezahlen lassen werde. Falls das eine Falle ist, ist es am besten, wenn einer unserer Männer erwischt wird. Dann steht es uns immerhin frei, den Kampf weiterzuführen.«

»Du hast recht, ich hatte dieselben Gedanken, aber das heißt noch lange nicht, dass es mir gefällt.« Tavig hörte die gedämpften Schritte eines Wächters auf der Mauer über ihren Köpfen und verstummte, bis der Mann weg war. »Ich kann es kaum erwarten, diese Verräter von meinen Mauern zu werfen.«

»Bald wird Drumdearg wieder dir gehören.«

»Aye, ganz bestimmt«, flüsterte eine raue Stimme neben Tavig.

Tavig drehte sich langsam um, den Dolch in der Hand. Doch von den dunklen Gestalten, die sich völlig unbemerkt an sie herangeschlichen hatten, schien keine Gefahr auszugehen. Ihm wurde klar, dass sie ihm schon längst die Kehle hätten durchschneiden können, wenn sie das gewollt hätten. Er strengte sich an, etwas in den nebligen Schatten auszumachen, und erkannte schließlich ein zerfurchtes Gesicht, das ihm wohlvertraut war.

»Der alte Ennis!«, flüsterte er erleichtert. »Wen hast du noch dabei?«

»Über ein Dutzend Eurer Bewaffneten, und bald werden weitere da sein. Wir sind nur die Vorhut.«

»Ich dachte, ihr wärt alle umgebracht worden, oder ihr hättet euch aus dem Staub gemacht.«

»Das haben wir auch, aber wir sind nicht sehr weit gelaufen. Wir wussten, dass Ihr zurückkehren würdet, und wollten in der Nähe bleiben, um Euch rasch zur Verfügung zu stehen.«

»Gut, wir brauchen jeden greifbaren Mann.«

Sie machten eine kleine Pause, um den nächsten Wächter auf der Mauer passieren zu lassen, dann meinte der alte Ennis: »Es tut mir leid, dass unser Gegner Euer Verwandter ist.«

»Das geht mir genauso, aber Iver lässt uns keine andere Wahl. Zögere nicht, ihn und seine Söldner wie die Feinde zu behandeln, die sie sind. Selbst wenn es mir gelänge, mit Iver einen Waffenstillstand auszuhandeln, worauf ich kaum hoffe, muss er für die Morde bezahlen, die er begangen hat.« Als der Alte nickte, fragte Tavig: »Es haben doch hoffentlich nicht sehr viele seine Behauptung, dass ich es war, geglaubt?«

»Nur sehr wenige. Vielleicht haben die Leute einen Fehler gemacht, als sie darüber schwiegen, aber Iver hat im Lauf der Jahre mehrere Untaten verübt, von denen Ihr nichts wusstet. Er war der Erste, den wir alle verdächtigten, als diese grässlichen Morde verübt wurden. Nichts von dem, was er seitdem gesagt hat, konnte unsere Meinung ändern.«

Während er sein dick wattiertes Wams zurechtrückte, riskierte Tavig es, ein wenig von der Mauer abzurücken, um einen Blick hinter den alten Ennis zu werfen. Er sah, dass sich inzwischen über ein Dutzend Männer versammelt hatten. Keiner trug einen Harnisch, um den Überraschungsangriff zu verstärken. Das hatte bestimmt der alte Ennis befohlen, ein kampferprobter Mann. Es war gut, solche Leute auf seiner Seite zu wissen.

»Wir sollten jetzt los, Cousin«, meinte Mungan.

Auf die Männer hinter ihm deutend, meinte Tavig: »Aber wir sind nicht die Letzten, die in die Burg eindringen.«

»Es kann nicht schaden, ein paar gute Männer im Rücken zu haben.«

Mungan schlich vorsichtig an der Mauer entlang. Tavig gab dem alten Ennis ein Zeichen, ihnen zu folgen, und schlich hinter Mungan her. Bei jedem Laut, den sie verursachten, zuckte er zusammen, auch wenn diese Geräusche sicher so leise waren, dass die Wächter sie nicht hörten. Er schickte ein Stoßgebet zum Himmel, dass alles nach Plan verlaufen möge.

Das Licht der Fackeln im Burghof drang durch den schmalen Spalt zwischen den Torflügeln. Tavig wunderte sich, dass die Wächter ihn nicht bemerkt hatten. Mungan zwängte sich als Erster durch die Öffnung. Nachdem von seinem Cousin kein Warnschrei erklang, folgte ihm Tavig rasch nach. Sobald er im Inneren war, packte ihn ein Mann mit einem dichten Bart, in dem er seinen fernen Cousin Graeme erkannte, und schob ihn in den Turm links vom Tor.

Als der alte Ennis in die dunkle Kammer geschubst wurde, sah Tavig, dass Mungan ihm aus dem gegenüberliegenden

Turm ein Zeichen gab. Er bahnte sich einen Weg durch die dicht gedrängt stehenden Männer, bis er zu einem von Mungans Leuten kam, der am Fuß einer schmalen Wendeltreppe stand, die zum Wehrgang führte. Tavig war genauso angespannt wie all die anderen um ihn herum. Es fühlte sich an, als würden sie in einer Falle stecken.

»Sag es weiter«, befahl er dem Mann. »Ihr müsst jetzt auf die Mauer. Ihr müsst versuchen, euch so nah an unsere Gegner heranzuschleichen, wie ihr könnt. Sobald einer von euch entdeckt wird, werden die noch verbliebenen Wächter dort oben einen Warnschrei ausstoßen.«

»Wir versuchen also, möglichst viele von ihnen aus dem Weg zu räumen, bevor wir gesehen und gehört werden.«

»Aye, und dann nehmt ihr die Plätze der beseitigten Wächter ein. Vielleicht glauben die restlichen ja noch eine ganze Weile, dass alles in bester Ordnung ist. Ihr müsst einer nach dem anderen an der Brustwehr entlangschleichen, und euch immer den nächsten Wächter vorknöpfen. Ich glaube zwar nicht, dass ihr die ganze Länge der Mauer schafft, aber ihr müsst so viel wie möglich davon einnehmen.«

»Verstanden.«

Tavig lehnte sich an die kühle, feuchte Wand, während der Mann seine Anweisungen weitergab. Diese ständige Vorsicht kostete ihn immens viel Kraft. Sobald die Leute die Treppe hochschlichen, bahnte er sich einen Weg zurück durch die Männer zum Eingang des Turms. Der alte Ennis und mehrere seiner Männer wurden von den anderen fast hinausgedrängt. Direkt vor dem Turm hatte sich Graeme aufgebaut und schützte den Eingang vor den Blicken der Wächter, die sich auf der Mauer befanden.

»Sobald von der Mauer ein Schrei erklingt oder die Wachablösung kommt, schlagen wir zu«, raunte er.

»Aye, das Warten nimmt kein Ende.«

Graeme grinste Tavig kurz an, dann beobachtete er wieder die Mauerkrone. »Du hast nur auf diese Schlacht gewartet. Wir hingegen haben auf dich gewartet, seit Iver dich vertrieben und seinen dürren Hintern auf deinen Stuhl gepflanzt hat.«

»Es tut mir leid, dass ich fliehen musste, aber mir blieb nichts anderes übrig. Zu der Zeit erschien mir meine Flucht als die einzige Möglichkeit, um Iver einen Strich durch die Rechnung zu machen.«

»Das war sie auch. Keiner macht dir einen Vorwurf. Hättest du dich zum Bleiben entschieden, wärst du ein toter Mann gewesen, und als solcher hättest du keinem von uns etwas genützt. Es hat uns nur gewundert, dass du nicht gesehen hast, was kommen würde, um es rechtzeitig zu verhindern.«

»So ist es nun leider mal: Wenn meine Hellsichtigkeit am hilfreichsten wäre, lässt sie mich im Stich. Sie hat mir nur so viel gesagt, dass ich am Leben bleiben konnte.«

»Das ist doch immerhin schon etwas.« Graeme betrachtete die Mauer stirnrunzelnd. »Ich habe gerade gesehen, wie einer deiner Leute einen Wächter niedergestreckt hat.«

»Bald werden die anderen Wächter mitbekommen, was passiert. Ist Andrew MacBain hier?«

»Aye. Er ist gestern Abend zurückgekehrt.«

»Er ist derjenige, der meinen Freunden die Bäuche aufgeschlitzt hat. Iver hat es ihm zwar befohlen und ist deshalb genauso schuldig, als hätte er den Dolch eigenhändig geführt, aber Andrew hat die Morde begangen. Ich würde ihn zu gern auf dieselbe Weise umbringen, aber ich brauche ihn lebend, ihn oder zumindest einen seiner Leute. Nur so kann ich meine Unschuld beweisen.«

»Ich werde mein Bestes tun, um dafür zu sorgen, dass mindestens einer dieser Männer am Leben bleibt.«

Auf einmal durchriss der Warnruf, den sie alle angespannt erwartet hatten, die Stille. Tavig trat rasch zur Seite, und die Männer hinter ihm drängelten sich ins Freie. Er und Mungan blieben nur lang genug, um den Männern ihre Befehle zu erteilen, dann machten sie sich mit einer kleinen Gruppe zum Wohnturm auf. Klirrende Schwerter und die Schreie von Männern, die um ihr Leben kämpften, würden seine Vorboten sein, dachte Tavig grimmig.

* * *

Moira zuckte zusammen und schrie leise auf, als das Klirren von Schwertern die Stille durchbrach. Sie musste eingedöst sein; der Schlafmangel und die ständigen zermürbenden Ängste um Tavig hatten wohl ihren Tribut gefordert. Sie rappelte sich hoch und lief zu dem bewaldeten Rand der kleinen Lichtung. Gerade ging die Sonne auf, im Zwielicht konnte sie Drumdearg sehen, obwohl der Nebel noch nicht verschwunden war. Sie befanden sich nah genug an der Burg, um zu erkennen, dass eine Schlacht geschlagen wurde, doch zu weit davon entfernt, um auszumachen, wer gegen wen kämpfte, wie Moira sehr zu ihrem Verdruss feststellen musste.

»Es wird nicht lange dauern«, meinte James, der älteste der jungen Burschen, der zu ihr getreten war.

»Du klingst sehr zuversichtlich«, erwiderte sie. »Iver hat es geschafft, sich Drumdearg unter den Nagel zu reißen. Wie kommst du darauf, dass er es so leicht aufgeben wird?«

»Ach, er wird schon darum kämpfen, es bleibt ihm nichts anderes übrig. Aber sobald die Schlacht anfing, sind bestimmt sämtliche Dorfbewohner Tavig zu Hilfe geeilt.«

»Hat Iver denn keine Verbündeten?«

»Nur welche, die er gekauft hat.« Der junge Mann zuckte die Schultern. »Na ja, vielleicht haben sich ja noch ein, zwei Narren zu ihm gesellt, aber die wird niemand vermissen, wenn sie tot sind.«

»Ich wünschte, ich könnte deine Zuversicht teilen.«

»Mungan Coll ist der beste Ritter in ganz Schottland, und Tavig MacAlpin ist ebenfalls ein geübter Krieger. Gemeinsam können sie einen Hundesohn wie Iver MacAlpin mühelos schlagen.«

Moira lächelte James an, dann wandte sie sich wieder dem

Kampfgetümmel zu. James verehrte seinen Laird Mungan offenbar sehr. Wie gern hätte sie sein blindes Vertrauen geteilt! Sie zweifelte zwar nicht an Tavigs Mut und seinem Geschick, doch sie konnte sich gut vorstellen, mit welchem hinterlistigen Schuft er es zu tun hatte. Manchmal reichten Mut und Geschick nicht aus für den Sieg.

In dem Moment, als sie James fragen wollte, ob sie nicht ein wenig näher an den Kampfplatz herankönnten, hörte sie, wie jemand durchs Unterholz brach. James zückte sogleich sein Schwert und stellte sich vor sie, als drei große Männer auf die Lichtung stürmten. Ivers Söldner ließen ihren Herrn bereits im Stich. Hätten sie doch nur einen anderen Fluchtweg gewählt!

Moira eilte zu Una, während die drei jungen Burschen sich den Männern entgegenstellten. Ihre Cousine war soeben aufgewacht und geriet nun völlig außer sich. Moira kam gerade noch rechtzeitig bei ihr an, um sie daran zu hindern, in blinder Panik wegzurennen. Sie packte Una um die Taille und hielt sie fest, bis sie ihre Fluchtversuche einstellte.

»Sie werden uns ermorden oder schänden«, kreischte Una verstört.

Moira packte sie an den Schultern und rüttelte sie unsanft. »Denk daran, wer du jetzt bist – die Gemahlin von Sir Mungan Coll. Was würde er von einer Frau denken, die beim ersten Zeichen von Gefahr laut schreiend in den Wald rennt?« Als sie sah, dass sich Una ihre Ermahnung offenbar zu Herzen genommen hatte und ruhiger wurde, lockerte sie ihren Griff ein wenig.

»Du hast recht, ich muss mich Mungans würdig erweisen.« Una sah zu den drei Jungen hinüber, die gegen die Söldner kämpften. »Aber was können wir tun? Wir sind nur zwei schwache Frauen.«

»Wir müssen etwas tun. Die jungen Burschen können diese kampferprobten Kerle bestimmt nicht mehr lange in Schach halten.«

Schon kurz darauf bewahrheitete sich ihre Befürchtung:

Einer der Jungen schrie laut auf, und eine tiefe Wunde in seinem Schwertarm ließ ihn zurücktaumeln. »Such dir etwas, was du als Waffe benutzen kannst. Mach schnell!«, befahl Moira und sah sich ebenfalls nach einem Gegenstand um, mit dem sie sich verteidigen konnte.

Sie ergriff einen dicken am Boden liegenden Ast und stürmte zu dem verletzten Jungen und seinem Gegner, ohne abzuwarten, ob ihre Cousine sich ebenfalls bewaffnete. Der Junge wich den wuchtigen Hieben seines Angreifers aus, doch er konnte jederzeit stolpern und dann nicht mehr in der Lage sein, den tödlichen Schlag abzuwehren.

Der Söldner bemerkte Moira, konnte jedoch nur einen Hieb in ihre Richtung andeuten. Jedes Mal, wenn er nicht auf den Jungen achtete, ging der zum Angriff über. Moira hörte, wie der Söldner sie verfluchte, während er versuchte, sich aus ihrer Reichweite zu halten und gleichzeitig den Jungen abzuwehren, von dem noch immer genug Gefahr ausging. Doch Moira war klar, dass sie rasch handeln musste, denn der Junge brachte jetzt bestimmt nur noch so viel Kraft auf, weil er neue Hoffnung geschöpft hatte – die Hoffnung, dass sie Ivers Söldner davon abhalten würde, ihn zu töten.

Moira versuchte vergeblich, einen sicheren Treffer zu landen. Sobald sie sich anschickte zuzuschlagen, wechselte der Söldner seine Position. Doch dann bemerkte sie, dass er einen Teil seines Körpers nicht so leicht aus ihrer Reichweite ziehen konnte – seinen Schwertarm. Er hielt das Schwert immer auf den Jungen gerichtet. Moira täuschte einen Schlag auf den Rücken des Mannes an, und als der ihr auswich, hieb sie ihm mit aller Kraft den Ast auf den Schwertarm.

Sie hörte, wie ein Knochen brach. Der Söldner schrie schmerzerfüllt auf und ließ sein Schwert fallen. Er taumelte mit wutverzerrtem Gesicht auf sie zu, dann wandte er sich ab, um mit der heilen Hand sein Schwert aufzuklauben. In dem Moment schlug der Junge zu, seine Waffe drang mit einem wuchtigen Stoß mitten ins Herz seines Gegners. Moira stöhnte laut auf, als der Söldner tot zusammenbrach. Sie starrte in seine blicklosen Augen, bis sie hörte, dass der Junge stolperte und zu Boden ging.

»Helft meinen Gefährten, M'Lady«, keuchte er, als sie zu ihm eilte.

Nach einem raschen Blick auf den Jungen beschloss sie, dass die Versorgung seiner Wunde noch ein Weilchen warten konnte. Sie wandte sich den anderen Kämpfenden zu. Die Söldner setzten James und seinem Mitstreiter schwer zu. Una hüpfte mit einem Ast ähnlich dem, den Moira in den Händen hielt, um sie herum, wusste jedoch offenkundig nicht, was sie tun sollte. Das war wohl auch den Söldnern klar, denn sie schenkten ihr kaum Beachtung. Moira hob ihre Waffe und schlich näher. Sie hoffte, auf die arrogante Sorglosigkeit der Männer bauen zu können.

Erst als sie direkt neben James' Gegner stand, wurde er ihrer gewahr. Entsetzen und Überraschung zeichneten sich in seiner Miene ab, als Moira ihm mit dem Ast einen wuchtigen Schlag auf den Arm versetzte. Wieder erklang der schreckliche Laut von brechenden Knochen. James nutzte ihren Angriff rasch zu seinem Vorteil, und Moira beschloss, genug gesehen zu haben. Sie warf den Ast weg und eilte zu Una.

»Ich war keine große Hilfe«, jammerte Una, während sie ihren Ast fallen ließ und erzitterte, als James seinen Gegner niederstreckte. Der Todesschrei des Mannes hallte über die Lichtung.

»Hauptsache, du hast versucht zu helfen«, meinte Moira und zog ihre Cousine zu dem verletzten Jungen. »Wie heißt du denn?«, fragte sie, als sie sich neben ihn kniete.

»Malcolm«, antwortete er mit gequälter Stimme. Er lächelte grimmig, als auch der letzte Söldner zu Boden ging. »Wir haben gewonnen. Ihr zwei wart eine große Hilfe.«

»Jawohl, das waren sie«, pflichtete James ihm bei. Auch der dritte Junge war inzwischen zu ihnen getreten. »Zu meiner Schande muss ich gestehen, dass wir es mit Gegnern zu tun hatten, die weitaus stärker und geschickter waren als wir«, meinte er zerknirscht.

»Natürlich waren sie das«, meinte Moira und schüttelte den Kopf über die niedergeschlagen dreinschauenden Jungen. »Diese Männer waren viel älter als ihr, sie haben ihre Fähigkeiten viele Jahre lang im Kampf erprobt. Früher waren sie genau wie ihr, und bald werdet ihr sein wie sie. Aber jetzt sollten wir uns um Malcolms Verletzung kümmern. Una, reiß bitte ein Stück von deinem Unterrock ab, und James besorgt mir ein bisschen Wasser.«

»Ist es schlimm?«, fragte James, als er mit dem Gewünschten zurückkam und seinen bleichen Gefährten besorgt musterte.

»Nicht so schlimm, dass es nicht mehr gerichtet werden kann. Zieht Malcolm bitte Wams und Hemd aus.«

Malcolm wurde noch bleicher, obwohl seine Freunde sehr behutsam vorgingen. Moira versuchte, nicht daran zu denken, dass sie die Schmerzen des Jungen erst einmal verschlimmerte, als sie seine Wunde säuberte und mit ihrer Nadel und ihrem Faden nähte. Bevor sie ihn verband, bat sie Una, ihm eine gefaltete Decke unter den Kopf zu legen.

Als sie fertig war, wischte sie dem Jungen mit einem feuchten Tuch sanft den Schweiß von der Stirn. Es war unübersehbar, dass er große Schmerzen litt. Er wirkte unglaublich jung, verletzt und verängstigt. Moira seufzte, als sie sich eingestand, was sie als Nächstes tun musste.

Sie legte behutsam die Hände auf seinen Arm. Heilen konnte sie ihn nicht, aber sie konnte dem Jungen viel von seinen Schmerzen nehmen. Als Malcolm erstaunt und auch ein wenig verängstigt die Augen aufriss, wusste Moira, dass ihre Gabe bereits wirkte. Sie merkte, wie James und die anderen sie verblüfft musterten, denn auch ihnen war wohl aufgefallen, dass sie etwas Ungewöhnliches mit Malcolm anstellte. Als sie fertig war, nahm sie die Hände von Malcolms Arm und sackte zusammen. Überrascht stellte sie fest, dass Una hinter sie getreten war und sie stützte.

»Was habt Ihr getan?«, flüsterte Malcolm und bewegte behutsam seinen Arm.

»Sie hat dir die Schmerzen genommen«, erwiderte Una, während sie Moira half, ein paar Schluck kaltes Wasser zu trinken.

»Habt Ihr heilende Hände?«, wollte James wissen.

Einen Moment lang verspannte sich Moira in der Erwartung, dass ihre Hilfe ihr nun Ärger einbringen würde. Doch als sie dem Jungen tief in die Augen sah, entdeckte sie weder Angst noch Misstrauen, sondern nur Erstaunen und Neugier. Vielleicht waren die Jungen frei von abergläubischen Vorstellungen, weil sie durch Mungan mit Tavig verbunden waren, vielleicht kam es auch daher, dass sie noch so jung waren?

»Heilende Hände ist nicht ganz richtig«, erwiderte sie, nachdem sie sich wieder etwas erholt hatte. Ihre Gabe einzusetzen, kostete sie nämlich immer sehr viel Kraft. »Ich kann Schmerzen lindern, einem Menschen zur Ruhe verhelfen und auch Fieber etwas senken. Solche Dinge tragen zur Heilung bei. Aber ich glaube nicht, dass ich jemanden tatsächlich heilen kann.« Sie riss erstaunt die Augen auf, als alle sie angrinsten und James einen Moment lang die gebotene Zurückhaltung aufgab und ihr auf die Schulter klopfte, als sei sie einer seiner Gefährten.

»Verzeiht, M'Lady«, entschuldigte er sich hastig. »Aber es ist wirklich erstaunlich.«

»Erstaunlich? So hat es bislang noch niemand genannt.«

»Aber das ist es. Versteht Ihr denn nicht? Jetzt können die MacAlpins und die Colls – denn wir gehören zum Klan der MacAlpins – sagen, dass es bei ihnen zwei Gaben gibt: Hellsichtigkeit und heilende Hände. Ich glaube nicht, dass es noch einen Klan in Schottland gibt, der das von sich behaupten kann.«

»Nun, es freut mich, dass es euch freut.« Sie erhob sich, und Una folgte rasch ihrem Beispiel. »Ich denke, wir sollten jetzt lieber ins Dorf gehen.«

»Aber uns ist befohlen worden, hierzubleiben und auf Euch und die Pferde aufzupassen.«

»Dieser Befehl wurde euch erteilt, weil man davon ausging, dass wir hier in Sicherheit sind. Das sind wir aber nicht. Offenkundig verlassen die Ratten das sinkende Schiff, und wir stehen ihnen im Weg. Diesmal waren es nur drei, aber es werden bestimmt mehr, wenn die Schlacht sich zu Tavigs Gunsten wendet. Da die Leute in Drumdearg für Tavig Partei ergriffen haben, werden seine Feinde es nicht riskieren, das Dorf zu durchqueren.«

»Das leuchtet mir ein«, meinte James. »Trotzdem glaube ich, dass es Sir Tavig nicht gefallen wird.«

Moira dachte daran, dass ihr Geheimnis nun keines mehr war und Tavig bald davon erfahren würde. Deshalb erwiderte sie bedrückt: »Vermutlich wird Sir Tavig, wenn diese Schlacht vorbei ist, einiges entdecken, was ihm nicht gefallen wird.«

22

Grimmig streckte Tavig den Wächter nieder, der den Eingang zur Großen Halle von Drumdearg versperrte. Der zweite Söldner ließ unter Mungans Schwert sein Leben. Tavig bedeutete den Männern hinter ihm, die Tür einzuschlagen. Er seufzte ein wenig reumütig, als sie mit einem dicken Rammbock auf die riesige, mit vielen Schnitzereien verzierte Eichentür losgingen, auf die sein Vater so stolz gewesen war.

Beim ersten Splittern von Holz straffte er die Schultern. Er war sich sicher, dass sich sein Cousin in der Großen Halle versteckt hatte und es kaum erwarten konnte, sich auf ihn zu stürzen. Mungan verharrte neben ihm vor der eingeschlagenen Tür, hinter ihnen standen ihre Leute. Alle warteten auf einen Angriff. Als keiner erfolgte, gab Tavig den anderen ein Zeichen, ihm zu folgen, und schritt zusammen mit Mungan in die Große Halle. Bei seinem ersten Blick auf Iver fluchte er leise. Der Mann war umringt von einem Dutzend Bewaffneter, darunter Andrew MacBain und seine drei Spießgesellen.

»Guten Morgen, Cousin«, meinte Iver gedehnt. »Der Geist deines Vaters wird nicht erfreut sein über die Zerstörung seiner hochgeschätzten Tür.«

»Aber dafür wird er sich umso mehr freuen, wenn ich dich niederstrecke«, erwiderte Tavig mit wuterfüllter Stimme.

»Du würdest also das Blut eines Verwandten vergießen, nur wegen eines kleinen Missverständnisses?«

»Das Blut von zwei unschuldigen Männern klebt an deinen Händen, Iver. Das kann man nicht ungesühnt lassen.«

»An meinen Händen klebt kein Blut. Ich habe niemanden umgebracht.«

»Nay, aber du hast es befohlen. Das ist fast dasselbe.«

»Die meisten Leute im Land halten dich für den Mörder.« Er bedachte Tavig mit einem scheelen Blick aus seinen braunen Augen und verzog den dünnlippigen Mund zu einem höhnischen Grinsen. »Diesen Makel wirst du nie vollständig von deinem Namen entfernen können, Cousin.«

»Ich hätte dir die Zunge rausschneiden sollen, als du noch ein bartloser, lügnerischer Junge warst«, knurrte Mungan und beäugte seinen dürren Cousin abfällig. »Du warst immer ein neidischer, gefährlicher Bursche. Wir haben uns geirrt, als wir annahmen, du würdest die Bande der Verwandtschaft ehren.«

»Tritt hinter deinen Leuten hervor und kämpfe die Sache mit mir aus«, drängte Tavig. »Lass es uns hier und jetzt zu Ende bringen.«

»Für wie blöd hältst du mich?« Iver gab seinen Leuten das Zeichen zum Angriff.

Tavig fluchte heftig, war jedoch nicht überrascht, dass Iver sich ihm nicht stellen wollte, sondern versuchte, möglichst viele Leute mit sich in den Tod zu reißen. Er lächelte grimmig, als Mungan sein Kriegsgeheul anstimmte, das so laut und erschreckend war, dass Ivers Bewaffnete kurz zögerten. Doch dann ging es richtig los. Tavig hatte nur noch den einen Gedanken: sich eine Bresche durch Ivers Leute zu schlagen und an Iver heranzukommen, der sich hinter seinen Männern versteckt hatte und sie anfeuerte, ihn, Mungan und jeden, der sich gegen Iver MacAlpin gewandt hatte, zu erschlagen.

* * *

»M'Lady, Ihr habt gesagt, Ihr wolltet ins Dorf gehen. Von der Burg war nicht die Rede«, protestierte James und nahm Moira verlegen am Arm, um sie daran zu hindern, weiter Richtung Burg zu marschieren.

»Sieh dich doch mal um, James«, erwiderte sie und entzog sich mit Leichtigkeit seinem zögernden Griff. »Die Schlacht ist so gut wie geschlagen.«

Sie trat neben James und beobachtete mit ihm die versprengten Grüppchen der Dorfbewohner. Sie standen herum und plauderten, auch wenn sie die Burg nicht aus den Augen ließen. Doch sie wirkten ziemlich entspannt, ja fast froh. Niemand von ihnen erweckte den Eindruck, als hinge sein Schicksal noch in der Schwebe. Es kehrten sogar schon die ersten Männer aus der Burg ins Dorf zurück. Allerdings waren Moira auch einige Verwundete aufgefallen. Viele schienen es nicht zu sein – vermutlich würden innerhalb der Burgmauern weitere herumliegen –, doch sie hatten Schmerzen, und ihre Freunde und Verwandten verstanden ganz offenkundig nicht sehr viel von der Wundversorgung, auch wenn sie sich darum bemühten. In der Kunst des Heilens war man in Drumdearg offenbar nicht besonders bewandert.

»Es klingt aber nicht so, als sei die Schlacht vorüber«, murrte James. »Es könnte gefährlich für Euch werden, wenn Ihr Euch zu weit vorwagt.«

»Ich habe nicht vor, mich unter die Kämpfenden zu mischen.«

»Dann wartet hier auf Sir Tavig.«

»Nay, ich werde gebraucht, James. Siehst du es nicht? Es gibt Verwundete, die meine Hilfe benötigen.«

»Ihre Familien werden sich um sie kümmern.«

»Nicht besonders gut, auch wenn ich ihnen das nicht vorwerfen mag. Falls es hier je einen gab, der in der Heilkunde bewandert war, dann ist er verschwunden und hat niemanden zurückgelassen, den er in seiner Kunst unterwies. Ich habe die Fertigkeiten, die diese Menschen brauchen, und damit meine ich nicht meine heilenden Hände.«

»Sir Tavig wird mir das Fell über die Ohren ziehen, wenn Euch etwas zustößt.«

»Wenn es dich beruhigt, kannst du ja bei mir bleiben. Robbie kann sich hier um Malcolm und die Pferde kümmern.« Sie warf einen Blick auf Una. »Du kannst natürlich auch hierbleiben, wenn dir das lieber ist.«

»Nay, ich werde dir helfen.«

Moira musste sich ein Lächeln verkneifen, als sie weitermarschierte und hörte, wie ein fluchender James ihr nacheilte. Una lief neben ihr her, während Moira zu einer kleinen reetgedeckten Hütte eilte, wo man die Verwundeten untergebracht hatte. Es waren nur fünf an der Zahl, und ihre Verletzungen erschienen Moira nicht tödlich, wenn man sie angemessen versorgte. Sie befahl den versammelten Frauen freundlich, jedoch bestimmt, ihr einige Dinge zu besorgen, die sie benötigte.

Während sie die Wunden der Männer säuberte und nähte, versuchte sie ihr Bestes, nicht auf die allmählich verebbenden Laute der Schlacht zu hören. Vielleicht lag Tavig jetzt irgendwo herum und litt wie die Männer, um die sie sich gerade kümmerte? Vielleicht hatte er sogar eine tödliche Verletzung erlitten, die man nicht mehr heilen konnte, egal, wie geschickt man war? Auch wenn sie mit Una und den jungen Männern nicht darüber gesprochen hatte, wusste Moira, dass sie sich nur dadurch, dass sie sich jetzt um die Verwundeten kümmerte, daran hindern konnte, sich mit den schrecklichsten Gedanken über das mögliche Leid ihres Gemahls zu quälen.

Nachdem sie die Wunden der Männer versorgt hatte, tat Moira, was sie konnte, um deren Schmerzen zu lindern. Als sie ihre Gabe offenbarte, entdeckte sie weder Angst noch Abscheu in den Gesichtern von Tavigs Leuten, sondern nur Erstaunen und dieselbe stolze Freude, die auch James gezeigt hatte. Tavig hatte recht gehabt – in Drumdearg brauchte sie sich nicht vor Aberglauben zu fürchten.

Schließlich war sie mit ihren Kräften am Ende. Sie brachte nur noch ein mattes Lächeln zustande, um den Frauen zu danken, die ihr sanft den Schweiß vom Gesicht wischten, ihr Kissen in den Rücken stopften und ihr ein paar Schluck herzhaften Met einflößten. In ihrem Innern war sie völlig zerrissen. Ja, hier wurde sie akzeptiert, genau, wie Tavig ihr versprochen hatte; aber sie glaubte nicht, dass es etwas an ihren Schwierigkeiten änderte. Tavig war ein Ritter. Er konnte nicht den Rest seines Lebens in Drumdearg verbringen, ein Ritter musste sich am Hof zeigen, andere Burgen besuchen und sich mit anderen Klans treffen. Und zu solchen Besuchen würde er auch seine Gemahlin mitnehmen müssen. Zumindest gelegentlich musste sie sich an seiner Seite zeigen.

Und dann würde sich bestimmt wieder Ärger zusammenbrauen, dachte sie verzagt. Sie konnte sich nicht von den freundlichen Menschen in Drumdearg zu der Annahme verleiten lassen, dass ihre Probleme vorbei seien. Doch sie würde Tavig wohl nie dazu bringen, ihre Befürchtungen ernst zu nehmen. Und sie konnte ihm auch nicht sagen, dass es seine Liebe war, die sie brauchte, um bei ihm zu bleiben; wenn er sie ihr nicht aus freien Stücken schenkte, hatte es keinen Zweck.

Nein, ihr würde wohl nichts anderes übrig bleiben, als Tavig zu verlassen. Nachdem sie zu diesem Schluss gekommen war, erhob sie sich vorsichtig und seufzte erleichtert auf, als sie keinen Schwindel mehr verspürte und sich wieder kräftig fühlte. Ja, sie musste Tavig verlassen, doch zuvor musste sie noch in Erfahrung bringen, wie es ihm in seinem Kampf gegen Iver ergangen war. Solange sie das nicht wusste, wollte sie sich noch in der Burg aufhalten und helfen, wo sie konnte. Sie straffte die Schultern, nahm Una an die Hand und machte sich auf den Weg zur Burg.

Gleich hinter dem Tor traf sie auf einen ziemlich verdreckten, doch breit lächelnden Nicol. »Die Schlacht ist gewonnen«, sagte sie erleichtert.

»Noch nicht ganz«, antwortete er und strich sich eine verschwitzte Haarsträhne aus der Stirn. »Tavig und Iver müssen noch ausfechten, was zwischen ihnen steht. Sie kämpfen in der Großen Halle.« Er nahm sie am Arm, als sie zum Wohnturm eilen wollte. »Nay, Mädchen. Du solltest ihn jetzt lieber nicht ablenken.«

»Soll ich etwa tatenlos herumstehen, während er um sein Leben kämpft?«

»Aye. Sonst verursachst du womöglich Ärger, und an diesem Punkt könnte jeder Ärger für Tavig tödlich sein. Also, Cousine, beschäftige dich irgendwo, wo du Tavig nicht störst. Wenn es dir hilft, deine Sorgen zu beschwichtigen: Niemand hier hegt auch nur den geringsten Zweifel, dass Tavig gewinnen wird.«

»Das hilft mir leider auch nichts.« Seufzend stellte sie ihre Versuche ein, sich ihm zu entziehen. »Eigentlich wollte ich den Verwundeten helfen.«

Nicol verzog das Gesicht. »Hast du beschlossen, dein Geheimnis zu lüften?«

»Mir blieb nichts anderes übrig. Du weißt ja, dass ich es nicht ertragen kann, wenn Menschen leiden, und ich weiß, dass ich ihre Schmerzen lindern könnte. Wo liegen die Verwundeten?« Als Nicol sie und Una dorthin führen wollte, fragte sie noch: »Mussten denn viele ihr Leben lassen?«

»Von Mungans und Tavigs Männern nicht sehr viele. Von Ivers Söldnern haben nur wenige überlebt. Allerdings sind viele geflohen, als die Schlacht sich gegen sie wandte.«

»Aye«, murrte James, der Moira und Una nach wie vor nicht aus den Augen ließ. »Wir haben drei von den Mistkerlen getroffen.« Als Nicol ihn fragend ansah, erzählte er die Geschichte und lächelte schief, als Nicol lachte. »Es war etwas peinlich, von schwachen Mädchen gerettet zu werden.«

»Nay, Junge.« Nicol gab ihm einen aufmunternden Klaps auf den Rücken. »Sieh dich doch um – selbst unsere kampferprobtesten Männer haben ein paar Kratzer abbekommen. Und außerdem hat selbst der stärkste Krieger gern jemand als Rückendeckung. Du kannst nichts dafür, dass wir euch mit zwei Mädchen zurücklassen mussten. Sei froh, dass sie schlau und beherzt genug waren, euch zu helfen.« Er blieb vor der Waffenkammer stehen und deutete auf die Männer, die sich dort versammelt hatten. »Hier sind unsere Verletzten, Moira. Es sind auch ein oder zwei von Ivers Söldnern darunter. Mit denen brauchst du nicht so sanft umzugehen, aber es könnte nützlich sein, dafür zu sorgen, dass sie am Leben bleiben.«

»Aye«, pflichtete Moira ihm bei. »Vielleicht braucht Tavig sie noch, um zu beweisen, dass Ivers Beschuldigungen falsch waren.«

Sie warf einen langen, sehnsüchtigen Blick auf den Wohnturm. Ihr Drang, Tavig zu sehen, war so stark, dass sie ihn fast schmecken konnte. Doch Nicol nahm sie an den Schultern und drehte sie um, sodass ihr Blick wieder auf die Verwundeten fiel. Seufzend machte sie sich an die Arbeit. Nicol hatte recht, Tavig brauchte sie jetzt nicht, und sie konnte ihm auch nicht helfen. Er kämpfte um sein Leben, und diesen Kampf musste er ohne sie austragen.

* * *

Tavig hatte gerade die letzten von Ivers Wächtern erschlagen. Jetzt sah er sich nach seinem Cousin um. Mungans Männer standen um Andrew MacBain herum. Der Mann war verwundet, doch offenbar kümmerten sie sich um ihn, um ihn am Leben zu halten, damit er Tavigs Unschuld bezeugen konnte. Mungan stand mit verschränkten Armen daneben, er hatte sich zurückgezogen, um Tavig den Kampf beenden zu lassen.

Iver stand seinen Mann, doch sein pockennarbiges Gesicht war schweißüberströmt. Offenkundig hatte sein Cousin Angst vor ihm, wie Tavig leicht verwundert feststellte. Iver war zwar knochendürr, jedoch geschickt und stark. Außerdem war er noch ausgeruht, denn er hatte sich bislang aus dem Getümmel herausgehalten, während Tavig schon mehrere Gegner erschlagen hatte. Aber vielleicht war ihm dieser Vorteil gar nicht klar.

»Jetzt heißt es also du gegen mich, Cousin«, sagte Tavig.

»Erwartest du, dass ich mich freiwillig in den Kampf mit einem Mann begebe, der das Ergebnis bereits kennt?«, fragte Iver.

»Du weißt genauso gut wie ich, dass meine Gabe sprunghaft ist. Ich weiß nur, dass wir kämpfen müssen.« Das war zwar gelogen, doch Tavig fand es unfair, seinem Cousin zu sagen, dass er ihn hatte sterben sehen. »Aber noch kannst du dich kampflos ergeben.«

»Ha! Um am Galgen zu landen? Nein danke.«

»Du weißt, dass ich dich nicht töten möchte, aber du lässt mir keine Wahl.«

»Stimmt«, erwiderte Iver und ging zum Angriff über.

Anfangs parierte Tavig eigentlich nur seine Hiebe. Es war viele Jahre her, seit er mit Iver gekämpft oder ihm zugesehen hatte, wenn er das Schwert führte. Er wollte seine Fähigkeiten einschätzen und seine Schwachstelle entdecken.

Lange brauchte er nicht dafür. Iver war ein guter Krieger, doch er hatte sich viel zu lange auf List und Tücke verlassen, um zu bekommen, was er wollte. Er war nicht mehr geübt im Schwertkampf. Leise fluchend, weil er gezwungen war, einem Verwandten das Leben zu nehmen, ging Tavig in die Offensive.

Iver war zwar in der Verteidigung besser als im Angriff, doch nicht gut genug. Schließlich fand Tavig die Blöße, nach der er gesucht hatte. Kurz musste er dem Drang widerstehen, Iver noch eine Chance zu geben, dann versenkte er sein Schwert tief in der schmächtigen Brust seines Gegners. Iver war fast auf der Stelle tot. Tavig zog sein Schwert heraus und starrte beklommen auf seinen Cousin, der auf dem mit Binsen ausgelegten Boden zusammengebrochen war.

»Ein sauberer Stoß«, murmelte Mungan, der mittlerweile zu ihm getreten war. Er stieß Ivers Leichnam mit dem Fuß an, dann kniete er sich hin und drückte die weit aufgerissenen, starren Augen zu.

»Ich wollte ihn nicht töten, aber da er mich dazu gezwungen hat, beschloss ich, es so rasch und schmerzlos wie möglich zu tun.« Tavig beugte sich nach unten und wischte sein Schwert an Ivers Wams ab, bevor er es wieder in die Scheide steckte. »Er hätte sich ergeben können.«

»Aye, aber ich kann gut verstehen, warum er es nicht getan hat.« Mungan trat an den Tisch und schenkte sich einen Becher

Wein ein. »So stirbt es sich wesentlich leichter als am Galgen.« Er reichte Tavig einen Becher, dann hob er seinen: »Auf den Sieg!« Als seine Männer in lauten Jubel ausbrachen, nahm er grinsend einen kräftigen Schluck.

»Aye, auf den Sieg«, murmelte Tavig und trank ebenfalls.

»Na komm schon, alter Junge«, meinte Mungan und klopfte ihm freundschaftlich auf den Rücken. »Der Mann hat dir nur zwei Möglichkeiten gelassen – seinen Tod oder deinen. Es schmerzt mich, dass einer unserer Verwandten durch uns den Tod fand, aber ihm hätte es umgekehrt gar nichts ausgemacht, uns zu töten.«

»Ich weiß. Ich werde bald darüber hinwegkommen.« Tavig wandte sich den Männern zu, die sich ebenfalls an dem Wein labten, Andrew dabei jedoch nicht aus den Augen ließen. »Einer von euch sollte den anderen sagen, dass wir gewonnen haben.«

»Ich werde es tun«, meinte Mungan. »Du bleibst hier, und ich hole auch unsere Frauen.«

Tavig sank erschöpft auf seinen Stuhl. Kurz darauf strömten seine Leute in die Halle. Ihre Freude steckte ihn bald an. Er stimmte in ihren Jubel ein und konnte es kaum erwarten, dass Moira kam und mit ihm feierte.

* * *

Moira verspannte sich, als Mungan sie freudig begrüßte. Ungeduldig wartete sie, während er Una herzte und küsste, dann jedoch auch sie beide ein wenig schimpfte, weil sie nicht an dem angewiesenen Platz geblieben waren. Moira freute sich über den Sieg, aber gleichzeitig bedrückte es sie auch. Außerdem wollte sie Näheres erfahren.

»Tavig ist wohlauf«, erklärte Mungan. »Geh ruhig schon vor, dann kannst du dich selbst davon überzeugen. Ich komme gleich nach, aber erst wollte ich noch nachsehen, wie es meinen Männern geht.«

Moira nickte und machte sich zum Wohnturm auf. Nur mit Mühe schaffte sie es, sich einen Weg durch die Leute zu bahnen, die sich in der Großen Halle drängten, doch schließlich gelang es ihr, einen ungehinderten Blick auf Tavig zu werfen. Er war nun wieder der Laird, und genauso sah er auch aus, wie er da auf seinem großen Stuhl in der Mitte der Tafel saß, umringt von seinen Leuten, die ihre wiedergewonnene Freiheit von Ivers dunkler Herrschaft feierten.

Als Moira sich in der Großen Halle umsah, wurde sie immer bedrückter. Hier wies alles auf Wohlstand hin, von den reich bestickten Wandbehängen bis zu den schweren Bechern in den Händen der Leute. Tavig hatte ihr erklärt, dass sein Besitz nicht so groß sei wie Mungans, doch in der Halle sah man kaum einen Unterschied. Bestimmt hätte Tavig nun eine Braut aus einer ganzen Reihe von Frauen auswählen können, die reicher waren als sie und ihm ein nützliches Bündnis ermöglichen würden. Zu ihren Ängsten wegen ihrer Gabe gesellte sich nun noch das Wissen, dass Tavig sich sehr viel vorteilhafter verheiraten könnte.

Sie schlich davon, noch bevor er sie entdeckt hatte. Sie musste weg, und zwar rasch, damit er sie nicht überreden konnte zu bleiben. Wenn sie ihn jetzt verließ, ersparte sie ihm nicht nur den Ärger, den eine Ehefrau wie sie ihm einhandeln würde, sondern sie gab ihm auch die Freiheit, eine günstigere Ehe zu schließen, die er wahrhaftig verdient hatte.

Moira war so in Gedanken versunken, dass sie Mungan erst bemerkte, als sie mit ihm zusammenprallte. Sie funkelte ihn düster an und rieb sich die Nase, die sie sich an seiner breiten Brust gestoßen hatte. Una stand neben ihm. Moira fragte sich, warum das Schicksal so versessen darauf war, ihr Hindernisse in den Weg zu stellen.

»Warum feierst du nicht mit deinem Mann?«, wollte Mungan wissen. »Du kannst mit uns in die Große Halle zurück.«

»Nay. Tavig braucht mich dort nicht.«

»Hast du Angst, dass er dich schimpft, weil du ein Geheimnis vor ihm gehütet hast?«

»Aha, da hat jemand seinen Mund nicht halten können.«

»Mädchen, ich habe fast nichts anderes gehört. Du kannst nicht eine solche Gabe zeigen und erwarten, dass keiner darüber redet. Die Männer, deren Schmerzen du gelindert hast, haben gar nicht mehr mit ihren Lobeshymnen aufhören können. Du hättest es Tavig sagen sollen.«

»Wenn man etwas so lange und so entschlossen verbirgt, wie ich es getan habe, fällt es einem schwer, damit aufzuhören.«

»Nun, es hat jedenfalls keinen Zweck, jetzt davonzulaufen. Dein Geheimnis ist kein Geheimnis mehr. Also komm mit, Tavig sucht bestimmt schon nach dir.«

Moira seufzte. Sie wusste, dass sie die Wahrheit sagen musste. Mungan würde zwar mit ihrer Entscheidung nicht einverstanden sein, doch er würde sie nicht zurückhalten, dessen war sie sich sicher. Sie musste ihn nur dazu bringen, Tavig nicht zu sagen, dass sie ihn verließ – zumindest so lange nicht, bis es zu spät für ihn war, sie aufzuhalten. Obwohl er es vielleicht gar nicht versuchen würde, nachdem sie ihn zweifach gekränkt hatte, überlegte sie bedrückt – zum einen, indem sie aus ihrer Gabe ein Geheimnis gemacht hatte, und zum zweiten, indem sie ihn im Moment des Sieges verließ.

»Mungan, du musst mir versprechen, dass du Tavig nichts sagst«, bat sie.

»Aye, ich schwöre es dir. Aber was soll ich ihm denn nicht sagen? Wenn es um deine Gabe geht, hat es nicht viel Zweck, wenn ich versuche, meine Zunge im Zaum zu halten – dazu reden schon viel zu viele darüber.«

»Nay, es geht nicht darum. Ich verlasse Tavig.«

»Du verlässt ihn? Aber warum denn? Hat dir jemand auf den Kopf geschlagen, Mädchen? Das ergibt doch keinen Sinn.«

»Das ergibt sehr wohl einen Sinn.« Sie versuchte, ihm so knapp wie möglich all ihre Gründe zu erläutern. Fast musste sie lächeln, als seine Miene immer finsterer wurde.

»Aber warum hast du ihn geheiratet, wenn du das alles von Anfang an wusstest?«, fragte er schließlich.

»Damit du aufhörst, dich wie ein Narr zu benehmen, und das tust, was du wirklich tun wolltest – Una heiraten.« Sie wunderte sich ein wenig, als er auf ihre bissige Bemerkung mit einem breiten Grinsen reagierte.

»Allmählich gelange ich zu der Überzeugung, dass du gar nicht so schwach bist, wie ich anfangs glaubte. Aber meiner Meinung nach machst du einen Fehler, wenn du jetzt gehst«, fügte er ernster werdend hinzu. »Doch es liegt nicht an mir, dich aufzuhalten. Allerdings kannst du nicht von mir erwarten, dass ich dir helfe.«

»Nay, das würde ich nie tun. Und du brauchst dir auch keine Sorgen wegen des Wehrturms zu machen, Mungan. Ich würde ihn nie einem deiner Feinde in die Hände fallen lassen.«

»Ach, darüber mache ich mir überhaupt keine Sorgen.«

Moira verzog das Gesicht, als er wegging, eine verwirrte Una hinter sich herziehend. Auch sie selbst war ziemlich verwirrt. Die Auseinandersetzung mit Mungan war seltsam kurz gewesen, die Einigung zu mühelos erfolgt. Das kam ihr verdächtig vor. Sie musste daran denken, wie oft Tavig seinen Cousin als durchtrieben bezeichnet hatte. Doch jetzt blieb ihr wohl nichts anderes übrig, als möglichst schnell das Weite zu suchen. Sie eilte zu den Ställen.

* * *

Tavig runzelte die Stirn, während er sich ein frisches Hemd anzog und James und Robbie zuhörte, die ihm von dem Angriff im Wald berichteten. Er hatte ihnen bislang nur mit halbem Ohr gelauscht, weil er damit beschäftigt gewesen war, sich mit der Hilfe eines Knappen den schlimmsten Schmutz der Schlacht abzuwaschen. Doch als sie aufgeregt erzählten, wie Moira Malcolm geholfen hatte, fuhr er hoch, und sein Körper versteifte sich in einer Mischung aus Unglauben und wachsendem Ärger. Heilende Hände? Die Burschen mussten betrunken sein.

»Moira hat den Jungen berührt und seinen Schmerz beseitigt?«, fragte er nach.

»Aye«, erwiderte James, beäugte Tavig jedoch wachsam. »Sie hat die Hände auf seinen Arm gelegt, und dann sind die Schmerzen verschwunden.«

»Seid ihr euch sicher, dass sie nicht eine Salbe aufgetragen hat?«

»Nay. Sie hatte seine Wunde schon versorgt und verbunden. Wir haben sie sogar gefragt, ob sie diese Gabe hat, und sie gab es zu, stimmt's, Robbie?« Sein Freund nickte, wobei ihm sein dünnes Haar in die Stirn fiel. »Ich dachte, Ihr wüsstet es«, fügte er ein wenig zögerlich hinzu.

»Nay, sie hat mir nie davon erzählt.«

Die weit aufgerissenen Augen und die verunsicherten Mienen der Jungen sagten Tavig, dass er diese Worte nahezu gebrüllt hatte. Er gab sich Mühe, seinen Zorn zu zügeln. Doch offenbar hatten auch noch andere das Gespräch mitbekommen, die nun herbeieilten, um ihm von Moiras Geschick zu berichten. Dabei fiel ihm ein, wie rasch die Kopfschmerzen verschwunden waren, die ihn in Craigmoordun gequält hatten. Moria hatte nur sachte seine Stirn berührt, als er wieder zu Bewusstsein gekommen war. Welch ein Narr er doch war, dass er es nicht schon längst erraten hatte!

Als er Mungan und Una hereinkommen sah, gab er ein paar Männern neben sich mit einem Wink zu verstehen, ihre Plätze zu räumen. Auf Mungans dunklem Gesicht lag ein Ausdruck, der Tavig an ihre Kindheit erinnerte. Ganz offenbar wusste Mungan etwas, was Tavig nicht wusste. Er musste ihm dieses Wissen entlocken. Es hatte bestimmt etwas mit Moira zu tun, dessen war sich Tavig sicher.

Als Mungan sich hinsetzte und Una auf den Stuhl neben sich zog, überfiel Tavig auf einmal eine merkwürdige Angst. In seinem Kopf stellten sich Bilder ein, die ihn verwirrten. Er stand auf den Mauern von Drumdearg und sah sich dabei zu, wie er davonritt. Je größer die Entfernung zwischen ihm und seinem zweiten Selbst wurde, desto leerer fühlte er sich. Es war, als würde er entzweigerissen, seine Lebensgeister verließen ihn, die Gestalt auf der Mauer wurde zu einer leeren Hülle. Plötzlich stellte sich auch ein Geruch ein, er roch Moiras zarten Duft, und die davonreitende Gestalt, die er erst für sich selbst gehalten hatte, hatte rote Haare, keine schwarzen. Es fiel ihm wie Schuppen von den Augen: Moira ging weg.

»Wo steckt sie?«, fragte er Mungan.

»Wen meinst du?«, fragte Mungan zurück und nippte an seinem Ale.

»Führ mich nicht an der Nase herum, Cousin. Ich weiß, dass sie weggeht. Ich habe es gesehen. Ist sie noch in der Nähe, oder muss ich mein Pferd satteln und ihr nacheilen?«

»Nun, wenn du in den Stall gehst, um dein Pferd zu satteln, wirst du nicht viel weiter gehen müssen. Sie ist mir vor Kurzem über den Weg gelaufen, und dann machte sie sich zu den Ställen auf. Ich bezweifle allerdings, ob sie weiß, wie man ein Pferd sattelt.«

»Mungan!«, protestierte Una. »Du hast doch gesagt, dass du ihm nichts erzählen würdest. Du hast es sogar geschworen.«

»Ich habe geschworen, ihm nichts zu sagen. Ich habe nicht geschworen, ihm seine Fragen nicht zu beantworten.«

»Oh!« Una atmete tief durch, dann sagte sie klar und deutlich: »Was für ein Betrug!«

»Tja nun, aber ein ziemlich schlauer, findest du nicht?« Mungan zwinkerte ihr zu, dann wandte er sich wieder Tavig zu. »Deinem Mädchen spuken ein paar sehr seltsame Vorstellungen im hübschen Köpfchen herum.«

»Wem sagst du das. Ich dachte, sie würde lange genug bleiben, um Drumdearg eine Chance zu geben. Aber ich begreife nicht, warum sie mir nichts von ihrer Gabe erzählt hat. Mir hätte sie es doch wirklich sagen können!« Er sprang auf.

»Ich würde an deiner Stelle aufhören, das mit uns zu besprechen, und sie lieber selbst danach fragen. Sie ist ein schlaues Mädchen, es wird bestimmt nicht lange dauern, bis sie herausgefunden hat, wie man ein Pferd sattelt.«

»Aye. Ich hoffe nur, ich kann mich davon abhalten, sie zu erwürgen«, fauchte Tavig, dann marschierte er davon.

* * *

»Mungan!«, rief Una und sah dem aufgebrachten Tavig besorgt hinterher. »Vielleicht tut er ihr weh.«

»Nay, Liebling.« Er legte den Arm um ihre Schultern und küsste sie auf die Wange. »Er würde diesem Mädchen nie wehtun.«

»Aber er hat doch gesagt, dass er sie erwürgen würde, und er wirkte ausgesprochen zornig.«

»Natürlich ist er zornig. Die dumme Göre ist doch völlig durcheinander. Vielleicht hilft es ihr ja, wenn man sie mal kräftig schüttelt. Doch Tavig würde ihr nie etwas zuleide tun. Zum einen verabscheut er Männer, die ihre Kraft dazu verwenden, eine Frau zu verprügeln, zum anderen liebt der Bursche das dumme Ding.«

»Hat er dir das gesagt?«

»Nay, das war nicht nötig. Ich weiß, dass er deine Cousine haben will, genauso, wie er wusste, dass ich dich haben wollte.«

»Glaubst du, es gelingt ihm, sie zum Bleiben zu bewegen?«

»Aye, aber es wird nicht leicht sein.«

23

Und wohin bist du jetzt unterwegs?«

Moira keuchte erschrocken auf, wirbelte herum und starrte mit großen Augen auf Tavig, der am Eingang zum Stall stand, die geballten Fäuste in die Hüften gestemmt. Er sah in dem frischen Hemd ein bisschen sauberer aus als vorher in der Großen Halle, aber auch ziemlich aufgebracht. Sie war erfreut und traurig zugleich. Es freute sie überaus, dass er gekommen war, um sie zu suchen, aber jetzt würde sie den schmerzvollen Abschied durchstehen müssen, den sie um jeden Preis hatte vermeiden wollen.

»Ich wollte gehen, aber es will mir nicht gelingen, ein Pferd zu satteln.«

»Gut. Es wäre mir gar nicht recht, wenn ich meiner Gemahlin nachsetzen müsste, weil sie eine Pferdediebin ist.«

»Eine Frau kann ihrem Mann doch nichts stehlen.«

»O doch. Das Gesetz besagt, dass das, was mir gehört, nach wie vor mein Eigentum ist, und das, was dir gehört, gehört mir ebenfalls.«

»Das finde ich aber nicht richtig«, erwiderte sie kläglich.

Seine Stimme klang kalt und hart. Moira wusste nicht, welche Gefühle darin mitschwangen – abgesehen von Zorn. In Anbetracht all dessen, was geschehen war und was sie als Nächstes zu tun beabsichtigte, war diese Unterhaltung reichlich albern. Sie hatte fast den Eindruck, als wäre er nicht hier, um sie aufzuhalten, sondern nur, um sich darüber zu beschweren, was sie mitnahm.

»Woher wusstest du, wo du mich finden würdest?«, fragte sie, denn ihr war eingefallen, dass er vorhin vollauf damit beschäftigt gewesen war, seinen Sieg zu feiern. Das hätte ihn eigentlich lange genug beanspruchen müssen, um ihr die Flucht zu ermöglichen.

»Ich habe Mungan gefragt.«

Tavig trat zu dem Pferd und schob Moira beiseite. Wortlos nahm er den Sattel ab, den sie nicht hatte festschnallen können, und legte ihn weg. In ihm tobten noch die unterschiedlichsten Gefühle, und so nutzte er die Zeit, während er das Pferd in seinen Verschlag zurückführte, um wieder etwas gefasster zu werden.

Er war bitter enttäuscht und verletzt, und der Schmerz machte ihn zornig. Hatte er nicht alles versucht, um Moira dazu zu bewegen, bei ihm zu bleiben? Und trotzdem wollte sie ihn verlassen. Was sollte er denn noch tun? Auch seine Hilflosigkeit erzürnte ihn. Allerdings half es wohl nichts, wenn er seinen Ärger an Moira ausließ.

Moira räusperte sich leise. »Ich hatte Mungan gebeten, dir nichts zu sagen.«

»Du hättest dich deutlicher ausdrücken müssen. Er hat nichts gesagt, er hat nur meine Fragen beantwortet.« Tavig drehte sich um und sah sie an; ihre offenkundige Unruhe verschaffte ihm eine gewisse Befriedigung. »Du bist jetzt meine Frau, das heißt, du bleibst bei mir. Das Gesetzt besagt, dass du mein Eigentum bist, und ich verliere nicht gern einen Teil meines Eigentums.«

»Als ich sagte, dass ich dich heiraten würde, meintest du, es bräuchte ja nicht für immer zu sein; ich hätte jederzeit die Freiheit, meine Meinung zu ändern.«

»Da habe ich gelogen.«

»Tavig!«

»Verflucht noch mal, Moira, warum rennst du weg? Ich bin mir sicher, dass dir etwas an mit liegt, wir teilen eine unglaublich süße Leidenschaft, und ich glaube, du hängst auch sehr an Adair. Warum willst du fort?«

»Aus den Gründen, die ich dir immer wieder erklärt habe, seit dem Tag, an dem wir zu unserer Reise aufgebrochen sind. Jetzt weißt du, dass es sogar noch einen weiteren Grund gibt, den ich dir nicht genannt hatte: Etwas an mir fordert die Abergläubischen heraus, dass ich dich einfach nicht damit belasten kann.«

»Ah, du meinst deine heilenden Hände. Mir ist nur schleierhaft, warum du das so lange geheim gehalten hast – vor allem vor mir!«

»Aus demselben Grund, warum du den Leuten nicht gerne erzählst, dass du hellsichtig bist.«

»Hast du etwa geglaubt, ich würde mich von dir abwenden?«, schrie er aufgebracht. »Ausgerechnet ich? Ein Mann, der so gut verstehen kann wie sonst keiner, welche Last du da mit dir herumträgst?«

»Das habe ich mir in meinen vernünftigen Momenten auch immer wieder zu bedenken gegeben und mir gesagt, dass meine Ängste grundlos sind. Aber wer Angst hat, handelt manchmal sehr unvernünftig.«

»Aye, das hast du oft genug bewiesen.«

Moira verkniff sich eine scharfe Erwiderung auf diesen Seitenhieb. Tavig war wütend, und deshalb war er auch ein bisschen gemein. Sie hatte gewusst, dass er aufgebracht sein würde. Deshalb hatte sie sich ja auch nach Kräften bemüht, keinem von ihrer Flucht zu erzählen.

»Das spielt jetzt keine Rolle mehr«, sagte sie. »Doch du verstehst jetzt bestimmt besser, warum ich gehen muss. All die anderen Dinge, die ich immer wieder angeführt habe, hätten vielleicht nicht gereicht, um den Aberglauben so anschwellen zu lassen, dass er lebensbedrohlich wird; aber einen Seher und eine Heilerin zusammenzuspannen, das wäre einfach zu viel gewesen.«

»Haben sich meine Leute etwa von dir abgewandt, als sie mitbekommen haben, wie du deine Gabe eingesetzt hast?«

»Na ja, das nicht, aber mitten in einer Schlacht kann man so etwas nur schlecht beurteilen.«

»Doch bleiben, um zu sehen, ob sich nach der Schlacht etwas ändert, willst du auch nicht.«

»Nay. Wir haben ja in Craigmoordun gesehen, wie rasch sich etwas ändern und so bedrohlich werden kann, dass einem keine Zeit mehr bleibt zu fliehen. Ich wollte es nicht riskieren, dass du meinetwegen vielleicht nicht mehr entkommen kannst.«

»Aha, dann tust du das also mir zuliebe. Ist dir nie in den Sinn gekommen, dass ich Manns genug bin zu entscheiden, ob ich mich diesem Risiko aussetzen will oder nicht? Hast du je daran gedacht, mich das zu fragen?«

Sie errötete verlegen. Er hatte recht. Sie hatte ihn tatsächlich nie gefragt, wie es ihm damit gehen würde, wenn er sich den möglichen Folgen ihrer Ehe stellen müsste. Die Gefahren waren ihr so klar gewesen, dass sie ihn einfach vor vollendete Tatsachen hatte stellen wollen. Ganz fair war das nicht gewesen.

Doch gleich darauf schüttelte sie diese Zweifel wieder ab. Sie bildete sich diese Gefahren ja nicht nur ein, sie bestanden nach wie vor. Einer von ihnen musste vernünftig genug sein, entsprechend zu handeln. Beflissen überhörte sie die kleine Stimme in ihrem Kopf, die ihr vorwarf, dass ihr Drang zu fliehen, nicht nur auf ihre Angst vor dem Aberglauben zurückging.

»Nay, ich habe nicht daran gedacht, dich zu fragen«, gab sie zu. »Du hast die Gefahren ja nie einsehen wollen, und deshalb hättest du sicher behauptet, du wärst bereit, dich ihnen zu stellen. Und dann hättest du versucht, mich zu überzeugen. Aber das Leben wird für dich viel leichter werden, wenn ich gehe.«

»Leichter? Für mich?« Er packte sie bei den Schultern und schüttelte sie ein wenig. »Wie soll das Leben für mich leichter werden, wenn eine Hälfte von mir nicht mehr da ist? Vielleicht war es ein Fehler, dass ich dich so sanft behandelt habe wie ein armes, verletztes Vögelchen.«

»Wie ein verletztes Vögelchen?« Moira strich sich unwirsch die Haarsträhnen aus dem Gesicht und funkelte ihn finster an.

Tavig überhörte ihren Protest und fuhr fort: »Vielleicht habe ich zu oft vom Schicksal gesprochen und dich dadurch auf den

Gedanken gebracht, dass ich von einer unsichtbaren Hand zu dir geschubst würde und keine freie Wahl hätte. Aber hältst du mich wirklich für so willensschwach?«

Sanft umfasste er ihr Gesicht und gab ihr einen langsamen, hitzigen Kuss. Moira versuchte, ihm zu widerstehen; denn sie wusste, die Leidenschaft konnte ihren Entschluss mühelos zunichtemachen. Doch sie hatte nicht die Kraft, sich ihrem womöglich letzten Kuss zu verweigern.

Als Tavig von ihr abließ, war sie völlig benommen und starrte ihn unter halb geschlossenen Lidern an. Es war ihm gelungen, sie daran zu erinnern, was sie vorhatte aufzugeben. Doch in seinen dunklen Augen lag auch ein Blick, der ihr weitaus mehr versprach als nur Leidenschaft. Wie gerne hätte sie geglaubt, dass da mehr war! Doch erst einmal kämpfte sie gegen den starken Sog dieses Blickes an.

»Ich weiß nicht, was ich noch tun soll«, sagte er heiser. »Offenbar bist du nicht bereit, auf mich zu hören, auf mich, meine Worte und mein Handeln. Mir fehlen die Worte, um dir zu sagen, wie sehr ich dich brauche, und damit meine ich nicht nur in meinem Bett. Aye, und wenn du nicht weißt, wie sehr es mir nach dir verlangt, wie du es schaffst, mich nur mit einem Lächeln willig zu machen, dann kann ich nichts mehr tun. Was, glaubst du wohl, hat mich dazu getrieben, mich wie ein Wahnsinniger aufzuführen, als Jeannes es beinahe schaffte, dich auf den Scheiterhaufen zu bringen? Als Mungan mir erklärte, dass du weggehen wolltest, war es, als würde mir jemand einen Dolch in den Bauch rammen. Und zu wissen, dass ich alles getan hatte, was in meiner Macht stand, um dich zum Bleiben zu bewegen, war, als würde dieser Dolch in der Wunde gedreht.«

Moira blinzelte; sie war zu gerührt und zu verwirrt, um etwas zu sagen. In seiner Stimme lag ein Gefühl, bei dem sich Gänsehaut auf ihren Armen bildete, und sie erzitterte. Auf einmal waren all die möglichen Gefahren, die sie vorausgesehen hatte, nicht mehr wichtig. Trotzdem wagte sie es kaum, ihrem

Urteil über das zu vertrauen, was sie hinter Tavigs Worten zu hören geglaubt hatte.

»Tavig? Willst du mir sagen, dass dir wirklich etwas an mir liegt?« Sie musste schlucken, doch ihre Stimme war trotzdem nur ein Flüstern, als sie fragte: »Willst du mir sagen, dass du mich liebst?«

Seine Augen wurden groß, und er starrte sie derart ungläubig an, dass sie sich sicher war, zu weit gegangen zu sein. »Nay, du brauchst mir nicht zu antworten«, beeilte sie sich hinzuzufügen. »Ich hätte diese Frage nicht stellen dürfen …«

Plötzlich streckte er die Fäuste in die Luft, legte den Kopf nach hinten und brüllte so laut, dass Moira heftig zusammenzuckte. Noch bevor sie sich von diesem Schrecken erholt hatte, packte er sie und warf sie über seine Schulter.

»Was machst du da?«, rief sie, während er sie aus dem Stall trug und mit großen Schritten zum Wohnturm marschierte.

»Ich werde dich – nein, uns – in eine Kammer sperren, bis es mir gelungen ist, dich zur Vernunft zu bringen. Das kann schon ein Weilchen dauern, denn offenbar hast du das bisschen Grips verloren, das du am Anfang unserer Reise besessen hast.«

Moira krümmte sich vor Verlegenheit, als die Leute auf dem Innenhof zusahen, wie sie wie ein Sack Getreide davongetragen wurde. Es war kein Trost, dass alle lachten und ihren Namen riefen, also keineswegs verängstigt oder argwöhnisch wirkten. Schimpfend hämmerte sie auf Tavigs breiten Rücken, aber er achtete nicht auf sie.

Als sie am Wohnturm ankamen, fühlte sie sich noch mehr gedemütigt. Die Leute drängten sich am breiten Eingang zur Großen Halle. Mungan, Una und Nicol standen in der ersten Reihe. Una wirkte ein wenig erschrocken, doch auch belustigt, Nicol und Mungan zeigten sich nur belustigt.

»Wie ich sehe, hast du das Mädchen gefunden«, meinte Mungan und brach in schallendes Gelächter aus.

»Aye«, erwiderte Tavig. »Ich bringe sie jetzt in meine Gemächer, um mich ein wenig mit ihr zu unterhalten.«

»Dann mach mal. Wir können diesen Sieg auch ohne dich feiern.«

»Das freut mich aber«, murmelte Moira und hob den Kopf, um Mungan böse anzufunkeln. »Lass mich runter, du Hornochse!«, befahl sie Tavig, doch der trug sie unbeirrt weiter die Treppe hoch.

Schließlich blieb er vor einer schweren Tür stehen, die einen Spaltbreit offen stand. Er trat sie weiter auf, ging hindurch und schloss sie mit einem Tritt hinter sich. Moira konnte nur einen kurzen Blick in den Raum werfen, bevor Tavig sie auf ein breites Bett warf. Atemlos lag sie da, während er die Tür verriegelte, zum Bett zurückkam und sich schließlich zu ihr legte.

Als er sie anstarrte, schwankte sie zwischen Verdruss und einer merkwürdigen Vorfreude. Obwohl er sich seltsam benahm, schien in seinem Tun ein Versprechen zu liegen. So handelte nur jemand, der von einem starken Gefühl ergriffen worden war, und genau so ein Gefühl wollte sie zu gerne von ihm haben. Doch als er nach geraumer Zeit noch immer nichts gesagt hatte, wurde sie unruhig.

»Und was ist jetzt? Du hast gesagt, du wolltest mit mir reden, aber du liegst nur da und gaffst mich an«, murrte sie.

»Eigentlich habe ich dich nach einem Zeichen von Furcht abgesucht, aber keines gefunden.«

»Was meinst du damit?«

»Madchen, ich habe dich gepackt, auf meine Schulter geworfen und davongetragen, und mir war klar, dass ich kein Hehl aus meinem Zorn machte. Trotzdem ist in deinen Augen nicht die Furcht, die sich so oft dort einschleicht. Du hast keine Angst vor mir. Ganz offenkundig hast du nie daran gedacht, dass ich dir ernsthaft schaden könnte.«

Moira starrte ihn stumm an und dachte über seine Worte nach. Er hatte recht. Sie erinnerte sich noch gut daran, wie oft sie ihn mit ihren Ängsten geärgert oder gekränkt hatte. Doch obwohl er diesmal ziemlich rau mit ihr umgesprungen war und auch seinen Zorn nicht gezügelt hatte, war sie nicht von ihren üblichen Ängsten befallen worden. Sie war nicht zusammengezuckt und hatte auch nicht darüber nachgedacht, wie sie sich möglichst unsichtbar machen könnte. Einen kurzen Moment lang war sie so stolz auf sich und auch so froh, endlich frei zu sein von der Angst, die sie viele Jahre lang geplagt hatte, dass sie völlig das angespannte Gespräch vergaß, das sie mit Tavig geführt hatte. Am liebsten hätte sie gelacht und gleichzeitig geweint vor Freude.

»O Tavig, das ist herrlich! Wahrscheinlich gibt es noch ein paar Reste, aber ich bin endlich frei! Diese Ängste steigen nicht mehr in mir hoch, nur weil ein Wort, ein Blick oder eine Bewegung mich an Sir Bearnard denken lassen. Dafür bin ich dir zutiefst dankbar.«

»Und du dankst es mir, indem du weggehst.«

»Ach, sind wir wieder bei diesem Thema.« Sie verzog das Gesicht bei seinem scharfen, ärgerlichen Blick.

»Aye, und wir werden dabeibleiben, bis ich überzeugt bin, dass du mit mir nicht glücklich werden kannst, oder bis ich dich überzeugt habe, dass du es werden kannst. Glücklich und geborgen. Fangen wir doch mal damit an, warum du mir nie von deinen heilenden Händen erzählt hast. Ich hätte es natürlich erraten können. Du hast deine Gabe eingesetzt, als ich in Craigmoordun einen Schlag auf den Kopf bekommen hatte.«

»Aye.«

»Mir fiel auf, dass mein Kopf nicht so schmerzte, wie ich erwartet hatte. Und vielleicht hätte ich auch den Grund dafür erraten, aber ich konnte mir einfach nicht vorstellen, dass du mich belügen würdest.«

Bei dem Vorwurf in seiner Stimme bekam sie ein schlechtes Gewissen und errötete. »Ich habe dich nicht belogen.«

»Aber du hast mir nie von deiner Gabe erzählt.«

»Das hat mit lügen nichts zu tun, ich habe nur ein Geheimnis vor dir gewahrt.« Sie lächelte schief, als er sie tadelnd ansah.

»Aber musstest du denn ausgerechnet vor mir so ein Geheimnis wahren? Ich bin wahrscheinlich einer der wenigen

Menschen, von denen du deshalb wahrhaftig nichts zu befürchten hast.«

»Ja und nein. Du hast zwar dasselbe Problem wie ich, also bringst du sicher auch Verständnis dafür auf, aber gleichzeitig habe ich eben befürchtet, dass du dich trotzdem von mir abwenden könntest. Und das wollte ich auf keinen Fall.«

»Natürlich wollte auch ich keinesfalls, dass du dich von mir abwendest. Trotzdem habe ich dir von meiner Gabe erzählt.«

»Offenbar bist du mutiger als ich.« Seufzend strich sie sich die Haare aus dem Gesicht. »Vielleicht hatte es auch etwas mit Gewohnheit zu tun«, fuhr sie fort. »Ich glaube, ich musste aus meiner Gabe ein größeres Geheimnis machen als du. Hellsichtigkeit wird von vielen hingenommen, aber meine Gabe stößt auf größere Ängste.«

»Das mag schon sein. Aber hast du je daran gedacht, dass unsere Gaben vielleicht sogar der Grund sind, warum das Schicksal uns zusammengeführt hat?« Gedankenverloren fuhr er über ihre Haare, die sich gelöst hatten und nun wie ein Fächer auf seinem Kopfkissen lagen. »Wer kann mehr Verständnis dafür aufbringen als wir? Vielleicht hat das Schicksal gemeint, dass wir glücklicher wären, wenn wir unsere Last teilten.«

Moira musterte ihn und überlegte, was sie sagen sollte. Kurz bevor er sie aus dem Stall getragen hatte, hatte er Dinge gesagt, die ein großes Versprechen zu bergen schienen. Noch jetzt spürte sie, dass er etwas fühlte, aber es ergoss sich nicht mehr in einer Flut von Worten aus ihm. Als sie ihn ganz direkt gefragt hatte, was er für sie empfand und was er mit den Dingen gemeint hatte, die er gesagt hatte, hatte er mit einem lauten Schrei geantwortet. Sie brauchte eine deutlichere Antwort. Sie konnte sich einer Zukunft, die so manche Gefahren barg, nur stellen, wenn sie jetzt klarere Worte hörte. Vielleicht dachte Tavig ja, sein Ausbruch hätte alles erklärt, aber sie konnte sich nicht damit zufriedengeben.

»Du hast doch bestimmt erkannt, dass meine Leute dir deine Gabe nicht zum Vorwurf machen werden«, fuhr er fort.

»Womöglich ist Drumdearg der sicherste Ort in ganz Schottland für dich. Hier lebten schon immer Menschen mit besonderen Gaben, und auch solche, die sich etwas sonderbar benehmen oder aussehen. Du musst zugeben, dass Mungan ein eher ungewöhnlicher Bursche ist.«

»Das ist er tatsächlich.«

»Seine Größe und seine wunderliche Art stoßen bei Fremden auf ebenso viel Angst wie meine Hellsichtigkeit.«

»Du hast mich überzeugt, Tavig. Hier in Drumdearg kann ich meine Sorgen vergessen.«

»Dann wirst du also bleiben«, murmelte er mit rauer Stimme und streifte ihren Mund mit einem sanften Kuss.

»Tavig, wir können uns hier nicht unser Leben lang verstecken. Du bist ein Ritter. Manchmal – wahrscheinlich sogar recht häufig – wirst du aus Drumdearg wegmüssen. Hier droht uns keine Gefahr, aber außerhalb umso mehr.«

Er raufte sich die Haare. »Mädchen, ich weiß, du bist nicht feige. Das weißt du mittlerweile doch auch selbst. Warum lässt du es zu, dass diese Angst zwischen uns steht? Was kann ich tun, damit du einsiehst, dass es besser ist, wenn wir uns diesen Gefahren gemeinsam stellen? Gemeinsam haben wir mehr Kraft und mehr Macht.« Er seufzte und schüttelte den Kopf. »Ich wünschte, ich wüsste, was du brauchst.«

»Ich brauche mehr als nur Gerede über das elende Schicksal und die Fügung«, sagte sie leise.

Als sie ihr Bedürfnis klar und deutlich geäußert hatte, fühlte sie sich plötzlich ganz ruhig. Er wollte viel von ihr. Sie hatte das Recht, auch von ihm ein paar Dinge zu erbitten. Sie wollte keine Liebeserklärung von ihm einfordern, solange sie nicht wirklich von Herzen kam, aber sie wollte etwas von dem starken Gefühl, das ihn vorhin im Stall bewegt hatte. Sie konnte sich möglichen Gefahren nicht stellen, wenn sie nicht wusste, dass sie einen Platz in seinem Herzen hatte, und sei er noch so klein. Das war das Band, das sie brauchten, wenn sie sich allem stellen wollten.

»Ich habe …« Tavig verzog das Gesicht, als sie den Kopf schüttelte. »Verflixt und zugenäht, Mädchen, wie kannst du nur so unsicher sein?«

»Deine Zunge verliert viel von ihrer schmeichlerischen Fertigkeit, wenn du dich ärgerst.«

Er umfasste zärtlich ihr Gesicht und gab ihr einen langsamen, eindringlichen und zugleich sanften Kuss. »Sagt das denn nicht schon alles?«, fragte er mit leiser, rauer Stimme.

»Aye. Das sagt mir, dass du mich begehrst.«

»Nay, kleine Moira.« Er gab ihr einen weiteren Kuss, diesmal tief, verlangend und heftig. »Der sagt dir, dass ich dich begehre. Der bezeugt dir meine Leidenschaft für dich. Ach, Mädchen, vielleicht habe ich ja nicht gesagt, wie es in meinem Herzen aussieht, aber ich habe es dir doch ständig gezeigt. Ich habe dich doch geheiratet.«

»Du hast immer nur von Schicksal und Fügung gesprochen. Und du hast mich geheiratet, damit Mungan mich in Ruhe lässt.«

»Wenn mir nichts an dir läge, hätte ich dich dem Hornochsen überlassen. Na gut, ich rede viel vom Schicksal, aber du hast doch bestimmt gemerkt, dass mehr dahintersteckt, viel mehr.« Er fuhr die Konturen ihres Gesichts mit seinen Fingerkuppen nach. »Ich habe immer gedacht, dass ich die Frauen verstehe, aber du verwirrst mich. Es ist nicht leicht für einen Mann, der immer gewusst hat, was er sagen oder tun muss, sich auf einmal so unsicher zu fühlen. Jetzt fragst du mich, was ich fühle, und obwohl es mir immer leichtgefallen ist, die Wahrheit zu sagen, zögere ich.«

»Vielleicht«, murmelte er, während er ihr zärtlich über die Lippen fuhr, »würde ich den Mut finden, wenn du als Erste damit herausrückst. Was hast du mir schon gesagt außer nay, nay, nay und nochmals nay?«

»Das ist sehr ungerecht von Euch, Tavig MacAlpin.« Obwohl er sich noch immer nicht besonders klar ausgedrückt hatte, schöpfte sie neue Hoffnung. Und sie wusste, dass es ihr nicht schwerfallen würde, sich als Erste zu äußern, wenn ihn das denn dazu veranlassen würde, offener zu sein. »Ich dachte immer, der Mann sei für das Werben zuständig«, meinte sie und schlang die Arme um seinen Nacken.

»Du kannst nicht behaupten, dass ich nicht um dich geworben habe.«

»Aye, das hast du, und du hast mich bekommen. Na gut, vielleicht ist es sehr unklug von mir, aber ich liebe dich aus ganzem Herzen, Tavig.«

»Ah, meine süße, hübsche Gemahlin, dem Allmächtigen sei Dank, dass es dir nicht an gesundem Menschenverstand mangelt!«

Er küsste sie, bevor sie etwas erwidern konnte. Es enttäuschte sie zwar ein wenig, dass er ihr seinerseits kein Geständnis gemacht hatte, aber in seinem Kuss lag so viel Gefühl, dass sie ihre Enttäuschung rasch vergaß. Unter der starken Leidenschaft, die seine glühenden Liebesspiele in ihr erregten, schwanden die letzten Reste von Kränkung. Er vertrieb sie mit jedem Kuss, mit jeder Zärtlichkeit. Als er sie langsam auszog, huldigte er jedem neu entblößten Fleck auf ihrem Leib. Obwohl sie nicht wagte, es zu benennen, strömte das tiefe Gefühl, das er in jede seiner Berührungen legte, durch ihren Körper und verstärkte ihre Leidenschaft. Er streifte seine Kleider so rasch ab, dass ihr kaum Zeit blieb, einen klaren Gedanken zu fassen.

Sie schrie lustvoll auf, als er in sie eindrang. Es dauerte einen Moment, bis ihr von Leidenschaft umnebelter Verstand begriff, dass Tavig sich nicht rührte. Sie machte die Augen auf und errötete ein wenig, weil er sie so eindringlich ansah. Doch sie war auch zutiefst gerührt von der Stärke der Gefühle, die in seinen schwarzen Augen schimmerten. Sie schlang ihren Körper noch fester um ihn und versuchte, ihn zu dem Tanz aufzufordern, nach dem sie sich so sehnte. Aber er blieb nach wie vor reglos.

»Tavig«, wisperte sie verlegen, weil ihre Stimme so flehentlich klang.

»Sag es noch einmal, Moira. Sag es, während wir so nah zusammen sind, wie ein Mann und eine Frau es nur sein können.«

»Das ist Bestechung! Übelste Erpressung!«

»Aye, ein verzweifelter Mann kann manchmal zu sehr unlauteren Mitteln greifen. Sag es!«

»Ich liebe dich, Tavig.«

»Ach, Liebste, du kannst dir gar nicht vorstellen, wie sehr ich mich danach gesehnt habe, dich das sagen zu hören. Ich glaube, wir werden uns noch oft darüber streiten, wer wen mehr liebt – du mich oder ich dich.«

Bevor sie noch darüber nachdenken konnte, was er soeben gesagt hatte, küsste er sie und begann, sich zu bewegen. Moira stöhnte leise vor Erleichterung und Lust. Sie klammerte sich an ihn, als seine Bewegungen heftiger wurden und ihr Verlangen immer stärker. In dem Moment, als er sich tief in ihrem Schoß vergrub, dort verweilte und ihren Namen stöhnte, während er seinen Samen in ihr vergoss, erreichte auch Moiras Leidenschaft ihren Höhepunkt.

Erst als sie allmählich wieder zu Atem kamen und eng umschlungen nebeneinanderlagen, fühlte sich Moira imstande, über die Dinge nachzudenken, die er gesagt hatte, während die Leidenschaft ihren Verstand benebelt hatte. Sie dachte noch eine ganze Weile darüber nach, bis sie sicher war, dass er ihr seine Liebe gestanden hatte. Ihr Herz klopfte in einer Mischung aus Furcht und Vorfreude, als sie ihn ansah. Sie musste es unbedingt noch einmal klar und deutlich von ihm hören.

»Also, liebst du mich nun, oder nicht?«, fragte sie.

Tavigs Augen weiteten sich. »Das weißt du noch immer nicht?«

»Es ist schwer, sich sicher zu sein, wenn man es nicht direkt gesagt bekommt. Du kannst ruhig ganz schlichte und einfache Worte wählen, und mir wäre es am liebsten, wenn du sie genauso unverblümt sagen würdest, wie ich es getan habe. Du kannst sie ja später noch ein wenig ausschmücken. Aber jetzt hätte ich noch einmal gern in einer klaren, direkten Sprache von dir gehört, was du für mich empfindest.«

Er drehte sich so, dass er ihr direkt in die Augen sehen konnte. »Ich liebe dich, Moira Robertson MacAlpin, jetzt und in alle Ewigkeit.« Tavig runzelte die Stirn, als ihre Lippen zitterten und ihre Augen feucht wurden. »Fängst du jetzt etwa zu weinen an?«

»Nay.« Sie strich ihm eine Haarsträhne aus der Stirn und wunderte sich nicht, dass ihre Hand ein wenig zitterte. »Ich habe mich nur so lange nach diesen Worten gesehnt, dass sie mich jetzt ein wenig erschüttern.«

»Ich bin wirklich davon ausgegangen, dass du wüsstest, was ich fühle, Liebes. Ich war so sicher, dass du das in all meinen Berührungen und in all meinem Tun lesen konntest.«

»Tavig, du bist der erste Mann, bei dem ich so etwas hätte tun sollen. Um ehrlich zu sein, du bist der erste Mann seit vielen Jahren, vor dem ich mich nicht verstecken oder fürchten musste. Vielleicht bin ich ja mutiger geworden, aber nicht eitel. Und es wäre sehr eitel von mir gewesen, einfach davon auszugehen, dass du mich liebst.« Sie lächelte, als er lachte.

Tavig legte sich wieder sanft auf sie und gab ihr einen langsamen, zärtlichen Kuss. »Ich liebe dich.« Als sie sich fester an ihn schmiegte, tat er murmelnd seine Freude kund. »Hast du das gebraucht, um bei mir zu bleiben, um bereit zu sein, dich der Zukunft zu stellen?«

»Aye«, sagte sie. »Vielleicht haben wir Glück, und unser Leben bleibt die meiste Zeit sorgenfrei. Aber es könnten uns auch einige Schwierigkeiten ins Haus stehen. Um solchen Dingen zu trotzen, muss uns mehr verbinden als nur die Leidenschaft und dein Glaube an das Schicksal.« Sie wand sich genussvoll unter der zärtlichen Berührung seiner Hände. »Aye, ich habe Angst gehabt vor dem Aberglauben und den Gefahren, die uns daraus erwachsen könnten. Aber noch mehr Angst hatte ich davor, dass du dich wegen dieser Schwierigkeiten womöglich von mir abwendest. Ohne das Band der Liebe und ohne die Kraft, die uns dieses Band verleiht, könnte es leicht dazu kommen. Deshalb habe ich versucht zu fliehen.«

»Dann brauche ich keine Angst zu haben, dass du je wieder versuchst, mich zu verlassen. Deshalb hat uns das Schicksal dazu bestimmt, ein Paar zu werden und uns zu lieben. Niemand kann besser verstehen, mit welchen Dingen wir uns möglicherweise herumschlagen müssen, und gemeinsam sind wir unschlagbar.«

»Das hoffe ich. Ich freue mich darauf, mit dir den Rest meines Lebens zu verbringen, mein lieber Gemahl!« Zärtlich fuhr sie mit den Füßen über seine Waden. »Glaubst du, du bist stark genug, dich dieser Vorstellung zu stellen, mein tapferer Laird?«

»Eine kühne Herausforderung. Du hast einen schweren Fehdehandschuh geworfen.«

»Wirst du ihn aufheben?«

»O ja, mein Herz. Ich werde ihn aufheben, ihn gut festhalten und niemals fallen lassen.«